KB246088

흥인우근

JUST for you

초판 1쇄 찍은 날 ｜ 2012년 2월 20일
초판 1쇄 펴낸 날 ｜ 2012년 2월 25일

지은이 ｜ 하루가
펴낸이 ｜ 서경석

편집장 ｜ 권태완
편집책임 ｜ 이수민

펴낸곳 ｜ 도서출판 청어람
등록번호 ｜ 제1081-1-89호
등록일자 ｜ 1999. 5. 31
어람번호 ｜ 제5-0297호

주소 ｜ 경기도 부천시 원미구 심곡2동 163-2 서경B/D 3F (우) 420-822
전화 ｜ 032-656-4452 팩스 ｜ 032-656-4453
http://www.chungeoram.com
E-mail ｜ chungeoram@chungeoram.com

ⓒ 하루가, 2012

ISBN 978-89-251-2766-8 03810

Chungeoram romance novel

하루가 장편 소설

한우리

JUST for YOU

도서출판 청어람

8

Contents

Hole in one!

젊음과 패기 그리고 열정이 있는 곳!
한여울 CC에서 20세부터 29세까지
25기 신입 남, 녀 캐디를 모집합니다.

1장 똥단지 아롱

시간 드럽게 안 간다. 찬바람 때문에 쳐놓은 커튼이 여관답게 빛 한 점 새어 들어오지 않는다. 깜깜한 방 안에 시체처럼 누워 있던 나는 스러지는 낙엽처럼 후드득 일어나 화장실로 향했다. 변기에 앉아 있으려니 화장실 수납장을 흔드는 작은 진동이 느껴진다.

아, 핸드폰. 니 와 여기 있나. 핸드폰을 손에 드니 '동철'이란 글자가 또바기 눈에 들어온다. 문디 자슥, 옆방 살면서 무신 전화실이고.

[여, 세요? 아. 누나~ 왜, 내, 디야?]

토막 난 고등어처럼 따각거리던 소리는 수신제한 지역이라는

문구 하나 남긴 채 끊겨 버렸다. 그럼 그렇지. 산 지 한 달밖에
되지 않는 핸드폰은 AS센터에 세 번이나 다녀왔는데 여전히 통
화 불량이다. 액정화면만 빼고는 죄다 교체한 것 같은데, 환불
은 네 번 이상 같은 고장으로 센터에 등록되어야 한단다. 뭐 이
따우 게 다 있나.

세상이 나를 극성맞은 소비자로 만든다. 슬프다.

단지 핸드폰 회사의 영문 이름과 같다는 이유 하나만으로 하
늘조차 미워졌다. 한숨을 내쉬고 보니 이런 된장! 9시? 9시! 지
각 아이가.

칫솔에 치약을 듬뿍 짜서 입에 물었다 뱉어내고는 얼굴에 물
만 묻혀 닦아냈다. 기초 화장은 생략. 썬크림을 덕지덕지 문질
러 바르고는 날듯 방을 나섰다. 동료라 불리는 인간들은 모두
나를 버리고 갔나 보다. 사내새끼들이 치사하다. 처량 맞은 한
숨을 쉴 새도 없다. 어젯밤 골목길에서 마주쳤던 멧돼지마냥 눈
길을 내달려 숨이 턱에 찰 무렵 철원사거리 농협 앞에 있는 봉
고차를 발견할 수 있었다.

문을 여니 원망 어린 수십 개의 눈동자가 밤길 고속도로의 쌍
라이트처럼 내게로 쏟아진다. 됐다. 미안타 안카나, 쉐이들아.

"죄송합……."

"어휴~ 진상!"

운전대를 잡은 김 주임이 씹던 껌 뱉듯이 툭 하니 내 말을 잘
라 먹고는 차문을 닫을 새도 없이 액셀을 밟는다. 진상……

"누나, 미안해."

옆에 앉은 동철이 떡이 진 머리를 긁으며 웃는다. 그저 한숨을 내쉬고는 의자 깊숙이 몸을 묻었다. 폐휴지마냥 머슴애들을 가득 구겨 실은 12인승 봉고차는 눈길을 달리기 시작했다.

내가 이걸 와 한다 했나. 미친년 아이가.

하루에도 수십 번씩 짐을 싸서 신철원 터미널로 향하고 싶지만 '내 뭐라캤나. 아이구, 똥단지. 똥단지' 카며 등짝을 후려칠 엄마를 생각하며 이를 악물었다. 안 된다. 이번에 포기하면 정말 산 도둑 같은 정육점 칼잡이 머스마한테 시집가야 하지 않겠나. 됐다 그래라!

두툼한 오리털 잠바 속으로 손을 넣고는 눈을 감았다. 이곳 신철원에 도착한 지도 벌써 두 달이 되어간다.

아름다운 해안 도시 부산에서 태어나 국문학과를 졸업했지만 취업이 쉽지 않았다. 결국 단골 책방의 꽃미남 아르바이트생이 고등학교를 졸업하고 대학에 들어가 군대를 갈 때까지 3년간 책방을 드나들며 주구장창 백수 생활을 하다 어머니의 구박에 못 이겨 인터넷을 뒤졌던 그날이 원망스러울 뿐이다.

—여성. 돈 많이 버는 직업. 아르바이트.

검색해 보니 캐디와 마사지사가 뜬다. 마사지, 왠지 얄딱꾸리 안하나. 그래서 좀 있어 보이는 캐디를 검색했다.

첫째, 월 350 보장. 괘안네. 둘째, 황제의 정원처럼 보이는 골프 코스. 아따 좋네. 셋째, 경기 진행원. 뽀대 나네. 이 정도면

괘안타 싶어 홍천에서 캐디 일을 하고 있는 의정에게 전화를 했다. 그간 의정이 이런저런 골프장 이야기들을 했건만, 딴 나라 이야기인지라 생뚱 알아들을 수가 없었다. 그래도 좀 귀담아들어 둘걸 새삼 흘려들었던 것이 조금 후회스럽다.

늘 바빠서 연말이나 되어 생사 확인을 하는 가시나가 반갑게 전화를 받았다.

[힘들 텐데.]

의외다. 태백산 타잔 같은 년 입에서 힘들다는 소리가 나오다니. 와! 산에서 멧돼지 멱이라도 따야 하는 거나? 맞나?

"니 백조는 쉬운 줄 아나. 엄마는 오리새끼라고 자꾸 쪼아대지. 몸은 자꾸 무거워져가 백조 가라앉게 생겼다. 물질하기도 힘들다 아이가. 나 죽겠다."

투덜거림에 망할 가시나 까르륵 웃음을 터뜨린다. 늘 밝은 가시나. 지 아부지 암으로 돌아가시면서 빚과 함께 동생들을 떠맡은 의정이는 고2 때 외할머니가 있는 부산으로 전학 왔다. 최북단인 태백 산골소녀 의정과 최남단 바다소녀는 생각 외로 잘 통했고 일 년 반을 쭉 붙어 다녔다. 짧지만 굵게 키워낸 우정이다.

[다른 거 해보지 그래.]

"돈 많이 벌고 싶다."

[무슨 일이야, 갑자기. 돈 필요해?]

대답이 없자 의정이 대뜸 얼마나 필요하냐 묻는다. 이백만 원 정도는 빌려줄 수 있다는 친구의 말에 눈물이 난다. 오랜만에 전화 오는 친구, 결혼 아니면 돈이라는 소리 어디서 들어본 것 같다. 부탁도 안 했는데 빌려준다는 친구의 말에 박아롱 비록 물질하기 바쁜 백조이나 인생 제대로 살았다 싶다. 하지만 친구야, 물고기보다는 물고기 낚는 걸 가르쳐 줘야 않겠나.

[흠……. 그래, 돈은 많이 벌지. 근데 정말 힘들어.]

의정의 입에서 힘들다는 말이 나오다니 살짝 겁이 난다. 억척스럽기가 험악한 태백산맥만 한 그녀의 입에서 힘들다는 소리가 나오다니, 도대체 무슨 일일까. 골프라 하면 돈 많은 이들이 쪼매난 공을 긴 작대기로 후려치는 자치기 정도로 생각했다. 하긴, 세상에 공짜가 어디 있어. 돈 준 만큼 부려먹겠지.

"어데! 내 니 있는 데 가면 안 되나?"

소가 초가집에 등짝 비비는 맨키로 의정에게 기대고 잡다. 친구의 한숨 소리에 나는 더 크게 한숨을 내쉰다. 친구야, 나 좀 데려가 도. 내 인생 좀 너한테 묻어가면 안 되나?

"안 되나?"

[안 될 건 없지만, 여기는 카트가 없어서 무릎에 무리가 많이 가는 곳이야. 있는 애들도 자꾸 다른 골프장으로 옮긴다고. 다른 데보다 열 배는 더 힘들어.]

"카트가 뭐고?"

[골프장 안에서 타고 다니는 차. 다른 데는 대부분 다 카트 타고 다니면서 손님들한테 서브해.]

"서브는 뭔데?"

[에잇. 있어. 식당에서 서빙하듯이 골프채 가져다주는 거.]

가시나. 쪼매 길게 물었드마 짜증났는가 베. 골프라는 게 테니스나 탁구랑 달리 채를 바꿔가며 치나 보다. 뭔지 모르게 복잡스럽다. 한 시간을 넘게 의정이랑 이야기를 하다 보니 한줄기 빛이 보이는 듯하다.

[요즘 초보 구하는 데가 많지 않아서. 그래도 인력은 늘 부족하니까 어렵지는 않을 거야. 참, 아는 언니가 한여울 CC에서 조장하는데 거기 가봐. 남자 캐디 많아서 여자애들 많은 데보다는 텃새가 없다더라. 내가 전화해 줄까?]

"됐다. 그냥 내가 알아보고 가는 게 낫겠다. 괜히 가서 어리버리하게 굴면 니한테 미안하다 아이가."

가씨나. 맘 상하고로 핸드폰이 부셔져라 웃어젖힌다.

[신삥이 다 그렇지 뭐. 야~ 근데 진짜 힘들어. 너 체력장 할 때 오래 달리기 하다가 쓰러졌잖아.]

"누가! 좀 쉬어갈라고 앉은 거지. 그리고 나 살 마이 빠졌다."

[몇 키로 나가는데?]

"64키로."

[진짜 많이 빠졌네.]

한숨이 나왔다. 2키로나 줄여서 이야기 했지만, 그래도 부끄럽다. 깡마른 의정과 같은 162의 키지만 나는 의정보다 무려 7키로나 더 나간다. 학교 다닐 때는 거의 70킬로에 육박했었다.

[많이 걷고 뛰어야 하는데 괜찮겠어?]

"괘안타. 돈 많이 번다믄서."

[돈은 많이 버는데…….]

여전히 망설여지는지 한숨을 내쉬던 의정이 고등어 토막 내 듯 뱉어낸다.

[그래그래. 함 해봐라. 어차피 교육생 30명 교육 중에 절반 때려치우고 일하면서 또 절반 때려치우니까. 한번 해봐.]

해보라는 건지 말라는 건지 가시나 강도 맨키로 뭘 그리 겁을 주나. 그렇게 고지를 한여울 CC으로 정했다. 나는 의정이한테 아는 언니라는 사람에게 절대 말하지 말라고 당부를 하고는 전화를 끊었다. 그리고 새빠지게 자판 두드린 결과.

─젊음과 패기 그리고 열정이 있는 곳!
한여울 CC에서 20세부터 29세까지
27기 신입 남, 녀 캐디를 모집합니다.

그런데 주소가 신철원이다. 철원? 거 군사 지역 아이가. 괜히 갔다가 지뢰 밟아 뒤지는 거 아이가. 고민이 됐다. 고민도 잠시. 에라, 함 가보자. 이대로 있다가는 정말 한 번 날아보지도 못하고 깊고 깊은 물 밑으로 가라앉을 것만 같다. 대학 선배 하나도 탱크 같은 선배 엄미에게 등 밀려 얼렁뚱땅 선보고 두 달 만에 시집을 가버렸다. 나를 붙잡고 밤새 술 마시며 울었는데, 얼마 나 처절하게 울던지 술안주로 시킨 부대찌개에 콧물 동동 떠다니던 기억이 생생하다. 공양미 삼백 석에 심청이는 옛말이 아니다. 아직 유통기한이 남았다고 생각했으나 그마저도 엄마가 정육점 칼잡이 사진을 내밀며 끝이 나버렸다. 무슨 수를 내야 한다.

짐 싸가 무작정 신철원으로 향했다. 되면 좋고 아니면 말고. 가출하다시피 통장에 있는 돈 20만 원 털어가 동서울터미널로. 다시 신철원행 버스에 올라탔다. 총 여덟 시간 걸렸다. 토 나와.

부산에서 서울까지는 내리 잠만 잤다. 서울을 벗어나니 하얗게 내린 눈이 억수로 예쁘다. 부산에서 평생 살아가 눈이라고는 보지 못한 부산촌년 눈에 하얗게 가지에 내려앉은 눈꽃이 얼마나 예쁘던지. 강원도 태백서 태어난 의정은 눈을 하얀 똥덩어리라고 불렀지만, 내 눈에는 이쁘기만 하다.

그때까지만 해도 내가 저 예쁜 함박눈들을 하얀 똥덩어리라 부르게 될 줄 생각도 못했다.

버스에 탄 승객이 모두 군인이다. 군인아저씨가 아닌 군인 얼라들을 따라 내린 곳이 지포리라 불리는 신철원 터미널.

물어물어 제일 깨끗한 모텔을 잡고 하루 편하게 잤다. 다음날 일찍 일어나 전화를 하니 면접이 10시란다. 시계를 보니 8시. 오랜만에 분도 두둑이 바르고 하나밖에 없는 정장을 챙겨 입었다.

"아따. 가시나 이쁘네. 니 누고?"

한참을 거울을 들여다보다 코트에 목도리를 뱅뱅 두르고 나서니 엄청 춥다. 택시를 타고 한여울 CC로 향했다. 생각보다 가깝다. 신철원 사거리에서 택시를 타고 우회전해서 큰길을 달리던 것도 잠시, 큰 사거리에서 좌회전하고 다시 우회전하여 좁은 길로 달리다 보니 다시 두 갈래길. 하나는 고석정 가는 길이고 다른 하나는 한여울 CC로 가는 길이라고 기사 아저씨가 설명해 준다. 길을 따라 올라가니 궁전 같은 대문이 나왔다.

—天下第一景.

천하제일경? 아따 좋네! 커다란 돌멩이에 굵직하게 쓰인 글이 참말로 멋들어진다.

"우아! 여가 우리나라 맞나!"

게다가 정말 눈앞에 펼쳐진 광경은 감탄사가 절로 나온다. 온통 새하얀 것이 동화 속의 궁전 같은 집이 거하게 서 있다. 그 앞을 지나 오른쪽으로 내려서는 택시 창문에 붙어 앉았다. 바로 옆이 낭떠러지라 겁난다.

"우리나라에서 유일하게 캐년을 끼고 있는 골프장이라고 하던데, 예쁘죠?"

'개년?

개년이 뭐고? 나름 관광가이드 흉내를 내는 기사 아저씨의 말을 한참 만에 알아들었다. 그랜드 캐년 할 때 그거 말하나 보다. 그냥 세곡이라 하면 될 것을 꼭 영어를 쓴다.

"아, 예. 엄청시리 뷰리풀하네여."

주차장에 있는 커다란 가건물 앞에 양복을 차려입은 남정네

들이 한 무데기 서 있다. 어림잡아 칠팔십 명은 되어 보이는데
간간이 서 있는 여자아이들 틈에 나도 줄을 섰다.

"어디 학원에서 오셨어요?"

서울 앤갑네. 말이 참 곱다. 인터넷 보고 왔다 대꾸했더니 가
시나 한다는 소리가.

"아유, 나도 인터넷 보고 올걸 그랬어. 괜히 학원비만 20만
원 날렸네."

"아, 맞나?"

"경상도에서 오셨어요?"

와. 촌닭처럼 보이나? 말끔하게 차려입은 서울 가시내의 말
에 괜스레 얼굴이 달아올랐다. 나도 서울말 써야지.

"아뇨. 서울서 왔는데요."

"아……. 네."

현지라고 소개한 아이의 표정이 새초롬하다. 봐라. 나 서울말
잘한다. 아무튼 우르르 사람들 속에 서 있다가 하나씩 들어가
면접을 본다. 밖에서 얼어 뒤지겠다 싶은 생각이 들 즈음 내 차
례가 되었다. 건물 안으로 들어가니 어째 창고 맹키로 휑하다.
바닥에는 삼분지 일 정도 장판이 깔려 있고 억수로 큰 TV가 있
다. 창가 쪽으로 커다란 화이트보드 옆에 길게 책상이 놓여 있
다. 책상에는 좌우로 남자 둘씩에 중앙에는 마흔 정도 되어 보
이는 여자가 공장에서나 입는 곤색의 작업 잠바를 입고 서류를
넘기고 있다. 여자가 대장인갑네.

"이름이 뭐예요?"

"박아롱입니다."

서류 넘기는 여자는 안 웃는데 책상 끝 쪽으로 앉은 젊은 머스마들이 웃는다. 그래. 웃어라. 내 사는 아파트 수위 아저씨 기르는 개 이름도 아롱이 아이가. 흥. 꾸벅 인사를 하고 중앙에 외롭게 놓인 의자에 앉으니 여자가 내 이름을 다시 묻는다.

"이름이 뭐라구요?"

"박아롱입니다."

"김 주임, 명단에 없는데?"

여자가 서류를 들척이다 그 옆에 30대 중반으로 보이는 남자에게 서류를 넘긴다. 남자가 서류를 넘기더니 바보처럼 웃는다.

"그러네요, 과장님. 정말 없네요. 누락됐나?"

"그냥 하지 뭐. 이력서랑 자기소개서."

과장이라는 여자가 내게 손을 내밀었다. 후다닥 일어나 집에서 뽑아온 이력서와 자기소개서를 내밀었다.

"부산에서 왔어요?"

"네."

"철원에 와보니 어때요?"

"억수로 예뻐요. 눈이 이렇게 예쁜 줄 몰랐네요."

내 대답에 낙자에 앉아 있던 면접관들이 먼저 웃음을 터뜨린다. 참는 듯 입꼬리를 요상하게 말아 올리던 여자 과장도 결국 터져 버렸다.

"하하하. 그 맘 변치 않았으면 좋겠네요."

다시 근엄함을 되찾은 여자 과장이 헛기침을 했다.

"그래. 일이 상당히 힘들어요. 특히나 체력적으로. 괜찮겠어요?"

"네, 할 수 있습니다."

"그러게. 튼튼해 보이네."

시큰둥한 목소리를 따라가 보니 영 면접관스럽지 못한 남자의 모습이 보인다. 한 스물일고여덟 되었을까. 검은색 스키점퍼에 검은색 비니를 쓰고 턱수염까지 기른 게 삐딱하게 앉아 있다.

'머고? 문디 같은 게. 생긴 건 까마구 맨키로 까메가.'

성질이 나 노려보니 그 머스마 어쭈 하는 눈으로 지지 않고 째려본다. 췌엣!

"과장님, 여자들 뽑지 말라니까요."

머 저런 게 다 있나. 지랄났다. 생긴 것도 재수없게 생겨가 말하는 것도 재수없다. 요즘 세상에 남녀 차별이라니. 그래도 저 놈은 면접관. 나는 응시생. 비굴하게 웃으며 말했다.

"잘할 수 있습니다. 열심히 할게요."

"O.K!"

나와 남자를 눈여겨보던 과장이 유쾌하게 웃으며 답한다. 나가 보라는 과장의 말에 공손하게 배꼽인사를 하고 면접실을 나왔다. 그런데. 택시는 어디 가서 타나? 택시를 타고 편하게 왔던 길을 걸어서 올라가려니 5분도 되지 않아 땀이 난다. 결국 천하제일경이라는 돌 앞에 주저앉았다. 안 되겠다. 나가는 차라도 잡아타고 나가야지. 그러고 얼마 있지 않아 작은 버스 하나가 지나간다. 손을 흔들어 얻어 타고 나니 아까 보았던 서울 가스나 현지가 손을 흔든다.

“어때요?”

“뭐가요?”

현지의 물음에 내가 고개를 갸웃하자 현지가 답답한 듯 가슴을 쓸어내린다.

“나는 붙어도 여기 안 다닐 거예요. 생각한 거랑 너무 달라. 뭐야, 교통편도 없고.”

니가 배가 들 고팠구나. 나는 붙여주기만 하면 정말 열심히 다닐 거다. 그러니 너 대신에 내가 붙었으면 좋겠다. 뒤로 앉은 다섯 명의 여자아이들 빼고는 전부가 남자다.

“여기 일이 힘들어서 교육 끝나고 옷 받아도 죄다 그만둔대요. 게다가 남자 캐디가 60명인데 여자는 7명밖에 안 된대. 말 다 했지 뭐. 여길 어떻게 다녀.”

현지는 면접을 기다리며 꽤나 많은 정보를 캐냈나 보다. 난 뭐 했나 몰라. 게다가 알고 보니 나를 빼고는 전부 학원을 통해 면접 보러 왔단다. 현지와 이야기를 하다 보니 어느새 신철원 사거리다. 내려주는 기사 아저씨에게 인사를 하고는 여관을 향해 걷기 시작했다. 삼 일 뒤에 개별적으로 통보가 간다 하니 여관에 더 있어 뭐 하나 싶어 짐을 싸서 터미널로 향했다. 여덟 시간을 또 어떻게 가나 한숨이 나온다.

부산으로 내려와서 정확하게 삼 일 만에 연락이 왔다. 붙었단다. 대학 합격 통지보다 더 기쁘다. 와? 대학은 돈 주고 다녔고 회사는 돈 받으며 다니는 거니까. 우헤헤헤. 월요일 9시까지 회사로 오라 하니 아무래도 내일쯤 미리 출발해야겠다. 저녁이 되어 상에 둘러앉은 가족에게 보란 듯이 폭탄을 터뜨려 주었다.

"나 취직했어."

"뭐라나."

엄마가 시큰둥하게 내 말을 씹는다. 좀 더 또렷하게 취직 사실을 알리니 아빠와 동생 그리고 엄마가 입을 벌리고 바라본다. 호호호. 대견 안하나? 이 불경기에.

"언니, 니 정말 취직했나? 어데?"

나만큼이나 이름 때문에 놀림받고 살았던 내 동생 다롱이가 놀란 듯 묻는다.

"진짜가?"

와. 회사는 니만 다니는 거가. 흐뭇하게 고개를 끄덕이자니 이번에는 아빠가 놓았던 수저를 들으며 묻는다.

"어딘데?"

"신철원."

"신철원? 철워언? 니 미친나. 거가 어데라고."

지역이 마음에 안 들었던지 엄마가 기겁을 한다. 하긴 내도 그랬으니 엄마도 내가 지뢰 밟으러 간다 생각했을 거다. 이해한다. 이상하게 아부지가 조용하다 했드만 기침 두 번 하고 입을 연다.

"니…… 군대 가나?"

어이가 없다. 학교 선생님이었던 아부지까지 와 그라는데.

"아이다. 내 캐디 할 거다."

"캐디?"

이번에는 아부지의 언성이 쪼매 올라간다. 숟가락으로 장작 패듯 상을 쪼갤 것처럼 내려치더니 소리를 버럭 지른다.

"니 그게 뭔지 알고 하는 소리나!"

"아부지는 아나?"

"그기 골프 캐디 말하는 거 아이가."

"아따. 아부지 아네. 캐디."

지금은 은퇴하고 친구가 하는 부동산에 다니고 있지만, 역시 학교 선생님이다. 캐디도 알고. 내가 방긋 웃자 아버지가 한숨을 내쉰다.

"치아라. 가스나가 할 게 못 된다."

"할 거다."

"치아라."

"됐다. 아부지나 고마해라."

"이 가스나 말본새하고는."

딱 소리가 나는가 싶더니 이마에 밥풀이 붙었다. 아마도 아버지 입에서 나온 숟가락으로 맞은 듯.

"얌전하게 있다 시집이나 가라, 속 썩이지 말고. 당신! 전에 그 머스마 어찌 됐나."

일주일 전에 엄마 친구 미자 아주머니를 통해 선본 그 정육점 한다는 머스마 이야기하나 보다. 아부지의 물음에 엄마가 시금치를 집어 먹으며 고개를 끄덕인다.

"머스마는 괘안아 하는 것 같다. 영자가 카든데."

"싫다! 그 몬샌긴 머스마, 싫다."

"니는 이쁘나?"

고개를 젓는 나를 보며 아부지가 다시 숟가락을 치켜든다. 미치겠다. 고슴도치도 제 새끼는 이쁘다 카는데 울 아버지는 와 저러노.

"별로 좋은 직업 아이다. 치아라."

"그래, 관도라. 아부지가 아니면 아닌 거다."

기다렸다는 듯 엄마가 아부지에게 물을 내민다. 우물우물 입 안을 헹구고 물을 삼킨 아부지가 나를 보며 조용히 말한다.

"사장님입네시고 돈 많은 아들 뒤치다꺼리가 쉬운 줄 아나."

"뭐라도 해야 안 하나."

"기껏 공부 시켜났드만, 캐디가 뭐고."

"몰라. 할 거다."

"됐다 했데이. 니 갈 거문 호적 파가 가라."

못마땅한 듯 아부지가 자리에서 일어나 부셔져라 안방 문을 닫고 들어가 버렸다.

"아이고, 똥단지. 내가 몬산다."

엄마의 시름 속에도 꿋꿋하게 먹던 밥을 다 먹고 자리에서 일어섰다. 방으로 들어오니 다롱이가 쪼로로 따라 들어온다.

"언니야, 니 정말 철원 갈 거가."

"신철원이라니까. 와."

"신철원이고 구철원이고 아부지 화났다 아이가."

"치아라. 참. 다롱아, 니 월급이 얼마고?"

"나? 와?"

월급을 물으니 문디 가스나 한걸음 물러선다.

"나 돈 없다."

"가스나, 누가 돈 꿔달라 했나. 그냥 묻는 거다."

"백오십."

백오십이면 내 월급 반도 안 되네. 벌써 월급이라도 탄 양 어깨를 으쓱이며 침대에 앉았다.

"캐디 월급이 삼백이 넘는다더라."

"맞나?"

눈이 왕방울만 해져가 다가앉는 다롱이를 보니 웃음이 나온다.

"와? 니도 할래?"

"됐다. 난 올해 열심히 벌어가 지운이랑 내년 봄에 식 올릴 거다.”

그으래? 흥. 좋겠다. 정말 부러운 동생이다. 생긴 건 나랑 비슷한데 저 가시나 나보다 날씬하다. 게다가 학교 선생님인 남자 친구에 저는 부산 시내에서 알아주는 학원 강사이니 매일 정장 입고 출근하는 동생이 부러울 따름이다. 그래도 흥. 결혼 좋아한다. 보수적인 아부지가 달랑 딸 둘인데 장녀인 나 냅두고 참말 니 먼저 보내겠다.

“누가 내보다 먼저 식이라도 올려준다카드나. 아부지가?”

“그니까. 언니 니 좀 빨리 가라. 시집이든, 철원이든. 나 벌써 연애만 4년 아이가.”

“내 신철원 가면 아부지가 정말 호적 팔라나?”

“응. 니가 누구 닮았겠나. 아부지도 똥고집재이 아이가. 니 가면 팔걸.”

팔짱을 끼고 방 안을 왔다 갔다 하던 아롱이 불끈 주먹을 쥔다.

“암. 판다. 난 판다고 본다. 그럼 난 위로 언니가 없으니 시집가도 안 되겠나. 호호호호.”

손뼉까지 치며 환하게 웃는 다롱을 보니 한숨이 나온다. 저걸 동생이라고. 다롱에게 나가라 소리 지르고는 이불을 뒤집어쓰고 누웠다. 그래. 나는 무서워서가 아니고 더러워서 피하는, 건드리면 냄새 작렬하는 박씨 가문 똥단지 아이가.

내 간다. 신철원! 꼭 간다!

야반도주를 하여 신철원에 도착한 첫날, 역시나 세상에서 제일 아름다운 설경이 나를 반긴다. 정말 축복받은 사람들 아이가. 이렇게 아름다운 풍경을 매일 본다니, 이곳에 사는 사람들은 마음도 저 눈만큼이나 고울 것이다. 물론, 부산에서 온 나는 해운대 앞바다에서 소주 한잔 마시고 싶다는 아들의 이야기를 들으면 콧방귀를 끼지만 말이다.

도착하자마자 신철원 사거리에서 농협 아래쪽으로 한 백 미터쯤에 있는 허름한 여관으로 안내되었다. 분명 기숙사로 간다고 했는데, 여가 거가? 길 건너 한 백 미터쯤 더 아래 전에 왔을 때 묵었던 깨끗한 모텔 '박스 오로라'를 바라보며 한숨을 내쉬었다. 이거 너무 후진 거 아이가.

"회사에서 여관을 인수해서 기숙사로 쓰고 있어요. 혼자 쓰면 십오만 원. 둘이 쓰면 팔만 원입니다. 세탁기는 이층에 있고요."

김 주임의 말에 나는 시무룩해졌다. 유명한 보일러 회사에서 하는 골프장이다. 기숙사도 있고 밥도 준다 카며 동생한테 자랑했는데. 기숙사 넘 후진 거 아이가. 투덜거리며 방을 배정해 주는 김 주임을 따라나섰다.

"아롱 씨는 여자 혼자니까 방 혼자 써야겠네."

뭐고? 면접 때 봤던 그 가시나들 디 어데 가고 나 혼자가?

"다른 여자들은요?"

그러고 보니 아까부터 여자는 나 하나인 것 같아 두리번거리니 김 주임이 늘 있던 일인 양 웃는다.

"세 명 뽑았는데, 하나는 못 온다고 연락 왔고 다른 하나는 연락도 없이 쨌네요."

쨌다. 그제야 알았다. 면접 보던 날, 붙어도 안 오겠다던 가스나들 정말 안 왔나 보다. 기숙사로 쓰고 있다고는 하지만 여관 아이가. 머시마들이 득실거리는 여관에 혼자 있을 생각을 하니 숨이 턱 막힌다. 아부지 아시면 숟가락이 아니라 밥주걱으로 옆구리 터진 김밥 될 때까지 두들겨 맞을 일이다.

방에는 장롱 하나에 화장대 하나, TV 하나, 그리고 이불 한 채가 달랑 놓여 있다. 다행히 욕실도 있다. 문도 현관이 아닌 방문 맹키로 나무 문이다. 발로 한 번 걷어차면 그냥 열릴 것 같다.

도로 가야 하나 망설이며 한참을 가방을 손에 쥐고 서 있었다. 안 되겠다. 돌아서서 문고리를 잡는데 엄마의 목소리가 들린다.

'내 머라카나! 똥단지. 니 뭐 제대로 하는 거 있나?'

슬그머니 문고리를 내려놓았다. 조금만 더 참아보자. 돈 잘 번다 하니 한 두어 달 벌어가 방 얻어 나가면 안 되겠나. 다시 희망이 몽글몽글 솟아오른다. 방문 두드리는 소리에 짐을 풀다 말고 고개를 드니 빼꼼히 고개를 내민 머스마 하나가 웃는다. 니 누고?

"동철이라고, 바로 옆방 사는데요. 형들하고 식사하러 갈 건데 같이 안 가실래요?"

아, 이웃사촌? 그러고 보니 배고프다. 손을 털고 일어나 방을 나서니 머스마 셋이 서 있다.

"어디서 왔어요?"

"부산요."

"아, 사투리 안 쓰시네요."

그다음은 이름이다. 역시나 내 이름에 애써 웃음을 삼키는 세 명의 총각들. 기분이 상했지만, 화를 내면 다음에 밥 먹을 때 안 부를 것 같아서 그냥 웃었다.

사거리에 있는 김밥집에 들어서자 싹싹한 동철이가 형형 하며 테이블에 물컵을 돌린다. 이곳에 오기 전부터 아는 사인갑다.

"그래, 아롱이는 몇 살이야."

젤로 나이가 많아 보이는 머스마가 묻는다.

"스물일곱이요."

"아, 예."

동생들 잡고 휘두르는 것처럼 보이던데 갑자기 존댓말은. 이 거 나보다 어린 거 아니가.

"그쪽은 몇 살인데요?"

"아, 저요?"

"형보다 한 살 많네. 그지?"

대답하기 싫은 눈치였는데, 동철이 젤로 나이 많아 보이던 머 스마가 스물여섯이라는 사실과 형이라 부르는 다른 머스마들의 나이도 대충 보인다. 이것들이. 뭐고. 누나라 캐라, 라고 말하고 싶지만, 영 떫은 표정이라 입을 다물었다.

"오늘은 푹 쉬고 내일 9시까지 모이래요, 이론 교육 들어간다고. 8시 40분에 차로 데리러 온다는데? 누나, 여기 엄청 춥다니까 옷 두둑하게 입고 나와요. 응?"

대뜸 누나누나 하는 동철이 예뻐서 웃음이 나온다. 다른 것들은 곧 죽어도 아롱 씨란다. 이름 불리기 싫은데 그냥 누나라고 해주면 얼마나 좋아. 싸가지없는 것들. 밥을 먹고는 머스마들은 술 마시러 가고 나는 이름만 기숙사인 여관으로 돌아왔다. 남은 시간 내리 TV만 보다가 이불을 폈다. 생각보다 깨끗한 이불에서 섬유 유연제 냄새가 물씬 난다.

그래. 내일은 오늘보다 낫겠지.

방 안이 엄청 따뜻해서 기분 좋게 눈을 떴다. 간밤에 집에서 부재중 전화가 스무 통이나 왔다. 그리고 마지막 경고 메시지가 내 눈에 촘촘히 박혀든다.

[아부지 단단히 화나셨다. 니 오늘 내로 안 오면 엄마도 더 이상 봐주지 않는다.]

동생 다롱이의 메시지가 더 가관이다.

[언니야, 파이팅이다. 절대 돌아오지 말고 경상도 가시나의 뚝심을 보여도~♥♥♥♥♥]

하트가 다섯 개나 찍혔다. 문디, 시집가고 싶어 환장을 한다. 하긴 나 같아도 그래 허우대 멀쩡한 머스마 있으면 벌써 기둥 뽑아 시집갔을 거다. 생각하니 한숨이 나온다.

씻고 화장하고 두툼하게 옷을 챙겨 입고 나니 한결 기분이 좋다. 교육 기간 동안은 월급이 없다지만, 그래도 첫 출근 아이가.

"누나, 다 했어요?"

옆방 동철의 목소리가 들려온다. 새로 사두었던 공책과 연필을 가방에 담아 일어섰다. 다른 사람들과 같이 여관을 나와 함께 걷다 보니 대학 새내기 같은 기분이 든다. 사거리 농협 앞에 서 있던 봉고차 앞에 서니 머스마 하나가 문을 열어준다. 호호호. 여자가 나 하나라 챙겨주는갑다. 기분이 더더욱 좋아진다.

차에 타고 휙휙 달려 골프장에 도착했다. 전에 면접 보았던 기사대기실이라는 건물에 들어가 신발을 벗고 앉았다. 김 주임이 차례로 이름을 부르기 시작한다. 역시 내 이름을 부르자 웃음소리가 새어 나온다.

"자, 이 중에 골프에 대해서 아는 사람?"

슬쩍 돌아보니 나를 제외하고 대부분 손을 드는 것 같다. 쳇, 모를 수도 있지. 축구도 아니고 뭐 그리 유명한 스포츠는 아니지 않은가. 사실, 골프라고 하면 박세리가 신발 벗고 물에 들어가던 광고밖에 기억이 안 난다.

"학원 통해서 오신 분들이라 많이들 아시네요. 그래도 기본부터 다시 잡고 넘어가죠. 골프는 자연과 더불어 즐기는 스포츠로 상대방에 대한 배려와 존중을 기본으로 합니다. 유일하게 심판 없이 플레이어의 자율에 맡겨진 게임으로 약자에게는 핸디캡을 인정하여 가장 공평하게 남녀노소가 한데 어울려 즐길 수 있는 게임입니다.”

좋네. 사이좋게 놀 수 있다니. 김 주임이 우리를 휙 둘러보더니 다 이해했지? 하는 표정으로 돌아서서 화이트보드에 굵직하게 써 내려간다.

“어드레스. 준비에서 피니쉬. 마무리까지. 그 과정 속에 수많은 장애물을 극복하며 철저하게 자신을 다스리는 중용을 배울 수 있는 스포츠입니다.”

두 시간을 넘게 골프가 무엇인지에 대해 듣고는 점심시간이 되어 그 궁전처럼 보이던 건물로 향했다. 궁전 같은 클럽하우스 왼쪽 지하로 이어진 길을 걸어 내려갔다. 멋진 직원식당을 기대했건만 지하주차장처럼 보이는 곳으로 내려간 식당은 조금 협소하다. 식판을 들고 줄을 서서 밥과 반찬 그리고 찌개를 담았다. 오늘은 부대찌개다. 배가 고파서인지 음식은 먹을 만했다.

밥을 먹고 나서 다시 교육이 시작되었다.

“Caddie.”

김 주임이 넘치는 열정으로 생각했던 것보다 상당히 두툼한 교재를 나눠주었다.

“16세기 영국 스코트랜드에서 잔심부름을 해서 용돈을 벌고 있던 사내아이들을 ‘Caddie’라고 불렀는데, 뭐 거기서 유래했다는 말도 있습니다.”

점심을 먹고 나니 슬슬 졸리려고 한다. 김 주임은 물을 마셔 가며 정말 너무나 열심히 설명하고 있다. 캐디는 경기를 하는 동안 골프 전반에 대한 지식을 알려줄 뿐 아니라 원활한 경기를 할 수 있도록 경기를 이끌어가는 사람이란다. 그 말 하는 데 두 시간이 후딱 지나갔다. 그리고 캐디가 나오는 영화를 봤다. 교육이 끝나고 기숙사로 돌아오니 하루 종일 무슨 소리를 들었는지 온갖 낯선 단어들이 머릿속에 뱅뱅 돈다.

다음날 아침, 정확하게 9시에 교육은 시작됐다. 윷놀이에서도 윷만큼이나 중요한 것이 길을 그려놓은 놀이판이다. 오늘은 골프 코스에 대한 설명을 들었다.

"골프 코스는 한 바퀴가 18홀로 전반 9홀, 후반 9홀로 나뉘어 있습니다."

김 주임님 오늘도 새내기 교육에 열정을 쏟는다.

"티잉 그라운드라 불리는 티박스는 매 홀마다 규정에 맞게 정해져 있는데……."

미안하다. 시작한 지 30분도 안 됐는데 하품이 나온다. 그러니까 야구 타석처럼 그 자리에서 쳐야 한다는 말이지.

"남녀노소가 함께 즐길 수 있는 골프는 신체적인 한계를 보완할 수 있도록 여러 개의 티박스를 사용하고 있습니다. 레이디 티는 여성용, 시니어 티는 노인용, 화이트 티는 일반 남성, 챔피언 티는 프로 선수나 그 밖에 장타를 치는 골퍼들이 사용합니다. 각각 20m에서 30m가량 거리를 두어 여성이나 노약자의 경우는 유리한 위치에서 시작하는 것이지요."

설명 참 길다. 그니까 여자는 레이디, 노인네는 시니어, 남자는 화이트, 그리고 더럽게 길게 홈런 치는 남자는 챔피언. 대충 그런 내용인갑다.

공을 처음 치고 나면 잔디 잘 깎아놓은 페어웨이로 볼이 떨어진다. 재수없으면 러프라고 잔디가 긴 수풀에 떨어진단다. 더 재수가 없으면 벙커라고 모래구덩이에 떨어진다고 김 주임이 열심히 설명하고 있다. 그리고도 워터 해저드라고 곳곳에 있는 연못에 빠지면 그냥 포기하고 벌점을 먹는단다.

그 밖에도 오비라고 하여 처음에는 맥주 이름인가 했는데, 윷판에서 멍석 밖으로 떨어지는 낙을 이야기하는 듯.

이야기를 듣다 보니 무슨 서바이벌 게임을 하는 것 같다. 무슨 장애물을 그리 많이 만들어놓았을까, 치는 사람 짜증나게. 아무튼 코스 내에 산도 있고 물도 있고 사막도 있단다. 특공대처럼 헤치고 나오면 그린이라는 깃발 꽂힌 고지에 도착하는데, 여기서부터 진짜란다.

곱게 다져 놓은 잔디 위에 깃발이 꽂힌 구멍에 볼을 넣어야 끝난다는데……. 홀컵이라 불리는 구멍이 돌 지난 얼라 손바닥만 하다. 좀 작은 것 아닌가. 지루함이 산처럼 쌓일 무렵 코스를 보여주겠다며 김 주임이 모두 일어나란다. 모두 환호성을 질렀다. 그 환호성 세 시간도 안 돼서 비명으로 변했다.

식당에서 점심을 먹고 건물 밖으로 우르르 나오니 조장이라 불리는 선배들 몇이 조교마냥 일렬로 서 있다. 보통 엇비슷하게 머리를 대고 있는 선배들과 달리 튀어 나온 못처럼 머리 하나가 보인다. 까맣게.

"식사 맛있게 하셨습니까."

"예."

면접 때 보았던 재수없는 까마귀의 말에 우리는 씩씩하게 대답했다. 뭘 먹고 키가 저리 컸을까. 재수없는 까마귀, 오늘은 선글라스도 썼다. 더 재수없다.

"4열 종대 앉아 번호!"

까마귀의 외침에 어리둥절해 있던 교육생들이 우르르 줄 맞춰 앉아 번호를 외친다. 하나! 둘! 셋! 아따. 빠르네. 멍하니 구경하고 섰던 나는 누나를 외치는 동철의 손에 붙잡혀 맨 끝에 섰다. 내 차례가 되기도 전에 까마귀가 깍깍거린다.

"다시! 군대 안 다녀왔어!"

버럭 소리를 지르는 폼이 진짜 특공대 대장 같다. 우글우글 파도타기하는 응원단마냥 교육생들이 다시 번호를 외치며 앉는다. 잘하네. 구경하다 보니 나 혼자 서 있다.

"넌 뭐야!"

까마귀가 멀뚱히 서 있는 나를 째린다.

"저…… 군대 안 갔다 왔는데요."

여기저기서 웃음이 터져 나왔다. 뭐가 웃겨. 난 여자라서 당연히 안 갔는데, 여기 군 출신만 뽑는 거나. 눈치 빠른 동철이 나와 자리를 바꾸더니 내 손을 잡아끌며 앉는다.

"서른넷! 번호 끝!"

재수없는 까마귀 네 탓이다 하는 식으로 앉아 번호를 다섯 번이나 반복했다. 문디 자슥. 그렇게 앉았다 일어났다를 반복하니 한겨울에도 땀이 난다. 밥 먹은 게 올라올 것 같다. 울렁거려.

"두 조로 나뉘어 한 팀은 벨리코스, 다른 팀은 마운틴코스로 간다. 1번 홀부터 선배의 지시에 따라 티박스와 그린 팀으로 나누어 제설 작업한다. 실시!"

제설 작업? 어리둥절하는 사이에 눈치 빠른 교육생들 하나씩 장비를 손에 든다. 넉가래. 전 부칠 때 쓰는 뒤집개마냥 긴 자루에 넓적한 검정색 플라스틱판이 달렸다. 어디에 쓰는 물건인고.

"누나, 나랑 가자."

동철이 내 것까지 챙겨온 넉가래를 내밀며 손을 잡는다. 선배들을 따라 일방통행으로 보이는 좁다란 카트 길을 따라 걸어가며 눈을 밀어냈다. 오호, 재미있는데? 걸을 때마다 무리들이 줄어든다. 아까 배웠던 티박스에 두 명씩, 그린에 서너 명씩 떨어뜨리고 온다.

"헤헤헤. 재밌다, 동철아."

"재밌어요? 난 군대에서도 지겹게 했는데. 젠장."

동철이 한숨을 내쉰다. 정말 많이 해봤는지 발목까지 쌓인 눈을 치우는 데 아주 능숙하다. 실한 놈. 역시 남자는 군대를 다녀와야 하나 보다. 4열 종대도 잘하고 눈도 잘 치우고.

"너는 여기서 여자친구랑 티박스 치워."

벨리코스 5번 홀, 재수없는 까마귀가 내 이름을 부르기에 앞서 망설이더니만 나와 동철이를 남겨놓고 가버렸다.

"뭐야, 재수없게."

"내가 누나 남친인 줄 알았나 봐요."

초면에 말꼬리 잘라 먹는 싸가지없는 까마귀 때문에 열이 받는데, 동철은 뭐가 좋은지 마냥 웃는다. 한숨이 나왔다. 그런데⋯⋯.

"우아~ 너무 이쁘다."

벨리 5번 코스 티박스 난간 아래를 내려다보니 인터넷에서 보았던 순담계곡이 한눈에 내려다보인다. 왕건에게 쫓겨난 신라의 왕자 궁예가 울며 울며 건넜다는 그 한탄강 아이가. 그 큰 물줄기를 따라 병풍처럼 늘어선 기암절벽에 하얗게 눈꽃이 내렸다. 억수로 이쁘다.

"여름 되면 조별로 래프팅도 한대요. 예쁘죠?"

난간에 매달려 핸드폰으로 사진을 찍는 사이 동철은 부지런히 눈을 치운다. 한참을 내려다보다 동철과 나란히 서서 눈을 밀어냈다. 재밌다. 동철이랑 같이 눈을 밀다 보니 기분이 풀렸다.

한쪽으로 잔뜩 쌓아놓은 눈 무더기를 보니 눈사람이 만들고 싶다.

"동철아, 우리 눈사람 만들자."

"예? 그거 별로 좋은 생각 아닌 것 같은데?"

"왜? 손님들도 볼 치다가 눈사람 있으면 재미있어하지 않을까?"

영 내켜 하지 않는 동철을 졸라 한군데로 밀어놓은 눈을 굴리기 시작했다. 진눈깨비밖에 뿌리지 않는 부산과는 달리 천연 무공해 눈은 밀가루마냥 잘도 뭉쳐진다. 그렇게 동철이 몸통을 굴리고 나는 머리통을 만들었다.

"끙차!"

동철이 내가 만든 머리통을 몸통에 올려놓으니 순담계곡을 지키는 장수 같다. 기뻐서 폴짝거리며 뛰고 있으려니 뒤에서 까마귀 울음소리가 들린다.

"뭐냐."

순식간에 쪼그라든 동철이 어물쩍 대답을 못하니 까마귀가 다가와 나를 노려본다.

"뭐 하는 겁니까."

뭐라고 대답을 해야 할까. 눈사람 만든 게 뭐가 그리 죄라고.

"티박스 다 치우고."

"다 치웠으면 다른 팀하고 합류해야 할 것 아닙니까. 연애하러 왔습니까?"

"아니요."

연애라니, 누구랑. 동철이랑? 쭈뼛거리며 동철을 보자 동철이 앞으로 나서며 고개를 숙인다.

"죄송합니다."

동철의 사과에 까마귀가 휙 하니 돌아서서 걸어가 버렸다. 얼마 지나지 않아 길을 따라 우리 쪽으로 오는 한 무더기의 교육생들과 합류하여 출발지인 클럽하우스로 향했다. 모두가 어깨에 넉가래를 짊어지고 걸어가는 꼴이 백설 공주와 서른셋의 난쟁이 같다. 그럼 난 백설공주? 기분이 더더욱 업된다.

교육생들은 카트 길을 벗어나 페어웨이를 가로질러 걸었다. 눈이 덮인 둔덕을 오르던 동철이 내 손을 잡아주며 웃는다.

"누나, 눈썰매 태워줄까?"

동철이 어깨에 메고 있던 눈삽을 내민다. 나는 눈삽을 깔고 앉아 나무 대를 손에 잡았다. 동철이 뒤에서 밀어주니 눈삽이 미끄러지며 제법 속도를 낸다.

"우아아아아!"

나도 모르게 즐거운 비명이 터져 나왔다. 그 끝에서 균형을 잃고 데굴데굴 눈밭을 구르려니 옆구리에 무언가 부딪쳤다. 아프다. 고개를 들어보니 망할! 까마귀가 나를 내려다보고 있다. 까마귀의 기다란 다리에 걸려 내 몸이 반으로 접혀져 있다. 온통 눈을 뒤집어쓰고 올려다보니 까마귀가 깍깍거린다.

2장 까마귀 종원

온통 눈을 뒤집어쓰고 올려다보는 계집애를 보니 한숨이 나왔다. 스물일곱이면 어린 나이가 아니었다.

"나잇값 좀 해라."

멍청하게 올려다보는 표정이라니. 고개를 저으며 돌아섰다. 도대체 과장님은 무슨 생각으로 저런 아이를 뽑은 것일까. 한여울 CC는 첫 오픈 했을 때부터 남자 캐디로 시작되었다. 일 년에 네 번 신입생을 뽑는 한여울 CC는 타 골프장과 달리 수동카트를 쓰기 때문에 더 많이 걷고 뛰어야 한다. 근력 좋은 남자들도 오래 버티지를 못한다. 지금 있는 여자 캐디라고는 '한여울 칠공주' 라는 일곱 명이 전부다.

"어차피 관둘 거 뭐 하러 뽑아."

돌아보니 동철이와 그새 시시덕거리며 걷고 있는 그녀가 보인다. 보통 키에 보통보다 더 나갈 듯 보이는 무게감에 얇은 쌍꺼풀이 진 큰 눈은 좀 예쁜 것 같기도 하고. 이름은 누구네 집 개 이름 같다. 눈밭을 뛰어다니는 꼴을 보니 강아지 같기는 한데.

"뭐야, 형. 벌써 찍은 거야?"

어느새 다가왔는지 개구라가 내 어깨를 툭 친다. 개구라. 재훈이라는 좋은 이름이 있지만, 입만 열면 구라를 치고 다니는 통에 모두가 개구라라고 부른다. 늘 웃는 개구라는 나보다 한 살 어린 스물아홉이다. 한여울의 모든 소식들을 꿰뚫고 다니며 뻥튀기를 해서 구라를 치고 다니는 녀석이다. 키는 내 턱에도 안 미치는 녀석, 조심해야 할 놈이다.

"찍긴 뭘 찍어."

"한수 형도 벌써 넘실거리던데."

매번 신입을 뽑을 때마다 여자들 많이 뽑으라고 아우성들이다. 이해 못하는 것도 아니다. 지역 자체가 워낙 여자가 적은 남초 지역이다 보니 한창 혈기왕성한 남자들은 연애가 하고 싶은 것이다. 지금 재직 중인 캐디, 캐샤 모두 후배들과 사귀고 있다. 절반은 동거까지 하고 있으니 남은 늑대들이야 얼마나 부러울까. 이해는 하지만 나는 아니다. 괜스레 환심 사자고 밥이며 술 사줘가며 침 흘리고 싶지는 않다. 구질구질하게.

"눈사람이나 하나 만들어주던가."

"뭐?"

"됐다."

쌓인 눈 털어내듯 고개를 저으며 클럽하우스를 향해 걷기 시작했다. 망할 눈은 변비처럼 꾹꾹 모아두었다가 폭탄처럼 떨어져 내린다. 해가 갈수록 더 많이 쏟아지는 것 같다.

센터 앞에 모여 아까와 같이 4열 종대 앉아 번호를 하니 아까 그 계집애가 나를 노려보며 서른넷을 외친다. 웃음이 나왔다.

교육생 인원 점검을 마치고 해산시켰다. 계집애 끝까지 날 째려보며 내려간다. 교육생들을 보내고 사무실에 들렀다. 주임이 잠시 보자고 했는데, 사무실은 텅 비어 있다. 커피 한 잔을 타서 주임 책상에 앉았다. 책상 위에 수북이 쌓인 이력서가 보인다. 심심한 차에 뒤적이다 보니 아까 그 나잇값 못하는 덜렁이가 보인다. 그냥 넘기려 했는데 그 뒤에 있는 자기소개서에 눈이 박혀 버렸다.

"푸흡!"

커피를 쏟았다. 깨끗하게 출력된 자기소개서가 아무리 봐도 너무 웃기다. 아름다운 자연에서 뛰노는 꽃사슴과 함께 일할 수 있다면 너무 행복하겠다고?

"꽃사슴 같은 소리 하고 있네. 고라니겠지."

산세가 험하다 보니 꿩과 고라니가 지천이다. 가끔은 먹이 찾는 멧돼지가 사거리까지 내려오는 경우도 있다. 꿩이야 그렇다 치고 멧돼지나 고라니가 차에 부딪치는 경우가 종종 있다. 특히나 겨울에. 지난겨울에도 출근길에 고라니가 차로 뛰어들어 견적이 200만 원 나왔으니 마냥 예쁘다 할 수는 없는 동물이었다.

"형, 안 가?"

사무실 문을 연 개구라가 빼꼼히 고개를 내민다. 대꾸도 안 하고 사무실을 나섰다.

"형 차 좀 얻어 타고 가려고."

"할 일도 없는데, 회사는 뭐 하러 나오냐?"

"할 일 없어서."

"운동이라도 해라."

대꾸가 없다. 하긴 헬스클럽 끊을 돈이면 술을 박스로 사다가 쟁일 녀석이다.

일주일을 넘게 연습장과 집을 오가며 지냈다. 요 며칠 연습이 너무 과했는지 몸이 무겁다. 자리에서 일어나 화장실로 향했다. 짧지만 강렬했던 지난여름을 기억하는 피부는 여전히 구릿빛이다. 운동으로 단련된 가슴 근육과 모델 부럽지 않은 복근이 탄탄한 하체로 이어져 있다. 샤워를 마치고 짧게 자른 머리카락에서 물방울을 털어내며 시내를 내려다본다. 아직 잠들어 있는 신철원 사거리에는 오가는 차도 없다.

간밤에 쌓인 눈을 보니 문득 강아지처럼 뛰어다니던 박아롱 생각이 난다. 부산 촌계집애 이렇게 몇 날 며칠을 보내다 보면 아마 백설기를 봐도 이를 갈걸? 혼자서 피식 웃으려니 전화벨이 울렸다.

[종원아, 난데.]

잔뜩 목이 잠긴 김 주임의 목소리에 시계를 바라봤다. 7시 55분. 이 시간에 웬일일까.

[대답 좀 해라, 새끼야.]

“예.”

[나 몸살 나서 도저히 회사 못 가겠다. 집 앞에 봉고차 좀 가져가. 오늘 애들 교육 좀 시켜라.]

“예.”

짧은 통화를 뒤로하고 시계를 보니 8시. 옷을 챙겨 입고 김 주임의 집 앞으로 갔다. 차를 빌라 단지 앞에 주차하고 나니 3년 전부터 형수라고 불러야 했던 동기 은주가 발을 구르고 서 있다.

“형은 좀 어때?”

“몰라. 어제 개구라랑 술 마시고 새벽에 들어왔어. 코스에 눈 가득 쌓였겠다. 어제 헛수고했네.”

어디 하루 이틀 일인가. 밑 빠진 독에 물 붓듯이 치우는 눈이 아니던가. 치우고 쌓이고 치우면 또 쌓이고 말 그대로 삽질이다. 푸념이 시작되는 것 같아 서둘러 열쇠를 받아 들고 봉고차에 올라탔다.

"사거리 농협 앞에 가면 애들 있을 거야. 수고."

은주에게 손을 흔들어주고는 사거리로 갔다. 길에 서 있던 교육생들이 차에 올라타며 씩씩하게 인사한다.

"안녕하십니까, 선배님!"

코스에 쌓인 눈을 보고도 안녕한지 묻고 싶다. 김 주임보다 어려웠던지 운전석 옆에 두 명은 탈 수 있는데도 죄다 뒤에 올라탄다. 출발하려고 하는데 교육생 하나가 나를 부른다.

"선배님! 두 명 아직 안 탔습니다."

"누구."

대답을 듣기도 전에 뒷문이 다시 열리는가 싶더니 동철이 녀석의 목소리가 들려왔다.

"누나, 앞에 타. 여기 자리 없어."

앞문이 열리는가 싶더니 어리바리 박아롱이 올라탈 생각도 않고 나를 쳐다본다. 뭐 하자는 건지 문짝을 붙들고 서 있는 얼굴이 똥 씹은 표정이다.

기어를 넣고 문이 열린 채로 살짝 엑셀을 밟았다. 어어어 하는 소리와 함께 박아롱이 문짝을 잡고 뛴다.

"뭐 하는 거예요."

"안 타냐."

살짝 운전대를 잡고 다시 달릴 듯 겁을 주니 박아롱이 날름 올라탄다. 씩씩거리는 폼이 약이 좀 올랐나 보다. 웃음이 나왔다.

애를 보고 있자면, 뭐랄까……. 개 한 마리 기르는 것 같다. 말 더럽게 안 듣는 새끼 백구. 맞다. 생전 햇볕이라고는 구경도 못해본 애처럼 피부가 하얗다. 새까만 머리카락 때문에 더 하얗고 투명해 보이는 피부 탓인지 나름 예뻐 보일 듯하기도 하고. 눈 꼭 감고 자는 척하지만 새근거리는 숨소리를 들으니 신경질 많이 났나 보다. 후후후. 좋은 아침인데. 아침부터 웃을 일도 다 있고.

회사에 도착하자마자 2단 주차장에 차를 세웠다. 보통 기사들이 시간을 때우는 휴게실이지만, 휴장 때는 새내기 교육장으로 쓰이는 기사대기실 앞이다. 교육생 중에 제일 나이 많은 녀석을 반장으로 임명해 주고 넉가래가 있는 곳을 일러주었다.

"어제처럼 두 개 조로 나눠서 눈 치우고. 12시까지 식당 앞으로 집합."

일사천리로 움직이는 교육생들을 보니 이번 기수들은 생각보다 빠릿빠릿한 것이 꽤 쓸 만하다 싶다. 물론 박아롱은 제외다. 굳이 그럴 필요는 없지만, 반장에게 박아롱과 한동철을 다른 조로 배치하라고 일러두었다. 오늘은 눈사람 안 만들겠지.

클럽하우스 쪽으로 올라가는 교육생들을 바라보던 나는 기사대기실로 들어와 보일러를 올려놓고는 장롱에 있는 이불을 꺼내 TV를 켜고 누웠다. 한숨 자고 일어나서 교육해야지.

잠시 선잠이 들었는지 눈을 뜨니 겨우 두 시간 지났다. 자리에서 일어나 조금 걷기 쉬운 벨리코스로 향했다. 한탄강을 끼고 도는 코스인 벨리에 교육생들 힘쓰는 소리가 울려 퍼진다. 웃샤 웃샤, 열심히 눈을 치우는 교육생들의 모습이 보인다. 적당히 해라. 내일도 치워야 하는데.

개장도 멀었는데 벌써부터 눈을 치워야 하나 생각하겠지만 늘 그래 왔다. 쌓이고 쌓여 단단해진 눈을 녹일 만큼 봄볕이 좋지 않은 탓에 나중에 얼음 치우는 것보다 수월하니 미리미리 조금씩 치우는 것이다.

둘레둘레 복덕방 노인네마냥 코스를 둘러보다 보니 벨리 6번이다. 어제 박아롱이가 만들어둔 눈사람을 보니 나도 모르게 피식 웃음이 샌다. 어제는 없던 눈, 코, 입이 달려 있다.

"이거 뭐냐."

"아, 선배님! 뭐 말입니까?"

교육생의 물음에 눈사람을 손짓했더니 교육생이 시뻘게진 얼굴로 옆에 있던 다른 교육생에게 묻는다.

"아까 아롱 씨가 지나가면서."

어이가 없다. 지나가면서 숯으로 눈, 코, 입까지 다 박아놓고 갔다? 숯은 도대체 어디서 난 거야. 철딱서니하고는. 다들 치우느라 바쁜 눈을 모아 눈사람을 만들지 않나, 개장하기 전에 계곡으로 밀어내야 할 눈사람에 눈, 코, 입을 만들지 않나. 도대체 뭐 하는 여잔지 모르겠다.

"전화해서 애들 기사대기실로 모이라고 해."

왔던 길을 다시 되돌아왔다. 웃통까지 벗고 일하는 교육생들을 보니 기존 선배들보다 일이 빨랐으리라. 2단 주차장으로 내려와 기사대기실 앞에서 기다리고 있으니 두 줄 맞춰 걸어오는 교육생들이 보인다. 우르르 몰려다니는 모습이 컴퓨터 게임에 나오는 저글링 같다고 하여 교육생과 합성하여 교글링이라 불러대던 개구라 생각이 나서 웃었다.

내 앞에 선 교육생들이 시키지도 않았는데 앉아 번호를 한다. 좋아.

"현 시각 11시 5분. 12시 30분까지 휴식, 12시 반에 식사 그리고 13시부터 오후 교육 들어갑니다."

"예!"

우르르 교육생들이 미리 보일러를 켜놓아 훈기가 도는 기사대기실로 들어가 눕는다. 여기저기 베개가 날아다니고 발 고린내가 진동을 한다. 대충 자리를 잡고 누우려니 문가에 서서 안을 들여다보는 박아롱의 모습이 보였다. 하긴 남자들만 득실거리는데 어느 여자가 들어와 자리차고 눕겠는가. 문을 닫고 들어선 아롱은 어찌해야 하는지 난감해하는 눈치다. 옆에서 챙기던 동철 녀석은 어디 갔는지 보이지 않는다. 벌써 여기저기 코고는 소리가 들려왔다. 눈을 치우는 것은 대단한 육체적 노동이다. 따뜻한 방 안에서의 단잠은 사막의 오아시스 같은 고마움이다.

실눈을 뜨고 박아롱을 지켜보고 있자니 뒤늦게 동철이 문을 열고 들어선다.

"어. 누나도 좀 쉬지."

"어디서 쉬어. 앉을 자리도 없는데."

"그럼 봉고차에 가서 자. 문 열려 있던데."

이내 둘이 손을 잡고 나선다. 비어 있는 봉고차니 뭐라 할 것도 없지만 괜스레 배알이 꼬인다. 신입 주제에 벌써부터 연애질이라니. 한숨 내쉬며 돌아누웠다. 사내자식들 코 고는 소리가 기차 화통 같다. 그렇게 누워 있으려는데 아무리 기다려도 동철이 들어오지 않는다. 뭐야. 봉고차 안에서 둘이 뭐 하는 거야.

왜 기다렸는지는 모르겠다. 시계를 보니 아직 40여 분이 남았다. 자리에서 일어나 앉자 동철이 문을 열고 들어온다. 자동반사처럼 잽싸게 다시 자리에 누웠다. 흠. 들어왔군. 들어왔군? 동철이 기사대기실로 들어왔는데, 왜 내가 마음이 편해지는지 모르겠다. 이상하네.

"설마……."

지영이가 떠나고 삼 년이다. 첫 여자였지만 그만큼 강렬했다. 다시는 여자를 만나고 싶지 않을 만큼.

'프로골퍼? 정신 좀 차려. 오빠만큼 볼 치는 사람 손님들 중에도 널리고 깔렸어. 열심히 모아서 장사라도 해야지. 캐디 생활 십 년에 차 한 대랑 클럽. 그리고 어디 입고 나가지도 못하는 골프 옷만 남은 그런 쓰레기 되고 싶어?'

결혼까지 꿈꾸었던 지영이었기에 처음으로 가슴에 담아둔 꿈을 이야기했건만 그녀는 너무나 냉정했다. 이해는 할 수 있었지만, 섭섭했다.

'됐어. 프로는 무슨! 세상에서 제일 불행한 커플이 뭔 줄 알아? 고시생과 뒷바라지하는 직장 여성. 그리고 의사랑 간호사. 그보다 더 악질인 게 골퍼 지망생과 캐디야. 싫어! 난 싫다고.'

마지막이었다. 함께 전라도 쪽에 있는 다른 골프장으로 옮기자고 이야기하는 지영을 달래보았지만, 지영은 내가 아닌 내 동기와 함께 회사를 떠나갔다. 2년의 짧은 사랑은 그렇게 끝이 났고, 나는 그렇게 불쌍한 놈이 되어 한여울에 남았다. 후회는 없었다. 많이 좋아했었으니까. 사랑했었으니까. 내 첫 여자였으니까.

눈을 뜨니 기사대기실에 혼자 누워 있다. 시계를 보니 12시 반. 모두 식사를 하러 갔나 보다. 분명 아프리카 영양들처럼 우르르 뛰어갔을 터인데, 그 소란 속에서 잘도 자고 있었나 보다. 나는 일어나 기지개를 켰다.

기사대기실을 나와 직원식당으로 향하는 길. 기사대기실 앞에 세워둔 봉고차로 눈이 간다. 들여다보니 박아롱이 쪼그리고 자고 있다. 열쇠가 없어 히터도 틀지 않고 자나 보다. 아무리 차 안이라고는 하지만 아직 한겨울이다. 감기 들 텐데.

"박아롱! 박아롱!"

불러서 깨우니 게슴츠레 눈을 뜨고 나를 바라본다. 깼으면 일어날 것이지 뭘 그리 보고 있나. 어라. 다시 눈을 감는다. 이대로 더 자면 바로 감기 든다.

"일어나! 야!"

"어다 데고 야가!"

갑작스레 약 먹은 쥐처럼 목에 핏대를 세우고 바르락대는 그녀를 보내 당황스럽다.

"선배 니 몇 살이고! 도대체 몇 살이나 처묵었길래 대가리에 칼 맞은 고등어 맨키로 맨날 반 토막이고! 앙! 교육생이 무슨 동네북이가! 와 맨날 반말이고! 와!"

대가리? 칼? 고등어? 뜬금없이 튀어나온 사투리가 상당히 억세게 들린다. 갑자기 미친 소마냥 들이받으니 할 말이 없다. 남자들 세상에서는 나이가 많으면 당연히 반말을 하는데.

이래서 여자들은 피곤하다. 작년에 들어왔던 신입생은 내가 저를 미워한다 울더니 관둬 버렸다. 그저 일 똑바로 하고 다니라고 말했을 뿐인데. 여자들은 영 대하기가 불편하다. 남중에 남고에 군대에서 골프연습장 일 년 다니고 다시 남자들만 득실거리는 한여울에 와서 그런가 여자를 대할 새가 없었다. 그것이 문제였을까.

"나 서른 살. 넌 스물일곱 살. 존대해 줄까, 후배님?"

후배님을 강조하자 박아롱이 시뻘게진 얼굴로 대답도 없이 봉고차에서 뛰어내린다. 나이로도 내가 위고 기수로도 내가 위다. 하다못해 키랑 몸무게랑 전부 다 내가 위다. 목이 부러져라 나를 올려다보더니 코딱지만 한 손으로 나를 밀어내고는 휙 가버렸다. 어이가 없다. 뭐 저딴 계집애가 다 있을까. 자꾸 신경을 긁는 것이 영 못마땅하다.

오후 교육 시간이 되어서도 박아롱은 복어처럼 뾰로통 입술을 내밀고 교육 시간 내내 노려본다. 시선이 영 불편하다. 신경 끄자. 신경 끄자. 아무리 되뇌어도 손톱으로 칠판을 긁는 양 거슬린다.

"골프 코스는 Par3, Par4, Par5의 홀들로 열여덟 개 홀로 구성되어 있습니다. Par는 실력있는 골퍼가 플레이를 하였을 때 반드시 넘지 말아야 할 타수입니다. Par3의 경우 티샷을 하고 세 번 만에 넣으면 Par. Par4의 경우는 4타째에 홀컵에 넣었을 때가 Par, Par5는 다섯 번 만에 홀컵에 볼이 들어가야 Par가 됩니다."

교육생들의 얼굴을 보니 영 못 알아듣는 눈치다. 하긴 이삼 년차 골퍼들 중 스코어 계산조차 못하는 이들도 부지기수. 스코어 계산이라는 것이 말도 생소하고 복잡하니 어려운 것이 사실이다.

"그래서 Par3는 3타, Par4는 4타, Par5는 5타를 쳐서 18홀 모두 파 세이브를 했을 경우에 72라는 숫자가 나옵니다. 18홀 기준 타수는 모두 72타가 되는 거죠."

박아롱은 째려보는 것에 지쳤는지 꾸벅꾸벅 졸고 있다. 가차 없이 화이트보드용 매직을 그녀에게 던졌다. 명중이다.

"아얏!"

이마에 제대로 맞았는지 이마를 문지르며 주위를 두리번거리던 박아롱 양께서 바닥에서 매직을 집어 든다. 집어 든 그녀의 얼굴을 보니 웃음이 터질 것 같다. 매직이 번져 있다. 성질 사나운 백구가 바둑이가 됐다. 흠흠.

"집중하세요."

매직을 달라 손을 까닥이니 집어 던지려고 손을 번쩍 들었던 그녀가 앞줄에 앉은 교육생 손에 쥐어준다. 생각보다 멍청하진 않다.

'그래. 나한테 던졌으면 넌 오늘 죽었어.'

매직은 손에서 손으로 건네져 다시 내 손에 들어왔다. 박아롱의 얼굴을 보니 화가 났다기보다는 당황하여 창피한가 보다. 고개를 푹 숙인 꼴을 보니 속이 다 시원하다.

"골프는 점수가 적을수록 우수한 성적으로 기록됩니다. 예를 들어 Par5. 파 파이브의 경우. 다섯 번 만에 홀컵에 넣었을 때를 파라고 하니까 4번 만에 넣으면 버디, 세 번은 이글, 두 번은 알바트로스, 그리고 홀인원은 한 번에 넣었을 경우입니다."

아가씨, 창피하다고 고개만 숙이고 있으면 어쩌냐. 듣고 배워야지. 나는 박아롱을 불렀다.

"박아롱 씨, 홀인원이 가장 잘 나오는 홀은?"

"가장 거리가 짧은 Par3입니다."

기세등등하게 대답을 하는 그녀를 보니 나를 향한 미움이 학구열로 변화하는 것이 보인다. 좋아.

교육생들이 들어온 지 이 주가 되어가니 아마도 다음 주부터는 골프 규칙에 대한 교육이 진행될 것이다. 나름 쉽게 설명했는데, 영 어려운가 보다. 하긴 새내기들이 가장 힘들어하는 것이 타수 계산하는 스코어 카드 작성이 아니던가. 내내 타수 계산하는 질문과 응답으로 나머지 시간을 때웠다.

저녁이 되어 석구에게 전화를 받은 나는 그가 자주 찾는 당구장으로 향했다. 당구장에 도착하니 석구와 한수 그리고 개구라가 쿠션 볼을 치고 있다.

"어이, 까마귀 왔냐."

동갑인 석구의 인사에 내가 다가가 뒤통수를 후려갈겨 줬다. 어째서 좋은 이름 두고 전부 까마귀니, 꼴통이니, 개구라니 말도 안 되는 별명들을 불러대는지. 제 차례가 됐는지 큐대를 집어 든 개구라가 웃는다.

"내가 형 맞을 줄 알았어."

"까마귀를 까마귀라고 하지 백조라고 할까? 두루미라고 할까. 안 그래?"

석구와 개구라는 눈치 보기 바쁘고 눈치없는 정호만이 움켜쥔 내 주먹을 눈치채지 못했다. 나보다 나이가 많으니 한 대 칠 수도 없고 짜증만 치밀어 오른다. 까마귀라는 별명. 싫다. 지영이 떠나가고 우울함의 극치를 보였던 내게 주어진 별명이라 그런지 까마귀 소리를 들을 때마다 못나게 굴었던 과거가 떠올라 피가 끓는다.

"적당히 하시죠."

"어휴, 새끼. 너나 적당히 해라. 아직도 그 계집애 때문에 쓸 힘이 남았냐."

참자. 그냥 참기로 했다. 개구라만큼이나 입이 가벼운 정호이니 성을 냈다가는 종원이 아직도 지영이 그리워 죽으려 한다 소문 낼 것이 뻔했다. 다행히도 이야기는 홍일점 교육생에게로 흘러간다.

"살이 엄청 빠졌어. 완전 다른 얼굴이더라."

"정말이야?"

정호가 관심을 보이자 석구도 한마디 거든다.

"근데, 이름이 정말 아롱이야?"

"동생 이름은 뭔 줄 알아?"

"사태 아냐? 아롱사태."

정호의 재미없는 농담에 개구라가 고개를 젓는다.

"아냐. 좀 더 비슷한 이름이야. 듀엣처럼."

개구라의 장난질에 나까지 걸려들었다.

"다롱인가?"

"어! 형 어떻게 알았어? 이봐. 이봐. 아닌 척하더니 다 아네."

정말 다롱이였나 보다. 그 집 아버지 아롱다롱 태어난 딸들이 정말 예뻤나 보다. 예쁜 딸들이 평생 안 늙을 줄 알고 그리 지었겠지. 개구라의 호들갑에 아무 내색 없이 큐대를 들었다. 새로 다마가 놓이고 내기 당구가 시작되었다. 대부분의 골퍼들이 내기 골프를 치듯 남자 캐디들 또한 내기라면 사족을 못 쓴다. 겨울이면 삼사십만 원이 오가는 포커나 화투를 치는 경우도 많다.

내기 당구는 싫지만, 개구라 녀석 입도 다물게 할 겸 한판 붙어볼까 한다.

"이번에 재경이하고 준수는 안 올 건가 봐."

개구라 녀석 정말 소식통은 소식통이다. 휴장이 지나 한여울로 돌아오는 인원은 늘 삼분의 일 정도밖에 안 된다.

한참 열중해 당구공을 찍고 있는데, 역시나 개구라 입에서 다시 박아롱 이야기가 나온다.

"카트 교육 들어갔는데, 아직 면허도 없대. 완전 순진해. 아직도 전진 후진만 줄기차게 하고 있던데."

"면허증 없으면 순진한 거냐? 바보 같은 자식."

안 하고 싶은데 욕을 번다. 제기랄! 시네루가 잘못 먹혔다. 하얀 공은 노란 공을 스쳐 빨간 공과는 멀리 떨어진 곳에 뱅뱅 돈다. 망했다.

"그만큼 세상 물정 모른다는 것 아니겠어? 요즘 세상에 면허 없는 애들이 어디 있냐고."

"남자친구가 태워주는 차만 탔겠지."

"걔 남자 안 사귀어봤다는데?"

"오호! 느낌 좋은데?"

개구라의 말에 정호가 실실 웃으며 큐대로 시까끼를 친다. 당구대의 구석에 몰린 노란 공과 빨간 공이 동시에 따다닥 부딪친다.

"그 소린 또 어서 들었냐?"

"교육생 동철이가 그러던데?"

개구라의 말에 입을 다물어 버렸다. 한숨이 나온다. 어서 남자를 만나도 제 속살 떠벌리는 놈을 만나 그리 옆에 끼고 다닐까.

또다시 삑사리가 났다. 한쪽에 점수판 다마가 한꺼번에 세 개나 더해진다. 그만해야겠다. 내기라는 것이 그날그날의 운이니 적당할 때 물러서는 것이 정도다.

큐대를 내려놓으니 눈치 빠른 석구가 붙잡는다.

"더 놀다 가, 기다리는 마누라도 없는 놈이."

"간다."

뒤도 돌아보지 않고 손을 흔들어줬다. 당구장을 나서니 이느새 밤이다. 편의점에 들러 담배를 사는데 창밖으로 뭘 샀는지 커다란 봉투를 손에 든 동철이 보인다. 자연스럽게 옆에 있는

박아롱에게로 시선이 향했다. 한숨처럼 차가운 숨결이 새어나
왔다.

"바보."

3장 드디어 개장

2월 3일. 개장 첫날부터 한여울 CC는 하얀 눈으로 뒤덮였다. 아침 일찍 일어난 종원은 서둘러 출근 준비를 했다. 첫 티업이 8시 40분, 7시 40분까지만 가면 되지만 종원은 조금 일찍 집을 나섰다.

어제 회사에서 있었던 개장 전 미팅으로 모두 모여든 동료들은 반가운 마음에 분명 새벽까지 술을 마셨을 것이다. 백 번을 지각하지 말라 이야기해도 술은 술이다. 분명 개장 첫날 지각을 하는 동료가 있을 것이다. 하나가 지각이나 무단결근을 때리면 줄줄이 순서가 밀려 올라가기 때문에 적어도 한 시간 전에 가는 것이 좋다. 일 분 일 초를 달리는 캐디에게 시간은 꼭 지켜야 할 약속이었다. 6년 동안 지각, 조퇴, 결근은 물론 컴플레인 한 번 없었던 종원이었다.

집 앞 편의점에 들러 따뜻한 캔커피를 하나 사들고 차에 오른 종원은 한여울을 향해 눈이 쌓인 길을 조심스레 달렸다. 매번 다니는 길이지만 겨울이면 서너 건씩 사고가 나는 곳이라 늘 조심해야 한다. 한여울 CC로 갈라지는 왼쪽으로 커브를 틀며 운전석 위에 있는 시디를 꺼내 드는데 갑작스레 검은 물체 하나가 차로 달려들었다. 부딪치는 충격이 없는 걸로 보아 치인 것은 아닌 듯. 종원이 급하게 차에서 내려섰다.

"망할 고라니!"

고라니가 아니었나 보다. 사람? 사람이라 생각했는데 갑자기 멧돼지처럼 종원에게로 달려든다. 순식간에 그의 품으로 뛰어드는 힘에 밀려 종원은 억 소리도 못하고 주저앉아 버렸다.

"엉엉엉. 무서워 죽는 줄 알았어요. 엉엉."

기다란 그의 다리 사이로 주저앉아 종원을 끌어안은 채 울고 있는 것은 못 본 사이 많이 핼쑥해진 아롱이었다.

"아롱이?"

"엉엉엉. 문은 닫혀 있고. 엉엉. 아무도 안 오고."

아롱은 첫 출근에 너무 긴장한 탓인지 시계를 잘못 보고 정신없이 내달려 택시를 타고 한여울로 달려왔다. 문은 닫혀 있고 때깍때깍 요금이 올라가는 택시에 앉아 마냥 기다릴 수도 없었다. 그것이 실수였다. 택시를 보내고 나니 아롱은 순식간에 어둠에 휩싸였고 무서웠다. 추위에 떨고 귀신 나올까 떨고 그렇게 마냥 떨다가 길을 따라 내려오기 시작한 것이다.

환하게 길을 밝히며 천천히 달려오는 차를 보자마자 달려들었다. 생존의 본능이었다. 차에서 내려서는 종원을 보니 어찌나 마음이 놓이던지 그만 울음이 터져 버렸다.

"엉엉엉. 그래서 어엉. 훌쩍, 그래서."

콧물인지 눈물인지 알 수 없는 걸쭉한 액체를 묻혀가며 우는 그녀를 안아줘야 할지 떼어내야 할지 종원은 난감하기 짝이 없었다. 결국 종원은 아롱의 달래듯 등을 부드럽게 두들겨 주었다. 사내 녀석이라도 문 닫힌 한여울 앞에 서 있으면 무서웠을 것이다. 고등어 대가리가 어쩌고 칼이 어쩌고 버럭대던 여자는 어디 가고, 그의 가슴팍을 적시며 떨고 있는 아롱을 보니 웃음이 나왔다.

"뭐 하러 이렇게 일찍 왔냐."

"꺼억꺼억, 그러게 말이에요."

대답은 잘도 한다. 딸꾹질을 해대는 아롱을 보니 또다시 웃음이 새어 나오는 종원이었다. 칭칭 감은 목도리 사이로 빨갛게 튀어나온 코를 보니 꽤나 추웠는지 딸기처럼 빨갛다.

"일어나."

일어나라며 등을 두들겼지만, 종원의 옷깃을 꼭 움켜쥐고 그의 다리 사이에 앉아 가슴에 얼굴을 묻은 아롱은 떨어질 생각을 안 한다. 차가운 눈 바닥에 앉아 아롱을 품에 안고 있으려니 영

어색했지만 굳이 놀란 그녀를 밀어낼 수는 없는 일이었다.

"괜찮아, 괜찮다고. 그렇게 무서웠으면 누구한테 전화 걸어서 통화라도 하고 있지 그랬냐."

"핸드폰을 놓고 왔다구요. 엉엉엉!"

뭐가 그리 서러운지 다시 울음을 터뜨린다. 어찌 달래줘야 할지 알 수가 없어 종원은 검은색 야구모자에 비니를 덮어쓴 그녀의 작은 머리를 감싸주었다. 그렇게 한참을 앉아 있으려니 아롱이 고개를 든다.

"선배님, 왜 이렇게 일찍 왔어요?"

"첫 대기라서."

종원은 멋쩍은 듯 얼굴을 붉히는 아롱을 번쩍 들어 올렸다. 가볍다. 많이 말랐네. 장갑도 끼지 않은 손이 너무나 작다.

"장갑은?"

"급하게 나오느라 깜박했어요."

칠칠맞지 못하기는. 종원은 제 장갑을 벗어주려다 말고 그냥 차에 올라탔다. 장갑을 벗어주는 것은 지나친 친절인 듯싶다. 보조석에 앉아서도 계속 훌쩍거리는 아롱을 힐끗 쳐다보고는 히터를 더욱 올렸다.

너무 일찍 왔는지 한여울의 커다란 철제 대문이 굳게 닫혀 있다. 담배 생각에 차에서 내려서려는데, 아롱이 그의 팔을 움켜쥔다.

"어디 가요!"

웃음이 나왔다. 겁은 많아 가지고서는.

“담배 피우러.”

“그냥 여기서 피워요.”

제 차도 아닌데 그냥 여기서 피우란다. 또 웃음이 나온다. 담배를 즐겨 피우는 그였지만, 깔끔한 성격 탓에 집에서도 꼭 베란다에서 피운다. 종원은 꺼냈던 담배를 다시 넣어버렸다.

“왜요?”

“차에서 담배 안 피워.”

“왜요?”

뭐가 그리 궁금한 게 많은지. 훌쩍거리며 올려다보는 눈망울을 보니 왠지 대답을 해주어야 할 것 같다.

“냄새 나잖아.”

“아…….”

곧잘 말대답을 하는 아롱을 보니 이제 마음이 좀 가라앉았나 보다 생각이 들었다. 빨갛게 언 아롱의 손이 영 신경에 거슬린다. 그렇다고 잡아줄 수도 없고. 종원은 편의점에서 샀던 캔커피를 꺼내 들었다. 다행히 아직도 뜨겁다.

“감사합니다.”

“오냐.”

“그런데…….”

아롱이 그를 물끄러미 쳐다본다. 왜?

“왜…… 선배님은 자꾸 반말해요.”

생각지도 못했던 물음에 말문이 막혀 버렸다. 바락대던 지난번과는 달리 아롱이 우물쭈물 조심스러워한다. 이번에는 어이가 없어서 웃음이 나왔다. 물에 빠진 것 구해놨더니 말투가 마음에 안 든단다. 이걸 그냥. 콱! 하고 머리를 쥐어박아 주고 싶다.

"내가 나이도 더 많고, 기수도 더 높고. 키도 더 크고. 머리도 더 크고. 손도 더 크고. 발도 더 크고. 밥도 더 많이 먹고."

어이없다. 유행가 가사처럼 끝도 없이 크고 크고를 반복하는 종원을 올려다보자니 도톰한 아롱의 입술이 점점 더 벌어진다. 정말 외계인 같은 소리만 하고 있다. 생긴 건 멀쩡하게 잘생겼는데 이상한 소리만 해대니 뭐라 말을 해야 할까.

"여기는 원래 그래. 너도 익숙해져야 할 거야."

아롱은 여전히 대꾸할 말이 생각나지 않아 고개를 끄덕였다. 에이, 그렇게 반말이 하고 싶다는데, 반가의 규수인 아롱이 그냥 봐주어야겠다 싶은 생각이 들었다. 오늘 보니 그리 나쁜 사람도 아닌 것 같은데.

"반말하는 게 그렇게 싫어?"

손가락으로 운전대를 두들기던 종원의 말에 아롱이 한숨을 내쉬었다. 왠지 뭘 하든 지지 않을 것 같은 남자.

"싫으면 안 하실 거예요?"

"아니."

"그런데 왜 물어봐요."

“그냥.”

아롱은 손에 쥐고 있던 캔커피를 움켜쥐었다. 이상하게 말 한 마디 한마디가 신경을 긁으며 약이 오르는 게 사촌 오빠 철진을 떠올리게 한다. 아버지는 남자 형제만 다섯, 모두 아들만 줄기차게 낳아 여자 형제는 하나도 없이 사촌 오빠와 사촌 남동생들만 수두룩이다. 그래서인지 아롱이와 다롱이의 존재는 박씨 가문의 보석과 같았고 사촌 형제들도 다들 두 자매를 좋아했다. 문제는 아롱과 다롱이 짓궂은 남자 사촌들의 넘치는 관심을 달가워하지 않는다는 것이다.

입을 꼭 다물고 있으려니까 뒤에서 자동차 라이트가 비추는가 싶더니 천천히 다가서는 차 한 대가 보인다. 종원이 보조석 창문을 내리며 시큰둥하게 묻는다.

“왜 이렇게 늦었어요.”

“늦은 거 아닌데. 넌 왜 이렇게 빨리 왔냐?”

차창 너머로 시계를 들여다보던 김 주임이 아롱을 발견하고는 손을 흔든다.

“어? 아롱 씨? 잘됐네. 오늘부터 너한테 동반 붙이려고 했는데.”

“형!”

종원의 비명에도 김 주임은 아무런 대꾸도 없이 커나란 철분의 자물쇠를 열고는 이내 차에 올라 눈길을 내려가 버렸다.

“동반이 뭐예요?”

“나중에 니 사수한테 물어봐.”

뭐가 그리도 기분 나쁜지 종원의 말투가 퉁명스러워 아롱은 입을 다물어 버렸다. 차는 클럽하우스로 향하는 길을 달려 다시 오른쪽으로 꺾어지는 2단 주차장으로 향했다. 그리고 다시 한 칸을 더 내려가 커다란 창고 앞에 섰다. 아롱이 이 주간 운전 연습을 하던 카트실이다.

“차에 있어. 2단 주차장 올라갈 거야.”

어디다 한눈을 팔았기에 여기까지 내려왔을까. 궁금했지만 아롱은 묻지 않았다. 아까 김 주임이 동반을 붙이겠다는 말을 들은 뒤로 부드럽게 미소가 감돌던 종원의 얼굴이 너무나 무표정하다.

“오늘 개장이긴 한데, 일하기는 글렀다.”

다시 차를 돌린 종원은 2단 주차장에 있는 기사대기실 앞에 차를 세우고 클럽하우스를 향해 눈길을 걷기 시작했다. 돌아보지 않아도 아롱이 그의 뒤를 따라 걷고 있음을 알 수 있었다.

‘동반을 누구한테 붙여. 짜증나게.’

김 주임이 도대체 무슨 생각을 하고 있는지 알 수가 없다. 눈이 많이 쌓였으니 예약 손님을 취소해야 할 것이다. 아직 시간은 있으니까 차차 이야기해 봐야지.

슬슬 출근하는 캐디들 차가 보인다. 클럽하우스로 올라가는 길, 종원은 잠시 멈추고 차창을 내리며 인사하는 후배들에게 가볍게 손을 들어주었다.

클럽하우스 왼쪽 지하로 이어지는 길을 따라 내려온 아롱은 경기과 사무실로 들어서는 종원의 모습에 그 자리에서 멈춰 섰다. 볼일이 있어 사무실에 들어가는 것 같은데 따라 들어갔다가는 까칠한 선배한테 한소리 들을 것 같다. 아롱은 걸음을 돌려 직원식당 옆에 있는 캐디대기실로 들어가 불을 켜고는 의자에 앉았다. 쾌쾌한 홀아비 냄새로 가득한 캐디대기실은 초등학교 교실만 한 크기로, 오른쪽으로 키 높이만큼 위에 창문이 달려 있고 에어컨이 있는 곳을 빼고는 사방을 둘러 의자가 주르륵 놓여 있는 것이 전부다.

아롱의 손에는 아직도 종원이 준 캔커피가 들려 있다. 따뜻하다.

'3년 전에 같이 일하던 여자 선배한테 채인 뒤로 성질이 엄청 까칠해졌대요. 누나, 그러니까 조심해요.'

인사도 잘 안 받고 말도 잘 씹고. 뭐, 건들지 않으면 있는 듯 없는 듯 조용하다는 종원. 개장 전부터 선배들과 어울려 술 마시러 다니던 동철의 귀동냥이 어디까지 진실인지 알 수 없으나 까칠한 것만은 분명한 것 같다.

'작년에도 여자애 하나 울려서 그만두게 했대요.'

동철이 웬만하면 피하라 했던 그 선배를 마주치고 나니 생각보다 나쁜 사람 같지는 않다. 품도 따뜻한 것 같고. 순간 아롱의 얼굴이 화르륵 달아올랐다. 찰싹찰싹, 달아오른 얼굴을 두드리고 있으려니 문이 벌컥 열렸다. 갈색 유니폼 잠바를 입은 남자 하나가 어색하게 인사를 한다.

"어? 안녕하세요."

"선배님, 안녕하세요."

같은 교육생이 아니니 선배다 싶어 자리에서 일어나 인사를
했다.

"새로 오셨나 봐요?"

"예, 교육받는 중이에요."

"아, 혹시 아롱 씨?"

뭐가 혹시 아롱 씬가. 여자는 아롱이 하나였고, 이 남자 웃는
폼이 이 좁은 신철원 바닥에서 이미 그녀를 아는 듯하다.

"저는 김한수예요. 이렇게 보기는 처음이네요. 만나서 반가워
요."

의자 하나 건너 앉았는데도 수염이 덥수룩한 남자에게서 술
냄새가 폴폴 난다.

"난 6기예요. 선배니 뭐 그러지 말고 그냥 편하게 오빠라고
해요. 하아하아, 하."

웃는 것조차 너무나 부자연스러운 한수를 보며 아롱이 어색
하게 고개를 끄덕였다. 멀뚱하게 앉아 있던 한수는 어물쩍 머리
를 긁더니 이내 길게 누워버렸다. 금세 코를 곤다. 불을 꺼줘야
하나 망설이는데 누군가 또 문을 열고 들어왔다. 아롱은 다시
자리에서 일어나 인사를 했다.

"선배님, 안녕하세요."

"아, 예."

교육 기간 내내 김 주임이 당부하던 말이 인사 잘해라, 였다. 하지만 그 인사가 이렇게 줄기차게 이어질 줄이야. 선배라는 대단한 종족들이 우르르 들어오기 시작하더니 하나둘씩 교육생 동기들의 모습도 보인다. 삽시간에 캐디대기실이 앉을 자리도 없을 만큼 가득 찼다. 술 냄새가 진동을 한다. 그사이에서 아롱에게로 다가서는 동철의 얼굴이 보였다.

"누나 없길래 걱정했는데, 일찍 왔네."

아침에 일어났던 일을 구구절절 이야기하고 싶어 입이 근질거렸지만 사람이 너무 많다.

"오늘 개장하겠어?"

"개장은 무슨, 눈 치우다 가겠지."

"넌 휴장 때 뭐 했냐?"

서로 떠들기 바쁜 선배들의 눈치를 보던 교육생들은 어느새 문가로 몰려 있다. 언젠가 보았던 동물의 왕국이 생각난다. 힘센 수컷을 피해 동물원 한쪽에 쪼로록 붙어 서 있던 호랑이들. 아, 이곳은 인성이 통하지 않는 맹수의 세계였던가. 백화점 종업원마냥 교육생들은 문으로 들어서는 선배들이 들어올 때마다 입을 모아 인사하기 바쁘다.

"안녕하십니까, 선배님!"

우렁차게 인사를 하니 선배라는 종족들이 웃는다. 간간이 파란색 유니폼 잠바를 입은 여자 선배들도 보였지만 교육생들한테는 전혀 관심이 없는 듯하다. 아롱은 여자 선배 하나라도 좀 아는 척해주었으면 하는 섭섭함이 들었다. 그렇게 두리번거리다 보니 아롱의 눈에 제설 작업할 때 종종 보았던 키 작은 선배의 모습도 보인다. 개구라라 했던가. 아롱이 쳐다보는 것을 느꼈는지 개구라가 눈인사를 한다. 그렇게 몰려서 멀미가 날 만큼 우글거리다 보니 벌써 8시가 훌쩍 넘었다.

"센터 앞으로 집합!"

누군가 외치는 소리가 들렸다. 순식간에 소 떼처럼 문가로 와르르 밀려든다. 선배들의 뒤를 따라 두 평 남짓한 조립식 모양의 센터를 향해 걷기 시작했다. 여자로서 보기 드문 포스를 뿜어내는 서 과장이 센터 앞에 대대장처럼 뒷짐 지고 서 있다.

"간밤에 내린 눈으로 오늘 오전은 휴장에 들어갑니다. 오후 영업해야 하니까 늘 하던 대로 벨리코스와 마운틴코스로 나눠서 제설 작업할 거예요."

서 과장의 말에 사방에서 한숨 석인 야유가 쏟아져 나왔다. 이미 한두 번 겪는 일이 아닌 듯 여자 과장이 넉살 좋게 웃는다.

"좋아, 좋아. 휴장 때 풀어진 근육 바짝 조이면서 워밍업들 잘하라고."

서 과장의 앞으로 조교처럼 서 있던 여덟 명의 조장이 각자 모이라 외치자 와글거리던 선배들이 제자리를 찾아 간다. 캐디 대기실에서 널브러져 있던 모습은 어디에서도 찾아볼 수가 없다. 마치 마스게임을 하는 듯 일사불란하여 놀라운 아롱이었다.

“1조부터 4조까지는 벨리, 5조부터 8조까지는 마운틴, 교육생들은 종원이 따라서 클럽하우스와 진입로 제설 작업을 한다.”

선배들은 센터를 중심으로 한탄강을 끼고 도는 오른쪽의 벨리코스와 왼쪽 산길을 타고 오르는 마운틴코스로 갈라져 걷기 시작했다.

아롱 또한 동기들과 같이 선배들이 고르고 남은 넉가래들 속에 조금 작아 보이는 눈삽을 손에 들었다. 장갑을 안 끼고 왔더니 손이 너무 시리다. 빨갛게 언 손을 비비며 종원을 바라보았다. 종원은 서른세 명의 교육생들을 세 파트로 나누어 자리를 배정해 주었다.

아롱이 동철을 따라 진입로 쪽으로 몸을 돌리는 순간 종원이 그녀의 앞길을 막아섰다.

“저 삽 있는데요.”

“그 삽 내놓고 이거 가져가.”

종원이 청소부들이 쓰는 자루가 긴 빗자루를 내민다. 멀뚱하니 올려다보는 아롱에게서 뺏어 든 삽을 동철에게 집어 던진다. 덕분에 동철은 얄상하게 골랐던 빗자루를 놓아야 했다.

“여자가 삽질은 무슨. 넌 센터 앞이나 쓸어.”

뭐야. 삽질이라고는 이골이 난 아롱이었다. 평생을, 아니, 혹시라도 하게 될 삽질을 여기 와서 다 했는데, 새심스럽게. 망연히 쳐다보는 아롱을 뒤로하고 철문이 있는 진입로 쪽으로 걸어가던 종원이 휙 돌아서더니 긴 다리로 성큼성큼 걸어온다. 그리곤 장갑을 벗더니 그녀의 손에 턱 하니 쥐어주고는 말없이 가버렸다.
센터 앞은 이미 당직 직원들이 치워놓은 듯 눈이 별로 없다.

"에잇. 설마 내 생각 해서 그랬겠어."

아롱은 손이 뱅뱅 헛도는 커다란 장갑을 끼며 생각에 잠겼다.
남자들은 뚱뚱한 여자를 싫어한다. 여자들이 키 작은 남자를 싫
어하는 것과 같은 이유다. 중학교 때부터 꾸준히 뚱뚱했던 그녀
였기에 남자에게서 관심 어린 친절이라고는 받아보지를 못했
다. 물론 이곳에 와서 삽질하느라 살이 많이 빠지기는 했지만,
자신이 예쁘다는 생각은 한 번도 해보지 못했다.

이래저래 있지도 않은 눈을 찾아 쓸다 보니 정말 쓸 곳이 없
다. 스타트하우스 계단에 앉아 있으려니 왼쪽에 지하로 이어진
길을 따라 올라오는 한수의 모습이 보인다.

"안녕하세요, 선배님."

"오빠라고 하라니까. 근데 뭐 해요?"

선배님이야말로 다들 눈 치우러 갔는데 뭐 하냐 묻고 싶었지
만 꾹 참고 손에 든 빗자루를 들어 보였다. 서글서글 웃으며 잠
깐만 기다리라던 한수가 이내 따뜻한 커피를 들고 나타났다.

"여기를 혼자서 다 치운 거예요?"

지금까지 캐디대기실에서 잤는지 기지개를 켜는 한수의 말에
아롱은 머뭇거렸다. 직원들이 이미 다 치워놓은 것인데 그녀가
치웠다 말하기도 그렇고 아니라고 하면 그녀에게 빗자루를 쥐
어주고 간 종원이 불편해질 것 같아 그냥 웃기만 했다.

“일할 만해요?”

“네.”

“뭐 궁금한 것 없어요?”

자상하게 묻는 한수를 보니 정말 새내기 챙기는 선배답다. 꼬박꼬박 존대를 하는 한수를 보니 문득 종원이 떠오른다. 동반이 뭐냐 묻던 그녀에게 사수에게 물어보라 했던가?

“선배님, 동반이 뭐예요?”

“아. 그러고 보니 카트 교육 끝났겠네. 왜요, 동반 들어간대요?”

고개를 끄덕이니 한수가 씩 웃는다.

“아롱 씨가 내 부사수 됐음 좋겠다. 내가 잘 가르쳐 줄 수 있는데.”

부사수. 사수랑 뭔가 연관이 있는 듯하여 아롱이 기다렸다는 듯 물었다.

“부사수가 뭔데요?”

“이론 교육이 끝나면 사수가 정해져요. 일종의 선생님? 그리고 교육생은 부사수라고 하죠. 여자들만 있는 곳에서는 엄마라고 부르기도 한다던데, 여기는 사수, 부사수 그래요. 사수가 부사수 데리고 다니면서 일 가르치는 걸 동반이라고 하구요.”

“아, 그렇구나.”

“둘이 맨날 붙어 다니니까 의형제만큼이나 친해져요. 사귀는 커플들도 있고요.”

웩! 남자들끼리 뭘 사겨. 아롱은 마시던 커피를 울컥 뱉어냈다. 너무 놀란 탓이다.

"남자들끼리 사귀어요?"

"에에?"

의아한 듯 아롱을 바라보던 한수가 발작적으로 웃음을 터뜨렸다.

"하하하. 아뇨, 부사수가 여자인 경우에 그렇게 사귄 커플들이 몇 있어요. 결혼하고 그만뒀지만 6조장 승일이 와이프 유진이가 그랬고, 2조장 철수랑 명희가 그렇고, 아무튼 그래요."

"전부 조장이네요."

"뭐, 기수 높은 애들이 조장이 되니까 대부분이 선배들하고 얽히죠. 물론 교육생 때 동기들하고 사귀는 커플들도 있어요. 종원이는 동기 지영이랑 사귀었어요."

동철이 말하던 헤어진 여자친구를 말하나 보다. 호랑이도 제 말 하면 온다더니 멀리서 걸어오는 종원의 모습이 보인다.

"어이! 오랜만이다."

"형도 오랜만이네요. 근데 눈 치우러 안 갔어요?"

종원이 한수의 앞에 서니 한수가 한없이 작아 보인다. 한수와 인사를 나누는 종원의 목소리가 너무나 쌀쌀맞아 옆에 서 있기 민망해지는 아롱이었다.

"나이가 들어서 그런가, 삭신이 쑤셔서 눈 치우는 것도 힘드네."

“그만하실 때도 됐죠.”

헉. 그만하라는 것이 제설 작업을 뜻하는 것이 아님은 여섯 살짜리도 알 것이다. 조금 지나치다 싶은 종원의 말에 한수가 기분 나쁜 듯 종원을 노려보았지만 이내 휘적거리며 캐디대기실을 향해 아까 왔던 길을 내려가 버렸다. 싸움이 나는 것 아닌가 싶어 콩닥거리는 가슴 위로 커피잔을 들고 있던 아롱에게로 차가운 시선이 박혀든다.

“커피 다 마셨냐.”

“네.”

“가서 주차장 쓸어.”

고개를 끄덕이며 종종걸음으로 달려가는 아롱의 뒷모습을 바라보던 종원의 입에서 하얀 입김이 쏟아진다. 교육 받으면서 눈 치우느라 살이 쪽 빠진 것 같아 제설 작업 빼줬더니 기껏 농땡이 치는 발바리 한수와 노닥거리고 있을 줄이야.

“여자들이란……”

고개를 절레절레 흔들며 종원은 화장실에 가려던 것을 잊은 채 다시 진입로를 향해 걸음을 뗐다.

한편, 종원의 싸늘한 목소리에 바짝 얼어 주차장으로 내려가던 아롱은 걸음을 멈춰 섰다.

“장갑 돌려줘야 하는 것 아닐까?”

영 마음이 쓰였지만, 싸늘한 눈초리를 마주할 자신이 없어 고개를 저으며 주차장으로 내려갔다. 주차장에 내려가 보니 눈이 한가득이다. 아롱은 비명이 터져 나올 것 같은 입술을 깨물었다. 처음부터 주차장을 쓸라고 하던가. 넉가래도 없이 빗자루로 이 넓은 주차장을 언제 다 쓴단 말인가. 심통쟁이 까마귀. 아롱은 이를 악물고 무림고수처럼 빗자루를 휘둘렀다.

"에이씨!"

주차장의 반에반에 반쯤 쓸었을까. 왁자지껄 사람들 내려오는 소리가 들린다. 온몸이 땀으로 흠뻑 젖었다.

"어머, 여기서 뭐 하는 거예요?"

5조의 선화 조장. 교육 때 골프 클럽에 대해 설명해 주던 여자 선배였다. 아담한 키에 서른넷이라는 나이가 믿어지지 않을 만큼 앳된 얼굴이다. 한여울 10기로 경력 9년인 그녀는 한여울의 꽃이라 불린다는 소문을 들었다.

"종원 선배님이 주차장 쓸라고."

"종원이가?"

믿을 수 없다는 듯 되묻는 선화의 말에 아롱이 고개를 끄덕이자 선화의 눈이 더더욱 커진다.

"정말이에요?"

"네."

"뭐 잘못한 것 있어요?"

선화의 말에 가만히 생각에 잠겼다. 잘못한 것 없는 것 같은데.

“그만해요.”

선화가 대뜸 아롱의 손을 잡아끈다.

“저…… 그게.”

“내가 알아서 할게요.”

거친 남자 조원들을 통솔하며 큰누나로 통한다더니, 그 터프함에 아롱은 선화에게 흠뻑 빠져들었다. 유일하게 여자 조장인 선화는 친구 의정이 말하는 ‘잘 안다는 언니’가 분명하다. 그녀가 잠시 같이 일하며 유난히 예뻐했던 의정이 아롱의 친구라는 것은 아직 모르겠지만, 정말 친절하다.

고등학교 시절로 돌아간 듯 애타게 기다리던 점심시간이 되었다. 직원식당으로 향하는 길, 아롱은 앞서 걷는 동철에게로 달려갔다.

“동철아, 민호랑 준호는 왜 안 보여?”

“그만뒀대. 나도 몰랐는데 어제 말도 없이 짐 싸서 가버렸다는데.”

동철의 말에 아롱은 그녀와 동철이 같이 늘 붙어 다니던 교육생 둘이 그만두었다니 섭섭했다.

“여기서는 야반도주가 흔한 일인가 봐. 선배들은 물어보지도 않네.”

오죽했으면 인사도 없이 가버렸을까. 한 달이 조금 넘는 사이 서른네 명의 교육생이 스물다섯으로 줄어들었다. 대부분 군대에서 지겹게 했다던 제설 작업이 이유였다. 교육을 담당하고 있는 김 주임은 늘 겪는 일인 양 아무런 내색이 없다.

직원식당에는 뜨거운 오뎅국과 전, 그리고 막걸리가 놓여 있었다. 아마도 고생하는 캐디들에게 회사가 주는 선물인가 보다. 아롱은 선화의 손에 이끌려 여자들이 앉아 있는 테이블로 갔다. 하나같이 예쁘게 생긴 선배들에게 인사를 한 아롱이 자리에 앉았다.

"아롱 씨, 인사해요. 여기는 22기 명희, 그리고 19기 혜진이, 16기 은정이, 20기 미지……."

눈인사를 나누는 여섯 명의 여자 선배를 아롱에게 소개시킨 선화가 멋쩍은 듯 웃는다.

"기수들 차이가 많이 나지? 교육 중에 그만두는 사람도 많고 옷 받아도 일이 힘드니까 버티다 버티다 마지막 남은 한두 명 그만둬 버리면 중간에 기수가 뻥 하니 비어버리는 거지. 전에는 18기만 세 번 뽑았다니까."

선화는 나이가 어려도 이곳에서는 깍듯하게 선배 대접 해야 한다는 말을 잊지 않았다. 이내 많이 먹으라며 예쁘게 웃는 선화를 마주하며 아롱도 웃었다. 추운 날씨에 오뎅국이 얼마나 맛이 있던지 아롱은 후르륵후르륵, 오뎅국을 내리 들이켰다.

"앞으로 고생길이 훤한데, 파이팅!"

명희인가 혜진인가 구분이 안 가는 선배가 막걸리를 가득 부은 종이컵을 아롱에게 내밀었다. 남자들만 가득한 이곳에서 오아시스 같은 여자 선배의 잔을 거절할 수 없어 아롱은 잔을 받아 한번에 마셔 버렸다. 달달한 것이 생각보다 괜찮다.

"어머, 술 잘하시나 봐요."

다시 한 잔 건네는 다른 선배의 잔을 받아 또 마셨다.

"아니, 어제 일기 예보에 눈 안 온다고 했는데. 뭐야."

"야. 넌 아직도 구라청을 믿냐? 발바리가 싱글 친다는 소릴 믿겠다."

구라청. 어감으로 볼 때 기상청을 이야기하는 듯하다. 여자답지 못한 조금 거친 표현들과 별명들이 난무했지만 아롱은 선배들의 대화가 너무나 우스워 저도 모르게 웃음을 터뜨렸다. 술들도 워낙 잘하는지 아롱에게 또다시 막걸리를 찰랑찰랑 부어준다.

"자, 아롱 씨 한 잔 더 해요."

소주는 한두 잔 마셔봤지만 막걸리는 처음 마셔보는 아롱이었다. 체질에 잘 맞는지 꿀꺽꿀꺽 잘도 넘어간다. 그렇게 뜨거운 오뎅에 막걸리를 마시다 보니 몸이 따뜻해지는 것 같다.

"자! 오후에도 휴장. 두 시간 쉬고 나서 잔설 작업합니다."

누군가의 외침에 식당 안으로 한숨 섞인 푸념들이 여기저기서 터져 나왔다. 아롱은 나른한 것이 머리가 무거워졌다. 무거운 머리로 잔설 작업이 뭘까 생각해 보는 아롱이었다.

"오전에 밀어두었던 눈 다시 헤쳐서 볕에 잘 녹으라고 군데군데 뿌리는 거예요. 눈 모을 때보단 덜 힘들어."

따뜻한 선화의 설명에 아롱은 고개를 끄덕였다. 캐디들은 눈치가 백 단이라더니, 마음도 읽을 수 있는 신통력이 있나 보다. 아롱의 옆에 앉은 제일 나이 어려 보이는 미지가 선화를 향해 시큰둥하니 입을 연다.

"언니, 여자대기실 불 안 땠지?"

"응. 아마 기사대기실 가서 자야 할걸."

선화의 말에 다른 선배들이 술자리를 마치고 자리에서 일어선다. 더 마시고 싶은 생각이 드는 아롱의 손을 선화가 잡아당겼다.

"빨리 안 가면 기사대기실 누울 데도 없어요. 가요."

직원식당을 나선 아롱은 여자 선배들과 같이 기사대기실이 있는 2단 주차장으로 향했다. 기사대기실에 들어서니 이미 열댓 명의 남자 선배가 이불을 깔고 누워 잔다.

"여기서 자요?"

"아래 카트실에 여자대기실이 있는데, 불 안 때서 추워. 자, 여기 누워요."

아롱은 큰 언니마냥 챙겨주는 선화의 곁에 이불을 깔고 누웠다. 그 넓은 주차장을 빗자루를 휘두르며 휘젓고 다녔더니 삭신이 쑤신다. 아롱은 눈을 감자마자 잠이 들어버렸다. 몸이 물 먹은 솜처럼 무겁다.

"센터 앞으로 집합!"

한 시간이 조금 넘는 휴식을 취한 종원은 문 앞에 서서 속속

들이 기사대기실을 빠져나가는 캐디와 교육생들을 바라보았다.
기존 캐디들과 교육생은 얼굴 표정부터가 분명하게 다르다. 캐
디들이야 익숙한 일이기에 아무 표정이 없지만, 교육생들은 죽
을 것 같은 표정이다.

"종원아."

종원은 그를 부르는 선화에게로 고개를 돌렸다. 선화와 함께
몇몇 여자 캐디들이 몰려 있다. 성큼성큼 다가서니 여자 캐디들
이 잠든 아롱을 내려다보고 있었다. 막걸리를 얼마나 마셨는지
벌게진 얼굴로 쌕쌕거리며 잘도 자고 있다.

"아픈가 봐. 못 일어나네."

걱정스런 선화의 얼굴을 보며 종원이 시큰둥하게 말했다.

"술이 과했나 보네."

"아냐, 열이 많이 나. 네가 집에 좀 데려다 줘라."

종원이 대꾸를 안 하고 있으니 아롱을 일으켜 세우던 선화가
종원을 올려다봤다.

"왜. 싫어? 아롱 씨 사수 너라며."

"누가 그래."

퉁명스러운 종원의 말에 선화가 주위를 둘러싼 여자 캐디들
을 바라본다.

"아니야?"

"맞아요. 언니, 벌써 명단 다 짜서 과장님한테 올라갔다는데.
주임님이."

빌어먹을! 명희의 말에 저도 모르게 인상이 찌푸려지는 종원
이었다. 여자들 다루기는 까다로워 싫다. 정 동반을 붙이려면
체력 좋은 남자 교육생으로 붙여달라. 알아듣게끔 이야기를 했
건만, 이렇게 뒤통수를 치다니.

"데려가. 사칙 몰라? 사수는 부사수의 모든 것을 책임진다.
언제까지? 퇴사할 때까지!"

선화가 그녀답지 않게 사칙까지 들먹인다.

"누나."

"이 나이에 내가 가랴?"

잘 하지도 않던 누나 소리까지 하는 종원을 바라보며 선화가
웃음 짓는다.

"뭐야. 왜 그래, 너답지 않게."

"언니, 제가 대신 갈까요? 저 안 그래도 생리통 때문에 몸이
영 안 좋은데."

내내 눈치를 보고 있던 미지가 끼어들자 선화가 매섭게 노려
보며 웃는다. 거친 남자들 틈에서 조장만 5년이다. 눈은 노려보
고 입은 웃고 목소리는 부드럽다.

"넌 눈 치울 때마다 생리하더라. 종원이가 가."

아롱은 그녀의 머리 위로 오가는 대화 내용을 들으며 더욱 얼
굴이 달아올랐다. 술을 좀 과하게 마셨고 그동안 쌓였던 피로가
겹쳐 몸살이 난 것 같다. 정말 손 하나도 까딱할 수 없었지만 서
서히 잠에서 깨어난 것이 부사수, 사수 따질 때부터다.

"아롱, 박아롱!"

굵직한 종원의 목소리에 아롱은 눈을 떠야 하나 말아야 하나 고민이 되었다. 눈을 뜨면 대화 내용을 모두 들은 것을 들킬 것 같다.

"못 일어나나 보다. 병원 가야 하는 것 아닌가 몰라. 그냥 업고 가."

업고 가라는 소리에 아롱은 신음을 내뱉으며 눈을 떴다. 더 이상 죽은 척할 수 없기 때문이다. 종원에게 업힌다고 생각을 하니 차라리 기어가는 것이 낫겠다 싶다.

"어머. 아롱 씨, 괜찮아요?"

"네."

대답은 했지만 아롱이 듣기에도 갈라진 쉰 소리가 듣기 거북할 정도다.

"괜찮으면 일어나. 집에 데려다 줄게."

종원은 팔짱을 낀 채로 땀을 찔찔 흘리며 일어서는 아롱을 지켜보았다.

"아롱 씨, 정말 괜찮아요?"

"예, 걸어갈 수 있어요."

새근거리며 대답한 아롱이 일어나 신발을 신자, 다른 여자 캐디들이 조심하라 인사를 하고는 기사대기실을 나섰다. 아롱은 여전히 주저앉아 신발을 신고 있다.

'신발 신는 데 왜 이리 오래 걸려.'

정말 몸살이 난 것 같아 보였지만, 지나친 친절을 베풀고 싶지 않았다. 원래가 남의 일에 참견이나 관심을 갖지 않는 것이 그의 신조다. 철저한 개인주의 성향 때문에 욕도 칭찬도 듣지 않고 이 말 많은 한여울에서 조용히 지낼 수 있었던 것이다.

그랬던 종원이 그답지 않게 오늘 한수와 불편한 대화를 나누었다. 이곳 6기생인 한수는 기수로 치며 최고참이었고 그의 지각이나 농땡이는 과장님 눈엣가시였으나 늘 묵인되어 왔기에 아무도 뭐라 하는 사람이 없었다. 한여울 실세인 과장이 눈감아 주고 있는데 누가 뭐라 할 것인가. 그런 한수에게 오늘은 한마디 했다. 굳이 하지 않아도 될 말이었다.

"어엇!"

종원은 미끄러졌는지 휘청이는 아롱의 팔을 움켜쥐었다. 차가 있는 곳까지 잡아주어야 할 듯했지만 종원은 다시 손을 뗐다. 볼 때마다 물가에 내놓은 어린아이처럼 불안해 보이는 아롱에게서 정말로 손을 떼야 한다는 생각이 들었다. 귀찮은 것은 질색이다. 그의 유일한 바람은 한여울에서 조용히 2년을 더 머무르는 것이다. 그의 목표가 달성될 때까지.

"형, 어디 가?"

옆에서 걷던 종원이 멈춰 서자 아롱도 같이 멈춰 섰다. 개구라가 2단 주차장으로 미끄럼 타듯 뛰어 내려오고 있었다.

"둘이 어디 가?"

"잘 만났다. 너, 아롱이 좀 집에 데려다 주고 와."

개구라가 다가서자마자 종원은 귀찮은 짐 떠넘기듯 그에게 아롱을 부탁했다. 음주운전으로 면허가 취소되어 한동안 차를 안 타고 다니던 개구라가 오늘 아침 제 차를 타고 출근한 것을 종원은 분명하게 보았다.

"어? 나 염화칼슘 가지러 왔는데."

"내가 대신 가져가지 뭐."

염화칼슘보다 못한 박아롱. 얼마나 같이 있기 싫으면 저럴까 싶어 아롱이 개구라의 팔을 잡았다. 개구라가 아니라 뱀의 머리통이라 해도 잡을 판이다. 몸 아픈 것도 서러운데, 염화칼슘보다 못한 대접이 더더욱 서럽다.

"선배님, 저 아파서 그런데, 집에 좀 데려다 줘요."

"예? 아……."

어물쩍 아롱의 손을 부축한 개구라가 아롱을 유심히 바라본다. 행여 거절할까 싶어 애절한 눈빛을 마구 쏘아대며 그를 잡은 손에 힘을 주었다. 종원과 가고 싶지 않다.

"부탁한다."

옮는 병도 아닌데, 종원은 정말 빠르게 2단 주차장으로 사라져 버렸다. 아롱은 입술을 깨물었다.

'정말 못됐다 아이가.'

쌀쌀맞은 종원과는 너무나 다르게 개구라기 귀징스레 묻는다.

"괜찮아요? 걷는 것 힘들면 업어줄까요? 내 차 저 밑에 있는데."

개구라 말하는 곳은 카트실과 남녀 휴게실이 있는 3단 주차장. 아롱은 노골노골 기운이 하나도 없는 다리에 마지막 힘을 주었다. 개구라가 그녀보다 조금만 더 컸어도 업어준다는 것을 마다하지 않을 텐데.

개구라를 의지하여 차를 향해 걷다 보니 염화칼슘을 세 포대나 지고 가는 종원의 모습이 보였다. 아롱은 나중에 기운 차리면 욕을 퍼부어주리라 주먹을 움켜쥐었다.

회사에서 숙소가 있는 신철원까지는 금방이었다. 아롱을 방으로 데려다 준 개구라는 이불까지 친절하게 펴주고는 금방 가 버렸다.

똑. 똑. 똑.

노크 소리에 아롱이 고개를 드니 빼꼼히 방문을 열고 들어서는 개구라의 모습이 보인다. 워낙에 체구가 작아 중학생 정도로밖에 안 보이는 개구라가 웃으며 방으로 들어섰다.

"안 가셨어요?"

"약 사러 갔다 왔어요. 약 먹고 자요."

친절하게도 개구라는 약과 감기에 좋다는 오렌지주스 두 통을 냉장고에 넣어주었다.

"정말 고마워요, 선배님."

"뭘요. 옷 받으면 이제 같은 동료 될 건데."

헤벌쭉 웃는 모습이 예쁘지는 않았지만 마음만큼은 정말 착한 사람이라는 생각이 들었다. 아롱은 약을 먹고 다시 누웠다. 한여울의 모든 선배들이 이렇게 친절한데, 왜 유독 종원만 그녀를 미워하는지 알 수가 없다. 왜.

"예전에는 내가 기숙사 방장이었는데."

"그랬어요?"

기숙사 사감을 이야기하나 보다. 금세 약 기운이 도는지 눈이 자꾸 감기는데 눈을 감을 수가 없다. 기숙사라고는 하지만 좁은 여관방에서 잘 알지도 못하는 선배와 둘이만 있자니 아롱은 영 불편하여 긴장을 놓을 수가 없었다. 그런 그녀의 마음을 아는지 모르는지 눈치없고 착하기만 한 개구라가 갈 생각을 않고 이런 저런 이야기를 한다. 대부분이 한여울 이야기다. 손님 이야기, 코스 이야기, 동료 이야기, 무슨 이야기를 하는지도 모를 만큼 계속 꼬리에 꼬리를 물고 이어지는 이야기들. 하다못해 한 이야기를 또 하고 있다.

'이 머스마 개구라가 아이라 앵무새 아이가.'

정말 고마운데, 제발 가주었으면 하는 아롱이었다. 자꾸만 대답이 느려지고 나중에는 지쳐서 입을 다물고 결국에는 눈까지 감아버렸다.

"아롱 씨, 자요?"

제발 가주세요. 아롱은 자는 척 눈을 감고 그가 가기를 기다렸다. 일어나는 소리가 들려 가나 보다 했는데 아롱의 이마로 그의 손이 닿는다. 아롱의 몸으로 오도독 순식간에 솜털이 일어섰다.

"열은 좀 내렸네요. 저 가요."

조용한 목소리로 속삭이듯이 혼자 인사를 하고는 개구라가 방을 나갔다. 아롱은 감았던 눈을 뜨고 벌떡 일어나 앉았다. 뭔지 모르게 기분이 이상했다. 자리에서 일어나 방문을 잠그고는 다시 이불을 뒤집어쓰고 누웠다. 잠은 안 오고 서러움에 눈물만 난다. 당장에라도 짐 싸서 부산으로 돌아가고 싶은 마음이 간절했다. 아름답다 생각했던 하얀 눈도 지긋지긋하고, 삽질도 이젠 넌더리가 난다. 길 가다 자빠진 것도 반나절 만에 소문이 나버리는 난쟁이 코딱지만 한 이 도시도 싫다. 집과 친구들이 그리워서 아롱은 쏟아지는 눈물을 닦아내며 훌쩍였다.

삐비빅 거리며 문자가 도착했음을 알리는 신호음에 아롱은 핸드폰을 들어 폴더를 열었다. 김 주임의 문자였다.

[토요일, 일요일 푹 쉬고 월요일 9시까지 출근하세요. 그리고 종원이 말고 은주 따라 동반 나가세요.]

푹 쉬라는 말보다는 동반이 바뀌었다는 말이 또바기 아롱의 눈으로 박혀들었다.

'데리고 나가기 싫다더니 결국 성공했네.'

아롱은 씁쓸한 느낌이 드는 것을 감출 수가 없었다. 월요일 출근. 싫다. 출근을 안 하는 주말에 눈이 펑펑 와버렸으면 좋겠다. 재수없는 종원이 눈에 깔려 허덕이는 모습이 보고 싶다.

"그런데 은주라……. 누구더라?"

직원식당에서 인사를 나누었던 여자 선배들을 떠올려 보았지만 아무리 생각해도 기억이 나지 않는다. 똑같은 유니폼에 장갑도 신발도 모자도 같다 보니 그 사람이 그 사람 같다. 훌쩍이던 아롱은 핸드폰을 손에 든 채로 잠이 들었다.

개장을 한 뒤 첫 주말인데도 클럽하우스는 연이어 들어오는 차들로 북적였다. 어제 내린 눈은 매서운 날씨에도 어찌나 잘 치워 잔설 작업을 해놓았는지 다 녹아 자취를 감춰 버렸다. 종원은 여느 때와 다름없이 유니폼을 입고 백대기를 서고 있다. 다들 부사수를 동반한 탓에 현관도 캐디대기실도 넘쳐 나는 사람들로 북적인다.

"안녕하십니까. 어서 오십시오."

구십 도로 인사를 하고 신발이나 옷가지가 든 보스턴 가방을 받아 손님들이 가지고 들어갈 수 있도록 문 가까이 놓아준다.

"백 내리겠습니다."

다시 트렁크에서 무거운 골프백을 내려 지하로 연결되어 있는 백 다이에 올리고 녹색 버튼을 누르면 네 개의 백이 실린 무인카가 지하로 내려간다.

"선배님, 시간 됐는데요."

15분 백내기가 끝나고 종원은 아롱을 대신하여 배정받은 부사수 동철과 함께 캐디대기실로 내려왔다. 그의 순서가 될 때까지 캐디대기실에 앉아 눈을 감았다. 손님이 많아서인지 5분도 안 되어 그의 차례가 되었다. 경기과 사무실 앞에 서니 과장이 배정표를 내민다.

"태봉, 수고해라."

태봉. 철원의 옛 명칭으로 토박이 사업가들로 구성된 골퍼들을 가리키는 한여울만의 은어다. 종원은 사무실 앞에 있는 스코어 카드를 빼들고는 위의 카트실로 올려다 놓은 12번 카트를 올라 백을 실으러 갔다.

"선배님, 안녕하세요."

제법 군기가 잡힌 후배들에게 고개를 끄덕이고는 배정표에 적힌 이름을 찾았다. 캐디대기실 옆에 있는 백 보관소는 이미 백들이 가득 들어차 있다.

"선배님, 제가 찾겠습니다."

"오늘은 그냥 보기만 해."

제법 싹싹한 동철의 말에 종원이 고개를 저었다. 누구에게도 이유없이 무언가를 시켜본 적이 없는 종원이다. 제일은 저 스스로 해야 한다 늘 배우며 자란 탓이다. 물론 조만간 부사수에게 이것저것 시킬 일이 많겠지만 오늘은 아니다. 백을 싣고 지하주차장을 벗어나 센터 옆으로 마운틴 대기 선에 주차를 했다. 라운딩의 예약 시간인 티업시간과 출발 코스인 아웃코스를 보고하기 위해 센터의 열린 창문 앞에 서자 선화가 반갑게 인사를 했다.

"좋은 아침이다, 이 매정한 놈아."

"9시 36분 마운틴. 12번."

부킹지에 체크를 하는 선화의 말을 가볍게 묵살하고 돌아섰다. 매정한 놈이라니. 아마도 어제 개구라를 시켜 아롱을 집에 데려다 준 것이 들통 난 것이리라. 아무튼 간에 입이 싼 놈이다. 골프백을 열어 클럽을 체크하여 일지에 적으려니 이내 손님들이 나왔다.

"날씨 좋다."

"좋긴 뭐가 좋아. 추워 죽겠구먼."

"눈만 안 오면 좋은 거지 뭘 그래. 어라, 종원이네."

"안녕하세요."

깍듯하게 인사를 하니 사거리에서 주유소를 하는 정 사장이 반갑게 어깨를 두드렸다. 하루가 멀다 하고 한여울을 찾는 태봉파의 주 고객이다.

"이야, 베테랑 캐디 만나서 오늘 스코어 좀 줄겠는데. 잘 좀 부탁한다. 오늘은 만 원 빵이다."

종원은 정 사장을 향해 공손하게 머리를 숙이며 대답했다. 한 타가 오버될 때마다 적은 타수를 친 플레이어에게 만 원씩 준다는 소리다. 골프장을 찾는 이들 대부분이 내기 골퍼다.

"마운틴 이동하겠습니다."

앞 팀이 출발하고 시간을 보고 있던 종원이 손님들을 불러 카트에 태웠다. 언덕을 올라가니 1번 홀 앞에 티샷을 하는 앞 팀이 보인다. 시작부터 밀리는 것을 보니 아무래도 오늘 4시간 라운딩은 무리겠다 싶은 생각이 드는 종원이었다.

"김 사장, 나 이거 드라이버 새로 샀는데 어때?"

오랜만에 라운딩을 나왔는지 동송에서 큰 마트를 한다는 김 사장이 켈러웨이 신 모델 드라이버를 흔든다.

"김 사장님, 조심하세요."

빈 스윙을 하다 드라이버에 머리 깨지는 사건이 드물게 있다. 입이 마르도록 주위를 주어도 손님들은 늘 잊어버린다. 소풍 나온 유치원생이 따로 없다. 티샷을 끝낸 앞 팀이 세컨 지점으로 이동하자 종원은 손님들에게 티샷 준비를 하라 일렀다.

"티샷 하셔도 됩니다."

종원의 말이 떨어지기도 무섭게 김 사장이 빈 스윙도 없이 새로 산 무기로 홈런을 날렸다.

"굿 샷!"

9시 44분. 종원의 하루가 시작되었다.

4장

"누나! 준비 다 했어?"

밖에서 들려오는 동철의 목소리에 아롱이 가방을 챙겨 들고 문을 열었다.

"아직 안 늦었지?"

"응. 이제 8시인데 뭐. 가자."

오늘은 일요일. 하루를 더 쉬어도 되지만 다른 교육생들에게 뒤처지는 것이 싫어 출근을 결심했다. 개구라가 사다 준 약이 감기약이 아닌 수면제였는지, 어제 하루 종일 눈 한 번 못 떴다.

"동반 어땠어?"

"죽어라 걸어다니느라 힘들었지 뭐. 무진이 형도 그만둔대."

동철의 말에 아롱이 놀라 걸음을 멈췄다. 나이도 제일 많고 또 교육생을 통솔하는 반장이었기에 끝까지 잘 버틸 줄 알았더니만.

"왜?"

"전에 일하는 골프장에서 다시 오라고 했대. 월급도 올려주고 티칭프로 따는 것 지원해 준다고 해서."

"잘됐네."

무진을 생각하면 잘된 것이지만, 아롱은 왠지 섭섭했다. 교육생의 수가 자꾸만 줄어드는 것이 꼭 옆에서 사람 죽어나간 것마냥 아롱의 가슴으로 휑하니 쓸쓸함이 찾아들었다.

"참, 누나 동반하는 여자 선배. 주임님 와이프라는데. 베테랑으로 소문났대. 일도 잘 가르치고 그 선배한테 일 배우면 옷도 빨리 받는다는데. 누난 좋겠다."

"몇 살인데?"

"스물여덟."

아롱은 껄끄러운 남자 선배보다는 여자 선배가 훨 낫다는 생각이 들었다. 카풀하게 된 선배와 만나기로 한 사거리 김밥집을 향해 걸으면서도 동철은 그가 모아온 아롱의 사수에 대한 정보를 줄줄이 읊고 있었다.

"은주 선배가 여기 한여울 여자 캐디로는 1기래. 원래 주임님 때문에 여기로 온 거라는 소문이던데. 그 뒤로 여자 캐디 뽑기 시작했다고."

"와. 어디서 그렇게 많이 들었어?"

"내가 괜히 선배들하고 술 마시고 다니는 줄 알아?"

아롱의 칭찬에 동철이 어깨를 으쓱한다. 이렇게 붙임성이 좋으니 사막에 떨어뜨려 놔도 방울뱀과 형, 동생 하며 수다를 떨 것 같다. 뿌듯한 저 표정에 어떻게 답례를 해야 할까 망설이던 아롱이 장하다 등짝을 두들겼다. 그렇게 걷다 보니 금방 사거리다. 횡단보도를 건너에 은색 소나타가 보였다.

"안녕하세요, 선배님."

인사를 하고 차에 오르니 마주 인사한 선배가 이내 차를 출발시켰다. 10분 거리 회사에 도착한 차는 3단 주차장 카트실 앞에 멈춰 섰다. 이미 카트를 끌고 올라가는 선배들의 모습이 줄지어 보인다. 남자들은 전부 검정 바지에 갈색 오리털 잠바를 입고 검은 캡 모자 위에 검은색 비니를 썼다. 여자들은 검정 바지에 파란색 오리털 잠바를 입고 모자는 남자들과 같다. 차에서 내려 지나가는 선배들한테 인사를 하는 아롱의 앞에 42번 카트가 멈춰 섰다.

"왔어요?"

길게 땋아 내린 머리카락을 뒤로 넘기며 예쁘게 생긴 여자 선배가 환하게 웃으며 인사를 한다.

"타요."

아롱은 아무 말도 못하고 카트에 올라탔다.

"3단 주차장 여자대기실 앞에 부킹지가 있어요. 거기서 부킹

팀 수 확인하고 부킹지 밑에 휴무나 병가자 있으니까 순서 세어서 한 시간 전에 출근하면 돼요. 지금은 동반 교육이니까 내 출근 시간에 맞춰서. 내가 전날 전화해 줄게요."

따다다다 말이 어찌나 빠른지 한여름 소나기 같다. 소나기 뒤로는 태풍이 몰려온 것처럼 아롱은 정신을 차릴 수 없었다. 은주를 따라 카트에서 내리자마자 화장실 옆에서 백대기를 섰다. 위에서 내려오는 백을 받아 가나다순으로 백 다이에 세우고 10분이 지나자 인사대기를 서야 한다는 은주의 말에 그녀와 함께 클럽하우스로 올라가 오는 차마다 허리 숙여 인사를 했다. 또다시 10분 뒤에는 옆으로 물러서서 이번에는 차에서 백을 내려 무인카에 실어 밑으로 내려 보내는 일을 했다.

"은주 누나, 배치표 받으래요."

무인카에 백을 내려 보내니 밑에서 백대기를 서고 있던 남자 선배가 은주를 불렀다. 멍하니 서 있는 아롱을 보며 은주가 소리친다.

"아롱 씨, 얼른 내려와요."

은주의 부름에 아롱은 그녀의 뒤를 따라 사무실 앞으로 내려갔다. 사무실 창문으로 하얀 종이를 쥔 손이 하나 나와 있다. 종이를 낚아챈 은주가 아까 세워놓은 42번 카트에 올라탄다. 아롱도 그녀의 곁에 앉았다.

"가서 물 떠와요."

"어디서요?"

"캐디대기실 가면 보리차 끓여놓은 것 있을 거예요."

은주의 말에 아롱이 커다란 보온병을 들고 캐디대기실로 들어섰다. 주르륵 순서를 기다리며 앉아 있는 선배들에게 인사를 하고 두리번거리니 문 바로 옆에 커다란 물통이 보인다. 물 끓이는 기계가 장치된 커다란 스텐 물통이 책상 위에 얹어져 있다. 물을 받고 있으려니 은주가 부르는 소리가 들린다.

'물 아직 반밖에 안 받아졌는데.'

캐디대기실 문이 벌컥 열리며 은주가 아롱에게 배치표를 내밀었다.

"백 좀 찾아요. 두 개는 내가 찾았는데, 두 개가 아직 안 왔어."

아롱은 배치표를 받아 들고는 보온병을 마저 채우고 급하게 문을 열고 나왔다. 지하 백 다이 앞에는 서로 백을 찾으려는 선배들과 그들의 동반 교육생들로 북적인다.

"타요."

또 어디로 가는 것인가. 아롱은 혼이 빠진 듯 정신을 차릴 수가 없었다. 하루 더 쉴걸 그랬나 하는 후회가 밀려온다. 그런 그녀의 표정을 읽었는지 은주가 웃는다.

"어떤 거지 같은 새끼가 무단 때려서 시간 앞당겨져서 그래요. 내일은 좀 나을 거야."

아롱은 카트의 오른쪽 위에 있는 손잡이를 꼭 움켜쥐었다. 카트를 어찌나 난폭하게 모는지 아롱의 몸이 종이인형처럼 이리

저리 흔들린다. 카트는 스타트하우스 앞에 멈춰 섰다.

"아까 배치표 준 것 있죠. 저기 센터에 가서 9시 6분 벨리. 카트 번호 42번이라고 말하고 와요. 티업하기 전에 보고하는 거예요."

보고를 마치고 돌아오니 골프백이 이미 커버가 전부 벗겨져 있다. 그 빠른 손놀림에 감탄하고 있던 아롱의 손에 은주가 근무일지를 쥐어주었다.

"이름하고 클럽 종류랑 개수랑 다 적어요. 꼼꼼하게 적어요. 클럽 분실 사고 나면, 재수없으면 독박이니까."

"드라이버 하나, 아이언 5번에서 9번까지. 피칭 하나, 샌드 하나, 퍼터 하나……."

아직 백 하나도 다 적지 못했는데 은주가 근무일지를 빼앗아 들었다.

"어휴! 이래서 언제 다 적어요."

베테랑답게 은주가 손으로 클럽을 뒤적이더니 죽죽 적어 내려간다. 1분도 되지 않아 네 개의 백에 실린 클럽들의 출석체크가 끝났다.

"오늘은 아무것도 하지 말고 열심히 따라다니면서 코스 지도하고 코스 비교하면서 익히세요. 알았죠?"

똑 부러지는 말투에 멍하니 서 있던 아롱이 고개를 끄덕였다. 하루 종일 걸어다니느라 죽는 줄 알았다는 동철의 말이 떠올라 더럭 겁이 나는 아롱이었다.

화사하게 차려입은 젊은 여자 둘과 나이가 많아 보이는 남자 둘이 카트로 다가왔다.

"9시 6분 팀 맞죠? 벨리."

"예."

은주의 대답에 나이가 지긋한 남자 옆에 서 있던 여자가 호들갑을 떤다.

"어머, 우리 자기, 어떻게 알았대?"

시계를 바라보던 은주가 카트 뒤에 서 있던 아롱에게로 은근슬쩍 다가섰다.

"바보 아니야. 자기 클럽 실려 있으니까 자기 카트인 거지."

복화술을 하는지 은주는 입술도 달싹이지 않고 미소 지은 채 손님들을 바라보고 있었다.

"오늘은 불 짬뽕이네."

어라, 또 한다. 복화술.

"불륜 남녀. 그래서 불, 짬, 뽕."

"예?"

"불륜이니까 불. 남자 여자 섞여 있으니까 짬뽕."

"아."

짧은 탄성을 뱉어내는 아롱을 뒤로하고 은주가 손님들을 부른다. 벨리코스 1번 홀로 이동하자 아롱도 카트의 뒤를 따라 걸었다.

"굿 샷!"

카랑카랑한 은주의 목소리가 울려 퍼지며 라운딩이 시작되었다. 그때만 해도 아롱은 알지 못했다. 이 시원스러운 굿 샷 소리가 긴 마라톤을 알리는 총성과 같음을.

카트에 탈 수 없으니 미리 앞서 가려는 아롱의 팔을 잡으며 은주가 속삭였다.

"볼 맞으면 어쩌려고 해요. 조심해요. 머리에 맞으면 구멍 나니까."

오싹한 은주의 말에 멍하니 서 있으려니 두 명의 남자 손님이 티샷을 하고 조금 앞에 있는 레이디 티에서 여자 둘이 티샷을 마치자 은주는 네 사람을 카트에 태워 코스의 중간인 세컨 지점으로 이동했다. 아롱은 그들을 놓치지 않기 위해 죽을힘을 다해 뛰어야 했다. 카트가 세워진 언덕으로 숨이 차게 올라오니 설명을 하는 은주의 모습이 보였다.

"김 사장님은 왼쪽으로 오비 티에서 140미터, 두 분 사모님 볼은 같이 있어요. 우측 나무 아래 120미터 남았고요. 정 사장님 볼은 조금만 앞으로 가시면 언덕 너머에 100미터."

은주가 하나하나 위치를 가르쳐 주고 손님들에게 세컨 샷에 필요한 골프채를 꺼내어 건넸다. 손님들이 제각기 아직 새싹이 나지 않아 잔디가 누런빛을 띠는 페어웨이로 들어가자 은주가 아롱에게 손짓한다.

"타요."

아롱이 타기가 무섭게 카트를 출발시킨 은주가 언덕을 넘어 왼쪽으로 급커브를 튼다. 페어웨이로 걸어 들어갔던 손님들의 모습이 보였다. 은주가 골프백에서 써드 샷에 필요한 골프채를 들고 화단을 뛰어넘어 달리기 시작한다. 마치 화살을 들고 뛰는 인디언 처녀 같다.

세 명은 모두 그린 가까이 안착했고 한 명만 왼쪽 벙커에 빠져 버렸다. 은주가 네 사람 모두의 클럽을 바꿔주고는 다시 카트로 뛰어온다.

“아가씨! 나 60도 가져다줘!”

벙커에 들어간 남자가 60도를 외쳤다. 아롱은 은주와 카트에 타고 왔던 길을 다시 달려 갈림길에서 좌회전했다. 끼익! 급정거를 하는 마찰음이 들리는가 싶더니 어느새 퍼터를 손에 쥔 은주가 그린을 향해 뛰어가고 있다. 이번에는 허리춤에 장도를 꽂은 닌자 같다. 도저히 정신을 차릴 수 없는 아롱이었다. 그러더니만 이내 깃대를 꽂고 돌아선 은주가 카트를 향해 걸어온다.

“길 따라 내려가다 보면 다리 건너서 오른편으로 2번 그린 나와요. 거기 가서 있어요.”

다다다 말을 쏟아낸 은주가 손님들을 태우고 아까 내려왔던 언덕길을 다시 올라가 버렸다. 멍하니 서 있던 아롱은 코스 지도를 들고 길을 따라 천천히 걸어 내려갔다.

“다리. 다리. 오른쪽.”

가는 곳마다 갈림길이다. 아롱은 은주가 했던 말을 되뇌이며 계속 걸었다. 2번 그린이 보인다. 안도의 한숨을 내쉬며 그린 뒤쪽에 서 있으려니 은주가 손님들을 데리고 도착했다. 그린 위로 떨어진 볼 앞에 선 은주가 볼을 닦아 굴러가야 할 길로 방향을 봐준다.

'볼의 방향을 보는 걸 라이 본다고 했던가?'

배운 것을 돌아보는 것도 잠시잠깐이었다. 한 홀 게임을 마치는 데 10분 조금 넘게 걸리는 듯하다. 쫓아가고 있는 아롱은 정신을 못 차리고 숨을 헐떡이는데, 정작 은주는 너무나 평온한 얼굴이다. 중국 영화에서 나오는 무림고수마냥 나르는 듯 손에 든 골프채를 손님들에게 정확하게 전달한다. 멋있다. 아롱의 눈에 너무나 존경스러워 보이는 선배의 모습이었다.

"휴우, 내가 이 일을 할 수 있을까?"

옆에도 홀이 가까이 있는지 여기저기서 굿 샷을 외치는 소리와 함께 볼을 외치는 고함 소리가 들린다. 아롱은 길을 잃어버릴지 모른다는 불안감에 죽어라 카트를 보며 내달렸다.

벨리 5번 홀. 아롱이 눈사람을 만들었던 전망대가 있는 홀이다. 선배들이 치웠는지 눈사람은 보이지 않았지만 전경은 여전하다. 다만 그때와는 달리 아롱은 한탄강을 내려다볼 여유가 없었다.

"여기가 벨리와 마운틴이 만나는 그늘집이 있는 곳이에요. 벨리는 45분, 마운틴은 50분까지 여기 도착해야 해요. 그리고 저기 거울 보이죠?"

은주의 손을 따라가니 티박스 오른쪽 위로 커다란 거울이 보였다. 주차장에 있는 것과 비슷하다.

"여기서 거울 보고 있다가 앞 팀이 세컨 빠지는 것이 보이면 바로 티샷 들어가요. 안 그러면 늦어요."

세컨이 빠진다. 처음 친 볼이 떨어진 곳에 도착한 골퍼들이 볼을 치고 나갔다는 소리다. 에휴……. 캐디라는 직업이 이렇게 숨 가쁜 직업이라고는 생각지도 못한 아롱이었다.

'이거…… 완전 전쟁터잖아.'

다시 티샷이 시작되고 아롱은 달리기 시작했다. 5번을 홀 아웃하고 나온 은주가 그녀에게 다가와 빠르게 말했다.

"카트 길로 뛰어다니지 말고 페어웨이로 가로질러 와요. 뛰어도 페어에서 뛰어야지 카트 길에서 뛰면 나중에 무릎 나가."

어쩌면 하는 말마다 무시무시한 말만 하는지. 은주가 아롱을 걱정하여 하는 말임은 알지만 들으면 들을수록 몸이 무거워지는 말들뿐이다.

그렇게 죽어라 달리기만 하다가 전반이 끝났다. 출발지였던 스타트하우스로 돌아온 아롱은 주저앉고 싶은 마음뿐이었다. 한겨울 매서운 바람에 콧물이 얼 지경이건만, 아롱의 몸은 이미 땀으로 흠뻑 젖어 있다.

"아롱 씨, 마운틴 1번 티박스는 머니까 미리 올라가 있어요."

은주의 말에 아롱은 천근만근 무거운 다리를 억지로 일으켜 세워 그녀가 가르쳐 준 언덕길을 오르기 시작했다.

'이러다 죽는 거 아이가.'

차라리 눈을 치우겠다고 말하고 싶은 아롱이었다. 언덕도 다 올라가지 못했는데, 손님을 실은 은주의 카트가 씽 하니 그녀를 스쳐 간다.

"저 아가씨도 태우고 가지. 우리 미자 내 무릎에 앉히면 되는데. 허허허."

"사칙상 교육생은 카트에 태울 수 없습니다."

차라리 듣지나 말걸. 얼마나 매정하게 들리는지 아롱은 눈물이 찔끔 새어 나왔다. 아, 이래서 동반 하루 하고 애들이 우르르 그만뒀구나.

"안 돼! 약해지면 안 돼!"

아롱은 이를 악물고 카트를 따라 달렸다. 1번 홀에 도착하니 이미 티샷이 끝나 세컨에 서 있는 사람들이 보인다. 젠장! 또다시 달렸다. 벌써 그린 홀 아웃이다. 죽어라 달렸더니 은주의 카트는 이미 2번 홀 세컨 지점으로 이동해 있다. 점점 거리는 벌어지고 다리는 무거워졌다. 그래도 달렸다.

열심히 달렸는데 은주의 카트가 순식간에 사라져 버렸다. 갈림길에 멈춰 선 아롱은 왼쪽으로 천천히 걸어 내려왔다.

"가시나! 도대체 어디로 내뺀 기가!"

성질이 나니 거칠게 사투리가 튀어나온다. 티박스가 나와야 정상인데, 그린이 나오는가 싶더니 중간쯤 걸어 내려왔더니 티박스 옆에 녹색의 카트가 서 있는 것이 보인다.

"볼!"

갑작스레 들려온 소리에 아롱은 머리를 감싸 안고 주저앉았다. 한참을 그대로 굳어버린 채 앉아 있으려니 아롱의 눈에 카트에서 내려서는 선배의 모습이 보인다. 개구라다.

"괜찮아요?"

어찌나 반갑던지 아롱은 벌떡 일어나 선배에게 다가갔다.

"선배! 여가 3번 홀 아이가?"

뜬금없이 튀어나온 아롱의 사투리에 개구라가 피식 웃더니 헛기침을 한다.

"여기 7번인데, 갈림길에서 오른쪽으로 내려가야 3번이에요."

뭐라고 묻기도 전에 개구라가 손님들에게로 뛰어가 버렸다. 클럽을 전해주고 다시 돌아온 개구라 카트에 올라타며 웃었다.

"그냥 여기 나무 뒤에 숨어 있어요. 잘못 돌아다니면 볼 맞으니까. 내가 센터에 전화해 줄게요."

개구라 가버리고 나자 아롱은 그가 가리킨 나무 뒤로 가서 앉아버렸다. 체력의 한계가 오는 순간이었다. 그 뒤로도 손님을 실은 카트 한 대가 더 지나갔다. 얼마 있지 않아 작은 카트 한 대가 달려오더니 그녀가 있는 나무 앞에 선다.

유니폼을 입은 종원이 2인승 카트에서 내려서는 모습이 보인다. 설마 절 데리러 온 건 아닐 거라 생가하며 아롱이 나무 뒤로 몸을 숨겼다.

"왜 하필…… 저 자식이가."

한숨을 늘어지게 쉬며 고개를 빼꼼히 내미니 종원이 그녀를 향해 손을 들어 까딱까딱 손짓한다. 오라고? 내 말이가? 고개를 팩 돌려 잠시 생각의 시간을 갖고자 하였건만 아롱은 더 이상 지체할 수 없었다.

"뽀올!"

7번 티박스에서 날아온 볼이 폭탄처럼 퍽 하고 소리를 내며 종원의 바로 옆에 떨어졌다. 휙 뒤를 돌아본 종원은 다시 아롱을 바라보며 허리에 손을 얹는다.

퍽!

마치 조준이라도 한 것처럼 종원의 뒤로 또다시 볼이 날아와 떨어진다. 전쟁터에 폭탄 떨어지는 것처럼 소리가 엄청 크다.

"볼!"

힐끗 뒤를 돌아본 종원이 티박스를 향해 손을 한 번 흔들어주고는 다시 아롱에게로 확 돌아섰다.

"야."

무표정하게 서 있던 종원이 더 이상 기다릴 수 없다는 듯 소리치자 아롱은 벌떡 일어나 그에게로 달려갔다. 종원은 기다리지도 않고 2인승 카트에 올라탔다.

"타."

짧은 한마디. 아롱은 얼른 카트 위로 올라탔다. 긴 한숨과 함께 카트가 달리기 시작했다. 욕을 해댈 것 같은 얼굴인데도 입을 꽉 다문 채 운전만 하는 종원의 모습에 아롱은 연기처럼 피어오르는 불안감으로 초조해졌다. 얼마 달리지도 않았는데 카트가 멈춰 선다. 종원이 핸드폰을 들어 단축키를 눌렀다.

"5번 그린 앞에 니 새끼 내려놨으니까 찾아가라."

짧은 통화를 마친 종원이 아롱을 내려다본다.

"은주 지금 4번 홀 아웃했으니까 한 10분 있으면 이리 올 거야."

종원은 아무런 말도 없이 아롱을 내려주고는 가버렸다. 어쩌면 저렇게 재수없을 수가 있을까. 원수는 외나무다리에서 만난다더니, 한여울에는 무수히 많은 외나무다리가 있는가 보다. 아롱은 쪼그리고 앉아 은주를 기다렸다. 머릿속에는 종원에 대한 생각으로 가득하다.

'수염 깎으니까 인물 좋으네.'

얼마 있지 않아 은주가 손님들과 도착했다. 나중에 이야기하자며 은주가 아롱의 손을 토닥인다. 5번 그린이니까 이제 4홀밖에 남지 않았다. 그렇게 달리고 달려서 땀에 절어 지친 아롱은 18홀 완주를 했다.

"힘들었죠."

"네."

"후후후, 완전 솔직하네. 대부분 아닙니다, 선배님. 그러는데."

은주의 말에 아롱이 고개를 저으며 웃었다.

"그런 거짓말을 믿어요?"

"아뇨. 자, 기운 내고. 일어나요."

보기보다 맹랑하네 하는 눈빛으로 바라보던 은주가 아롱의 손에 유치원생 가방 같은 녹색 가방을 쥐어주었다. 모래가 잔뜩 든 가방에는 작은 꽃삽이 꽂혀 있다. 손님들이 볼을 치면서 잔디를 패어놓은 곳을 흙으로 메우러 가나 보다. 그래야 잔디가 다시 잘 자란다나 뭐라나.

"일 끝나면 한 시간씩 배토하러 가요."

손힘이 어찌나 센지 아롱은 잡아끄는 은주 손에 매달려 캐디 대기실 앞에 대기하고 있던 카트에 짐짝처럼 실려 마운틴으로 향했다.

"한겨울에 무슨 배토야."

"새끼, 말이 많냐. 까라면 좀 까라."

출발할 때부터 투덕거리는 선배들의 모습에 아롱은 웃음이 나왔다. 두 대의 카트가 캐디들을 가득 싣고 나란히 달리기 시작한다.

"잘 치십시오!"

손님들을 지나칠 때면 입을 모아 경쾌하게 인사하는 것도 잊지 않는다. 땀 흘리며 달릴 때는 앞서 가는 카트밖에 아무것도 보이지 않았는데, 카트에 앉아 바라보는 골프장의 풍경은 너무나 아름답다. 천상의 정원이라 표현해도 부족함이 없다. 살을 에는 겨울바람조차 시원한 여름 소나기로 느껴질 정도였다.

게다가 손님들과 있었던 에피소드에 여기저기서 웃음소리가 빵빵 터진다. 힘들고 고단했을 텐데 해맑게 웃는 선배들을 보니 모두들 어찌나 즐거워 보이는지. 아롱의 입가로 미소가 피어올랐다.

그렇게 싱싱 달리던 카트가 그늘집 앞에 멈춰 서자 불멸의 6조장 승일의 앞으로 캐디들이 쪼르륵 모여든다.

"너희 넷은 벨리 4번으로 건너가고 나머지는 마운틴 3번. 오비 티하고 어프러치 중심으로. 알지?"

일 잘하고 아이들 잘 챙긴다고 소문난 큰형답게 승일이 힘있는 목소리로 구역을 나눈다. 아롱은 은주와 티샷이 끝나기를 기다렸다가 페어웨이로 들어섰다. 일렬로 늘어서서 흙 한 번 뿌리고 발로 한 번 훑고. 마치 모내기를 하듯이 지나가는 자리마다 손님들이 볼을 치느라 패었던 잔디가 메워지고 있었다.

"아롱 씨, 이리 와요."

열심히 흙을 뿌리고 있으려니 은주가 아롱을 불러 세웠다. 잠시 일을 멈추고 나무 밑에 앉아 티샷이 끝나기를 기다리고 있으려니 볼 하나가 아롱이 서 있는 나무 밑으로 떨어졌다. 하얀색 오비 말뚝을 넘어 왔으니 분명 오비다. 수업 시간에 볼을 만지면 안 된다 배웠는데 은주가 공을 집어 앞으로 던진다.

"상부상조."

무슨 말인가 했더니 조금 지나 도착한 손님들이 볼을 찾기 시작한다.

"누나, 볼 날아온 것 못 봤어요?"

동료의 물음에 은주가 손으로 방금 던진 볼을 가리킨다. 서로 눈을 찡긋거리는 것을 보니 캐디도 이미 알고 있었나 보다.

"아……. 상부상조."

아롱은 그제야 그 의미를 이해할 수 있었다. 정말 서로가 너무나 돈독해 보인다. 서로 뜯어먹는 것도 모자라 서로를 밟고 올라서는 요즘 세상에서는 보기 드문 이질감이다. 게다가 은주가 던져 놓은 볼을 보며 죽은 줄 알았는데 볼이 살아 있다며 기뻐하는 손님을 보니 가끔은 거짓말도 나쁘지 않다는 생각이 드는 아롱이었다.

"적당히 눈치 봐서 해야 하는 것 알죠?"

실력 반, 눈치 반이 캐디의 일이라더니, 아롱은 정말 배울 것이 많은 직업이라는 생각이 들었다.

부지런히 배토를 끝내고 돌아오는 길, 아롱은 마운틴 9번 티 박스에서 티샷을 하고 있는 종원을 발견했다. 키가 커서 그런지 사람들 속에서도 단연 눈에 확 띈다. 티샷이 끝나고 손님들을 태워 이동하는 종원은 손님들을 향해 너무나 환하게 웃고 있다.

"평상시에도 저렇게 웃으면 얼마나 좋아."

저도 모르게 뱉어낸 혼잣말을 은주가 들었는지 고개를 갸웃거린다. 뒤돌아보니 장수처럼 여러 개의 클럽을 팔에 들고 페어웨이로 들어서는 그의 모습이 보인다. 어디서 나타났는지 종원의 뒤를 따라 뛰고 있는 동철의 모습도 보였다. 웃음이 나왔다.

처음엔 종원이 전장의 무사 같다고 생각했는데, 지금 보니 초원을 거니는 표범 같다. 어? 표범이 손을 흔든다. 저를 보고 손을 흔드나 싶어 손을 올리려니 옆에 앉아 있던 은주가 손을 흔든다. 은주의 곁에 앉아 있던 아롱은 괜스레 부아가 나 고개를 팩 돌려 버렸다.

그런 아롱의 모습에 손을 흔들던 종원이 슬그머니 클럽을 움켜쥔다.

"계집애, 성질머리하고는……."

길을 잃고 지쳐 보였던 그녀를 본 뒤로 안쓰러운 마음이 들어 안 하던 짓을 해놓고 보니 스스로가 멋쩍다. 그래도 저렇게 동료들과 웃는 모습을 보니 이상하게도 안심이 되는 종원이었다.

"생각보다 체력 좋은가 보네."

"그럼. 내가 이래 봬도 전에는 마라톤도 하고 그랬어."

종원의 혼잣말에 뜬금없이 옆에 서 있던 60이 넘은 남자 손님이 호탕하게 웃는다.

"아, 예……. 회장님 볼. 해저드 앞에 있습니다."

"해저드 빠지지 않았을까? 내가 보기보다 장타라."

장타라……. 모든 골퍼들이 자신이 장타라는 착각에 빠져 산다. 오죽하면 남자는 거리, 여자는 폼이라는 말이 나올까. 골프장에서조차 여자는 무조건 예뻐야 한다는 썩어빠진 외모지상주의.

"해저드 앞에 있습니다. 50미터 정도 보시면 됩니다."

종원이 다시 한 번 힘주어 볼의 위치를 말해주고는 샌드클럽을 건넸다. 100미터 밖에 떨어진 다른 손님에게 클럽을 바꿔 주고는 카트로 돌아와 부사수인 동철을 태우고 그린을 향해 달렸다.

동반 5일째. 익숙해질 만도 하건만 아롱은 교통사고를 당한 것 같은 통증으로 아침 일찍 일어났다. 온몸에 깁스를 해야 할 것 같다. 발가락 마디마디부터 시작해서 머리카락 끝까지 그녀의 신체 모든 부분이 비명을 질러댄다. 핸드폰도 같이 울어댄다. 홍천에서 캐디 일을 하고 있는 친구 의정이다.

[어디야?]

"처…… 어원."

[뭐야, 아직도 거기 있어?]

친구의 말이 뜻하는바 알기에 잠이 싹 달아났지만, 몸은 여전히 비명을 지르고 있다.

"죽을 것 같아. 완전 태릉 선수촌이야."

[하하하. 거봐. 내가 뭐랬어. 고집 부리지 말고 그냥 집에 내려가. 아무도 뭐라 안 해.]

그만두라는 의정의 말에 아롱은 투정도 못 부리고 의지가 아닌 오기를 불태우며 전화를 끊었다. 온몸이 안 아픈 곳이 없다. 다리도 어찌나 당기는지 자다가 쥐가 나서 일어난 것이 벌써 두 번이다. 다행히도 어제와 달리 출근 시간이 늦은 11시였다.

옷을 챙겨 입고 회사에 출근한 아롱은 지하백대기, 인사대기,

현관백대기를 거쳐 은주에게 배치표를 받아 들었다. 벌써 오 일째 다람쥐 쳇바퀴 돌 듯 반복되고 있다.

"오늘은 포맨이네. 사장님 넷, 그래서 포맨. 사모 포백은 가끔 핑클이라고 부르기도 해."

알록달록한 옷을 입고 노래하는 여성 그룹 생각이 나 아롱이 웃음을 터뜨리자 은주가 같이 웃는다. 준비를 마치고 카트 옆에서 기다리고 있으려니 포맨 등장. 능글맞아 보이는 남자 손님 넷이 걸어와 반갑게 인사를 한다.

"이야, 오늘 로또 맞았네. 한여울에서 여자 캐디가 다 걸리고."

"제 로또는 몇 등에 당첨됐는지는 홀 아웃하고 알려 드릴게요."

은주가 손님들의 농담을 야무지게 받아치자 손님들이 껄껄껄 웃음을 터뜨린다. 뭐라고 딱 집어 말할 수는 없지만 마치 서로 말을 공 삼아 핑퐁핑퐁 탁구를 치는 느낌이 든다. 그 느낌은 경기가 끝날 때까지 이어졌다.

"마누라는 남의 마누라가 이쁘고 새끼는 제 새끼가 제일 이쁘다니까."

적당하게 선을 넘나드는 남자 손님들의 말이 기분 나쁠 만도 하건만 은주는 웃음을 잃지 않고 대꾸한다.

"사장님들이 그런데 사모님들은 오죽하실까."

화내면 어쩌나 싶은데도 남자 손님들은 좋아라 웃는다. 그 모습을 바라보며 아롱은 깊은 생각에 잠겼다. 말을 어쩜 저리 잘하나. 마치 다른 세상에 온 것 같은 기분이 들었다. 캐디와 이런저런 이야기를 나누는 남자 손님들은 마치 어항 위로 고개를 내미는 물고기들 같다. 숨을 쉬기 위해서, 가벼운 농담들 속에서 그들은 잠시라도 세상 시름을 잊은 듯 유쾌해 보인다.

전반을 마치고 스타트하우스로 돌아오니 은주가 음료수를 내민다. 그리곤 다시 후반이 시작되었다. 벨리코스를 따라 열심히 달렸다. 간간이 티박스에 멈춰 서면 손님들은 여지없이 농담을 나눈다.

"야, 아랫도리에 힘주라니까. 어젯밤에 제수씨랑 뭐 했냐?"

"고스톱 쳤다, 새끼야."

볼을 치는 내내 만 원짜리가 왔다 갔다 하며 손님들은 화를 냈다 웃었다를 반복했다. 라운딩이 끝나자 손님들이 은주의 손을 잡고 위아래로 흔든다.

"오늘 라운딩 즐거웠어요."

캐디피를 계산하는 손님의 눈에는 아직도 라운딩의 여운이 가득하다.

"저도 즐거웠습니다. 로또 3등이네요."

"겨우 3등이야? 하하하하. 이거, 홀인원하러 다시 와야겠네. 그리고 교육생. 잘 뛰던데? 다음에는 옷 받아서 같이 라운딩하자고."

아롱과 은주는 클럽하우스로 들어가는 손님들에게 다시 한

번 허리 숙여 인사를 했다.

다음날도 또 그 다음날도 아롱은 쉬지 않고 달렸다. 이렇게 달리다가는 마라톤 대회에 나가서 일등도 할 수 있을 것 같다. 매일 손님들이 다르니 하루하루가 새롭다.

오랜만에 첫 대기에 걸려 쌈박하게 일을 마친 종원은 점심을 먹고 연습장으로 향했다. 날씨가 많이 풀린 듯하여 겨울 전까지 늘 다니던 회사 근처에 있는 실외 연습장을 찾았다. 날씨가 풀렸다는 것은 그만의 생각이었는지 손님이 하나도 없다.

"종원 씨 왔네? 오랜만이야."

"예, 안녕하세요."

사장에게 인사를 하고 들고 온 클럽을 자리에 내려놓았다. 7번 아이언을 꺼내어 가볍게 빈 스윙을 했다. 한 이십여 분이 지나니 몸이 풀리는 것이 느껴져 잠바를 벗고 드라이브를 꺼내 들었다.

탕!

한 발의 총성처럼 시원한 소리를 내며 볼이 하늘을 가로질러 날아간다. 새까맣게 날아가는 볼이 그물에 걸렸는지 그물이 흔들린다. 보통 프로골퍼 드라이버 비거리가 평균 280미터를 치는 것에 비해 종원은 300에 가까워 프로로도 손색이 없는 엄청난 장타자였다. 한 시간쯤 쳤을까. 온몸이 땀으로 젖어들었다.

"손님은 많지?"

내내 앉아서 TV를 보던 사장이 종원을 따라 들어와 옆에 자리를 잡는다.

"예. 그래도 아직 투 라운딩은 없어요."

한여울에 입사한 뒤로 꾸준히 연습장을 찾았기에 이미 종원을 잘 아는 사장이었다. 종원이 볼을 잘 치는 것을 아니 그의 옆에서 조금 배워보려는 심산이리라. 아니나 다를까, 종원이 드라이브를 꺼내어 샷을 하니 감탄사를 뱉어낸다.

"허리 낭창한 것 봐라. 잘하네."

종원은 아무런 대꾸 없이 묵묵히 볼을 치기 시작했다.

"종원 씨, 내가 요즘 자꾸 훅이 걸려."

볼이 반듯이 날아가지 않고 왼쪽으로 휘어져 날아가는 것을 훅이라 한다.

"거리 욕심내시니까 그렇죠."

많은 골퍼들은 거리의 욕심이 생겨서 연습을 진행할수록 강한 파워 그립으로 잡고, 그렇게 훅성 구질을 만들어 버리고 만다.

"왼손 오른쪽으로 돌려 잡지 마시고 편하게 치세요."

간단하게 조언을 해주었건만, 사장의 질문은 연이어 이어지고 종원은 그냥 실내 연습장으로 가야 하나 고민에 빠졌다. 때마침 핸드폰이 진동을 한다. 평상시라면 운동 중에 전화를 받지 않지만 오늘따라 은주의 전화가 반갑다.

[오빠, 어디야?]

“연습장.”

[또?]

“심심해서.”

종원은 전화 내용까지 귀를 기울이는 사장을 피해 두어 걸음 옆으로 걸어왔다.

“무슨 일이야.”

[응, 문병 오라고.]

“누구 문병?”

[나 어제 다리 부러졌어. 여기 길병원 302호. 알지? 마음은 가볍게 두 손은 무겁게.]

그러고 보니 오늘 아롱이 다른 사람을 따라 동반을 나가는 것을 본 것 같다. 클럽을 챙겨 들자 사장이 아쉬운 듯 묻는다.

“벌써 가게?”

종원이 돈을 내미니 사장이 고개를 젓는다. 끝까지 돈을 받지 않고 자주 오라며 등을 두드리는 사장에게 인사를 하고 차에 올랐다.

병원에 도착하여 일러준 병실 문을 여니 다리에 깁스를 한 은주의 옆에 아롱의 모습이 보인다.

“왔어?”

대답을 하고 침대 옆에 있는 의지에 앉으니 눈이 빙팅 부은 아롱이 그에게 주스를 내밀었다.

“넌 일 벌써 끝났어?”

"조장님이 그냥 가라고 해서 배토 안 하고 왔어요."

아롱이 대답하는 소릴 들으니 코가 꽉 막혔는지 영 맹꽁이 소리 같다. 분명 제 사수 다쳤다는 소리에 교육 내내 산만했을 터, 종원이 은주에게로 시선을 돌렸다.

"어쩌다가 그랬어."

"어젯밤에 갑자기 순대가 먹고 싶어서 사러 나가다가 계단에서 넘어졌어. 계단에 망할 전등, 아직도 안 고쳤어. 집주인한테 병원비 내라 그럴 거야."

밤에 웬 순대. 할 말이 없어 입을 다물고 있으려니 은주가 아롱의 귀에 뭐라 속삭인다. 아롱이 병실을 나가자 종원이 아롱이 나간 문을 가리키며 눈가를 두들겼다. 쟤 눈 왜 저래.

"아, 몰라. 죽은 것도 아닌데, 어떻게 알고 왔는지 한 시간도 넘게 울었어."

"그랬구나."

"경민 오빠는 용가리 통뼈도 부러지는구나 하면서 열라 배꼽 잡고 웃는데. 신랑보다 낫더라니까. 내 생각인데."

궁금증을 유발하며 말꼬리를 늘이는 은주의 꼬임에 넘어갈 종원이 아니었다. 시큰둥하니 주스를 한 모금 마시려니 은주가 종원의 눈치를 살피며 말을 잇는다.

"내가 아프면 자기는 어쩌냐고 훌쩍거리는데. 남자 선배 따라 동반 나가기 싫어서 그런 것 같기도 하고, 여자애들은 이미 전부 동반 달고 다니잖아."

"미지 있잖아."

"아이, 오빠는! 코스도 익혔겠다. 애들 이제 혼자 돌려야 하는데, 미지가 카트 뒤에 쫓아다니려고 하겠다. 작년에 다리 아프다고 하도 징징거려서 과장님이 이제 미지한테 동반 안 붙인대."

하긴, 교육생들이 코스를 익히고 클럽에 익숙해지면 사수가 손님들을 부사수에게 맡기고 부사수가 그랬던 것처럼 뒤를 쫓아다니며 안전하게 라운딩을 진행할 수 있도록 돌봐줘야 한다.

"다들 어떻게든 엮여보려고 친절이 철철 넘치던데. 그중에 하나 잡아 붙이면 되겠네."

"후후후. 영 순진한 줄 알았는데, 늑대들 날름거리는 걸 느꼈는지 남자 선배 동반하기 싫은가 봐."

"어쩌겠냐, 지 팔잔데. 알아서 하겠지."

어느새 은주와 대화라는 것을 하고 있는 종원이었다.

"그래서 말인데, 오빠가 하면 안 될까?"

"난 동철 데리고 다니잖아."

"걔 빠릿빠릿하다고 소문났던데 뭐. 벌써 혼자 서브도 다 한다면서."

종원이 데리고 다니는 동철이 일을 빨리 배운 것은 사실이었다. 그래서 요즘은 거의 동철이 종원의 일을 알아서 하고 있다. 그래서 어쩌란 말인가. 슬슬 짜증이 밀려오는 종원이었다.

"한수 오빠 동반 붙이려니까 좀 그렇잖아."

한수가 알면 좋아라 할 것이다. 하지만 일보다는 연애에 더 능숙한 한수가 아니던가. 종원은 저도 모르게 인상을 찌푸렸다.

"개구라도 일을 잘하기는 하는데, 잔소리가 너무 심해서."

개구라가 아롱이를 데리고 다닌다? 술 마시며 얼마나 아롱이 이야기를 떠들고 다니려나. 하지만 이럴 때는 똑 부러지게 대답해 주는 것이 좋다.

"싫다."

은주가 시뻘게진 얼굴로 문가를 바라보고 있다. 은주의 시선을 따라 고개를 돌려보니 문가에 과자봉지를 손에 든 아롱이 서 있다. 무슨 커다란 잘못이라도 한 것처럼 종원의 얼굴이 덩달아 붉게 물들었다.

'빌어먹을! 어디까지 들은 거야.'

꿀 먹은 벙어리가 된 두 사람을 바라보던 아롱은 아무런 표정도 없이 병실로 들어와 주섬주섬 가방을 챙겨 든다.

"선배님 쉬셔야 할 것 같아서 저 이제 가보려구요."

"안 그래도 나 자려던 참이었어. 오빠 가는 길에 내려주면 되겠네. 잘 가."

여우 같은 은주가 저 혼자 살겠다고 쏙 빠져 이불을 뒤집어써 버린다.

"갈게요."

아롱이 인사를 하니 은주가 이불에서 손만 내밀어 흔든다. 멍하니 아롱이 병실을 빠져나가고 있는 것을 바라보던 종원이 은주의 이불을 확 들쳤다.

"뭐야."

"얼른 가."

종원은 신경질적으로 이불을 덮어버리고 병실을 빠져나왔다. 다행히 엘리베이터 앞에 서 있는 아롱의 모습이 보였다. 아롱은 입을 꼭 다문 채 아무런 말이 없다. 사과를 해야 하나 망설이는데 엘리베이터 문이 열렸다. 함께 엘리베이터를 타고 주차장으로 내려갔다.

'문디 자식.'

아롱은 치밀어 오르는 화기를 누르려고 주먹을 꽉 쥐었다. 사수인 은주가 다쳐 어미 잃은 오리처럼, 갈 곳 없는 고아처럼 마음이 아팠다. 뜬금없이 과자가 먹고 싶다고 사다 달라 할 때 눈치는 챘지만 이만저만 속이 상한 것이 아니다.

"우째 만날 때마다 칼질이고, 칼질이. 아파 죽겠네."

정말로 욱신거리는 가슴을 손으로 쓸어내리며 터벅터벅 걸었다. 그렇게 지랄지랄 자갈치에 망둥이까지 그녀가 아는 욕을 전부 뱉어내며 병원 주차장을 지나 걷다 보니 검정색 승용차가 그녀의 앞에 멈춰 선다.

"타."

언제 어디서니 말이 짧은 재수없는 까마귀가 차창을 내린 채 깍깍거린다. 아롱은 도전적으로 종원을 노려보았다.

"됐어요."

대꾸도 없이 걷자니 종원의 차가 졸졸 쫓아온다. 그래 내 심장 그래 다져 놓고 미안하긴 한갑지?

"타."

"됐다 안 했나? 귀가 먹었는갑지?"

아롱의 과격한 언사에 종원의 오른쪽 눈썹이 사르륵 올라간다.

"다 들었나 보네."

잔잔한 종원의 목소리가 아롱의 심장에 불을 붙인다. 분노의 사투리가 터져 나왔다.

"다 들었다. 그래서 뭐! 인가이, 도대체 뭐 묵고 자랐길래 그래 못돼 처묵었나. 내가 뭐 어쨌는데 나만 보면 지랄이가 말이다. 지랄이……."

아직 쏟아낼 욕이 한바가지는 남았건만, 아롱의 입은 종원의 커다란 손에 막혀 버렸다. 두 눈을 시퍼렇게 뜨고 있었는데 이 인간, 도대체 언제 차에서 내린 거야.

"지, 라, 이, 모, 냐."

장갑을 낀 종원의 손가락 사이로 그녀의 뜨거운 입김이 토막토막 뿜어져 나온다. 작은 몸집에 힘이 어찌나 좋은지, 아니, 어찌나 성이 났는지 억세게 그녀를 감싸 안은 종원의 몸에서 땀이 흐르기 시작했다.

"알았어, 알았다고."

최면을 걸 듯 속삭이는 종원의 목소리에 한참을 버둥거리던 아롱은 팔다리에 힘이 빠지는 것을 느꼈다. 거대한 산 밑에 깔린 것처럼 그녀를 덮어버린 종원은 한 치의 틈도 용납하지 않았고 이제는 숨이 막혀오고 있다.

"소리 지르지 않기?"

슬그머니 팔 힘을 풀어주는 종원의 목소리가 들리자 아롱이 잽싸게 고개를 끄덕였다. 이대로 있다가는 숨이 막혀 죽을 것이 분명했기 때문이다.

"정말 소리 지르면 안 된다."

종원은 그녀를 믿을 수 없어 다시 한 번 당부했다. 얌전하게 고개를 끄덕이는 것을 보니 이제 마음이 가라앉은 듯하다. 게다가 그의 품 안에서 한참을 버둥거렸으니 소리 지를 힘도 없을 테지. 그러나.

퍽!

종원에게서 풀려나기가 무섭게 아롱은 있는 힘을 다해 손에 쥐고 있던 가방으로 그의 머리를 후려쳤다. 가방을 움켜쥔 손끝에서 짜릿하게 전기가 오른다. 가슴이 뻥 뚫리는 듯한 이 쾌감. 흥흥흥.

생각했던 대로 비명 소리는 들리지 않았다. 복수의 달콤함을 음미하며 아롱이 눈을 뜨자 움직임없는 종원의 모습이 보였다. 꽤 아팠을 텐데도 종원은 조용히 허리를 숙이고 있다.

"빌, 어, 먹, 을."

나지막한 그의 목소리가 들렸다. 뒤늦게 아픔이 전해져 오나

보다. 아프지? 그래, 아플 거야. 아파야지. 원래 남의 눈에서 눈
물 나게 하면 제 눈에서는 피눈물 나는 거니까. 옛말 그른 것 하
나도 없다니까.

"너……."

종원이 침을 뱉는다. 순간 아롱은 숨을 들이켰다. 피! 피! 머
리가 터졌나? 뭐야! 죽는 거 아냐!

"저, 저기요."

종원은 흥건하게 피가 묻어 나오는 입술을 훔쳐 내며 허리를
폈다. 그를 올려다보는 아롱의 눈이 점점 더 커진다.

"괜찮아요? 피."

종원은 입안으로 퍼지는 비릿한 피 내음을 다시 한 번 뱉어내
고 차에 올랐다. 더 이상 길바닥에서 광대짓 하고 싶지 않다. 사
거리가 아니길 다행이다.

"타."

순식간에 판세 역전이다. 소금 뿌린 미꾸라지처럼 날뛰던 아
롱이 피 좀 보더니 겁에 질린 다람쥐처럼 쪼르르 보조석에 올라
탄다.

"괜찮아요?"

가방에서 휴지를 뽑아 들고 닦아주지도 못하고 도로 집어넣
자고 못하고 어정쩡하게 손에 들고 그를 바라보는 아롱을 보자
니 웃음이 나와 찢어진 입술이 아프다.

"니 눈에는 괜찮아 보이냐?"

그녀의 손에서 휴지를 빼앗아 입술을 눌렀다. 유난히 피가 많이 나는 부분인지라 하얀 휴지가 금세 핏빛으로 물이 들었다. 아롱의 커다란 눈동자가 죄책감으로 짙게 물드는 것을 보며 종원은 쾌재를 불렀다. 고개를 푹 숙이고 손에든 휴지를 베베 꼬고 있는 아롱의 한숨 소리. 종원의 미안함보다 그녀의 미안함이 더 크다는 소리다.

"내려."

미안한 마음에 숨도 못 쉬고 있던 아롱은 훅 하고 숨을 내뱉으며 창밖으로 고개를 돌렸다. 끝도 없이 달릴 것 같던 종원의 차가 사거리에 도착한 것이다. 그냥 내려야 하나마나 망설이는데, 종원이 다시 내리라 독촉한다.

"안 내려?"

"내려야죠. 저기……."

미안하다는 말이 왜 이렇게 안 나오는지. 아롱은 우물쭈물 바보처럼 차 문을 열었다.

"너."

"예."

한껏 풀이 죽은 부산 가시나의 얌전한 대답에 종원은 결국 피식 웃고 말았다.

"내일부터 내가 사수야."

"아……. 예."

"12시까지 농협 앞으로 와."

“예.”

고분고분하니 참 예쁘다. 그녀를 뒤로하고 종원은 차를 출발
시켰다. 백미러를 보니 아롱은 아직도 선 채로 그의 차를 바라
보고 있다. 풉. 괜찮네. 문제가 생길 때마다 한 대씩 맞아주면
되겠다. 안 불던 휘파람이 나왔다.

“아얏!”

오른쪽 끝으로 조금 찢어진 입술이 다시 벌어졌는지 피가 새
어나왔다. 그녀가 있을 때는 하나도 안 아팠는데, 혼자 운전하
고 가자니 갑자기 아픔이 밀려오는 종원이었다.

기숙사로 돌아온 아롱은 씻지도 않은 채로 이불을 뒤집어쓰
고 누웠다.

“우얄꼬. 저래 입술을 터뜨려 놨으니 우짤기가?”

이리 눕고 저리 눕고 아무리 가슴을 쓸어내려도 가슴이 벌렁
거려 죽을 것 같다.

똑똑똑.

“누나, 자?”

문밖에서 동철의 목소리가 들려왔다. 아롱은 벌떡 일어나 지
갑을 꺼내 들고 문을 열었다.

“동철아, 가서 술 사 온나.”

“술? 누나, 술 안 마시잖아.”

어리둥절한 동철의 손에 만 원짜리 한 장을 꺼내 쥐어주고는

다시 문을 닫았다.

"어휴~ 여태껏 잘 버텼는데, 그만둬야 하나."

분명히 엄청나게 괴롭힐 것이 뻔하다. 그 가시밭길을 알고도 가야 하는 것일까? 한숨을 한 백 번쯤 쉬었을 때 동철이 봉지를 들고 방 안으로 들어섰다.

"다른 형들도 오라고 할까?"

"됐다."

무슨 안 좋은 일이 있었냐며 동철이 아롱을 물끄러미 쳐다본다. 아롱의 사수가 다리 부러졌다는 소문이 아직 나지 않았나 보다. 아롱은 그저 속이 상할 뿐 아무런 말도 할 수가 없었다. 술잔을 부딪치려는데 아롱과 동철의 핸드폰이 동시에 울렸다. 아롱이 폴더를 여니 하트가 붙은 사수님이라고 뜬다.

[아롱 씨, 미안해요. 내일부터 종원 씨 따라서 동반 나가세요. 여자라고 껄떡거리거나 봐주는 일 없으니까 일 배우기 좋을 거예요. 파이팅!]

파이팅 같은 소리 한다. 차라리 악어 입속으로 다이빙하고 말겠다. 신경질적으로 폴더를 닫으니 동철도 받은 문자가 별로 안 좋은 내용이었던지 인상을 구기고 있다.

"와?"

화가 나니 사투리가 쏟아져 나온다. 동철이 늘어져라 한숨을 내쉬더니 술잔을 든다.

"내 사수."

"사수?"

"나 낼부터 22기 선배 따라다니라네."

망할 까마귀가 여럿 죽이는구나. 아롱은 미안한 마음에 동철에게 술을 따라주었다. 빡세게 일 가르쳐 주는 멋진 선배 만나 옷 빨리 받을 거라 동반 내내 좋아라 하더니.

'우야노. 그 진상 내가 걸렸다 아이가. 아흑!'

한잔 술에 취했는지 울컥거리는 마음에 취했는지 온 세상이 어질어질하다.

5장 명태가 황태

거울을 보니 어제 아롱에게 얻어맞은 곳이 조금 더 부어올랐
다. 조금 더 많이 부어올랐어야 하는데 말이지. 그래야 오늘 아
롱의 표정이 더욱 볼 만할 것 아닌가. 어디서 맞아본 적 없는 종
원이었는데 코딱지만 한 아롱이한테 맞다니.

대충 반창고를 붙이고는 집을 나섰다. 아니나 다를까, 아롱의
모습은 보이지 않았다.

"요것 봐라."

이미 예상했던 일이기에 웃음이 나오는 종원이었다. 그간 행
태를 봤을 때 고작 그런 일로 야반도주할 간 사이즈는 아니었
다. 물불 안 가리고 덤벼드는 성질머리를 보면 아마도 그 작은

몸의 절반이 간일걸?

휘파람을 불며 차를 돌려 그의 오피스텔에서 백 미터쯤 아래 있는 기숙사로 향했다. 주차장에 들어가는 것도 귀찮아 큰길에 차를 대고 시계를 봤다. 12시 5분.

갑작스레 사수가 바뀌는 것은 교육생에게는 상당히 불행한 일이다. 캐디들마다 부사수 가르치는 방식도 다르고 거리 부르는 방법도 제각기라 사수가 바뀌는 경우는 드물었다. 사수가 자꾸 바뀐다는 것은 교육생을 포기한 사수들이 이리저리 떠넘기는 형식의 퇴사 선고나 마찬가지였기 때문이다. 물론 아롱의 경우는 사수가 부상을 당했으니 다른 경우다.

"이해는 하지. 그래도 시간은 엄수해야지."

12시 10분. 종원은 음악을 틀어놓고 차 안에서 느긋이 커피를 마셨다. 한 오 분 정도 더 기다렸다가 쳐들어갈 생각이다. 전화를 할 수도 있지만, 초반부터 버릇을 잘못 들였다가는 아침마다 전화를 해서 깨워야 하는 사태가 발생할지도 모른다. 그렇게 초등학생마냥 부사수들 뒤치다꺼리에 흰머리 뽑아대는 동기들이 한둘이 아니다.

12시 15분. 캐디 일을 하다 보면 워낙에 많은 사람을 만나기 때문에 나름 사람 보는 눈이 생긴다. 이 배짱 좋은 아가씨, 어쩌면 오늘 결근을 생각하고 있을지 모르겠다. 종원은 천천히 차에서 내려 허름한 기숙사로 들어섰다.

"210호라고 했던가?"

어제 은주가 보내준 문자를 확인하며 계단으로 올라섰다. 사내 녀석들만 쓰는 기숙사라 그런지 쾌쾌한 냄새가 진동을 한다. 덜컥 문이 열리더니 사각팬티 차림의 교육생 하나가 나오다 말고 꾸벅 인사를 한다.

"210호가 어디냐?"

종원의 물음에 교육생이 손가락으로 복도의 끝을 가리킨다. 문 앞에 선 종원이 노크를 했다. 아무런 기척이 없다. 다시 문자를 확인하고 아롱의 번호를 눌렀다. 방 안에서 벨소리가 들려왔다. 받지를 않는다.

쾅! 쾅! 쾅쾅!

갑작스레 천둥 치는 소리에 벌떡 일어난 아롱은 주위를 두리번거렸다. 핸드폰을 보니 12시 20분. 낯선 부재중 전화를 보니 12시 18분이라 찍혀 있다. 가녀린 나무문이 부서질 듯 몸을 떠는 소리에 후다닥 일어나 문을 여니 시원한 애프터쉐이브 향기가 쌉싸름하게 밀려온다. 그곳에 아롱의 문짝을 다 가리고 선 종원의 모습이 보였다.

"뭐, 뭐예요."

아롱은 문 앞에 서 있는 종원의 모습에 기함을 토했다. 큰 마음먹고 오늘 하루 결근을 결심했는데, 저승사자처럼 문 앞에 버티고 선 종원을 보니 발가락이 오그라든다.

"10분 안에 내려와."

그대로 돌아선 종원은 계단을 내려왔다. 결근은 하되 계획적인 것은 아닌 것 같다. 술을 얼마나 마셨는지 눈도 제대로 못 뜨는 아롱을 보니 오늘 교육 다 했다 싶다. 차에 올라 10분이 지나도 아롱은 내려오지 않았지만 종원은 조용히 차 안에 앉아 백미러를 주시했다. 여자들이란 하나같이 늘 지각쟁이다. 어차피 티업은 1시 50분. 12시 50분까지만 회사에 도착하면 된다. 당연히 아롱이 지각할 것을 감안하여 12시에 만나기로 했으니 시간은 충분했다.

기숙사를 나서는 아롱의 모습이 보인다. 한참 걸릴 줄 알았는데 생각보다 일찍 나왔다. 한 치의 머뭇거림도 없이 아롱이 앞문을 열더니 털썩 보조석에 주저앉았다. 짧은 시간, 아까와는 달리 깨끗하게 화장까지 한 모습이다. 신호에 걸려 잠시 멈춰 선 종원이 운전석 뒤에 넣어둔 음료수캔을 아롱에게 건넸다. 꽤나 오래전에 개구라가 차에 흘리고 간 숙취해소 음료지만 안 먹는 것보다 나으리라.

캔을 받아 든 아롱은 주저없이 음료수를 따서 마셔 버렸다. 평상시에도 술을 즐겨 하지 않는 아롱이었기에 어제도 소주 석 잔이 다였다. 그런데 속은 왜 이렇게 울렁거리는지 죽을 지경이다. 슬그머니 그의 얼굴을 올려다보니 입술이 많이 부어 있다. 속이 더더욱 쓰렸지만 아무런 내색도 하지 않았다. 기나긴 침묵 속에 회사에 도착했다.

"어! 형, 입술 왜 그래?"

캐디대기실 앞에서 떡하니 개구라를 마주쳤다.

"뭐야? 누구한테 맞았어?"

아롱이 한숨을 내쉬며 앞서 걷자 뒤에서 퍽 하는 소리와 개구라의 비명 소리가 들려왔다. 아무래도 종원에게 한 대 맞은 듯하다. 연신 뒤통수를 비벼대는 개구라를 제외하고는 종원의 성격을 아는 듯 아무도 그의 입술에 대해서 묻지 않았다.

"순서."

"백대기, 인사대기, 현관백대기, 배치표 받기, 클럽 싣기, 대기선 이동, 클럽 체크, 티업 보고."

야무지게 대답하는 걸 보니 이론 시험에서 백 점 받았다는 소문이 사실이군.

"클럽 체크는 코스 나가서 해도 되니까 티업 보고 먼저."

종원의 말에 아롱이 대꾸가 없다. 그녀의 얼굴을 보니 핼쑥한 것이 다크써클이 발밑까지 내려와 있다. 이상하게도 웃음이 나오는 종원이었다. 종원만큼이나 아롱도 그와 동반하기가 싫었나 보다. 하지만 어쩌겠는가. 멀찍이 차냈던 교육생이 다시 굴러 들어왔으니 업보라 생각하고 짊어져야지.

아롱은 은주와 하던 대로 기계적으로 움직였다. 대기를 끝내고 배치표를 받아 카트에 백을 싣고 위로 올라오니 동철이 그녀에게 다가온다.

"누나가 종원 선배님이랑 나가는구나."

왜 어제 미리 이야기 하지 않았냐는 비난이 가득하다. 그러나 이내 그녀의 표정을 보더니만 동철이 그답게 아롱의 어깨를 두드린다.

"다른 사람도 아니고 아롱이 누나라면, 내가 양보하지."

도로 가져가! 소리를 치고 싶었지만 아롱은 입술을 꼭 깨물었다. 입을 열면 술 냄새가 날 것이다.

"준비 다 했어?"

"예."

그의 머리를 후려치던 어제의 패기는 다 어디 가고, 아롱은 어느새 호랑이 앞에 선 강아지마냥 얌전하게 대답을 하고 있다.

"원래 오늘부터 서브 시키려고 했는데, 상태 안 좋아 보이니까 그냥 따라다녀."

종원은 고개를 끄덕이는 아롱을 보며 한숨을 내쉬었다. 홀 하나 다 돌기도 전에 토할 것 같은 얼굴이다.

"끄응. 죽겠다."

아롱은 저도 모르게 신음이 터져 나왔다. 한탄강 줄기를 따라 협곡을 끼고 있는 벨리코스와 달리 마운틴은 반대편으로 산을 끼고 도는 코스라 대부분이 언덕이었다. 등산이 따로 없다. 오르막이 있으면 내리막도 있는 법인데, 내리 올라만 가는 것 같다. 무릎이 타들어가고 있다.

벌써 3번 홀, 조금만 가면 그늘집이다. 은주 선배를 따라다니며 나름 터득한 지름길로 페어웨이를 가로질러 종원의 눈치를 보며 가끔은 홀도 건너뛰어 넘어갔지만 온몸이 땀으로 푹 젖어 버렸다. 어제 마신 소주 세 잔이 서른 병으로 불어서 온몸에서 흘러내리는 것 같다.

　그늘집에 도착하니 종원이 음료수를 내민다. 갈증으로 인해 이미 식도가 쩍쩍 갈라지고 있는 판이었다. 오! 그의 뒤로 섬광이 비친다. 사막의 오아시스. 그런데 그녀가 좋아하는 주스가 아니라 옥수수차다. 시원한 주스가 마시고 싶은데 괜히 트집 잡힐까 싶어 옥수수차 음료를 받아 들었다.

　"저 조퇴하면 안 돼요?"

　정말 어렵사리 꺼낸 말이건만 종원이 대꾸도 없이 가버리자 아롱은 후회가 파도처럼 밀려들었다. 다시 시작이다. 숨쉬기조차 힘들어 죽을 지경이다. 무심한 종원은 눈길 한 번 안 주고 앞만 보고 전진, 전진이다. 탱크 같은 놈! 그가 일하는 것을 지켜보며 손짓 하나 걸음걸이 하나조차 배워야 했지만, 천근만근 무거운 다리로 성큼성큼 걷는 종원을 따라가기에도 바쁘다. 술이 깨는지 머릿속으로 와르르 돌들이 굴러다닌다.

　전반이 끝나자 종원이 다시 음료수를 아롱에게 내밀었다. 또 옥수수차다. 아롱은 물 먹은 하마처럼 몸이 출렁이는 것 같아 마시고 싶지 않았다. 살래살래 고개를 저었다.

　"저 옥수수차 싫어하는데요."

　"말대답하는 거 보니 술 좀 깨나 보네."

　"술 아까 깼어요."

　"흘린 만큼 마셔줘야 해. 주스보다 물이 좋아."

　아롱이 인상을 쓰니 종원이 옥수수차를 아롱에게 휙 던졌다.

다시 후반이 시작되었다. 전반보다는 몸이 조금 나아진 것 같아 아롱은 속도를 붙여 뛰기 시작했다. 벨리코스는 한탄강을 끼고 평평하게 조성이 되어 카트를 쫓아가기가 좀 수월하다. 벨리 1번 홀 세컨 지점에 도착한 종원은 손님들에게 클럽을 전달하고 아롱에게 손짓했다.

"타."

"타도 돼요?"

의심스레 바라보는 아롱을 향해 어깨를 으쓱 들어 올린 종원이 슬며시 카트를 미끄러뜨린다.

"싫으면 걸어오던가."

냉큼 카트에 올라탄 아롱을 보니 줄기차게 먹였던 물이 효과가 있는지 조금 생생해진 그녀의 모습에 종원은 흡족한 미소를 지었다. 어프러치 지점에 도착한 종원이 클럽들을 빼들고 손님들을 향해 달려갔다. 손님들의 볼이 하나둘씩 그린 위로 떨어지자 종원이 아롱을 향해 손짓한다.

'카트 끌고 오라고?'

카트를 끌고 그린 옆에 정차한 아롱은 종원의 손짓에 다시 퍼터를 들고 그린으로 올라갔다. 종원이 아롱에게서 퍼터를 받아들어 손님들에게 나누어준다.

"오른쪽 오르막, 홀컵 세 개 보시면 됩니다."

은주는 동선에 방해가 된다며 아롱이 그린에 올라오는 것을 별로 좋아하지 않았기 때문에 늘 엣지 주변을 맴돌며 그린의 높낮이를 관찰해야 했다.

"볼이 굴러가는 라이는 절대 밟으면 안 돼."

속삭임처럼 들려온 그의 낮은 저음에 아롱이 고개를 끄덕였다. 홀 아웃을 한 종원이 깃대를 꽂고 뒤 팀을 향해 깍듯하게 인사를 한다. 아롱은 절도있는 그의 모습을 보며 일을 하게 되면 그녀도 그리하리라 다짐했다.

벨리 2번. 티박스와 그린이 섬처럼 뚝 떨어진 아일랜드 홀을 지나 벨리 3번 홀 티샷을 한 종원은 세컨에 도착하여 손님들에게 클럽을 전해주고는 다시 아롱을 태우고 어프러치 지점으로 향했다. 그렇게 반복을 하다 보니 아롱이 카트에 타고 이동하는 시간이 점점 더 길어졌다.

서비스 업종에 있는 남자도 멋있어 보일 수 있구나. 아롱은 처음으로 그런 생각을 했다. 그저 굽실거리기만 하는 것이 서비스라고 생각했는데, 종원은 손님들을 이끌어가고 있었다. 때로는 스나이퍼처럼 공략 지점을 가르쳐 주고 때로는 특공대처럼 풀숲으로 들어가 손님의 볼을 찾아낸다. 그의 조언에 귀를 기울이는 손님들의 눈 속에서 종원에 대한 믿음을 볼 수 있었다.

일자로 길게 뻗은 롱홀 세컨 지점에 도착한 종원은 손님들에게 세컨 샷을 위한 클럽을 진해주고 만약을 내비해 넷 개의 클럽과 어프러치 클럽까지 한 움큼 손에 쥐었다. 손님들을 따라 걸으며 아롱에게 카트를 타고 오라고 손짓하였다. 무거운 클럽

을 잔뜩 들고 손님을 따라 걷는 것이 남자인 종원에게도 쉬운
일은 아니었으나 조금이라도 아롱을 카트에 태우려면 그 방법
밖에 없었다.

“뭐야……. 나 생각해 주는 거야?”

어느 순간 아롱은 종원이 그녀를 배려하고 있음을 알 수 있었
다.

“일찍 좀 태워주던가.”

하긴, 전반 홀부터 타고 다녔으면 술이 깨지 않아 하루 종일
힘들었을 것이다. 알아차릴 수 없을 만큼 교묘하다. 게다가 손
님들 앞에서는 꼬박꼬박 아롱 씨라고 존대한다. 처음에는 뭘 잘
못 먹었나 했더니 다분히 의도적이다.

“운전 할 만해?”

손님들을 모두 보내고 캐디대기실로 돌아온 종원은 또다시
반말이다. 아롱은 사소한 것에 목숨 걸지 말자 다짐하며 공손하
게 대답했다.

“예.”

종원이 또다시 옥수수차를 내민다.

“그만 마실래요. 온몸이 출렁거려요.”

손사래를 치자 종원이 웃는다. 시원스러운 미소에 아롱이 저
도 모르게 따라 웃었다.

“웃네. 살 만한가 보네.”

“예, 살 만해요.”

서로가 성질부리지 않고 대화라는 것을 해보는 것이 처음인 두 사람이었다. 솔직히 말하자면 종원은 표정도 목소리도 늘 차분하고 조용했다. 다혈질의 아롱만이 싸움닭마냥 혼자 푸드덕거렸을 뿐. 어색한 침묵이 흘렀다. 배토를 나가기 위해서는 다른 조원들을 기다려야 한다.

"선배님……. 원래 손님들하고 이야기 잘 안 해요?"

"하는데. 볼 위치도 가르쳐 주고 거리도 불러주고."

"그런 것 말구요, 농담 같은 것도 전혀 안 하시는 것 같던데."

"아."

그것이 끝이다. 대꾸가 없다. 아롱은 원래 말수없는 사람인 것은 알았지만, 손님들하고 있으면 조금 다르리라 생각했었다. 그녀에게만 무뚝뚝한 것이 아니라 나름 위로가 되는 아롱이었다.

"배토 갑시다."

누군가 문을 벌컥 열며 종원을 부르자 아롱도 함께 따라나섰다. 8조의 배토 구역은 가운데 늘어선 소나무를 경계로 나란히 있는 벨리 9번과 마운틴 9번이었다. 스타트하우스와 가까워 카트를 타고 갈 필요가 없다. 아롱은 교육생 동기들 틈에 끼어 줄지어 걷기 시작했나. 코스에는 아식노 손님들이 라운딩 숭이다.

커다란 드럼통에 잔뜩 담겨 있는 모래를 배토가방에 옮겨

담아 페어웨이로 들어섰다. 세컨 지점까지 걸어가 그린을 향
해 걸으며 부지런히 배토를 했다. 한 팀이 지나가고 다음 팀이
티박스에 올라서는 것이 보이자 아롱은 카트길 쪽으로 물러섰
다.

“굿 샷!”

멀찍이 들려오는 캐디의 외침과 함께 볼이 카트 길을 따라 통
통통 굴러 온다. 아롱이 주위를 살피며 볼을 집어 페어웨이 한
가운데로 던져 넣었다.

“은주 따라다니더니 하는 짓도 똑같네.”

언제 다가왔는지 종원이 아롱의 뒤에 선다.

“안 돼요?”

잘못했나 싶어 종원을 올려다보니 그가 배토 삽으로 까딱까
딱 아롱이 볼을 던진 곳을 가리킨다.

“잘 던져야지. 벙커 턱에 걸렸잖아.”

그러고 보니 치기도 애매하게 벙커 턱에 아슬아슬하게 걸려
있다. 좋은 일 한답시고 욕먹게 생겼다. 아롱은 손님들이 도착
하기 전에 다시 던져 놓을 요량으로 아무 생각 없이 페어웨이로
뛰어들었다.

“뽀오올!”

비명에 가까운 외침에 돌아선 아롱의 눈동자 가득 달려오는
종원의 모습이 들어찬다. 무슨…….

“아롱아!”

주워 든 볼을 손에 쥔 채 멍하니 서 있던 아롱을 종원이 순식
간에 덮쳤다. 퍽 하는 소리와 함께 아롱을 품에 안은 종원의 입
에서 신음이 터져 나왔다.

"욱!"

넘어지듯 주저앉은 아롱의 귓가로 종원의 거친 숨소리가 들
린다. 무슨 일이 벌어졌는지 알지 못한 채 아롱은 종원의 품에
안겨 숨을 몰아쉬었다.

"형!"

티샷이 끝나기를 기다리던 캐디들이 사방에서 달려나와 종원
과 아롱을 둘러싼다. 미지가 찢어지는 목소리로 호들갑을 떨었
다.

"오빠, 어떡해! 괜찮아?"

"괜찮은 거예요? 선배님!"

웅성이는 소리에 종원의 품에 안겨 있던 아롱이 고개를 드니
이를 악물고 있는 그의 모습이 보인다. 아롱을 감쌌던 그의 손
이 끊어진 밧줄처럼 스르륵 풀어진다. 여기저기서 괜찮냐는 물
음이 이어지고 종원이 괜찮다 손짓을 했다. 미지가 서슬 퍼런
목소리로 아롱을 다그쳤다.

"아롱 씨! 미친 것 아냐?"

"냈어. 그만해."

이를 악물고 일어서는 그에게서 나지막한 신음 소리가 아롱
의 귓가로 속삭임처럼 스며들었다. 아롱은 그제야 종원이 볼에

맞았다는 사실을 알 수 있었다. 그는 아롱을 보호하기 위해 그녀를 감싸 안고 날아오는 볼을 대신 맞은 것이다.

"형!"

게임을 진행하던 캐디가 종원에게로 달려왔다.

"티샷 다 끝났는데, 손님이 하나 더 치고 간다고 해서. 형, 미안해요."

"괜찮아."

허리를 곧게 편 종원이 뒤에 서성이는 손님을 향해 허리를 숙였다.

"플레이하시는 중에 방해가 되어 죄송합니다."

"뭐야! 그러게 볼 치는데 왜 앞에서 알짱거려!"

슬슬 눈치를 살피던 남자 손님이 오히려 고함을 지른다. 종원과 아롱을 둘러싼 캐디들이 술렁이기 시작했다. 분위기가 심상치 않다. 아무리 서비스 교육을 철저하게 받는다 해도 대부분은 혈기 왕성한 20대 남자들이다. 게다가 동료애로 뭉쳐진 시간들이 더해졌으니 그들의 관계는 어느 성곽 못지않게 단단하다.

"너무하네."

"뭐야, 무슨 말을 저렇게 해."

캐디들의 움직임이 심상치 않자 다른 손님 하나가 고함을 질렀던 남자 손님을 잡아당겼다.

"뭐야, 이 새끼들. 캐디 교육이 뭐 이따위야."

말리는 사람이 있으니 고함 소리가 더욱 커진다. 아롱은 그냥 보고 있을 수가 없었다. 어느새 눈가에 맺힌 눈물을 닦아내며 소리쳤다.

"정통으로 날아오는 볼에 맞았는데! 캐디도 사람인데, 너무한 것 아니에요!"

아롱이 소리를 지르며 앞으로 나서려 하자 종원이 손을 뻗어 그녀의 손목을 움켜쥔다.

"지나가는 개가 맞아도 그러지는 않겠어요. 흑."

눈물이 쏟아졌다. 종원에게 미안하고 인정머리 없는 손님이 미워 그만 눈물이 터져 버리고 말았다. 그런 아롱을 잡아 등 뒤로 밀어낸 종원이 다시 허리를 숙인다.

"죄송합니다. 앞으로 더욱 주의하겠습니다."

비굴함이 아니었다. 깨끗하게 실수를 인정하는 캐디의 자존심. 종원은 머리를 숙임으로써 당신과 똑같이 맞서지 않겠습니다, 라는 무언의 메시지를 전달하고 있었다.

"그만해. 그러게 뭐 한다고 한 번 더 쳐가지고 사단을 내냐. 거, 미안하게 됐습니다."

화를 내던 손님 일행이 저마다 한마디씩 한다. 지나치게 정중한 종원의 태도에 금세 불붙을 듯 들썩이던 분위기가 찬물 끼얹은 듯 가라앉아 버렸다.

"그래, 네가 잘못했어. 죄송합니다. 빨리 가. 그냥 가."

골프는 상대에 대한 배려를 기본으로 하는 매너 게임이다. 진

정한 에티켓이 무엇인지, 종원의 의도가 전달되었는지 고함을
지르던 남자가 얼굴을 붉히며 물러선다. 그리곤 어물쩍 그를 당
기는 일행들에게로 돌아갔다.

이내 담당 캐디가 미안한 표정을 지으며 페어웨이로 뛰어가
버리자 옆 홀에서 뒤늦게 넘어온 8조장 석현이 해산을 알렸다.
배토가 끝나지 않았지만 사람들은 줄지어 코스를 빠져나가고
있었다.

"괜찮아요?"

"아롱 씨 보기에 괜찮을 것 같아요? 정말 어이없어서."

길길이 날뛰는 미지의 모습에 앞서 가던 캐디들이 힐끔거리
며 돌아본다. 종원이 한숨을 내쉬었다.

"그만해라."

"뭘 그만해. 짜증나, 정말!"

말리는 종원의 모습에 더 화가 났는지 한참이나 아롱을 노려
보던 미지가 씩씩거리며 가버렸다.

"아롱 씨가 이해해요. 미지가 종원 씨 좋아하거든요."

누가 물어봤나. 아롱이 눈물을 훔치며 개구라를 흘겨봤다. 개
구라가 어물쩍 머리를 긁으며 후다닥 뛰어가 버린다. 속상하다.
어제는 가방에 맞고 오늘은 볼에 맞고. 또다시 눈물이 쏟아진
다.

아무 말도 못하고 그를 올려다보며 훌쩍이는 아롱을 내려다
보던 종원이 그녀의 머리를 툭툭 쳤다.

“울기는. 후후후.”

오른쪽 견갑골 사이로 불에 덴 듯한 통증이 일었지만, 금세라도 울음을 터뜨릴 것 같은 두 눈으로 올려다보는 아롱을 보니 차마 아픈 내색조차 할 수가 없다. 아롱의 사수가 되어줄 것을 부탁하던 은주의 말이 떠오른다.

‘보기보다 당차다니까. 한 번 데리고 다녀봐. 별로 짐스럽지 않아.’

남자 선배들도 가만있는데, 너무하는 것 아니냐며 손님에게 따지고 들던 아롱의 모습이 떠올라 종원은 웃음이 나왔다. 웃음보다는 신음 소리에 가까웠지만 볼에 맞은 것치곤 기분이 썩 괜찮다. 편들어주는 아롱이 있어서 그런가? 그의 곁에서 쫄랑쫄랑 걷고 있는 아롱을 내려다보았다.

“병원 안 가도 되겠어요?”

“응. 머리에 맞은 것도 아닌데 뭘.”

“머리에 맞았으면 병원이 아니라 묏자리 보러 가야죠.”

저걸 농담이라고. 종원이 그답지 않게 눈을 흘기자 아롱이 금세 꼬리를 내린다.

“잘못했어요.”

미안하다도 아니고 잘못했단다. 더 이상 무슨 말을 할까 싶어 주차장까지 내리 걸어온 종원은 차에 올랐다.

“타. 데려다 줄게.”

“정말 병원에 안 가요?”

망설임없이 올라탄 아롱이 다시 물었다. 보통 볼에 맞으면 사나흘은 앓아누워야 할 만큼 아프다 들었는데 종원은 별 내색이 없다. 그러고 보니 조금 창백한 것 같아 아롱은 마음을 졸였다.

"다 왔다. 내일은 11시 10분."

"병원에 안 가요?"

걱정스러워 차에서 내리지 못하는 아롱의 물음에 종원이 대뜸 그녀의 볼을 쭉 잡아당긴다.

"아…… 파요."

"늦으면 죽을 줄 알아."

침이 흐르기 직전에 풀려난 볼을 문지르며 아롱이 얼른 차에서 내려섰다.

"조심해서 가세요, 선배님."

그녀의 인사가 끝나기도 전에 종원은 차를 출발시켰다. 보드라운 감촉이 맴도는 손끝을 문지르며 백미러로 시선을 돌렸다. 큰길에 선 채로 그의 차를 바라보는 아롱의 모습이 보인다.

"엎어지면 코 닿는데, 조심은 무슨."

오피스텔 골목길로 꺾어지는 커브를 돌 때까지 서 있는 아롱의 모습에 종원은 괜스레 웃음이 나왔다. 웃으려니 입술이 아프고 참으려니 등짝이 아파 저도 모르게 인상이 찌푸려졌다.

다음날 아침, 아롱은 약속 시간보다 조금 이른 시간에 농협 앞에 도착했다. 정확하게 11시 10분이 되니 종원의 차가 그녀 앞에 멈춰 섰다.

"안녕하세요, 선배님."

"오냐."

노인네마냥 대답하는 종원의 모습이 생각보다 멀쩡해 보여 안심이 되는 아롱이었다. 차를 타고 가는 내내 종원도 아롱도 말이 없다. 회사에 도착하여 3단 주차장에 내려선 아롱은 종원과 함께 카트에 타고 캐디대기실로 향했다. 캐디대기실에 앉아 백대기 차례를 기다리는 동안 아롱은 어제 병문 갔던 은주의 말을 떠올렸다.

'못해도 닷새는 누워 있어야 할걸?'

은주는 누구에게 들었는지 이미 회사에서 있었던 타구 사고에 대해 자세히 알고 있었다. 아롱이 멀찍이 앉아 눈을 감고 있는 종원을 바라보았다. 반창고를 뗀 입술에 딱지가 앉았다.

"종원 선배님, 백대기요."

부름에 종원이 눈을 떴다. 자리에서 일어서자 어제 볼을 맞았던 어깨 아래 등 쪽이 심하게 결렸다. 종원은 깊게 심호흡을 하고 일어나 지하 백 다이 쪽으로 걸어갔다.

"괜찮아요?"

쫄래쫄래 따라나서는 아롱의 눈에 걱정이 가득하다. 종원은 아무 대꾸도 없이 휘적휘적 백 다이 쪽으로 걸었다. 지하백대기를 마치고 인사대기를 하러 올라가는데 아롱이 다시 묻는다.

"정말 괜찮은 거죠?"

종원은 대답 대신 아롱의 머리를 툭툭 쳐줬다. 시간은 금방 지나갔다. 배치표를 받아 백을 카트에 올리는데 등 쪽으로 통증이 일었다. 뼈를 피해 맞았으니 큰 부상은 분명 아닌데 생각보다 타박상이 심한지 하루 자고 일어나니 더 아프다. 덕분에 어제는 연습장에도 못 갔다.

"아파요?"

아롱은 백을 들어 올리던 종원이 인상을 쓰자 서둘러 백을 받아 올렸다.

"괜찮아."

종원과 카트를 타고 올라가려니 카트를 타고 반대쪽에서 내려오던 한수가 아는 척을 한다.

"어이, 볼 맞았다며?"

"예."

"총알 맞고도 멀쩡하네. 어유, 탱크 같은 자식. 며칠 쉬지 뭐 하러 나왔어. 앞으로 탱크라고 불러주마. 탱크."

왠지 놀리는 듯한 말투에 기분이 상하는 아롱이었다. 종원은 늘 그렇듯이 아무런 내색도 없다.

"어제 이야기한 것처럼 티박스하고 그린 서브할 거야. 스타트 인사랑 홀 설명 제대로 하고. 정신 똑바로 차려."

“네.”

부드러운 종원의 목소리에 아롱이 크게 대답했다. 종원이 아프다는 생각이 드니 그에게서 눈을 뗄 수가 없다. 이내 손님들을 태운 종원이 벨리 1번 홀로 이동하자 아롱이 부지런히 쫓아가 손님들 앞에 섰다.

“안녕하십니까. 오늘 라운딩을 함께할 이종원.”

“교육생 박아롱입니다. 즐거운 플레이 되십시오.”

종원의 인사말을 이어받아 아롱이 소개를 하고 같이 허리를 숙였다. 바로 드라이버를 뽑아 든 아롱은 늘 외웠던 대로 홀 설명과 공략 지점을 일러주곤 드라이버를 건넸다. 티샷이 끝나고 아롱이 손님들을 태우고 세컨으로 이동하면 미리 기다리고 있던 종원이 순서대로 볼의 위치와 거리를 불러주었다. 세컨 서브를 끝내면 종원은 필요한 클럽을 잔뜩 뽑아 들고 손님들과 걸어갔다. 카트를 몰고 그린 뒤쪽에 정차한 아롱은 볼을 닦을 타월과 퍼터를 들고 그린으로 올라갔다.

손님들 모두가 파 아니면 보기를 하는 골퍼들이라 그리 힘들지 않았다. 전반이 끝나고 후반이 되자 아롱은 종원이 지나치게 땀을 많이 흘리고 있다는 것을 알아차릴 수 있었다.

“괜찮아요?”

벌써 열세 번째. 종원은 몸 아픈 것이 그리 태가 났나 싶어 그녀를 향해 환하게 웃어줬다.

“그만 좀 해라. 대답하기 귀찮아.”

그 말이 어찌나 마음 짠하게 들리는지 아롱은 눈시울이 뜨끈해졌다. 정말 아픈가 보다. 부드럽게 이야기하니 까칠하게 굴던 예전이 더 그립다. 후반 내내 아롱은 그녀에게 카트를 넘겨주고 내리 걸어다니는 종원을 살피기에 여념이 없었다.

“다리 안 아파요?”

손님들을 배웅하고 배토가방을 챙겨 든 아롱이 종원에게 물었다.

“괜찮아요? 선배님, 땀 나요.”

“초딩 같은 소리 좀 그만해. 18홀 내내 걸어다니는데 당연히 땀 나지.”

핀잔을 주고 앞서 걷는 종원의 뒤를 따라 아롱도 배토가방을 들고 걷기 시작했다. 다른 조원들과 함께 배토를 끝내고 아롱은 종원의 차를 타고 퇴근을 했다.

“선배님, 저는 여기 세워주세요.”

은주에게 들렀다 갈 요량으로 길병원 앞에 세워달라 하자 종원이 말없이 차를 길옆에 멈춰 세웠다.

“내일은 몇 시까지 갈까요?”

“9시 반.”

아롱은 인사를 하고는 횡단보도를 건넜다. 병원 계단을 올라 병실 문을 여니 TV를 보는지 은주의 웃음소리가 들려왔다.

“선배님, 저 왔어요.”

짧은 시간 정이 들 만큼 들어버린 은주가 환하게 웃으며 아롱을 반긴다.

“아. 아롱아, 어서 와. 큭, 큭큭.”

“뭐 보고 웃어요?”

TV를 보니 남성의 인권을 외치는 개그맨들이 보인다.

“난 이해한다니까. 여자로 사는 게 훨 나아. 후후후. 참. 오늘 어땠어? 종원 오빠 출근했다면서? 뭐라더라, 탱크로 별명이 바뀌었다는데.”

“정말 빠르다. 어떻게 알았어요?”

“뭘. 한여울에 비밀이 어디 있어. 다들 그래. 너만 모르고 다 안다고. 호호호. 아롱아, 나 저기 아래 딸기 좀 집어줘.”

은주의 말에 아롱이 옆에 있는 작은 수납장을 열어 딸기를 꺼내주었다.

“몸은 괜찮아요?”

어째 하루 종일 괜찮아요만 줄기차게 물어보고 다니는 것 같다. 은주가 딸기를 입에 물고 고개를 끄덕인다.

“등에 엄청 멍들었을 거야. 고집이가 분명 혼자서 끙끙 앓고 있을걸. 가는 길에 파스라도 하나 사서 던져 주고 가던가.”

은주의 시선이 다시 TV로 향했다. 아롱은 혼자 앓고 있을 거라는 은주의 말에 벌떡 일어났다.

“선배님, 저 가요.”

“잘 가. 참. 아롱아!”

“예.”

“나 내일 퇴원하니까 이제 병원 안 와도 돼.”

은주의 말에 아롱이 손을 흔들고 병실을 나섰다. 병원 문을 여니 바로 들어서는 택시가 보였다. 손님이 내리기가 무섭게 택시에 올라탄 아롱은 기숙사로 향했다. 택시에서 내려선 아롱은 기숙사에 들러 매번 잊어버린 통에 아직까지도 돌려주지 못한 종원의 장갑을 챙겨 들었다. 기숙사를 나와 사거리에 있는 약국에 들러 타박상에 좋은 약이랑 환부에 바르는 파스를 사기는 했는데…….

“어디 살지?”

농협 근처 어디 오피스텔이라 했던 것 같은데, 마음이 앞서다 보니 미처 어디 사는지를 묻지 못했다.

“에잇! 바보 아이가.”

이러지도 저러지도 못하고 발만 동동 구르는데 문자 도착을 알리는 핸드폰 수신음이 들렸다.

[은현빌딩 605호. 혹시나 모를까 봐. 아님 말고.]

은주의 메시지에 아롱은 탄성이 터져 나왔다. 이건 눈치가 아니라 방울 들고 돗자리를 깔아도 될 듯하다. 아롱은 피식 웃음을 흘리며 사거리에 있는 가장 높은 건물로 향했다. 엘리베이터를 타고 6층에 도착하기는 했는데.

“미리 전화를 해야 할까.”

왠지 전화를 하면 오지 말라고 딱 끊어버릴 것 같아서 아롱은 핸드폰을 움켜쥐고 문을 두드렸다.

콩콩콩!

문 두드리는 소리에 화장실에서 거울을 보고 있던 종원이 고개를 들었다. 간호를 하겠다며 호들갑을 떠는 미지를 보내고 샤워를 한 종원은 통증을 줄여보자고 혼자 맨소리담을 바르는 중이었다. 손이 닿지 않으니 당연히 제대로 발라질 리가 없다.

쿵쿵쿵!

더욱 커진 문 두드리는 소리에 종원은 화장실에서 나와 문으로 향했다. 분명 미지가 돌아온 것이라 생각한 종원이 문을 열며 소리쳤다.

"왜 또!"

소리를 치고 나니 문 앞에 서 있는 것은 미지가 아니라 아롱이다. 약국 로고가 찍힌 작은 봉지를 들고 선 아롱이 놀란 듯 그를 올려다본다.

"뭐냐?"

웃통을 벗고 아무렇지도 않게 묻는 종원을 멍하니 바라보던 아롱이 발그레 얼굴을 붉히며 고개를 숙인다.

"은주 선배가 가보라고 해서……."

들어오라는 말도 없이 휙 돌아서서 성큼성큼 걷는 종원의 뒤를 따라 아롱이 방으로 들어섰다. 걸쳐 입을 옷을 찾는지 옷장 앞에 선 종원의 등을 보니 왼쪽 어깨 아래로 딱 골프공 크기로 아주 동그랗게 달이 떠 있다. 아롱의 손가락이 E.T를 만난 듯 동그랗게 멍이 든 곳을 꾹 눌렀다.

"아얏!"

마치 배터리 떨어진 인형처럼 주저앉는 그의 모습에 아롱이 주춤 물러서니 종원이 소리를 버럭 지른다.

"야!"

검지를 편 채로 굳어버린 아롱의 모습에 종원이 거친 숨을 몰아쉬었다.

"뭐 하는 짓이야."

"아파요?"

당연히 아프지. 피멍이 들었는데, 그 고통의 핵심을 찌르다니. 아직도 펴고 있는 저 작은 손가락을 분질러 버릴까 보다. 벌떡 일어선 종원이 엄지와 검지를 이용해 아롱의 코를 빨래집게처럼 집었다.

"아, 아아야."

아롱이 그의 팔을 움켜잡자 종원이 무시무시하게 가라앉은 목소리로 속삭인다.

"아프냐? 나도 아프다. 너만 아픈 줄 알았나?"

정말 고약한 남자다. 뭘 만졌는지 톡 쏘듯 눈이 따갑다. 아롱이 발버둥 치며 종원의 팔을 때렸다.

"아파요. 놔줘요."

종원은 얼굴이 시뻘게진 아롱의 모습에 얼른 손을 뗐지만 늦었는지 아롱의 눈에 눈물이 그렁그렁 맺혀 있다. 그렇게 아팠나?

"도대체 뭘 바른 거예요. 매워 죽겠네."

눈뿐이 아니었다. 종원의 손이 떨어지기가 무섭게 콧속으로 파고든 파스 냄새에 아롱은 콧속에 청양고추를 쑤셔 박은 것처럼 아려왔다. 눈을 뜰 수가 없다. 아롱이 발을 구르며 화장실을 외쳤다.

"아! 맨소리담!"

종원은 꼬리에 불붙은 고양이마냥 생난리를 치는 아롱을 잡아 화장실로 밀어 넣었다.

콰당!

우당탕! 탕!

넘어지는 소리에 이어 와르르 무언가 쏟아져 내리는 소리가 들리자 종원이 화장실 문을 열었다. 눈을 감은 아롱이 세면대를 찾다가 화장실 벽 한쪽에 있는 삼각 수납장을 붙잡고 넘어진 것이다. 사방으로 샴푸와 치약, 비누 등 생활용품들이 널브러져 있다.

"일어나, 아롱. 여기여기."

종원은 장님처럼 더듬거리는 아롱을 잡아 일으켰다. 세면대에 물을 틀어주고는 혹시나 또 넘어질까 싶어 뒤에 선 채로 아롱의 허리에 팔을 감아 받쳐 주었다.

"자, 비누."

"크응, 너무해. 이게 뭐고."

코를 풀고 세수를 하면서도 너무해, 너무해를 외치는 아롱에게 미안한 마음이 들어 종원은 그녀의 허리를 감싸 안은 채로 죽은 듯이 서 있었다. 아무리 씻어도 눈이 매운지 아롱은 한참이나 얼굴을 닦고 또 닦았다. 얼마나 닦았는지 아롱이 손을 털며 허리를 일으키자 종원이 잽싸게 수건을 내밀었다.

"괜찮아?"

종원의 물음에 아롱이 사납게 수건을 낚아채며 소리를 질렀다.

"이게 지금 괜찮아 보여요?"

금세 부어오른 아롱의 눈이 시뻘겋게 충혈되어 있고 코도 마찬가지였다. 얼굴이 온통 울긋불긋하다. 마음으로는 정말 미안한데 눈치없이 웃음이 터져 나왔다.

"하하하하하."

"뭐야. 정말 너무한 것 아니에요? 기껏 약 사 들고 문병 왔더니. 저리 비켜요!"

아롱은 키득거리는 종원을 홱 밀치고 화장실을 나왔다. 옷장과 소파, 그 앞으로 키 작은 탁자 맞은편에는 커다란 TV와 컴퓨터가 가지런히 놓여 있다. 파란색 커튼이 드리워진 창가 옆에 커다란 침대가 놓인 종원의 원룸은 생각대로 깔끔했다. 부산에 있는 그녀의 방을 생각하니 정말 성격이 보이는 것 같다. 돌아서니 더더욱 깔끔하게 정리되어 있는 부엌이 보인다.

"많이 아프냐?"

　종원이 아롱을 향해 손을 뻗자 아롱이 코를 가리며 물러선다. 그 모습에 종원이 다시 옆구리를 움켜쥐며 웃음을 터뜨렸다. 약이 바짝 오른 아롱이 종원의 등짝을 매섭게 후려치자 그녀의 청각을 만족시키는 화려한 비명이 방 안으로 울려 퍼졌다.

　"아악!"

　바닥에 앉아 한참을 서로 노려보며 씨근덕거리고 있자니 종원이 먼저 화해를 청한다.

　"미안해."

　"알았어요."

　알았어요라니. 미안해라고 말하면 미안하다는 말로 답하는 것이 보통이다. 답을 기다리고 있자니 아롱은 고개를 팩 돌려 버렸다.

　"옷이나 입어요. 민망하게. 뭐고."

　민망하기는……. 스물일곱이나 된 여자가 열여섯처럼 얼굴을 붉힌다. 나름 명품 몸매를 자랑하는 종원은 시시각각 얼굴색이 변하는 아롱을 바라보며 느긋이 침대에 기대어 앉았다. 아니, 앉으려고 했는데 키가 높은 침대의 받침에 등이 닿으니 통증이 인다.

　"흐흠."

　숨을 삼키려니 아롱이 물끄러미 종원을 바라본다. 방금까지도 칼로 회를 뜰 것 같은 표정을 짓더니 금세 강아지 눈으로 묻는다.

"아파요?"

"응."

종원이 불쌍한 척 대답을 했더니 아롱이 그에게로 다가앉는다. 어쩌면 저렇게도 단순할까. 화르륵 불꽃을 튀기며 달아올랐다가 소나기처럼 금세 가라앉는다. 참으로 신기한 일이 아닐 수 없었다.

"돌아봐요. 약 발라줄게요."

종원은 말없이 아롱에게 등을 내밀었다. 아롱이 봉지를 부스럭거리더니 종원이 바르려 했던 맨소리담을 꺼내 그의 등에 바르기 시작한다. 찬기가 느껴지던 것도 잠시, 상처 부위가 화끈거리기 시작했다.

"일부러 그런 거 아니다."

"그렇게 생각하려고 노력 중이에요."

이도 저도 아닌 대답에 종원이 키득거리자 아롱이 멍든 부위를 꾹 누른다.

"야!"

"야야, 하지 말아요. 내가 전에 이야기했잖아요. 대가리에 칼 맞은 고등어처럼 왜 자꾸 말 잘라 먹냐고요."

"내가 나이도 더 많고."

이번에는 아롱이 싹둑 말을 잘라 먹는다.

"하이고, 나이 마이 묵은 게 자랑이가."

이 맛이로군. 싹둑 잘라 먹는 재미가 솔솔 하다.

"선배가 얼라가. 초딩도 아이고 유치해서 몬 봐주겠다."

발끈 작렬하는 아롱의 사투리에 또 고등어 대가리에 지랄 소리 나올까 싶어 종원이 입을 다물어 버렸다.

"선배 니, 과메기 아나? 과메기."

어째 반말처럼 들리는데, 뭐라 꼬집어 말하기도 그렇고. 종원은 맷돌을 돌리듯 부드럽게 그의 등 위를 배회하는 아롱의 손길에 사르륵 눈이 감겼다.

"그럼 황태는 아나, 황태."

사투리가 이어지자 종원이 피식 웃으며 대꾸했다.

"알지. 삼 형제 아이가. 생태, 동태, 황태애."

놀리듯 종원의 어설픈 사투리에도 아랑곳없이 아롱이 제 말을 한다.

"그래, 그럼 황태로 하자. 바다 속에서 철없이 놀던 명태가 세상에 나와가 얼었다 녹았다 세상 모진 비바람 다 맞고 그래 시간 죽여가 되는 게 황태다, 황태."

아롱의 말에 종원이 침대에 턱을 기댔다. 무슨 소리를 하려고 이러나.

"선배 니 눈에는 내가 철없이 파닥이는 명태로 보일지 모르지만, 열심히만 하면 언젠가는 내도 황태 안 되겠나. 첨부터 황태로 태어나는 명태는 없다 아이가. 응. 그니까 그만 갈구고 좀만 기다려 도. 응? 안 되나?"

이야기를 듣자 하니 이무기 용 될 때까지 잘 가르쳐 달라는 말인 듯싶어 종원이 웃었다. 국문과를 나왔다더니 비유 한번 기가 막히다.

"알았다. 근데 말끝마다 니가 뭐야, 니가. 내가 니 친구냐."

"서울말로 하까. 경상도 사투리가 원래 추임새마냥 니가 들어간다."

"맞나?"

종원이 아롱의 말투를 따라 하자 그녀가 까르륵 웃음을 터뜨린다.

"치아라. 되도 않는데."

종원이 돌아앉자 아롱이 휴지로 손을 닦으며 종원을 올려다봤다.

"그라고 명태네 집은 사 형제다. 큰형이 황태, 둘째가 북어, 셋째가 동태, 그리고 막내가 생태다. 그리고 참고로 명태의 아명이 노가리 아이가. 노가리."

아롱의 말에 종원이 다시 웃음을 터뜨렸다. 개그맨도 아니고 어찌나 웃긴지 등짝이 다 당겨온다. 그런 종원을 향해 곱게 눈을 흘기던 아롱이 자리에서 일어섰다.

"웃으니 이쁘네. 선배, 나 간다."

한 번 사투리가 터지니 수습이 안 되는지 아롱은 끝까지 사투리를 뿌리며 종원의 집을 나섰다.

"춥다. 드가."

종원은 종종거리며 걸어가는 아롱에게 손을 흔들었다. 이사 온 뒤로 누군가에게 손을 흔드는 것이 처음인지라 종원은 아롱이 떠나간 복도를 살폈다. 아무도 안 봤겠지. 피식 웃으며 문을 닫고 방으로 들어섰다. 소파 위에 커다란 장갑 두 짝이 보인다.

"안 잊어버리고 가져왔네."

예전에 눈을 치울 때 빌려주었던 장갑이다. 종원이 장갑으로 손바닥을 툭툭 치며 문가를 돌아봤다.

"후후후."

요즘 들어 참 많이 웃는 것 같다. 게다가 그녀의 깜짝 방문으로 반년치 웃음을 오늘 하루에 전부 쏟아낸 것 같다. 장갑을 베개 옆에 내려놓고는 침대에 누워 베개에 얼굴을 묻었다.

약봉지를 들고 말똥말똥 올려다보던 그녀. 등을 콕 찌른 손가락 그대로 굳어 있던 그녀. 코를 가리며 물러서던 그녀. 명태와 황태의 촌수를 따지며 사투리를 남발하던 그녀. 명태의 아명이 노가리란다. 왕족도 아니고 기껏 생선한테 아명씩이나. 큭. 생각하면 할수록 웃음이 터져 나와 종원은 이불을 똘똘 말아 다리 사이에 끼우고 계속 웃었다. 웃음이 지나간 자리에 남은 것은 그녀의 향기였다. 화장실에서 얼굴을 닦아내는 아롱의 허리에 감았던 그의 팔에서 아련하게 애기 냄새가 난다. 부드럽고 따뜻한 그녀의 향기.

"제기랄!"

종원은 등짝에서 아랫도리로 몰리는 기운을 느끼며 한숨을
토해냈다.

"낚였네."

6장 그림자놀이

2월 말이 다가오니, 날씨가 한결 따뜻해졌다. 한동안 눈이 오지 않은 한여울 CC는 서서히 봄을 준비하는 듯 기지개를 켜고 있다.

"은주 선배는 복귀 안 해요?"

아롱이 클럽을 정리하며 곁에선 종원에게 묻자 종원이 얼굴을 붉힌다.

"흠흠. 임신해서 그만둔 지가 언젠데."

"정말요?"

"너만 모르고 다 알아."

종원의 대꾸에 아롱이 뾰로통 입술을 내밀었다. 왜 몰랐지?

그리고 주임님 와이프 임신했는데 자기가 왜 얼굴을 붉혀? 웃
겨!

"오늘은 내기 심하게 하는 손님이니까 넌 그냥 조용히 카트
타고 따라다녀."

종원의 말에 아롱은 맥이 탁 풀렸다. 한여울 늑대들이 여자보
다 더 좋다고 하는 쓰리 백. 백 하나 줄어든다고 무슨 큰 차이가
있을까 싶지만 오 NO. 백 하나가 빠지면 3분이 줄어든다. 클럽
숫자로 치면 열네 개가 줄어드는 것이니 일이 훨씬 수월하다.
백이 세 개이니 혼자 다 할 수 있지 않을까 나름 기대하였는데.
그런 그녀의 표정을 읽었는지 종원이 차분한 목소리로 말했다.

"오늘은 쓰리 백이니까 같이 타고 다녀. 사장님 둘은 내기하
면서 걸어다닐 거야. 넌 사모님 태우고 다녀."

"예?"

"골프 별로 안 좋아하는데, 가끔 남편 따라 소풍 오는 사모님
들 있어."

새로 장만한 일제 클럽을 자랑하기 바쁜 남자 손님 둘은 서로
의 주머니를 탈탈 털어주겠다며 내기에 대한 열의를 다지고 있
었다. 그중 하나의 아내로 보이는 여자 손님은 벌써부터 짜증스
러운 얼굴로 카트에 앉은 채로 꼰 다리를 까닥인다.

"좋았어!"

저 짜증스러운 얼굴을 쫘악쫘악 펴주리라. 아롱은 두 손을 불
끈 쥐고 다짐했다. 벨리 1번 홀 티샷이 끝나자 종원은 클럽을 빼

들고 손님들과 걸어가 버렸다.

"꽃 피었다더니 2월에 웬 꽃. 믿은 내가 바보지."

아롱은 혼자 앞좌석에 앉아 있는 여자에게 방끗 웃으며 카트가 출발함을 알렸다.

"도대체 돈 버려가며 뭐 하는 짓인지. 날도 추운데."

끊임없이 불만을 토로하는 여자의 얼굴이 점점 더 짜증으로 물들어가는 것을 보며 아롱은 1번 홀 어프러치 지역에 정차했다.

"가져다 드리려고 했는데."

"오늘은 내가 할게. 넌 사모님 좀 챙겨 드려."

부지런히 클럽들을 제자리에 꽂고 어프러치와 퍼터까지 한꺼번에 뽑아가는 종원의 뒷모습을 보며 아롱이 다시 카트로 향했다. 베이비시터도 아니고 여자의 얼굴은 이미 짜증이 폭발 직전이었다.

"아이, 짜증나."

"골프 싫어하세요?"

조심스레 아롱이 묻자 여자가 콧방귀를 낀다.

"언니는 좋아해요?"

언니. 나이와 상관없이 손님들은 여자 캐디를 그렇게 부른다.

"아뇨. 여기 와서 골프 처음 알았어요."

아롱의 대답이 마음에 들었는지, 아니면 이야기 상대가 필요했는지 여자가 한숨을 내쉬며 말을 이었다.

“굳이 가기 싫다는데, 굳이…….”

“굳이…….”

아롱은 호기심 가득 찬 눈으로 말꼬리를 늘이는 사모님을 바라봤다. 이야기도 손뼉처럼 눈 마주치듯 받아쳐 주어야 할 맛이 난다.

“언니 들으면 웃을 거야. 내가 어이가 없어서.”

“왜요?”

“그러니까, 내가 임신했거든. 4개월.”

“어머. 사모님, 축하드려요.”

아롱이 웃으며 축하해 주자 여자의 얼굴에 금방 화색이 돈다. 그런데 골프장에 온 것과 임신이 무슨 상관?

“그래서 애기한테 미리 익숙한 환경 조성한다고.”

“익숙한 환경?”

아롱이 눈을 깜박이자 여자가 멋쩍게 웃는다.

“프로골퍼 만든다고 골프할 때마다 데리고 다니는데, 죽을 지경이야.”

여자의 말에 아롱이 웃음을 빵 터뜨리자 여자도 같이 웃는다.

“거봐. 내가 웃을 거라 했잖아.”

“여보! 버디! 버디!”

월드컵 16강 진출 결승골을 넣은 선수처럼 달려온 남자가 여자의 손에 만 원짜리 두 장를 쥐어주며 웃는다. 1번 홀은 파4 홀인데, 남자가 세 번에 홀컵에 볼을 넣어 버디를 했나 보다.

"여보! 나 버디했다. 우리 복동이, 아빠 버디했다."

남자가 여자의 배에 손을 얹으려 하자 여자가 질색을 하며 손을 뿌리친다.

"왜 이래요, 창피하게."

남편과 토닥거리는 여자의 모습을 보니 아롱의 입가에 절로 미소가 피어올랐다. 인상을 찌푸리고 있지만 여자는 행복해 보인다. 남자들이 세컨으로 이동하는 사이 여자가 남편에게 받은 이만 원 중에 만 원을 아롱에게 내민다.

"자, 이건 언니 거."

"아녜요. 교육생이라 돈 받으면 안 돼요."

절레절레 고개를 흔들며 돈을 마다하자 여자가 아롱의 손에 만 원짜리를 꼭 쥐어준다.

"괜찮아. 받아도 돼. 내기 골프 치는 사람들 버디하면 원래 버디 피 주잖아. 내가 와서 오늘은 언니한테 안 주고 나한테 다 줄 거야. 그러니까 나눠 갖자."

"아니에요. 정말 괜찮아요."

"글쎄, 받아. 앞으로 버디 더 나올 거야. 신랑 볼 잘 치거든. 얼른 집어넣어."

아롱은 받은 돈을 어색하게 주머니에 집어넣었다. 그렇게 남자들이 내리 걸으며 볼을 치는 동안 아롱은 여자와 수다 삼매경에 빠졌다.

"생각보다 어렵지 않아요. 야구선수 타석처럼 티박스에서 머리통 제일 큰 채 이름이 드라이븐데 그걸로 볼을 치면 볼이 날아가잖아요.”

4홀마다 있는 중간 휴게소 격인 그늘집에 도착해서도 여자는 그늘집에 들어가지 않고 아롱의 옆에 앉아 골프에 대한 설명을 듣고 있었다.

“두 번째 치는 걸 세컨 샷이라고 하는데요, 골프 클럽이…… 그러니까 골프채가 숫자별로 여러 개 있잖아요. 채 길이나 머리 각도가 다 달라서 날아가는 길이가 다 달라요. 그중에 맞는 거리 채로 세컨 치고 그린에 올라가면 다행이고 안 올라가면 어프러치라고 짧은 거리 치는 채로 다시 한 번 쳐서 그린에 올려요. 그리고 퍼터라고 망치같이 생긴 채로 볼을 쳐서 그린 위에 뚫린 구멍에 넣는 거예요.”

“깔깔깔. 언니, 설명 너무 잘한다. 머리에 쏙쏙 들어오는데?”

“골프는 무조건 적게 칠수록 좋아요. 백 점 만점이 아니라 칠십이 점. 그 이하로 떨어지면 더 좋고.”

과부 팔자 홀아비가 알아준다 하였던가. 아는 것이 없으니 설명이 쉬울 수밖에. 아롱은 초보 골프 교육은 코스를 달리는 내내 이어졌다.

“용어들이 너무 어렵잖아. 그래서 짜증나. 내가 영어를 잘 못하거든.”

“축구도 업사이드니 디펜스니 말 다 어렵잖아요. 모든 게임이 규칙을 알아야 더 재미있는 거예요.”

"호호호. 교육생이라며 어떻게 그렇게 많이 알아?"

"이론 교육만 한 달 했다니까요. 티박스에서 티샷을 하고 나면 페어웨이라고 잔디 잘 깎아놓은 데 떨어지는데요, 잔디 안 깎아놓은 러프나 모래 구덩이 벙커에 떨어지기도 하고 재수없으면 연못 같은 워터 해저드에 빠지기도 해요. 물론 워터 해저드는 벌점 한 타만 먹으면 되는데 오비라고 울판에서 멍석 밖으로 떨어지는 낙을 이야기하는 거예요."

어느새 여자의 얼굴에는 웃음이 가득하다.

"그러니까 기본이 파, 한 타씩 더 칠 때마다 보기, 더블, 트리플, 에바, 양파. 맞지? 그런데 에바는 뭐야? 원래 여자 가수들을 에바라고 하지 않나?"

"그건 디바구요. 에바는 너무 많이 치니까 집에 가서 애나 보라고 해서 에바래요."

아롱이 주워 들은 말을 전하자 여자가 뒤집어져라 웃는다.

"그럼 홀인원은 하늘의 별 따기네."

"듣기로는 로또 수준이라는데요?"

아롱의 말에 여자가 한숨을 내쉰다.

"남편이 천만 원짜리 홀인원 보험 들었는데, 그거 영 못 타먹는 것 아냐?"

보험까지는 아는 바 없어 아롱은 입을 다물었다. 4시간 반 만에 한 달이 넘게 배운 지식이 동이 나버렸다. 18홀을 모두 돌고 나니 정확하게 4시간 32분. 아롱은 초스피드로 진행된 교육에

서 그녀가 배운 모든 것을 여자에게 전수했다.

"아가씨, 마누라랑 놀아줘서 고마워요. 웬일로 다음에 또 오자네. 하하하."

라운딩을 마치고 남편의 팔에 매달려 클럽하우스로 들어가며 이것저것 묻는 여자의 모습을 아롱이 흐뭇하게 바라보았다.

"차라리 교편을 잡지 그러냐?"

언제 다가왔는지 종원이 아롱의 머리를 쓰다듬는다. 나름 기특하다는 표현이겠지?

"요즘 학교에서는 야외 수업 없잖아요. 전 밖에서 일하는 게 좋아요."

아롱의 대답에 종원이 웃었다. 별로 웃을 일 없이 살던 종원에게 웃음을 만들어주는 여자였다. 그녀의 웃음 바이러스가 그에게만 통하는 것이 아니었나 보다. 올 때마다 볼도 안 치면서 매번 짜증을 부려 경기를 지연시켰던 여자 손님이 처음으로 웃으며 라운딩을 마쳤다.

"자, 받아."

퇴근하는 길, 종원은 아롱에게 3만 원을 내밀었다.

"아까 사장님이 와이프랑 놀아줘서 고맙다고 너 주라던데?"

"에에?"

그냥 받으면 될 것을 아롱이 굳이 손사래를 친다. 물론 사칙상 교육생은 손님에게 돈을 받으면 안 되지만 호탕한 남편은 골프장에 억지로 데려온 아내를 웃게 해준 아롱에게 상당히 고마워하고 있었다.

"받아."

"안 받을래요."

"받으라니까."

보조석에 앉아 고개까지 팩팩 젓는 아롱을 보니 뭔가 수상쩍다.

"뭐야."

신호에 걸려 잠시 멈춘 종원이 아롱을 보자 그녀가 머뭇머뭇 주머니에서 꾸깃꾸깃한 돈을 꺼낸다. 하나, 둘, 셋……. 뭐야, 이거.

"저 안 받으려고 했는데, 사장님 버디할 때마다 사모님이 자꾸 받으라고 성화를 대서."

우물쭈물 말을 삼키는 아롱을 보며 종원이 비실비실 웃기 시작했다.

"큭! 재주 좋으네. 자! 이거까지 너 오늘 얼마 벌었어?"

아롱이 주섬주섬 만 원짜리를 펴서 센다. 그 남자 손님, 평균 기록보다 적은 베스트 스코어를 기록하고 갔다. 징징거리는 아내를 맡아준 베이비시터가 그 몫을 톡톡히 해냈으니 게임의 집중도가 높아진 덕이다. 버디만 다섯 번을 했으니 5만 원에 종원이 던져 준 3만 원까지 총 8만 원이다.

"8만 원이요."

"우아! 난 새빠지게 뛰어다니면서 9만 원 벌었는데, 너는 사모하고 둘이 드라이브하면서 골프 교육시키고 8만 원 벌었네.
진짜 용하다."

돈을 움켜쥐고 고개 숙인 아롱을 바라보던 종원이 그녀의 머리를 쓰다듬었다.

'장하다, 내 부사수.'

아내와 남편이 따로 준 것이긴 했지만, 원래가 팁이 후한 손님인지라 나중에 서로가 따로 돈을 찔러준 것을 안다 해도 크게 문제 삼지는 않을 것이다. 움켜쥔 돈을 얌전하게 무릎에 얹고 있던 아롱이 종원을 부른다.

"같이 저녁 먹어요."

"왜? 한턱 쏘려고?"

"네."

"됐다."

생각했던 대답이었으나 아롱은 꼭 밥을 사고 싶었다.

"갈비 먹으러 가요."

고집쟁이 아롱을 모르는 종원이 아니다. 볼에 맞았을 때도 하루 종일 괜찮냐는 말을 달고 살았었다. 오늘이 아니면 밥 먹을 때까지 밥, 밥, 거리고 다닐 것이 분명한 아롱이었기에 종원은 말없이 차를 갈비집 앞에 주차했다.

"내려."

"말 안 해도 내려요. 내가 차 안에서 갈비 구워 먹겠어요. 정말!"

그의 말투가 마음에 안 드는지 아롱이 퉁퉁거리며 차에서 내려 걸어가 버렸다. 민들레 꽃씨가 걸린 것처럼 코끝이 간질간질하다 싶더니만 종원은 피식 웃어버렸다. 아무튼 간에. 한마디도 안 져요.

먼저 자리를 잡고 앉은 아롱이 종원에게 묻는다.

"뭐 먹을래요?"

"갈비."

"흠. 그래요. 돼지 갈비 4인분."

여자가 통도 크다. 종원은 아롱이 시키는 대로 대꾸없이 앉아 종업원이 가져다준 물수건으로 손을 닦았다.

"볼 맞은 데는 좀 괜찮아요?"

"응."

"멍은요?"

"아직."

이내 불이 들어오고 접시에 가득 담긴 갈비가 탁자에 놓였다. 종원은 아무 생각 없이 갈비를 불에 얹었다. 아롱은 오늘 여자 손님과 이야기했던 것을 쫑알대며 부지런히 샐러드를 집어 먹었다.

"여기, 샐러드 가득. 산처럼 쌓아서 주세요."

말없이 고기를 뒤집던 종원이 물끄러미 그를 바라보는 아롱과 시선을 마주쳤다.

"뭘 봐."

“선배님 말투 상당히 이상한 거 알아요?”

“뭐가.”

“아니, 무슨 외국 살다 십 년 만에 귀국한 교포도 아니고 주어, 동사 다 빼먹고 대사가 너무 자유롭잖아.”

말이 짧아서 싸가지없게 들린다, 한마디 하면 될 것을 뭘 저리 길게 이야기하나 싶어 종원은 다시 웃음이 나왔다. 익어가는 고기를 가위로 잘라내고는 익은 부위를 아롱의 앞쪽으로 밀어주었다.

“아롱 양, 고기를 먹으세요. 됐냐?”

“풉!”

고기를 입에 물고 아롱이 웃었다. 보면 볼수록 눈이 가는 남자였다. 타구 사고 이후 벗은 상반신을 본 것이 화끈거려 한동안 눈도 마주치지 못했지만, 매일같이 붙어 다니다 보니 정이라는 것이 드나 보다. 새삼 잘생겨 보이고, 새삼 멋있어 보이고 아롱은 좋아하지도 않는 고기를 꼭꼭 씹으며 고기 굽기에 바쁜 종원을 훔쳐보았다.

“왜 고기 안 먹어.”

“아, 저 고기 별로 안 좋아해요.”

아롱의 말에 집게와 가위를 들고 있던 종원이 어이없다는 듯 가위와 집게를 내려놓았다.

“그런데 갈빗집엔 왜 오재?”

“남자들 고기 좋아하지 않아요?”

할 말을 잃은 종원이었다. 사실 육식을 그리 즐기지 않는 종원이었다. 야채나 생선 위주로 식사를 하는 종원이 아롱이 가자 하여 따라온 것인데 당사자가 고기를 좋아하지 않는다니 뭐라고 말을 해야 할지. 정말 저 작은 머릿속에 무슨 생각이 들어 있는 걸까.

집게를 집어 든 종원이 아직도 겹겹이 쌓여 있는 고기 접시를 톡톡 쳤다.

"그런데 왜 이렇게 많이 시켰어."

"선배가 크니까 많이 먹을 것 같아서요."

자알 한다. 그거는 소나 돼지 얘기지. 아무리 크다 해도 입이 짧은 종원은 밥 한 공기면 그만이다. 한숨이 나왔다.

"그럼 뭐 좋아하는데."

"뭐가요?"

"고기 싫다며. 뭐 좋아하냐고."

"아, 생선이요. 구운 거 좋아해요."

대답을 하고 나서야 아롱은 뒤늦게 깨달았다.

"혹시 선배님, 고기 안 좋아해요?"

먹는 사람이 없으니 익은 고기만 자꾸 쌓여가고 종원은 대꾸가 없다.

"난 선배가 커서 고기 먹고 큰 줄 알고, 좋아하는 줄 알았죠."

결국 두 사람은 남은 고기를 싸서 갈빗집을 나왔다. 아롱은 말이 없는 종원을 올려다보며 넉살 좋게 웃었다.

"선배님, 술 한잔하실래요?"

"나 술 안 먹는다."

"아, 저도 안 먹는데."

대화가 점점 이상해지고 있다고 느끼는 순간 종원은 왠지 아롱이 그와 함께 있고 싶어하는 것 아닌가 하는 생각이 들었다.

'얘, 혹시 나 좋아하나?'

옷에 밴 갈비 냄새가 진동을 하는 것 같아 차창을 열고 아롱의 기숙사로 향했다. 좁은 신철원은 차 타면 10분 안에 어디든 간다.

"술 말고 차 마실까?"

혹시나 하여 미끼를 던지니 아롱이 덥석 물었다. 종원은 운전대를 돌려 다시 터미널로 향했다. 터미널 이층에 있는 커피숍에 들어서자 은은한 커피향이 푸근하게 감겨든다.

"커피 두 잔."

"저는 팥빙수 주세요."

종원이 커피를 시키자 아롱이 코트를 벗다 말고 팥빙수를 외쳤다. 점원이 당황한 듯 웃는다. 겨울에 웬 팥빙수? 점원이 당황할 만도 하다. 종원은 모르는 척 유니폼 잠바를 벗었다.

"손님, 저…… 팥빙수는 안 되는데, 아이스크림이나 뭐."

"그럼 파르페 주세요."

점원이 주문을 받고 돌아서자 아롱이 천진난만하게 웃으며 묻지도 않은 말을 한다.

"저 커피 안 좋아해요."

"그런데 커피숍에는 왜 와."

"커피숍에 커피 말고 다른 것도 많아요."

대답하고는. 고기도 안 좋아하면서 어디서 들었는지 남자들 고기 좋아한다고 갈빗집 가더니, 종원이 덩치가 크다고 당연히 고기 좋아하지 않냐고 묻는 천진함에 종원은 저도 모르게 피식 웃어버렸다.

종업원이 커피와 함께 삼색 아이스크림을 쌓아 올려 핑크색 시럽을 뒤집어쓴, 보기에도 유치찬란하게 우산까지 꽂인 파르페를 들고 왔다.

"초딩도 아니고 파르페는."

"왜요. 맛있어요. 먹어볼래요?"

한 움큼 아이스크림을 퍼먹은 아롱이 제 입에 물고 있던 작은 스푼으로 아이스크림을 떠서 아무렇지도 않게 종원에게 내밀었다. 한입 먹어보고 싶은 생각도 들었지만, 누가 쳐다볼까 종원이 얼른 소파로 물러앉았다. 그녀가 실망한 표정으로 다시 파르페를 움켜쥔다.

"너는 얼굴에 마음이 다 드러나서 어쩌냐."

"뭐가요?"

"안 받아먹어서 뾰로통하구만 뭘."

어떻게 알았지? 아롱은 스푼을 입에 물고 물끄러미 종원을 바라보았다. 역시 캐디라 그런지 눈치가 백 단이다.

“누가. 아녜요. 받아먹을 거라고 생각 안 했어요.”

“뭐가. 얼굴에 딱 쓰여 있는데.”

“어디요.”

“여기.”

아롱이 발끈하며 묻자 종원이 기다란 손가락으로 그녀의 이마에 글씨를 쓰듯 톡톡톡 집어가며 말한다.

“까, 칠, 하, 기, 는.”

“헤헤, 헤헤. 본인 까칠한 건 알아요?”

“어.”

“그거 자랑 아니에요.”

“자랑 안 했다.”

“나이 서른 넘어서 까칠하다는 건 성격장애나 마찬가지라고요.”

심각한 표정으로 바라보는 아롱을 지그시 바라보던 종원이 찻잔을 내려놓고 탁자에 턱을 기댔다.

“아롱아, 캐디는 제 마음 드러내기보다는 손님 마음을 읽을 줄 알아야지.”

“뜬금없이. 지금 까칠한 이야기 하고 있는 중이잖아요.”

“알아. 그 이야기 하는 중이잖아. 나중에 까칠한 손님 만나면 어쩌려고. 재수없어. 얼굴에 쓰고 라운딩하려고?”

종원의 말에 아롱이 배시시 웃는다. 저도 제 버릇을 아는 듯하다. 종원이 아롱에게 손을 뻗어 아까부터 거슬리게 윗입술에 묻어 있는 핑크색 시럽을 닦아줬다.

"칠칠맞지 못하게."

아무 생각 없이 엄지손가락에 묻은 시럽을 입에 넣는데, 그녀의 얼굴에 온통 진달래가 폈다. 흠흠.

"커피 맛있네."

아롱은 종원의 손가락이 지나간 자리를 날름거리며 다시 아이스크림을 한 스푼 떴다. 심장이 미쳤는지 너무나 쿵쾅거려 차가운 파르페를 먹으면서도 덥다.

'아롱 씨, 종원 오빠 좋아해요?'

이틀 전 화장실에서 만난 미지의 말에 얼굴에 불이 났던 기억이 난다. 사수와 부사수이니 붙어 다니는 건 당연한 건데 잘 웃지 않던 종원이 웃음이 많아진 것이 사람들 눈에 이상했나 보다.

'종원 오빠, 여자들 별로 안 좋아해요. 전에 사귀던 여자한테 뒤통수 제대로 맞았거든.'

미지가 종원을 좋아하고 있다는 소문은 이미 들어 알고 있는 아롱이었다. 약봉지를 들고 처음으로 그의 집에 방문했을 때 문을 벌컥 열던 그를 기억한다.

'왜 또.'

혹시 미지에게 했던 말이 아니었을까.

"선배, 혹시 미지 선배 좋아해요?"

"아니."

뜬금없는 아롱의 물음에 종원이 시큰둥하게 대답했다.

"한여울에 떠도는 소문 전부 뻥이야. 아직도 모르냐."

"선배 좋아하는 여자 있었다는 것도 뻥이에요?"

뱉고 나니 혀를 깨물고 싶어지는 아롱이었다. 동반을 하며 붙어 다녔다고 하지만 지나치게 사적인 질문인 것 같아 아롱이 입을 다물어 버렸다.

"있었지, 지영이라고."

직선적으로 묻는 것 또한 아롱답다. 다시 새어 나오는 웃음을 참으며 커피를 마셨다. 남들 다 아는 이야긴데 뭐 숨길 것 있나. 그녀의 이야기를 하며 웃다니, 정말 시간이 약인 것 같다.

"쓸데없는 소리 했다. 흐응."

애기처럼 한숨을 쉬며 소파에 몸을 묻는 아롱의 모습이 귀엽다.

"별게 다 궁금하다."

"그래서 까칠해진 건가 해서."

역시나 솔직한 아롱의 대답에 종원이 담배를 꺼내 물었다.

"아니. 뭐, 거하게 상처받고 첫사랑 못 잊어서 애달파하는 삼류드라마 생각했다면 미안하네."

"첫사랑이었어요?"

"응. 그런데 잘 안 됐어. 그냥 그뿐이지 뭐. 사람 만나서 같이 지내다 보면 좋아할 수도 있고 그러다 사랑하고 싸우고, 서로 상처 주고 헤어지고, 그리고 시간 지나가면 다시 사랑하고…….

다들 그러고 살잖아.”

아롱은 아무렇지도 않게 이야기하는 종원을 보며 그래도 아플 거라 혼자 생각했다. 역시나 얼굴에 드러난 그녀의 마음을 읽었는지 손가락으로 아롱의 이마를 꾹꾹 누른다.

“불, 쌍, 해.”

“틀렸어요.”

“그래? 그럼 무슨 생각했는데?”

“읽어봐요.”

탁자 가까이 얼굴을 들이댄 아롱이 도전적으로 종원을 향해 커다란 눈을 송아지처럼 깜박인다. 도전을 받아들인 종원이 입술이 닿을 만큼 가까이 아롱에게 얼굴을 들이댔다. 종원의 입술이 붉은색 시럽으로 물든 아롱의 입술에 닿았다. 딸기라고 생각했는데 그보다 조금 더 진한 체리 향이 묻어난다. 살며시 입을 열어 아롱의 입술을 빨아들이며 보드라운 입술을 혀로 핥았다. 도톰한 아랫입술을 빨아 당기니 아롱의 입이 열리며 바닐라 향 숨결이 종원의 입안으로 밀려들었다. 시간이 멈춘 듯 맞닿은 두 입술이 세 가지 색 파르페처럼 녹아내린다.

“하아.”

눈을 뜬 종원이 천천히 뒤로 물러나자 아까보다 더욱 붉게 반짝이는 아롱의 입술이 벌어지며 달콤한 숨결이 새어 나온다. 다시 한 번 그녀의 입술에 닿고 싶지만, 아롱이 눈을 떠버렸다. 혼란으로 가득 찬 눈동자.

“흠. 흠.”

종원이 어색하게 헛기침을 하며 소파에 기대앉았다. 삼 년 만에 해본 키스라 그런지 모든 혈관이 입술로 모여드는 것 같다. 민망해서 아롱을 바라볼 수가 없다. 흘깃 훔쳐보니 아롱은 얼굴을 붉힌 채 창밖을 보고 있다.

“저…… 선배님.”

“키스해 달라고 쓰여 있었어.”

무슨 소리를 하는 거냐며 버럭 성을 낼 줄 알았더니 뜻밖에도 아롱은 아무런 말이 없다. 종원은 사건 현장을 떠나는 범죄자처럼 서둘러 자리에서 일어섰다.

“가자.”

“예.”

대답만 하고 멍하니 앉아 있는 아롱의 손을 잡아 일으킨 종원이 카운터로 걸어갔다. 돈을 받아 드는 종업원 아가씨 그를 바라보며 배시시 웃는다. 역시나 얼굴에 쓰여 있다. 다 봤지롱~

‘제기랄!’

계산을 하면서도 그녀의 작은 손은 여전히 종원의 커다란 손에 감싸여 있다. 그들에게로 쏟아지는 사람들의 시선을 뒤로하고 커피숍을 나왔다.

“어?”

아뿔싸! 커피숍을 나오자마자 딱 마주쳤다. 개, 구, 라.

“형!”

길 가다 번개를 맞아도 이렇게 놀라지는 않을 텐데.

"어? 뭐야?"

개구라의 작은 눈이 더더욱 작아지며 예리하게 초점을 모은다. 개구라의 시선이 닿은 손이 따갑다. 종원은 아롱의 손을 놓을 수가 없었다. 그녀의 작은 손이 커다란 종원의 손을 살며시 움켜쥐었기 때문이다.

"혀엉! 아롱 씨랑."

개구라의 말이 끝나기도 전에 종원은 아무것도 보지 못한 양 개구라를 지나쳐 차가 주차되어 있는 곳으로 성큼성큼 걸어갔다. 아롱을 차에 태우고 2분도 안 되어 그녀의 기숙사 앞에 정차. 길게 심호흡을 하고 아롱의 이름을 부르려는데 입을 떼기도 전에 그녀가 차에서 뛰어내렸다. 인사도 없이, 차 문도 안 닫고 가버렸다.

"어우! 빌어먹을!"

내일이면 회사에 파다하게 소문이 날 것이다. 그보다 무어라 변명할 새도 없이 도망가 버린 아롱의 뒷모습이 더 난감하다. 내일도 데리고 일 나가야 하는데 어쩌나. 남의 집 소 훔친 것마냥 쿵쾅거리는 가슴을 어찌할 줄 몰라 종원은 기숙사 앞을 떠나지 못한 채 가슴을 부여잡았다.

다음날 아침, 아롱은 밤새도록 잠을 설쳐 벌겋게 충혈된 눈으로 세수를 했다. 거울을 보니 입술이 조금 부어오른 것 같은 착각이 든다. 8시까지 그의 집 앞으로 오라는 종원의 문자를 받았지만 답장하지 않았다.

"미친 거 아이가."

화장을 다 하고도 아롱은 발을 굴렀다. 재각거리며 움직이는 시계를 바라봤다. 종원도 적잖이 당황한 눈치였다. 행여나 실수였다는 소리 듣고 싶지 않아 차에서 뛰어내렸지만, 회사를 그만두지 않는 한 실과 바늘처럼 피할 수 없는 사이였다. 어찌하면 좋을지 알 수가 없다. 부끄럽고 창피하다. 주책없이 펄떡이는 가슴이 심장병 환자처럼 그녀의 숨통을 조른다.

7시 반. 아롱은 더 이상 방에 있을 수 없어 출근 준비를 하고 기숙사를 나왔다. 두리번거리며 행여 종원이 보일까 싶어 눈썹이 휘날리도록 터미널로 달려 택시를 탔다.

"한여울 CC요."

택시에서 내려서니 선화 조장이 카트를 끌고 올라가는 모습이 보인다. 아롱은 인사를 하고 3단 주차장 카트실에서 카트를 꺼내어 종원의 물품들을 담아 클럽하우스 아래 있는 카트실로 향했다. 카트를 주차하고 캐디대기실에 들어서니 사람들의 시선이 그녀에게로 쏟아진다.

"안녕하세요, 선배님."

어물쩍 인사를 하고 선화 조장 옆에 다가가 앉았다.

"종원이는?"

"곧 오실 거예요."

찔끔 놀란 아롱이 괜스레 얼굴을 붉히며 대답하자 선화 조장이 웃으며 묻는다.

"요즘 일할 만해?"

"예."

"종원이가 아롱 씨 일 잘한다고 하던데."

빈말이다. 칭찬이든 욕이든 다른 사람 말을 하는 종원을 본적이 없다. 선화 조장이 아롱의 어깨를 두들기며 나가고 나자 넉살 좋은 2조장 철수가 날름 옆에 앉는다.

"종원이랑 데이트했다며."

"데이트는 무슨, 밥 먹고 차 마셨는데요."

"그게 데이트지 뭐. 데이트하면서 첫날부터 모텔 가나?"

이런 된장! 소문 너무 빠르다. 도대체 누가 봤을까. 커피숍을 나오면서는 아무것도 기억이 나지 않는 아롱이었다.

"종원이가 애가 보기보다 성격 좋아요. 인물 잘났지, 몸매 착하지, 아무리 봐도 참 괜찮은 놈이야. 그지?"

"예."

"캐디라는 게, 여자들 직업으로는 괜찮아도 남자가 캐디라고 하면 어디 가서 명함도 못 내미는 실정이지만, 그래도 둘이서 벌면 웬만한 장사보다 순이익이 좋다니까."

철수 조장이 자리를 뜨자 이번에는 다른 신배 하나가 은근슬쩍 다가앉는다.

"진짜 둘이 사귀는 거예요?"

"아니에요. 밥만 먹었다니까요. 사수잖아요."

"손잡고 산책하더라는데."

산책은 무슨. 버스터미널에서 산책하는 사람도 있단 말인가. 호랑이 피하려다가 하이에나 떼를 만났다. 차라리 종원과 함께 왔더라면 이런 질문들로 그녀를 난처하게 하지는 않을 텐데. 역시나 호랑이, 제 말에 모습을 드러낸다. 캐디대기실로 들어서는 종원의 모습에 순식간에 침묵이 찾아드나 싶더니 다들 바쁜 척 딴소리를 해댄다.

'제발 가지 말아요.'

아롱은 종원에게 자리를 비켜주려는 듯, 그녀의 곁에서 일어서는 선배를 붙잡고 싶었지만 너무 늦었다.

"좋은 아침!"

종원이 캐디대기실에 있는 동료들에게 인사를 하고는 아롱의 옆에 털썩 주저앉았다. 백대기와 인사대기 현관백대기를 마치는 30분 동안 종원과 아롱은 아무런 말도 없었다.

"여자 손님 셋이니까 혼자 할 수 있을 거야."

아롱과 함께 카트를 타고 센터 앞대기 선에 멈춰 선 종원이 아롱을 혼자 두고 출발지인 마운틴으로 올라가 버렸다. 얼마 있지 않아 빨간색, 노란색, 검정색으로 각각 차려입은 여자 셋이 아롱에게로 다가섰다. 아롱은 늘 하던 대로 손님에게 인사를 하고 카트에 태워 마운틴 1번 홀을 향해 엑셀을 밟았다. 미리 도착해 있던 종원과 함께 인사를 하고 익숙하게 홀 설명을 했다. 드

라이버를 나누어준 뒤에 티샷이 끝난 손님들을 태워 세컨 지점
으로 이동했다.

세컨에 도착했는데 볼 하나가 보이지 않는다. 당황하여 머뭇
거리는 사이 종원이 사라진 볼을 들고 나타났다.

"카트 길에 있었어요. 저 앞으로 드롭하고 치시면 됩니다."

"호호호. 고마워요."

아롱이 망연하게 쳐다보자 종원이 엄지손가락을 들어 올려
보인다. 한 홀 한 홀 무사히 지나갈 만하면 볼이 사라지거나 여
자 손님이 짜증을 부리며 클럽 교체를 요구했지만 아롱은 열심
히 뛰어다니며 여자 손님의 비위를 맞추었다.

"뭐야, 언니. 샌드 말고 7번 가져다 달라니까."

마운틴 3번. 노란색 옷을 입은 여자의 볼이 벙커에 빠져 벙커
용 샌드클럽을 들고 뛰었는데 여자가 7번 아이언클럽을 달라며
짜증을 부렸다. 이미 다른 여자 손님들은 저 멀리 걸어가 버렸
고, 그들의 클럽을 바꿔줘야 했기에 카트까지 다녀올 시간이 없
다. 난감한 표정을 짓고 서 있는데 언제 나타났는지 종원이 7번
클럽을 들고 서 있다.

"사모님, 턱이 높아서 7번보다는 샌드 쓰시는 것이 더 유리합
니다."

종원의 조언에도 여자는 굳이 7번 이이인으로 두 번이나 땅
을 치며 퍼덕거리곤 결국 샌드클럽을 이용해 빠져나왔다.

"오빠 말이 맞네. 그냥 처음부터 샌드 칠걸."

"교육생이라도 교육 라운딩을 많이 해서 코스랑 지형에 빠삭해요."

종원의 한마디가 효력을 발휘하는지 여자가 고개를 끄덕이며 아롱에게로 시선을 던졌다. 웃어야 하는데, 까다로운 손님들의 투정에 자꾸 실수가 늘자 눈물이 나려 한다. 아롱은 입술을 깨물었다. 크고 작은 일이 생길 때마다 종원은 슈퍼맨처럼 나타나 모든 것을 해결해 주었다.

그런데 이 노란 옷을 입은 여자는 아롱과 무슨 원수가 졌는지 5번 홀 어프러치 지점에 도착해서는 다시 심통을 부린다.

"내가 언제 피칭 가져다 달랬어, 8번 갖다 달랬지."

분명 피칭을 외쳤는데 갑자기 말을 바꾸는 여자 때문에 아롱은 입술이 바짝 타들어갔다. 그린까지는 40미터도 남지 않았다. 여자의 비거리로 봐서는 피칭으로 쳐도 홀떡 넘어갈 판에 8번이라니. 아롱은 여자가 교육생인 자신을 깔보고 골탕을 먹이려 한다는 생각이 들었다.

"죄송합니다. 금방 가져다 드릴게요."

밝게 대답을 하고는 카트를 향해 뛰었다. 이미 종원이 클럽을 한 움큼 들고 그녀를 향해 걸어오고 있었다.

"8번 달라는데요."

"다 가져가."

그림자처럼 따라다니며 여자를 지켜보던 종원은 이미 여자를 파악한 듯 클럽을 네 개나 들고 있었다. 아니나 다를까, 여자가

8번도 아니고 9번을 달란다. 아롱이 9번을 건네주려 하니 다시 손사래 친다.

"9번, 아니, 60도 줘요."

"네, 여기 있습니다."

아롱이 당당하게 내밀자 여자가 당황한 듯 클럽을 받아 든다.

"어머, 어떻게 알고 가져왔어?"

"손님이 필요하시다는데, 뭔들 못 가져다 드리겠어요."

환하게 웃으며 대꾸하자 여자도 민망했는지 고개를 돌려 버렸다. 말이 쓰리 백이지, 백 다섯 개를 짊어지고 다니는 것 같다. 아롱은 예민하기 짝이 없는 여자 셋 때문에 진땀을 빼고 있었다.

간신히 전반을 마치고 나니 제일 속을 썩이던 노란 옷 입은 여자가 음료수 두 개를 사다가 아롱에게 내밀었다.

"하나는 언니 마시고, 하나는 잘생긴 캐디 오빠 줘요."

종원은 양손에 음료수를 들고 두리번거리는 아롱의 모습에 한숨을 내쉬었다. 출근도 혼자 하고 아침 내내 종원의 눈길 피하기 바빴던 아롱이 길 잃은 아이처럼 종원을 찾고 있다. 쓰리 백이라도 손님이 여자인데다가 젊어서 좀 까다롭겠다 싶었는데, 교육생이라고 대놓고 아롱을 무시하니 그녀의 뒤를 봐주면서도 마음이 아팠던 종원이었다.

음료수를 들고 계속 그를 찾는 아롱의 모습에 종원이 휘적휘적 그녀에게로 걸어갔다.

"어디 갔다 왔어요."

"화장실."

원망 어린 눈길로 바라보는 아롱에게 대꾸를 하고 보니 두 시간이 겨우 넘는 시간 뒤로 상당히 핼쑥해 보인다.

"선배님 주래요."

"너나 많이 먹어라. 얼굴이 반쪽이다."

말이 너무 퉁명스러웠나? 아차 싶었지만 종원은 그냥 고개를 돌려 버렸다.

"힘들어?"

"후반에는 선배가 하면 안 돼요?"

애처로운 물음에 종원이 아롱을 내려다보았다. 아롱을 대신하여 일을 하는 것이 걸어 다니며 아롱의 뒤치다꺼리를 하는 것보다 수월하다. 하지만.

"오늘 혼자서 못하면 내일도 못해."

"알았어요."

"걱정하지 마, 내가 바짝 붙어 있으니까."

아롱이 금세 웃으며 고개를 끄덕인다. 다시 후반이 시작되었다. 종원은 음료수를 하나씩 들고 스타트하우스를 나오는 여자들을 바라봤다.

"교육생 언니 너무 어설프던데, 오빠가 대신하면 안 돼?"

"다른 분들하고는 문제없었습니다."

종원이 딱 잘라 말하니 여자가 팩 돌아서서 카트에 올라탔다.

처음 두 홀은 무난히 지나가나 했더니 3번 홀에서 다시 시끄러워졌다.

"넌 스코어 계산도 제대로 못하니? 도대체 뭘 배운 거야?"

헐레벌떡 뛰어가 보니 노란색 옷을 입은 망할 단무지가 또다시 아롱을 들고 잡고 있다.

"무슨 일이야."

"손님이 분명히 트리플했는데, 더블이라고 하셔서."

스코어를 손에 쥔 아롱도 화가 났는지 바들바들 떨고 있다. 이러다 부산 가시나 성질 터지겠다 싶어 종원이 중재에 나섰다. 일반적으로 손님의 기분을 건드리지 않는 종원이었으나 노란 옷을 입은 여자 손님은 이미 도를 넘어서고 있었다.

"손님, 첫 티샷이 200미터 지점에 떨어졌습니다. 그리고 5번 우드 세컨 샷이 100미터 좌측 나무 밑에 떨어지고 1벌타 드롭. 다시 3번 우드 뒤땅 치셔서 우측 벙커. 7번 아이언에 어프러치 두 번에 그린 올리고 퍼터 한 번에 홀 아웃 하셨으니 트리플 맞습니다."

종원이 비디오 재생하듯 위치와 사용했던 클럽까지 정확하게 집어주자 여자는 벌어진 입을 다물지 못했다.

"그러네. 너 1벌타 드롭하고 어프러치 한 번 더 했잖아. 맞네. 트리플!"

일행이 서로 맞다며 고개를 끄덕이자 성질을 부렸던 여자가 천 원짜리를 꺼내어 일행에게 나누어주며 아무렇지도 않은 듯 웃는다.

"호호호. 난 무 벌타 드롭인 줄 알았지."

아롱은 억울함을 참지 못해 종원을 바라봤다. 성질난 복어처럼 두 볼이 잔뜩 부풀어 올라 있다. 다른 건 몰라도 스코어 계산만큼은 정확하게 하기 위해 정말 많이 노력했던 아롱이었기에 너무나 억울하고 분했다. 그런 아롱의 곁으로 다가선 종원이 피식 웃으며 속삭인다.

"억울해할 것 없어. 너도 틀렸잖아."

"뭐가요, 트리플 맞잖아요."

"왜 트리플이야. 벙커에서 7번 아이언 한 번 퍼덕했으니 양파지. 바보야."

머리를 콩 소리가 나게 쥐어박고는 배토가방을 휘적휘적 흔들며 걸어가는 종원의 뒷모습을 보던 아롱이 다시 카트에 올라탔다.

'맞네. 더블 파.'

종원의 말을 듣고 보니 벙커에서 여자가 한참이나 머물렀던 생각이 난다. 맞다. 한 번 더 쳤다. 아롱이 난처할까 봐 타수까지 맞춰서 계산을 하다니, 얼마나 똑똑한 사람인가.

"언니! 여기 서야지."

종원의 생각을 하다 보니 레이디 티박스를 지나쳐 버렸다.

"죄송합니다."

뒤로 후진을 해서 멈춰 선 아롱이 여자들에게 드라이버를 건네주었다. 기분이 한결 나아졌다. 든든하게 종원이 뒤따르고 있다는 생각에 아롱의 입가로 다시 미소가 번진다. 싱싱 웃음을 머금고 코스를 달리고 달려서 마지막 홀에선 아롱은 안도의 숨을 내쉬었다. 이 홀만 지나면 이제 끝이다.

최악의 상황은 안도의 한숨 속에 일어나는 법. 그린까지 잘 올라왔는데, 역시나 노란 옷을 입은 여자가 다시 버럭 화를 낸다.

"언니! 이거 라이 맞아? 하나도 안 먹잖아. 오르막 왼쪽이라며. 근데 왜 바로 가."

아롱이 무어라 대꾸하기도 전에 종원이 그린으로 올라선다.

"오른쪽 맞습니다."

"에이, 아닌 것 같은데. 정말 똑바로 굴러갔다니까."

이번엔 여자 둘이 한꺼번에 덤벼든다. 홀컵이 있는 그린이라는 것이 평평하게 다져진 잔디지만 높낮이가 있어 볼이 각을 타고 휘어지는 길을 라이라고 한다. 왼쪽이 높으면 거리를 계산해서 왼쪽으로 놓아주어야 왼쪽으로 굴러간 볼이 오른쪽으로 흐르며 홀컵에 들어간다. 라이를 잘 보려면 그린의 높낮이와 거리를 잘 읽어야 하기에 초보 캐디에게는 늘 어려운 일이다. 하물며 교육생이니 이번에는 영락없이 아롱의 실수일 가능성이 크다.

"오른쪽 맞습니다. 오르막이구요."

종원이 다시 똑 부러지게 대답을 하니 여자 손님들이 언성을 높인다.

"맞기는 뭐가 맞아, 전혀 흐르질 않는데! 나도 구력 3년이라 웬만큼은 안다고. 뭐야."

사과를 하려고 아롱이 종원을 말리며 팔을 붙잡았지만 종원은 물러서지 않았다.

"오르막을 너무 의식하셔서 길게 치셔서 지나간 겁니다. 아무리 라이를 잘 보아도 거리는 손님이 직접 감안하여 치셔야 하는 겁니다."

"그래요? 그럼 당신이 한번 쳐봐. 들어가면 인정하지."

기분이 상한 여자가 종원에게 도전적으로 퍼터를 내밀었다. 말도 안 되는 소리. 캐디는 손님의 볼을 대신 칠 수 없다. 게다가 퍼터라는 것은 신발과 같이 제 발에 맞지 않으면 신을 수 없다. 종원이 손님의 퍼터로 볼을 친다는 것은 남자가 여자의 힐을 신는 것과 마찬가지다.

'아무리 잘 쳐도 들어갈 리 없어.'

아롱이 종원을 불렀지만, 이 남자 꿈쩍 않는다. 컴플레인 한 번 없었다는 종원에게 첫 컴플레인이 걸릴 순간이었다.

"알겠습니다."

"선배님."

종원이 아롱에게 비켜서라며 여자가 내민 퍼터를 받아 들었다. 그리곤 여자의 볼이 있던 위치보다 훨씬 멀리 섰다. 20미터가 넘는 롱퍼터.

“해봐. 안 들어가면 나 오늘 불쾌했던 일 정식으로 경기과에 항의할 거야.”

“예.”

차분한 종원의 대답에 약이 올랐는지 여자가 콧방귀를 낀다.

“볼이 홀컵에 들어가면 캐디피 두 배로 줄게. 해보셔, 어디.”

여자들의 비웃음 속에 종원은 어드레스를 잡고 가볍게 퍼터를 움켜쥐었다. 양팔을 움직이지 않게 겨드랑이에 붙이고 퍼터의 무게를 가늠하기 위해 시계추처럼 부드럽게 빈 스윙을 했다.

“뭐야. 꼴에 본 건 있다고 자세는 제대로네.”

매너없이 계속 비아냥거리는 여자들 때문에 아롱은 속에서 열불이 났다. 안 들어가면 어쩌나 조마조마하게 바라보는데 소리도 없이 볼이 구르기 시작했다. 데굴데굴 부드럽게 굴러간 볼이 왼쪽으로 홀컵을 지나 멈춰 서는가 싶더니,

“어머! 어머머!”

멈춰 선 볼이 뒤로 굴러 홀컵에 들어가 버렸다.

땡그랑!

경쾌하게 울리는 소리에 아롱은 벌어진 입으로 종원을 바라봤다. 아롱뿐이 아니었다. 여자 셋이 전부 입을 벌린 채 홀컵을 노려보고 있다.

“뭐야, 진짜 들어갔네. 뭐야, 오빠. 세미골퍼야?”

“그저 열심히 일하는 캐디일 뿐입니다. 오늘 수고하셨습니다.”

종원이 여자에게 퍼터를 내밀며 정중하게 허리를 숙였다. 여자 손님이 퍼터를 받아 드는 순간 갑작스레 박수 소리가 들려왔다. 아롱이 고개를 드니 실랑이를 하는 사이 뒤 팀이 어프러치까지 와서 지켜보고 있었다. 뒤 팀 손님들이 손뼉을 치며 소리를 지른다.

"멋있다!"

살벌하던 분위기가 순식간에 꽃밭이다. 까칠하기 그지없던 여자들도 저마다 신기한 것 봤다며 웃음을 터뜨렸다.

"아롱 씨, 깃대."

종원의 말에 그제야 정신을 차린 아롱이 펄럭이는 깃대를 홀컵에 꽂고 실랑이로 인해 대기되었던 뒤 팀을 향해 허리를 숙였다.

"자, 약속했던 더블 피."

주차장에 도착하자 사고뭉치 노란 옷의 여자가 두둑한 돈을 내밀자 종원이 고개를 저었다.

"캐디피는 9만 원입니다."

"아냐. 약속은 약속이니까 받아요."

여자가 고집을 부리자 종원이 웃었다.

"그럼, 부사수와 밥 사먹게 만 원 더 주시면 감사히 받겠습니다."

"구력 10년에 이런 캐디 처음 보네. 진짜 멋있다."

종원의 말에 검정색 옷을 입은 가장 나이 많은 여자가 노란색 옷을 입은 여자 손에서 돈을 빼앗아 열 장을 건넨다.

"자요. 더 주고 싶은데, 자존심 긁고 싶지 않아 열 장만 주는 거예요."

"감사합니다."

"고마워요. 오늘 저 망아지가 골프 에티켓 제대로 배워가네요. 근데……."

나이 든 여자가 종원을 잡아당겨 귓가에 속삭인다.

"총각, 저 아가씨 좋아하지?"

"예?"

종원이 멀찍이 서 있는 아롱에게로 시선을 옮기자 나이 든 여자가 웃는다.

"아니야? 그런데 우리 마녀들한테 그렇게 덤벼? 여자친구 맞잖아."

"예, 맞습니다."

종원이 피식 웃자 여자가 종원의 어깨를 두드린다.

"부럽다. 이렇게 슈퍼맨처럼 나타나서 구해주는 남자친구 있어서. 저엉말 부럽다."

4시간 40분 내내 아롱을 괴롭혔던 여자들은 아롱과 종원을 끼워 넣어 사진까지 찍고서야 손을 흔들며 떠나갔다.

"그냥 그런가 보나 해."

종원의 말에 아롱이 고개를 갸우뚱하며 그를 올려다보았다. 종원이 피식 웃으며 내심 풀죽어 있던 아롱의 머리를 스윽 쓰다들었다.

"진상 부리는 손님들 많아. 볼이 안 맞고, 짜증은 나고, 탓할 사람은 없고. 알지?"

"아."

"마음에 두지 말라고. 이런저런 사람들 다 모이는 데가 골프장이야."

"네."

퇴근 준비를 마치고 종원의 차에 올라탄 아롱이 한숨을 늘어지게 내쉬었다.

"힘들다."

"응."

위로해 주던 종원은 어디 가고 딴생각을 하는 듯 뜬금없는 대답에 아롱이 말꼼히 그를 바라봤다. 오전의 어색함은 라운딩을 하는 사이 날아가 버린 지 오래다.

"아까 그 검정색 옷 입은 아줌마랑 무슨 이야기 했어요?"

한여울 CC를 벗어나며 종원이 피식 웃는다. 종원이 웃으니 아롱은 더욱 궁금해졌다.

"무슨 잘 가라는 이야기를 귀에다 대고 해요. 말해봐요. 이상해. 여자 셋이서 계속 웃더니만 나보고 복받았대. 뭐야, 뭐냐고요."

그저 웃음이 나올 뿐이다. 아무튼 아줌마들, 재미있다. 1년에 2천 명에 가까운 사람들을 만난다. 각계각층의 사람들을 만나며 정말 택시 기사처럼 별일을 다 겪는 것이 캐디였다. 어찌 보면 이런 즐거움 때문에 캐디를 그만두는 것이 어려운지도 모르겠다.

"말해줘요. 무슨 이야기 했냐고요."

"비밀."

아롱이 아무리 끈질기게 물어봐도 대답할 수가 없다. 그녀가 종원의 여자친구라 말했다고 어떻게 이야기하겠는가. 낯이 다 뜨겁다. 심통이 났는지 아롱은 입을 꼭 다물어 버렸다. 이내 그녀의 기숙사에 도착하자 아롱이 또다시 뛰어내릴 차비를 했다. 종원이 안전벨트를 풀어내는 아롱의 손을 잡았다.

"왜요!"

퉁명스러운 그녀의 대답에 또 웃음이 나온다. 종원은 요즘 너무 웃어서 눈가에 주름이 생겼다.

"정말 궁금해?"

"말해주면 밥 사줄게요."

어느새 한여울 사람 다 되었다. 거래라는 것을 배웠고, 그 대가를 치르는 법을 익혔다. 이곳에서는 밥과 술이면 안 통하는 것이 없다. 하지만 오늘 종원이 바라는 것은 밥도 술도 아니었다.

"키스해 주면 가르쳐 줄게."

안 듣고 말래요, 하고 뛰어내릴 줄 알았더니 멀뚱하니 올려다보던 아롱이 발그레해진 얼굴로 묻는다.

"선배님, 왜 그러는데요?"

"뭘."

"왜 키스하자고 하는데요."

"좋아하니까."

순간 아롱은 심장이 덜컥 내려앉았다. 하루 종일 피했던 생각들이 퍼즐처럼 제자리를 찾더니 그녀의 마음을 여실하게 드러내고 있다.

'나…… 이 사람 좋아하는 건가?'

그 흔한 연예인 짝사랑조차 안 해봤으니 왜 이렇게 가슴이 뛰는지 알 수가 없었다. 그런데 종원에게 좋아한다는 말을 듣고 보니 아롱도 그가 좋은 것 같은 느낌이 든다.

"헤헤헤. 농담이죠?"

"손발 오그라든다고 농담하지 말라며."

아롱은 망설였다. 해도 될까. 어제처럼 그런 느낌일까. 망설임은 오래가지 않았다. 찰칵, 하고 안전벨트 풀리는 소리가 나는가 싶더니 종원이 아롱의 얼굴을 부드럽게 감쌌다. 아롱은 부드럽게 그녀의 입술을 빨아 당기는 종원의 숨결을 느낄 수 있었다. 두 손을 가슴에 모으고 얌전하게 입을 벌리니 그의 혀가 파도처럼 아롱의 입속으로 밀려들어 왔다. 달래듯 그녀의 혀를 두드리더니 이내 휘어감아 빨아들인다.

"하아."

저도 모르게 흐르는 신음마저 종원의 입술 사이로 빨려 들어갔다. 몸이 떠오르는 것처럼 몽롱하고 밤도 아닌데 반짝이는 별들이 보인다. 느릿하게 그의 혀가 그녀의 입안을 샅샅이 훑으며 부드럽게 어루만진다. 아롱은 숨을 쉴 수가 없었다. 영원처럼 느껴지는 키스가 끝이 났다. 종원이 말갛게 웃으며 아롱을 내려다보더니 다시 입술을 비빈다.

"으음, 그만해야겠다."

다시 얼굴을 든 종원이 부풀어 오른 아롱의 입술에 쪽 소리가 나게 베이비 키스를 한다.

"좋으네."

종원이 므흣하게 웃으며 아롱의 머리를 쓰다듬었다. 보면 볼수록 귀엽다. 키스를 하고 나니 내 여자 같아서 더더욱 예쁘다.

"들어가. 내일 데리러 올게."

어느새 몇 시까지 와가 아니고 데리러 올게로 대사가 바뀌었다. 그런데 아롱은 내릴 생각도 없이 홍당무처럼 붉어진 얼굴로 종원을 올려다본다.

"정말 나 좋아해요?"

"대신 볼 맞아줄 정도로."

"그렇구나."

"빨리 내려."

아롱이 배시시 웃으며 고개를 끄덕인다.

"근데, 말 안 해줘요?"

"뭘?"

"아까 그거."

무슨 소린가 했더니 여자 손님과의 이야기를 말하나 보다. 새삼 좋아한다고 고백까지 하고 키스도 했는데, 말로 뱉으려니 머쓱하다.

"그 아줌마 점쟁인가 봐."

"에에?"

"네가 여자친구냐고 묻기에, 그렇다고 했거든."

멍하니 서 있는 아롱을 두고 종원의 차는 순식간에 그녀의 시야에서 사라져 버렸다.

　삼일절, 아롱은 드디어 새내기 캐디가 되었다. 이 기쁨을 대한민국 전 국민과 나누고 싶은 아롱이었다. 개인 카트라도 있다면 태극기를 달고 코스를 달릴 텐데.

　당장에라도 쳐들어올 것 같았던 아버지도 힘든 교육생 생활에 7kg가까이 살이 빠져 버린 아롱의 인증 샷 하나로 믿어보자는 쪽으로 마음을 돌렸다. 호적 판다는 이야기는 보류되었고, 내년에는 꼭 시집을 가고야 말겠다는 동생의 응원에 힘입어 아롱의 독립선언은 차근차근 계획대로 실행되고 있있으니 고된 하루하루도 꽃밭을 걷는 것처럼 발걸음이 가볍다.

　출근하자마자 사무실로 가보라는 동철의 말에 아롱은 설마설마하는 마음으로 배치표를 받는 경기과 사무실 창문 앞에 섰다. 기다렸다는 듯 김 주임이 핑크색의 작은 플라스틱 이름표를 내민다.

"자, 아롱 씨 명찰!"

"감사합니다."

인사를 하고 명찰을 받으려는데, 김 주임이 명찰을 놓지 않는다. 아롱이 명찰을 뺏으려고 손가락에 힘을 바짝 주니 김 주임이 개구쟁이처럼 웃는다.

"손님이 부르는데 생까지 말고, 카트에 붙어 서서 손가락질하지 말고, 볼 살아 있는데 죽었다고 우기지 말고."

김 주임은 진상 캐디의 특징들을 나열한다.

"초심을 잃지 말자. 지금 명찰 다는 이 순간을 잊지 말아요."

아롱은 오늘까지만 동반을 하고 준비물 챙겨서 내일부터 일 시작하라는 김 주임에게 인사를 하고는 룰루랄라 그녀를 기다리고 있을 종원에게로 뛰어갔다.

"누나, 축하해!"

그녀보다 먼저 옷을 받아 일하고 있는 동철이 손을 흔든다. 캐디대기실 문을 여니 종원의 모습이 보이지 않는다. 축하의 말을 건네는 선배들에게 내리 인사를 하며 종원을 찾았다.

"선배님, 종원 선배님 못 봤어요?"

"카트에 가봐요. 아까 거기서 본 것 같은데."

아롱은 작은 플라스틱 명찰을 손에 쥐고 경기과 사무실 왼쪽으로 있는 카트실로 갔다. 사방으로 빙 둘러진 널찍한 창문들로 한탄강 너머로 탁 트인 철원평야가 환하게 보이는 한쪽 구석에서 종원을 발견할 수가 있었다. 카트에 앉아 고참답게 한가로이 잡지를 읽고 있다.

"뭐 해요?"

"응."

종원은 아롱이 들뜬 이유를 알고 있다. 그래서 다른 날보다 출근도 30분이나 일찍 해서 이렇게 시간을 보내고 있는 것 아닌가. 모르는 척 골프 잡지를 넘겼다.

"나 좀 봐요."

아니나 다를까, 아롱이 난생처음 생일 케이크 받아본 아이처럼 볼을 부풀리고 앙증맞은 손을 내민다. 작은 손바닥에는 '새내기 박아롱' 이라고 굵직하게 쓰여 있다.

"명찰 받았구나. 축하해."

아롱은 그냥 그렇게 한 번 웃어주고, 그냥 그렇게 머리 한 번 쓰다듬어 주고 다시 잡지로 고개를 돌리는 종원의 모습에 섭섭함이 태풍처럼 밀려왔다. 그렇다고 왜 같이 안 좋아해 주냐고 따지기도 좀 그렇고, 화는 나고. 아롱은 종원이 읽고 있던 잡지책을 획 빼앗아 휘리릭 넘겨보고는 다시 종원에게 집어 던졌다.

"별로 볼 것도 없네. 흥!"

종원은 카트실이 울릴 만큼 쿵쿵거리며 사라지는 아롱의 뒷모습을 보며 웃음을 터뜨렸다. 마냥 보듬어 안아주고 싶지만 웃는 모습보다 화낼 때가 더 예쁜 걸 어쩌겠는가. 툭툭 건드릴 때마다 화르륵 타오르는 아롱이 재미있어 그답지 않게 갈수록 짓궂어지고 있다. 복어같이 심통 난 아롱의 얼굴이 그가 준비한 선물을 받을 때 어떻게 변할지 궁금해 죽을 것 같은 종원이었다.

"금세 풀어질 거면서. 후후후."

아롱은 무심한 종원 때문에 속이 상해 하루 종일 그와 말 한마디도 하지 않았다. 속이 좁다 비웃는다 해도 아닌 건 아닌데, 괜스레 쿨한 척하고 싶지 않다.

'문디. 우끼다 아이가.'

집으로 돌아가는 길에도 종원이 말을 안 붙이자 아롱의 화는 더더욱 거세게 타올랐다. 첫 키스를 한 이튿날부터 아롱은 이미 종원의 여자친구가 되어 있었다. 광고를 하고 다닌 것도 아닌데 사람들은 종원을 보면 아롱을 찾았고 아롱에게는 무언가 소소한 일들을 종원에게 전해달라 부탁한다.

사귀게 되면 무언가 좀 더 부드럽게 아롱을 대하리라 생각하였는데, 바뀐 것이라고는 종원이 그녀를 데리러 오고 데려가는 것과 같이 저녁을 먹는 것뿐이다. 아롱은 여전히 그의 사고뭉치 부사수일 뿐이었다.

"내려."

아롱과 같이 퇴근을 한 종원이 차 문을 잠그기 위해 자동차 리모컨을 누르려는데, 아롱이 그의 오피스텔이 아닌 반대쪽으로 걸어가 버렸다.

"어디 가?"

대꾸도 없이 씩씩거리며 가버린다. 짧은 다리로 뛰어봤자 벼룩. 성큼성큼 종원이 아롱을 잡아 세웠다.

"어디 가."

"준비물 사러 가요."

"밥 먹고 가."

"그냥 갈래요. 내일부터 일할 준비 하려면 바빠요."

심통 난 얼굴로 예쁜 눈도 마주치지 않는 아롱을 보니 웃음이 나왔다. 어지간히도 섭섭했나 보다.

"먹고 가."

"싫다는데 왜 그래요."

이리 팩, 저리 팩. 고개를 돌리는 아롱이 손을 뿌리치자 종원이 그녀를 날름 안아 들었다. 버둥거릴 줄 알았는데, 얌전하게 안겨 있으니 풍선처럼 터뜨려 버리고 싶다.

"들어가."

아롱은 다시 고개를 획 돌렸지만 신발을 벗고 종원의 원룸으로 늘어섰다. 텁텁한 총각 냄새보다는 산뜻하면서도 남성적인 머스크 향과 그가 즐겨 마시는 은은한 헤이즐넛 향이 섞여 가슴 설레게 하는 종원의 냄새가 방 안 가득이다.

종원의 집에 오면 옷을 벗어 늘 예쁘게 걸어놓는 아롱이었지만, 무딘 그에게 어떻게 해서든지 화가 났다는 것을 알리고 싶다. 아롱은 겉옷을 벗어 소파에 확 던져 버렸다. 두툼하게 실내용 카펫이 깔린 바닥에 앉아 있으려니 종원이 아롱의 옷을 챙겨 옷걸이에 거는 모습이 보인다. 정리정돈 잘하는 듯 보여 평상시에는 좋아 보였는데 화가 나서 그런가 오늘은 혼자 깔끔 떠는 것처럼 보여 재수없다. 사람 마음이 참 간사하다.

냉장고 앞에 선 종원이 냉장고에서 커다란 케이크를 꺼내어 아롱이 앞에 있는 탁자에 내려놓았다. 아롱이 휘둥그레 커진 눈으로 종원을 올려다봤다.

"오늘 선배 생일이에요?"

종원은 대답이 없다. 오늘이 종원의 생일인가 보다. 여자친구 만나고 첫 생일인데, 아롱이 몰라줘서 명찰을 받은 그녀에게 그리 무심하게 굴었나 싶어 아롱의 미안한 마음이 썰물처럼 그녀를 덮친다. 그런데 먹음직스러운 초콜릿 케이크에 꽂힌 초가 하나?

"왜 초가 하나예요?"

"우리 아롱이 이제 한 살짜리 캐디니까."

"선배……."

"옷 받은 날 축하해야지."

옷 받은 날. 캐디들이 교육생을 마치고 정식 캐디가 되는 것을 옷 받았다, 내지는 번호 받았다고 한다. 종원은 커다란 덩치를 한껏 웅크리고 초에 불을 붙인다. 몽글몽글 아롱의 가슴으로 자꾸자꾸 감동이 부풀어 오른다.

"선배님……."

"오냐. 돈 많이 벌어라."

아롱은 촛불을 끄라 케이크를 들이미는 종원을 바라보며 가슴에 손을 얹고 촛불을 껐다. 생일 케이크는 아니었지만 소원도 빌었다.

'오래오래 예쁘게 사랑하게 해주세요.'

그렇게 말하고 나니 얼굴이 화르륵 달아오른다. 눈을 뜨니 섭섭함이 내내 자리했던 아롱의 가슴에 봄비처럼 온통 핑크색 진달래가 피어난다. 어떻게 말을 해야 할지 아롱이 망설이는 사이 종원이 일어서더니 배란다로 걸어갔다. 이내 커다란 박스를 들고 아롱의 옆에 앉은 종원이 박스에서 보온 물통을 꺼내 들었다.

"뭐예요?"

"보면 모르냐."

물통에 이어 캐디들이 클럽을 닦는 물을 넣어 다니는 파란색 통부터 시작해서 클럽 닦는 솔, 예쁜 강아지가 달린 볼펜.

"쓰기 불편해 보이는데 너랑 똑같이 생겨서."

종원이 볼펜을 잡고 흔들자 그 끝에 달린 하얀색 강아지가 머리를 까닥거린다.

"그리고 이건 화이트. 새내기들 스코어 많이 틀리니까 왕창

샀다.”

커다란 상자에서는 캐디에게 필요한 모든 것이 끊임없이 나오고 있었다. 마치 초등학교 입학하는 딸아이를 보는 아빠처럼 종원의 얼굴에 피식피식 웃음이 배어 나오고 있다.

“그리고 검정색 목티는 세 장만 샀다. 조금만 있으면 하얀색으로 바뀌니까. 장갑은 매일 빨아야 하니까 한 박스. 기숙사 세탁기 쓰기 불편하니까 볼타월은 그냥 내 가방에서 꺼내 쓰고.”

한마디 한마디가 너무나 따뜻해서 아롱은 눈물이 날 것 같았다. 언제 이런 것들을 다 준비했는지. 무뚝뚝하기가 애국가에 나오는 소나무 같다 타박만 했는데, 너무 몰랐나 보다. 하나하나 그녀를 생각하며 준비했을 마음도 모르고 하루 종일 심통을 부렸으니 아롱은 벽에다 머리를 박고 싶은 심정이었다.

“딱 내 손바닥만 하던데.”

검정색 캐디화를 꺼내 든 종원이 커다란 손으로 아롱의 발을 덥석 잡아 신발에 넣는다.

“괜찮아?”

종원이 아롱을 번쩍 일으켜 들었다. 많이 헐렁한 느낌이었지만 상관없는 아롱이었다. 아롱은 뛰다가 벗겨지는 한이 있어도 그가 준 신발을 신고 싶었다.

“뭐야. 커? 작아?”

"조금 큰데 괜찮아요."

아롱의 말에 종원이 캐디화 앞부분을 꾹꾹 눌러보더니만 발뒤꿈치로 손가락을 쑥 집어넣는다. 별다른 행동도 아닌데 왜 이렇게 부끄러운지 아롱이 손으로 달아오른 볼을 감쌌다.

"안 커. 겨울에는 두툼한 양말 신어야 하니까 안 커. 자, 이건 가방. 선배들 하나씩 카트에 달고 다니는 것 봤지?"

다시 탁자 앞에 앉은 종원이 적당한 크기의 가방을 아롱에게 던졌다. 아롱은 고마움과 부끄러움이 엉망으로 섞여 있는 얼굴을 숙이고 하나씩 물건들을 담는데.

—아롱이.

물통에 아롱의 이름이 쓰여 있다. 여기도 아롱, 저기도 아롱. 아롱. 아롱. 굵직한 매직으로 파란색 쓰레기통에도, 화이트에도, 볼펜에도 전부 아롱의 이름이 쓰여 있다. 볼펜을 손에 든 아롱이 종원을 바라보니 그가 멋쩍은 듯 머리를 긁는다.

"하도 없어지는 물건들이 많으니까."

"오빠야!"

아롱은 종원에게 팔을 뻗어 그의 가슴에 안겼다. 재채기가 나올 듯 간질거리던 가슴이 결국 터져 버렸다. 고마운 사람. 아롱은 이렇게나 마음 써준 종원에게 무슨 말을 해야 할지 눈물이 찔끔 난다.

"아흑! 오빠야, 진짜 고맙다."

종원은 그의 가슴에 안긴 아롱을 꼭 끌어안았다. 그의 작은 연인이 울지 않았으면 좋겠다. 캐디 일이라는 것이 여자보다는 남자 손님들이 많고 가끔은 도가 지나치게 행동하는 손님들 때문에 자갈만큼이나 단단한 한여울 칠공주들도 종종 울음을 터뜨린다.

마음 같아서는 교육생으로 계속 옆에 달고 다니며 험한 바람 막아주고 싶지만, 아롱은 이제 페어웨이를 홀로 달릴 수 있을 만큼 성장했다. 이제 그가 해줄 수 있는 것이라고는 이렇게 지켜보며 안아주는 것밖에 없음이 아쉽고 안타까운 종원이었다.

"앞으로 울 일이 많을 텐데, 시작부터 우냐."

종원의 말에 아롱이 고개를 끄덕이며 고개를 들었다. 맞다. 이제 시작이다. 그간 갈 길을 찾지 못하고 자꾸만 숨어들어 가며 웅크리고 있던 아롱이 돈이 목적이 아닌 그녀의 삶을 향한 첫걸음을 떼는 순간이었다. 그 누구에게도 의지하지 않고, 말 하나 걸음 하나 홀로 책임져야 하는 새로운 세상이 열린 것이다.

아롱은 그녀의 시작을 이렇게 따뜻하게 축하해 준 종원의 입술에 쪽 소리가 나게 뽀뽀를 했다. 종원이 마른기침을 한다.

'키스까지 한 사이에 부끄럼 타기는. 후훗.'

종원의 선물들을 챙기며 아롱은 찢어지는 입을 다물 수가 없었다. 다이아몬드보다 소중한 그의 마음이 담긴 선물. 남자 친구가 명품백을 사줬다, 값비싼 반지를 사줬다고 자랑하던

친구들 하나도 부럽지 않다. 세상의 그 어떤 남자도 첫 출근하는 여자친구의 소소한 물건들에 이름을 써주지는 않으니까.

짐을 챙겨 한쪽에 밀어둔 아롱은 종원과 사이좋게 케이크를 나누어 먹고 영화를 봤다. 천천히 지나가 주면 좋으련만, 시간은 캐디들보다 더 빨리 달린다. 벌써 저녁 9시.

"그냥 놓고 가. 어차피 내일 다시 차에 실어야 하는데."

종원의 만류에도 불구하고 아롱은 물건들을 기숙사로 가져가겠다고 고집을 부렸다. 오늘 종원을 생각하며 끌어안고 자고 싶은데, 굳이 놓고 가라 하니 답답하다.

"선배 생각하면서 안고 자려고 그런단 말이에요."

'그냥 날 안고 자.'

자고 가라 하고픈 마음이 굴뚝이었으나 고개를 저었다. 뭐든지 빠른 것은 부작용이 있다. 종원은 다른 이들보다 조금 천천히 가고 싶었다. 아름다운 꽃길을 스포츠카를 타고 달리기보다는 버스를 타고 돌 한 조각, 풀잎 하나도 놓치지 않고 가슴에 차곡차곡 쌓아가고 싶다.

하지만 요즘 여자답지 않게 제 마음을 고스라니 드러내는 아롱이 때문에 주먹을 움켜쥐고 숨을 골라야 할 때가 종종 있었다. 그 밀 한마디가 얼마나 종원을 자극하는지 알기나 하는지. 가끔은 묻고 싶다. 도대체 어느 별에서 왔니. 건강한 젊은 남자의 불타는 가슴은 들여다볼 생각도 없이 아롱은 땅속에서 잠자다 튀어나온 겨울 곰처럼 멀끔히 바라볼 뿐이다.

"놔요. 가져갈 거라니까."

박스를 움켜쥐고 놓지 않는 아롱을 내려다보던 종원이 침대로 걸어가 세탁한 지 얼마 안 된 베개를 집어 들었다.

"대신 이거 줄게."

"베개?"

여전히 박스를 움켜쥐고 아롱이 물끄러미 종원을 쳐다봤다. 세상의 모든 일들은 골프장에서 벌어진다. 골프공 하나가 통닭 한 마리 값이라며 뒤 팀이 아무리 밀려도 잃어버린 볼을 찾느라 움직이지 않는 손님에게는 로스트 볼을 포기할 만한 다른 무언가가 필요하다. 종원은 쓰리 피스짜리 새 볼을 손님에게 건네준다. 손님은 로스트 볼을 포기하고 더 좋은 새 볼을 손에 쥔다. 같은 이치다.

차마 그의 베개를 안고 자라는 낯 뜨거운 말을 할 수 없을 뿐.

"기숙사 베개 불편하다며, 내 거 줄게."

아니나 다를까, 물끄러미 올려다보던 아롱이 베개와 박스를 번갈아 보더니 날름 베개를 움켜쥔다. 종원은 웃음이 나왔다.

'내가 그렇게 좋으냐.'

묻고 싶었지만 종원은 그냥 웃었다. 손에 과자봉지 쥐고 더 큰 봉지를 내미니 작은 봉지를 바로 놓아버리는 것이 여섯 살배기 계집아이 같다. 귀엽다.

아롱은 종원의 냄새가 폴폴 나는 베개를 가슴에 안고 만족스러운 표정으로 기숙사를 향해 걸었다. 물론 곁에는 종원이 함께 걷고 있었다. 인형도 아니고 베개라니, 참으로 웃기는 광경이다. 어둡고 인적 드문 밤길이지만 언제 어디서나 혜성같이 나타나 그녀를 구해주는 슈퍼맨이 함께인지라 하나도 무섭지 않은 아롱이었다. 다만 조금 아쉬운 것은 있다면.

'손잡고 걸으면 더 좋을 텐데.'

다음날 아침, 아롱은 간밤에 종원의 꿈을 꾸었다. 기분 좋게 양치질을 하고 시계를 보니 일찍 일어난 탓에 아직 30분이나 남았다. 평상시보다 더 발그레한 얼굴에 선크림을 바르고 UV 차단이 되는 트윈케익을 꼼꼼하게 두드렸다. 거울을 보니 갸름한 얼굴에 커다란 눈이 예쁘다는 생각이 들 정도다. 머리카락도 이제 다른 여자 선배들처럼 제법 길어 잘 묶인다.

"헤헤헤. 사랑이 좋기는 좋구나."

사랑? 아직 사랑이라고 말하기에는 너무 이르다는 생각이 들어 고개를 절레절레 저었다. 거울을 쳐다보고 있으려니 핸드폰이 울린다. 종원인가 싶어 반갑게 받으니 걸쭉한 사투리가 들려온다.

[언니, 니가.]

"다롱이가."

[췌엣! 내 말고 누가 니한테 전화하는데? 니 친구들은 죄다 시

집가가 얼라 키우느라 니한텐 관심도 없다 아이가.]

아롱이 싸가지없는 동생의 말에 한마디 할까 싶었지만, 별로 그러고 싶지 않다. 세상이 온통 핑크빛인데 굳이 똥칠할 이유가 있을까.

"됐고. 와. 뭔데."

[잘살고 있나 엄마가 해보라 캐서.]

"전화한 지 일주일도 안 됐다 아이가. 자알 있다. 오널부터 교육 끝나가 일한다."

[진짜가. 근데, 니 전에 보낸 사진 뻥 아이가. 내가 돼지 살 빠졌단 이야기는 들어본 적이 없다.]

"지랄. 아이다. 니 보면 놀랄걸. 내 57키로 나간다."

[나중에 보면 알 끼고. 엄마가 보고 싶은 눈친데 함 안 오나? 거는 휴가도 없나? 군대도 교육 끝나면 백일 휴가 준다 아이가.]

"여가 군대가. 이자 시작인데, 휴가는 무슨."

[니 철원 갔다 카니까 아덜이 전부 군대 갔나 카든데. 우쨌든 함 와라.]

"알았다. 돈 마이 벌어가께."

[우낀다. 누가 니 보고 돈 벌어오라 카드나. 엄마도 별 기대 안 하니까 걍 와라.]

"시끄럽다."

[아, 됐고. 근데 철원에 머스마들 많다던데, 니 혹시 연애하는 거 아이가.]

"바쁘다. 끊어라."

귀신 같은 거. 뜨끔하여 아롱의 언성이 높아졌으나 다행히도 다롱은 눈치채지 못한 듯 한숨을 내쉰다.

[나도 바쁘다. 그니까 돈은 필요없고 남자나 하나 물어온나. 나도 시집 좀 가자.]

"가라, 누가 말리나."

[앞에 똥차가 빠져야 갈 거 아이가. 짱나게.]

"참말로, 니 성질 그래 드러분 거 지훈이도 아나?"

[우리 지훈 씨 말이가. 호호호. 모르지. 그러니까 들키기 전에 시집가야 할 거 아이가.]

"됐다. 치아라."

성화를 해대는 다롱과 씨름을 하다 억지로 전화를 끊은 아롱은 다시 한 번 거울을 보곤 코트를 꺼내 입었다.

아롱이 변한 것은 사실이다. 불과 석 달 전만 해도 아롱은 히키코모리(ひきこもり)까지는 아니어도 그에 근접한 생활을 했다. 일주일에 한 번 정도 집 근처 책방에 들러 로맨스소설을 잔뜩 빌려와 내리 방 안에서 뒹굴거리며 책이나 TV를 보거나 엄마가 해주는 밥과 간식을 챙겨 먹는 것이 하루 일과의 전부였다.

하지만 지금은 직장도 있고 몸무게도 10키로 가까이 빠졌다. 게디가 이디에 내놓아노 부끄럽지 않은 남자친구까지 생겼으니 로또까지는 아니어도 평범한 스물일곱 아가씨에게는 대단한 인생 역전이 아닐 수 없다.

기숙사 앞으로 내려오니 종원이 기다리고 있다. 한 번도 늦는 법이 없다. 보조석에 앉아 안전벨트를 맨 아롱이 종원을 보며 해맑게 웃었다.

"잘 잤어요?"

"오냐."

"오냐 소리 좀 그만해요. 노인네도 아니고."

종원이 대답 대신 아롱의 머리를 쓰다듬자 그녀가 혼자 중얼거린다.

"얼라도 아이고 머리는 와 자꾸 쓰다듬는데."

"예뻐서."

종원의 말에 아롱이 입을 다물었다. 무뚝뚝하고 애정 표현도 그다지 없는 종원이었지만 가뭄의 단비처럼 아롱의 가슴을 저리게 한다.

예쁘다는 말 한마디 때문에 두 사람은 침묵 속에 회사에 도착했다. 아롱은 종원이 챙겨준 대로 소지품을 카트에 싣고 종원보다 앞서 경기과 사무실로 올라갔다. 백을 실어 마운틴대기 선에 올라온 아롱이 그녀의 뒤를 따라 바로 올라온 종원에게 다가섰다.

"진행 안 될까 봐 걱정이에요."

하루 진행이 30분씩 늦어지면 연간 5억 원 이상의 손실이 발생하니 골프장 측에서는 진행을 최우선으로 한다. 능숙한 캐디가 신속하게 클럽을 교체해 주고 볼의 정확한 위치와 목표 거리를 정확하게 불러주어도 프로골퍼들만 오는 것이 아니기 때문에 진행을 돕는 먀샬이 하루 종일 코스를 누비고 다닌다. 그러한 실정이니 새내기의 진행 걱정은 당연하다.

"첫날부터 코스 말아먹으면 어쩌죠?"

"걱정하지 마. 내가 뒤에서 밀어줄게."

바짝 붙어서 빨리 가라 압력을 넣어주겠다는 종원의 말에 아롱이 고개를 끄덕였다. 카트로 가니 네 명의 손님이 얌전하게 카트에 앉아 있다. 네 명 모두 똑같이 검정색 골프웨어를 입고 있다. 모자도 똑같은 검정색이라 아롱은 당황했다. 전부 검은색이면 어떻게 구분을 한단 말인가.

"가자."

묵직한 목소리에 아롱이 얼른 카트에 올랐다. 마운틴 1번 홀에 도착하여 아롱은 정중하게 인사를 한 뒤 드라이브를 건넸다. 인사를 하고 나면 대부분 잘 부탁한다거나 볼 잘 보라거나 한마디씩 하는데 아롱의 첫 손님들은 입을 꼭 다문 채 말이 없다. 분위기 너무 살벌하다. 아롱은 문득 어제 종원의 집에서 본 조폭 영화를 떠올렸다.

'뭐고, 첫날부터 깍두기가.'

오십이 훌쩍 넘어 보이는 사장님 하나가 부드럽게 티샷을 했는데 그 공이 멀지 않은 레이디 티 앞에 폭 떨어져 버렸다. 침묵 속으로 일행 중 하나가 조용히 입을 연다.

"아따. 춘향이 났소 잉?"

"그러게, 성님. 공 한번 참허게 치요."

조선 팔도 사투리가 난무한 골프장이건만 아롱은 이렇게 걸쭉한 사투리 처음 들어본다. 당사자가 머리를 긁는다.

"연장 바꾼 지 얼마 안 되어야."

내내 말없이 조용한 팀이었다. 잔잔한 물일수록 돌 하나 떨어지면 더욱 큰 파동을 만든다.

"사장님, 무슨 볼 치셨어요?"

누구의 볼인지 확인을 해야 하는데 볼 두 개가 나란히 떨어져 있다. 아롱의 물음에 춘향이 아저씨가 대답한다.

"어. 영어 4번이여."

영어 4번. 골프공마다 회사를 알리는 영어 메이커와 개별 숫자가 쓰여 있다. 하나는 타이틀리스트 4번, 다른 하나는 볼빅 4번인데 어찌해야 할지 알 수 없다. 난감해하는 그녀의 표정에 춘향이 아저씨가 다시 소리친다.

"아가! 내가 박이라고 써났어야."

간간이 내뱉는 말 한마디가 어찌나 우스운지 아롱은 두 홀이 지나기도 전에 떨어진 배꼽을 주워가며 뛰어야 했다. 정작 손님들은 아무 표정 없는데, 아롱이 혼자만 뒤집어져라 웃는다.

그늘집에 도착하니 앞으로 카트 한 대가 서 있다. 그녀의 앞 팀인 미지는 그늘집에 있는 캐디대기실에 들어갔는지 보이지 않고 춘향이 아저씨가 음료수를 내민다.

"허벌나게 뛰던데, 안 힘드냐."

아롱이 제일 싫어하는 두유다. 아롱의 표정을 살피던 춘향이 아저씨가 심각하게 묻는다.

"우유 안 좋아허냐. 다른 거 주까?"

그 표정이 너무나 우스워 아롱은 음료수를 받아 들었다.

"아뇨, 좋아해요. 감사합니다."

"그래. 커피는 몸에 안 조응게. 우유 묵고 얼른 커라. 그래야 시집 안 가겄냐?"

아롱이 무어라 대꾸를 해야 하나 망설이는 사이 춘향이 아저씨가 아롱의 나이를 묻는다.

"스물일곱이요."

"흐미. 나이도 솔찮이 먹었구마잉."

길쭉하게 늘어지는 춘향이 아저씨의 사투리에 아롱은 웃음이 나왔다. 묘하게 정감이 가는 말투다. 그렇게 어려 보였나 싶어 입술이 간질간질하다.

"아따. 방끗방끗 웃기도 잘 웃네. 아나, 이따 과자 사 묵어라."

춘향이 아저씨가 만 원짜리 하나를 아롱에게 내밀었다. 아롱은 고개를 저으며 화장실로 도망을 쳐버렸다. 거울 속에 막 화장실로 들어서는 미지가 보였다. 삐뚤어진 모자를 고쳐 쓴 미지 아롱을 보며 웃는다.

"그냥 받지 그랬어요."

"저분들 혹시."

“깡패 아니에요. 건축하시는 분들인데, 아까 그분은 아들만 셋이라 여자애들 보면 예뻐라 하세요. 이상한 건 아니고 딸 갖고 싶다고.”

“그런 걸 어떻게 다 기억해요?”

오는 손님이 한둘이 아닌데 신기하다 싶어 물으니 미지가 춘향이 아저씨 흉내를 낸다.

“흐미, 매번 하는 소리가 그 소리당게.”

그 모습이 너무나 우스워 아롱은 화장실이 떠나가라 웃었다. 시계를 보며 화장실을 나서려던 미지가 걸음을 멈춰 서며 물었다.

“종원 오빠가 잘해줘요?”

“네. 선배님, 지금 바로 가세요?”

“아뇨. 코스 밀리니까 천천히 와요.”

미소 지으며 돌아서는 미지의 표정이 순식간에 싸늘하게 굳어버렸다.

화장실 밖으로 나오니 종원의 카트가 아롱의 카트 뒤에 나란히 서 있다. 아롱은 그늘집 옆에 만들어진 전망대에 올라 마운틴 4번 홀을 내려다보았다. 마운틴 4번은 티박스에서 계곡을 지나 티샷해야 하는 아일랜드 홀로 왼쪽으로 한탄강을 끼고 있어 대단히 어려운 홀이라 어려운 시험문제 풀 듯 대기 팀이 생긴다. 앞 팀과 뒤 팀이 사인을 주고받는 홀이다.

“너 뭐 하고 서 있어. 사인 안 받아? 얼른 내려가.”

어디서 나타났는지 종원이 물 묻은 손을 털며 아롱을 다그쳤다. 앞 팀인 미지의 팀이 그린으로 이동하는 사이 아롱의 팀이 티샷을 하고 이동하는 동안 미지의 팀이 그린 퍼터를 끝내고 홀 아웃을 하며 앞뒤 팀이 서로 맞물려 플레이해야 하는 홀이다.

"어? 미지 선배 내려간 지 얼마 안 됐어요."

"미지 벌써 그린 이동하잖아. 빨리 가."

종원의 말에 아롱은 얼른 손님들을 모시고 티박스로 내려왔다. 종원의 말대로 미지의 팀은 보이지 않았다. 아롱이 홀 설명을 하고 클럽을 나누어준 뒤에 티박스로 올라가니 그린에서 물러나 그녀를 향해 손을 들어 사인을 주어야 할 미지가 깃대를 뽑아 들고 서 있다.

아롱은 순간 당황했다. 사인이 끊어진 것이다. 째깍째깍 제자리를 향해 가는 시계 초침처럼 모두가 제자리에서 움직여야 하는데, 사인이 끊겨 버리면 중간이 비어버린 도미노처럼 홀 전체의 흐름이 끊겨 버린다.

어쩌나 싶어 발을 동동 구르고 있는데 미지가 느긋이 홀 아웃을 했다. 내내 연결되던 사인이 끊어지면 시계 초침이 한 칸 뛰어넘는 것처럼 코스에는 공백이 생긴다. 아롱은 마음이 조급해졌다. 뒤에 대기하고 있는 종원에게 다시 사인을 연결해야 하니 아마도 두 홀이 비게 될 것이다.

서둘러 티샷을 끝내고 이동하는데 핸드폰이 드르륵 진동한다. 진행에 능숙한 고참 캐디들이나 라운딩 중에 문자 보내는 것이 가능하지 신입에게는 그 문자 확인할 시간조차 없다.

[그냥 개!]

아롱은 그린에 도착하여 손님들을 그린 위로 올려 보냈다. 베테랑 종원이니 아롱이 끊어 먹은 사인을 연결하고 곧 뒤따라올 것이다. 손님들을 다그쳐 홀 아웃하고 부지런히 5번 홀로 이동했는데 미지의 팀이 보이지 않았다. 시간상으로 분명 세컨에 있어야 하는데 그린조차 텅 비었다.

"어떻게 된 거지?"

손님에게 드라이브를 건네고 티샷이 시작되자 또다시 종원에게 문자가 날아왔다.

[앞 팀 날랐다. 달려!]

아롱의 상황을 이미 파악하고 있었던 걸까. 종원의 문자를 보고서야 아롱은 미지에게 당했음을 알 수 있었다. 숨도 쉬지 않고 달렸다. 8번 홀에 도착해서야 티박스 왼쪽에 설치된 신호등을 보니 아직 빨간불이다. 미지가 아직 세컨 지점에 있음을 알 수 있었다.

골프장에 신호등이 있다는 것이 우습겠지만, 마운틴 8번 홀은 코스 전체가 눈에 보이지 않는 블라인드 홀이다. 중간부터 급경사라 앞 팀의 위치가 보이지 않는다. 잘못 티샷을 했다가는 보이지 않는 손님이 볼에 맞을 수 있기 때문에 신호등을 설치해 놓은 것이다. 앞 팀이 세컨 샷을 끝내면 앞 팀 캐디가 어프러치로 이동하면서 앞쪽에 설치된 또 다른 신호등의 파란 버튼을 눌러줄 것이다.

아무리 기다려도 파란불은 들어오지 않는다. 이미 종원의 팀이 뒤에 도착해 있었다. 안 가고 뭐 했냐는 종원의 눈치에 아롱은 신호등을 가리켰다. 손목시계를 바라보던 종원이 인상을 찌푸렸다.

"그냥 쳐."

종원의 명령에 티샷을 끝낸 아롱이 세컨으로 이동했을 때, 9번 티박스에 있어야 할 미지의 팀이 또 보이지 않았다. 아롱은 낭패한 기분을 감출 수 없었다. 500미터 가까이 되는 롱홀이 비어버린 것이다.

달리고 달려서 전반 홀 아웃을 하고 센터로 돌아온 아롱은 숨 쉴 틈도 없이 다시 벨리코스로 진입했다. 다행히도 미지의 팀이 스타트하우스에서 쉬어갔는지 세컨 지점을 빠져나가고 있었다. 서둘러 티샷을 하고 따라갔으나 마운틴 4번과 같은 아일랜드 홀인 벨리 2번에서 다시 사인을 끊어 먹었다.

"일부러 그런 거야, 나쁜 계집애."

연신 사인을 끊어버리는 미지를 잡기 위해 달리고 달렸건만, 아롱은 라운딩이 종료될 때까지 미지가 진행하는 앞 팀을 보지 못했다. 손님들 모두 80이 조금 넘는 스코어를 기록했기 때문에 그 누구의 탓도 할 수 없이 아롱의 잘못이었다. 결국 첫날부터 홀을 말아먹은 것이다.

손님들을 마중하고 돌아서려는데 3조장 학수가 아롱을 부른다. 사마귀라는 별명을 가진 학수는 신입 캐디 벌당 잡기가 취미인 사람이었다. 가슴이 뜨끔해지는 아롱이었다.

"아롱 씨, 장난해? 어떻게 마운틴 4번부터 열다섯 홀을 내리 비우고 다녀. 앞 팀하고 20분 차이야. 뒤에 사수한테 미안하지도 않아? 종원 씨가 무슨 죄야. 아롱 씨가 끊어 먹은 사인 종원 씨가 죄다 연결하고 하루 종일 아롱 씨 뒤치다꺼리만 하고 다니잖아."

부킹지의 시간을 확인하며 거침없이 쏟아지는 학수의 질책에 아롱이 고개를 푹 숙였다.

"배토 가자."

멀찍이 종원의 목소리가 들려오자 학수가 못마땅한 듯 가보라 손짓했다.

"처음에는 다 그래."

"벌당 잡히면 어떡해요."

진행이 안 되거나, 근무 태도가 불량하거나, 혹은 컴플레인이 들어오면 벌당번을 서야 한다. 아롱은 길게 한숨을 내쉬었다.

"속상해."

아롱에게는 정말 힘든 첫날이었다. 내일은 오늘과 다르기를 기도하며 아롱은 그녀의 땀이 흠뻑 배어 있는 페어웨이에 열심히 흙을 뿌렸다.

다음날도 아롱은 앞 팀을 잡지 못했다. 그 다음날도 마찬가지였다. 잡았다 싶으면 다시 사라지고 또 기다렸다 쳤는데도 세컨에 도착하면 미지는 약 올리듯 깃대를 꽂고 다음 홀로 이동하고 있었다. 미치고 환장할 노릇이다. 미지의 손님이 마지막 세컨 샷을 치기가 무섭게 티샷을 했더니 제대로 맞았는지 이동하는 앞 팀 손님 옆에 떨어져 버렸다.

"죄송합니다!"

돌아보는 손님을 향해 소리치며 고개를 숙이니 마음 좋은 손님이었는지 손을 흔들며 걸어가 버렸다. 그런데 그늘집에 도착하자마자 미지가 성을 내며 쏘아붙인다.

"도대체 누굴 잡으려고 그러는 거예요! 다 치지도 않았는데 볼을 치면 어떡하냐구요!"

"죄송합니다."

손님이 괜찮다 손을 흔들기에 그런 줄 알았는데 아니었는지 아롱은 계속해서 쏘아붙이는 미지에게 끝도 없이 머리를 숙였다.

"제발 좀 조심 좀 해요! 못살아!"

퇴근을 하며 하루의 일과를 종원에게 말하던 아롱이 늘어지게 한숨을 내쉬었다.

"미지 선배 정말 빨라요."

"일 잘해."

종원은 완전히 지쳐 보이는 아롱을 보며 한숨을 내쉬었다. 아롱이 일을 시작하면서부터 웃지 않는다. 어디서 터질까 걱정했던 아롱의 다혈질 배터리도 다 떨어졌는지 고개 숙인 그녀를 보며 종원도 웃음이 줄어들었다.

'이상하네.'

미지가 조금만 여유있게 진행을 한다면 아롱이 이렇게 힘들어하지 않을 텐데. 마치 일부러 골탕이라도 먹이는 듯 미지는 죽어라 아롱을 떨어뜨리고 다닌다. 게다가 앞 팀의 신호가 있어야 티샷이 가능한 마운틴 8번에는 어김없이 아롱이 대기하고 서 있다. 혹시 미지가 일부러 신호등을 늦게 누르는 것은 아닐까?

"아니겠지."

"뭐가요."

그의 혼잣말을 들은 아롱이 묻자 종원이 고개를 저었다.

내일은 내일의 해가 뜬다고 아무리 외쳐 보지만, 아침에 눈을 뜨는 것이 괴로운 아롱이었다.

"아롱 씨, 오늘은 좀 잘 쫓아와요. 왜 이리 둔해."

아롱보다 네 살이나 어리지만 캐디 경력으로는 삼 년이나 빠른 미지의 말에 아롱은 그저 웃을 뿐이다. 교육생 때보다 더 숨이 차게 뛰어야 했다. 사인은 매번 끊어 먹었고, 마지막 홀은 늘 비어 있었다. 마샬이 붙어서 세컨도 불러주고, 서브를 도와주어야 간신히 미지의 꼬리를 붙잡는다.

게다가 여덟 명의 조장이 번갈아가며 업무를 보는 센터에 유독 사마귀 3조장 학수가 서는 날이면 쏟아지는 질타에 아롱은 속이 터져 죽을 지경이었다.

"아롱 씨, 계속 이런 식이면 곤란해."

두 눈을 부라리는 학수를 뒤로하고 아롱은 손님들과 다시 마운틴으로 올라갔다. 이번에는 악을 쓰고 쫓아가서 그런지 미지의 꼬리를 겨우겨우 잡으며 달리고 있었다. 그런데 문제는 마운틴 8번 홀에서 터져 버렸다.

신호등을 보고 기다리다 빨간 불이 들어오기가 무섭게 티샷을 하고 세컨으로 이동했는데,

"이봐, 아가씨. 내 볼 어디 있어? 저건가?"

"내 거는 어떤 거야?"

분명 가운데로 네 개가 다 날아왔는데, 페어웨이에 있는 볼은 네 개가 아니라 일곱 개가 넘는다. 8번 홀 같은 경우는 다른 홀들과 뚝 떨어져 있어 어디서 날아올 곳이 없다. 마치 누군가 일부러 볼들을 뿌려놓고 간 것 같다.

"뭐가 이리 볼들이 많아."

미지의 팀은 홀 아웃을 하는데, 어느 볼이 누구의 것인지 알 수가 없으니 아롱은 손님들에게 클럽을 줄 수가 없었다. 아롱은 재빨리 페어웨이로 뛰어 들어갔다. 하나하나 볼을 확인하고 카트 옆에 있는 손님들에게 거리를 불러주려니 시간이 두 배로 걸

렸다.

결국 아롱은 텅 비어 있는 9번 홀을 앞 팀과 25분 차이로 홀 아웃했다. 손님들을 보내고 배토를 가기 위해 캐디대기실에 앉아 있으려니 눈물이 쏟아진다: 차마 다른 사람들 앞에서 울 수가 없어 화장실로 뛰어갔다.

"종원 씨, 도대체 부사수 교육을 어떻게 시킨 거야."

건너편 남자화장실에서 뜬금없이 학수의 목소리가 들려왔다. 커다란 화장실은 벽이 얇아 건너편에 있는 남자화장실 물소리조차 선명하게 들렸다.

아롱이 입을 막으며 조용히 쪼그리고 앉았다.

"너 얼굴 봐서 봐주는 것도 한두 번이지, 매번 말아먹냐. 한 번만 더 홀 비우면."

"그냥 벌당 잡아."

조용한 종원의 한마디로 짧은 대화가 끝났다. 화장실을 나서는 듯 남자들의 발걸음 소리가 멀어진다. 아롱은 한참이나 그대로 멍하니 앉아 있었다. 혼자만 속상해하고 있었는데, 종원에게도 민폐를 끼치고 있다 생각하니 참았던 눈물이 터져 버렸다.

"아롱 씨, 뭐 해요?"

미지가 화장실로 들어서더니 세면대의 수도꼭지를 튼다. 이내 손을 탈탈 털어내고는 쪼그리고 앉은 아롱을 내려다보더니 피식 웃는다.

"종원 선배도 힘들겠어. 여자친구라고 열심히 챙기는데, 누구는 얼굴에 먹물만 끼얹고 다녀서."

미지의 비아냥이 아롱의 가슴을 후벼 팠다. 천천히 자리에서 일어선 아롱이 화장실을 나가려는 미지를 불렀다.

"선배님, 지금 뭐라고 했어요?"

"왜요, 내가 틀린 말 했어요?"

"말이 너무 심하잖아요."

애써 차분한 목소리로 이야기하는데 미지의 얼굴은 마치 아롱에게 따귀라도 맞은 것처럼 싸늘하게 식어 있다.

"그런 소리 듣기 싫으면 일을 똑바로 하던가."

"선배님."

아롱은 길게 심호흡을 했다. 그리곤 미지를 똑바로 쏘아봤다.

"누구나 처음은 있어요. 처음이라서 그래서 열심히 뛰고 있어요. 그런데."

"아우~ 정말! 이 언니 진짜 웃기는 언니네! 지금 날 가르치는 거예요?"

아롱의 말을 싹둑 잘라먹은 미지가 손을 들어 올려 덥다는 듯 부채질을 한다.

"어이가 없어서. 종원 오빠도 멍청하지, 사람 딱 보면 몰라. 될 싱싶은 나무는 이파리부터 안다는데. 정말 종원……."

촤악!

아롱의 손이 미지의 얼굴을 사정없이 후려갈겼다. 미지의 모

자가 휙 날아가는가 싶더니 손으로 얼굴을 감싼 미지가 고개를
돌려 아롱을 바라본다.

"뭐…… 이런 미친. 지금 나 때린 거야? 야!"

쫘악!

야, 소리와 동시에 아롱이 다시 미지의 뺨을 후려쳤다. 미지
가 넘어지며 화장실 문 옆에 기대어 놓은 양동이와 대걸레가 화
장실 바닥에 널브러졌다.

"선배면 선배다워야 하는 거 아이가. 니 뭐 땜에 나한테 그러
는데. 내가 선배 니한테 뭐 잘못한 거 있나. 내가 그래 죽을죄를
지은 거가."

차분한 아롱의 목소리에 멍하니 올려다보던 미지가 이내 고
개를 흔들더니 고함을 지르며 아롱에게 달려들었다.

"야! 이 미친 XXX 너 깡패야!"

"맞을 짓을 하믄 맞아야 되는 거 아이가!"

"이 XXX야. 너 오늘 XX XXX 죽었어!"

서로 머리카락을 움켜쥐고 냄새 나는 화장실 바닥을 뒹굴었
다.

"끼야아아아아!"

"이 가시나! 니 오늘 뒤졌다."

아롱의 발길질에 화장실 문이 퍽 소리가 나며 활짝 열렸다.
미지의 비명 소리와 함께 아롱의 고함 소리가 섞여 이내 오가는
사람들이 모여들기 시작했다.

“화장실에서 싸움 났다!”

화르르 몰려든 남자 캐디들이 아롱과 미지를 말릴 생각도 않고 웅성이기 시작했다. 워낙에 주먹질과 발길질이 사나워 끼어들 엄두를 못 내는 것이다.

아롱은 지금껏 쌓였던 모든 설움을 토해내듯 미지의 긴 머리카락을 움켜쥐고 흔들었다. 물론 아롱의 머리카락도 눈알이 뽑힐 만큼 거세게 뜯겨 나가고 있었다.

“놔!”

“안 놔?”

“아롱아!”

소식을 듣고 달려온 종원이 아롱의 허리를 감싸 안고 잡아당겼지만 엉킨 실타래마냥 두 여자는 떨어질 생각을 않는다.

“한수 형! 미지 붙잡아!”

종원의 외침에 한수가 종원과 마찬가지로 미지의 허리를 감싸 안고 잡아당겼지만 몸이 통째로 들렸음에도 미지와 아롱은 서로의 머리카락을 움켜쥔 채로 떨어지질 않았다.

“머리털 다 뽑히겠다.”

“진짜 독하다. 여자들 무섭네.”

두 남자가 두 여자를 붙잡고 떼어내려고 안간힘 쓰고 있지만 떨어질 기미가 보이지 않는다.

“비켜!”

뒤늦게 나타난 선화 조장이 양동이 가득 물을 끼얹는다.

좌락 소리와 함께 거짓말처럼 두 여자가 순식간에 떨어졌다.

씩씩거리며 한수의 품에 안겨 아롱을 노려보는 미지.

마찬가지로 종원의 품에 안겨 미지를 노려보는 아롱.

흠뻑 젖은 채로 물을 뚝뚝 떨어뜨리며 서로를 노려보는 눈동자에 영화에서처럼 지지직 전기가 일어나고 있는 것 같다.

"다들 제 볼일 보고. 미지랑 아롱이는 나 따라와."

선화 조장의 말에 싸움을 구경하던 캐디들이 자리를 뜨자 아롱과 미지는 선화 조장을 따라 캐디대기실로 들어섰다. 대기실에 앉아 있던 사람들이 슬금슬금 눈치를 보며 하나둘 자리를 비운다. 텅 빈 캐디대기실.

"어떻게 된 거야."

선화 조장 앞에 선 아롱과 미지는 교무실에 불려온 학생처럼 아무 말도 하지 않았다. 의자에 앉은 채 한참이나 두 사람을 바라보던 선화 조장이 미지에게 묻는다.

"미지, 말해봐."

미지가 대답이 없자 이번에는 아롱에게 고개를 돌린다.

"어떻게 된 거야."

아롱 역시 할 말이 없었다. 그런 두 사람을 보며 한숨을 길게 내쉰 선화 조장이 손을 털고 일어선다.

"그래, 둘 다 할 말 없나 보네. 알았어. 둘 다 벌당 3일. 아롱이 사수 종원이 벌당 하루. 둘 다 집에 가."

미지는 이미 예상한 듯 아무런 말도 하지 않았지만, 아롱은 그럴 수가 없었다.

"조장님, 종원 선배는."

시퍼렇게 날을 세우며 선화 조장이 아롱의 목소리를 단칼에 베어냈다.

"한여울에서 선배랑 주먹질하는 후배는 필요없어. 네 사수가 잘못 가르쳤으니 연대책임져야지."

아롱은 한숨조차 쉴 수 없을 만큼 가슴이 답답해져 왔다. 캐디대기실을 나서니 다른 조원들은 모두 배토를 갔는지 종원 혼자 타월을 들고 서 있었다. 먼저 캐디대기실을 나선 미지가 종원에게 다가섰다.

"오빠, 나…… 내 얘기 좀 들어봐."

"나중에."

종원이 미지에게 수건을 건네고는 그녀의 뒤에 선 아롱의 머리에 수건을 얹어주었다. 아롱이 말없이 수건을 움켜쥐자 종원은 그를 부르는 미지를 뒤로한 채 아롱의 손을 잡고 걷기 시작했다.

아롱은 종원을 따라 주차장으로 내려와 그의 차에 올라탔다. 차에 타고 나니 눈물이 쏟아진다. 서럽고 억울하고 뭐라 말할 수 없을 만큼 가슴이 먹먹해지는 것이 정말 그만두고 싶다는 생각이 들어 한없이 울었다.

종원의 차가 달리고 달려 어딘가에 멈춰 섰을 때야 아롱은 눈물을 멈출 수 있었다.

"다 울었어?"

"훌쩍."

고개를 드니 웬 강이 보인다. 예쁜 나무로 둘러싸인 아름다운 강이 탁 트이게 그녀의 눈동자를 채우고 있다.

"여기가, 훌쩍. 어디예요."

"산정호수."

그러고 보니 회사에서 신철원 시내까지 15분밖에 안 걸리는데 좀 오래 달렸다는 생각이 들었다. 부산 앞바다를 보고 자란 아롱이 온통 산으로 둘러싸인 이곳에 와서 그녀도 모르는 사이 바다가 그리웠나 보다. 비록 바다는 아니지만 호수를 보니 들썩이던 마음이 잔잔하게 가라앉는 것 같다. 한참을 침묵 속에 앉아 있었는데도 아무것도 묻지 않는 종원이 아롱은 고마웠다.

종원은 담배를 피우려고 차에서 내려섰다. 무슨 일로 그렇게 쌈닭처럼 싸워댔는지 궁금했지만, 묻지 않았다.

너무도 서럽게 우는 그녀의 모습에 물어보면 그만두겠다 할까 싶어 감히 말을 못했다. 담배가 다 타들어갈 즈음 아롱이 차에서 내려섰다. 멀찍이 서 있는 아롱을 보니 너무나 쓸쓸해 보여 다가가 안아주고 싶었지만 혹시나 혼자 있고 싶을지 모른다 생각이 들어 그저 바라보고 있으려니 아롱이 그에게로 다가왔다.

“오빠야, 미안타.”

그렁그렁 눈물이 맺힌 그녀의 미안하다는 말이 왜 이리 애잔하게 들릴까. 종원이 말없이 아롱을 잡아당겨 가슴에 품어 안았다.

“잘했다.”

고개를 드는 아롱을 내려다보며 종원이 다시 꼭 품에 안고 등을 두들겨 주었다.

“잘했다고.”

잘했다니. 다 큰 여자가 사춘기 십대처럼 머리를 뜯고 싸웠는데, 왜 싸웠는지 묻지도 않고 잘했다 하니 종원답지 않다. 늘 냉철하게 판단하는 종원이 무턱대고 그녀의 편을 들 리 없었다.

“무슨 말이야.”

“왜 싸웠는지 모르겠는데, 잘했다고.”

종원이 고개 든 아롱의 젖은 머리카락을 부드럽게 쓸어 넘겼다. 종원의 손으로 머리카락이 한 움큼 묻어난다.

“많이 빠졌네.”

“미지 선배는 나보다 더 빠졌을 거야.”

“잘했다.”

계속 잘했다 하니 이상하게도 아롱의 마음이 잔잔하게 출렁인다.

“내 편 들어주는 거가.”

대답 대신 종원이 다시 그녀를 꼭 끌어안아 번쩍 들어 올렸다.

"남자친구니까 여자친구 편들어줘야지. 우리 아롱이가 이렇게 우는데."

종원의 말에 아롱은 다시 눈물이 쏟아졌다.

"어허엉. 엉엉엉. 고맙다. 엉엉."

펑펑 우는 아롱을 한참이나 안고 있으려니 아롱이 훌쩍이며 고개를 든다.

"괜찮아?"

고개를 끄덕이는 아롱을 내려다본 종원이 그녀의 이마에 부드럽게 입맞춤했다.

"그만 울어. 내일 눈도 안 떠지겠다."

종원은 아롱에게 차 문을 열어주고 운전석에 탔다.

"왜 싸웠는지 안 물어봐?"

"싸울 만하니까 싸웠겠지."

종원은 차를 출발시켰다.

"아롱아."

"응."

"이유없이 다른 사람한테 모질게 굴 아이 아니니까. 내가 좋아하는 아롱이는 그런 애니까 널 믿어."

종원의 말에 아롱은 가슴으로 무언가가 퐁퐁 솟아나는 것을 느꼈다. 그저 잘했다고 말해주는 이 남자. 살갑게 자상한 것은 아니었지만, 잔물결 치는 강과는 달리 큰 파도를 일으키는 깊고 깊은 바다 같은 남자였다.

"오빠, 나 벌당 3일 먹었어."

"잘했다."

종원이 추임새 넣듯 대꾸하며 아롱의 기숙사 앞에 차를 세웠다. 아롱은 망설이듯 차 문을 잡고 종원을 돌아봤다.

"근데."

"응."

"오빠도 벌당 하루 먹었어. 내가 싸워서."

짓궂은 사촌 오빠들 때문에 오빠라는 단어 자체를 싫어하는 아롱이었지만, 한 번 뱉고 나니 너무나 친근하게 느껴져 계속 부르고 싶다.

"그래."

"미안해."

종원이 그녀를 바라보며 웃었다.

"정 미안하면 뽀뽀나 한번 찐하게 해주던가."

아롱이 주춤주춤 얼굴을 들이밀며 입술을 동그랗게 오므렸다. 그 모습이 어찌나 웃긴지 종원이 그녀의 입술을 꽉 깨물어 버렸다.

"으웅. 우우웅."

두 입술을 한꺼번에 물고 쭉 빨아 당기려니 아롱이 눈을 똥그랗게 뜨고 버둥거린다. 플라스틱 쟁반에 붙은 낙지처럼 쩍 소리가 나며 두 사람의 입술이 떨어졌다.

"아프잖아."

"후후. 원래 사랑은 아픈 거다. 너 속상한 것까지 내가 같이 속상하려니까 아픈 것도 두 배다."

조금은 이른 듯한 사랑이 그들에게로 한 발자국 성큼 다가섰다.

8장 오다리 사랑

봄 시즌을 맞아 한여울 CC는 어느새 손님들로 북적이고 있다. 말이 봄이지, 3월 중순인데도 아직 개나리도 피지 않았다. 골프장을 찾은 손님들의 옷은 벌써 알록달록 꽃놀이 온 듯 화려하다.

종원은 오늘도 아롱과 함께 출근을 했다. 아롱은 오늘 벌당번을 서야 하고 종원은 코스의 진행을 당기는 마샬을 보아야 했다. 순번으로 돌아가는 차례와 아롱의 덕분에 받게 된 벌당까지 종원은 연이어 이틀 동안 마샬을 보게 되었다. 종원은 아롱의 손에 간식거리를 잔뜩 안겨주고는 캐디들이 그늘집까지 걸리는 시간을 체크하기 위해 그늘집으로 향했다.

그늘집의 캐디대기실에 들어서니 유니폼 대신 오렌지색 골프
웨어를 입은 미지의 모습이 보인다. 베테랑 캐디인 미지는 청소
나 하는 아롱과는 달리 마샬로 투입이 된 것이다.

"오빠 왔어?"

어제의 싸움으로 긁혔는지 콧등에 반창코를 붙인 모습이 조
금은 우습다. 종원이 캔커피를 내밀자 미지가 말없이 받아 들고
는 손안에 이리저리 굴렸다.

"아롱 씨 뭐래."

"별말 없던데."

종원이 미지의 곁에 털썩 앉았다.

"그래?"

"뭐 할 말 있어?"

헤매는 새내기 캐디 둘을 앞으로 쭉 당기고 나니 비워진 코스
가 메워지면서 시계 초침처럼 재깍재깍 돌아간다. 코스의 소통
이 원활하니 대기 팀이 없어 캐디대기실도 텅 비었다. 오랜 침
묵을 깨고 미지가 갈라진 목소리로 물었다.

"왜 나는 안 되는데?"

"뭐가."

"난 오빠한테 든든한 지원군이 될 수 있어."

"지원군은 무슨. 전쟁하냐?"

"꿈을 이룰 수 있게 옆에서 도와줄 수 있다고."

꿈이라는 말에 종원의 한쪽 눈썹이 신경질적으로 치켜 올라

갔다.

"예전에 지영 언니한테 들었어. 세미프로 예선에서 3위로 본선 진출했다고. 오빠 프로 준비하고 있잖아. 아냐? 그래서 매일같이 연습장 다니는 것 아니었어?"

단순한 착각이었나 보다. 종원은 말없이 미지를 바라보았다. 친자매처럼 지내던 지영과의 친분 때문에 미지가 유독 아롱을 싫어하나 단순하게 생각했었는데, 아니었나 보다.

"오빠, 그런 꿈 옆에서 끝까지 지켜볼 수 있는 여자 흔하지 않아. 지영 언니처럼 다들 그렇게 생각한다고. 하지만 난 달라. 난 충분히 오빠 이해하고 오빠가 꿈을 이룰 수 있게 옆에서 지원해 줄 수 있어. 나 돈도 많이 모았고."

"그만해라. 별로 듣기 좋은 이야기 아니야."

미지는 멈출 수가 없었다. 친하게 지냈던 지영이 버리고 간 종원을 바라보며 더 좋은 조건을 가진 골프장도 마다하고 이곳에 남았다.

"현실적으로 생각해 봐. 과연 오빠에게 진정한 날개가 되어줄 여자가 누군지. 응?"

미지는 종원을 놓치고 싶지 않았다. 탁월한 신체 조건과 근력, 그리고 집중력과 차분한 성향까지 골프에 필요한 모든 조건을 타고난 종원이었다.

"나라면 부족하지 않다고 생각해. 내가 버는 돈 다 오빠한테 쏟아부어서라도 프로골퍼 만들어줄게."

그저 술이나 마시고 당구나 치며 하루하루 젊은 날을 낭비하거나 혹은 부자 손님들을 보며 착각에 빠져 비싼 차에, 명품에 돈 낭비를 하거나, 이도 저도 아니고 그냥 주저앉아 뚜렷한 미래도 없이 하루하루를 살아가는 캐디들 속에서 그녀의 욕심을 채워줄 수 있는 사람은 오직 종원뿐이었다. 바보 같은 지영은 그의 진가를 몰라보고 미련없이 돌아섰지만, 미지는 다르다. 돈벌이를 찾아 들어선 다른 캐디들과 종원은 그 시작부터가 다르다. 그렇게 다른 두 사람은 까마귀들 속의 백로처럼 서로가 같은 부류로 함께해야 한다 생각하는 미지였다.

"왜 아롱 씨여야 하는데."

귀찮게 달려드는 선후배들 다 물리치고 종원만을 바라보았는데, 어느 날 갑자기 나타난 똥개가 물어가 버렸다. 미지의 입장에서는 너무나 억울한 일이었다:

"오빠."

미지가 그를 따르는 것을 종원은 이미 알고 있었다. 예쁘고 주관도 뚜렷하며 싹싹하여 어디 한 군데 나무랄 데가 없다. 단지 3년을 지켜봐도 여자로 느껴지지 않을 뿐 종원은 미지가 싫지 않다.

"난 내 여자한테 바라는 것 없어. 그저 같이 손잡고 함께 걸을 수 있는 사람이면 좋겠어."

아롱을 떠올리는 듯 입가로 미소가 피어오르는 종원의 모습에 미지가 답답한 듯 가슴을 두들겼다.

“아롱 씨가 그러자 해?”

종원은 대답하지 못했다. 지영의 이후로는 누구에게도 그의 꿈에 대하여 이야기해 본 적이 없다. 그리고 아롱에게 또한 굳이 말하고 싶지 않았다.

“모르는구나? 흥. 알게 되면 분명 지영 언니처럼 떠나 버릴 거야. 지금은 오빠 좋다고 마냥 웃고 다니지만 당장 내년만 돼도 결혼 생각에 계산기 두드릴걸? 순진하다가도 어느 순간 변해 버리는 게 여자거든.”

일부러 손톱을 세워 상처를 긁는 미지의 의도가 뚜렷하지만 종원은 그저 피식 웃었다.

“그래. 아롱이가 날 떠나지 않을 거라곤 확신할 수 없지만, 그 빈자리 채워줄 여자가 너는 아니라고 확실하게 말해줄 수 있다.”

“왜 그렇게 생각하는데?”

“내 여자가 될 거였으면 지영이 떠났을 때 벌써 됐지 않겠냐?”

미지는 말이 막혀 버렸다. 게임은 끝난 듯싶다. 여전히 포기할 수없는 것은 미련이 많아서다.

“어제 개구라가 마살 봤다.”

“근데.”

“마운틴 8번에서 너 봤다는데, 뭐 할 말 없냐?”

미지의 대답을 기다리고 있는데, 후배 캐디 하나가 캐디대기실로 들어왔다.

"형, 마운틴 사인 끊겼는데요. 대기 팀 생겼어요."

"내가 가볼게."

낚싯줄에 코가 꿰인 표정을 짓고 있던 미지가 줄 끊어진 물고기처럼 후다닥 일어서자 종원이 의자에 앉은 채로 다리를 들어 문 옆에 턱 하니 걸쳤다.

"하던 이야기는 마저 해야지. 재석아, 너부터 사인 연결하고 가."

"형, 그러면 나 앞 팀 놓쳐요."

"이따가 내가 앞 팀 잡아줄게. 가봐."

후배가 캐디대기실 문을 닫고 나가자 그의 다리에 가로막혀 밖으로 나가지 못한 미지가 늘어지게 한숨을 내쉬며 종원을 노려봤다.

"할 이야기가 뭔데."

"알까기는 손님들한테 해야지, 왜 아롱이한테 까나."

"누가 알을 까."

삐딱하게 고개를 치켜든 종원이 웃으며 말했다.

"끝까지 오리 발 내밀래? 너 8번 세컨 치고 나가면서 볼 뿌리고 갔잖아. 아롱이 헷갈리라고. 아니야?"

"누가 그래. 말도 안 돼."

"개구라가 어제 마샬 봤다니까. 그래서 둘이 싸웠냐고 물어보더라."

"아무튼 개구라 입 싼 건 알아줘야 해! 그러니까 어디 가도 사람대접 못 받지!"

누가 치마라도 들춘 것처럼 흥분한 미지가 언성을 높이자 종원이 그녀의 이마에 딱 소리가 나게 손가락을 튕겼다.

"적어도 사람 뒤통수는 안 쳐."

"오빠, 지금 여자친구라고 편드는 거야. 새내기한테 장난도 좀 칠 수 있지."

"신호등 가지고 장난 쳤으면 됐잖아."

미지의 얼굴이 더더욱 붉어지는 것을 보며 종원이 한숨을 내쉬었다. 설마 했는데, 그의 추측이 맞아떨어졌나 보다. 입안이 쓰다.

"너, 신호등 늦게 누르면 벌당인 것 알지. 티박스 대기 팀 생기고 너 날라서 뒤 팀 홀 벌어지면 앞뒤로 다 힘들어. 코스 절반이 막히는 것 알잖아. 아롱이 하나만 힘든 게 아니라고. 언제까지 장난질 칠 거야."

"정말 너무한다. 어떻게 오빠가 나한테 이럴 수가 있어. 걔는 고작 삼 개월이고 나는 삼 년을 넘게 봤는데."

분을 이기지 못해 어깨까지 들썩이는 미지를 바라보며 종원은 천천히 몸을 일으켰다. 손 한 번 잡은 적 없고, 삼시세끼 먹는 밥 한 번 먹지 소리 인 했다. 전화할 일 있어도 혹시나 다른 생각할까 싶어 애들 시켜서 했는데 도대체 왜 저러는지 이해가 되지 않았다.

“삼 년이 아니라 삼십 년이 지나도 달라지는 건 아무것도 없어.”

“오빠.”

“그만! 백날 이야기해도 결론 안 나겠다. 넌 너 좋을 대로 해. 대신!”

종원의 싸늘한 목소리에 미지가 입을 다물었다.

“내 강아지 건드리면 죽을 줄 알아!”

벌써 세 시간째 아롱은 벨리 1번 코스 언덕에 서 있었다. 세컨 지점에 서서 떨어지는 볼들을 보며 선배와 손님들이 도착하면 인사하고 볼의 위치와 거리를 불러준다. 가끔 옆으로 삐져나온 볼을 잽싸게 주워서 페어웨이로 던지는 것도 잊지 않았다.

“아이고, 다리야.”

볼이 잘 보이는 비탈길에 서 있으려니 발가락으로 온 힘이 다 몰려 이젠 무릎까지 아파온다. 쉬지도 않고 7분 간격으로 쭉쭉 이어지는 티샷에 종원이 주고 간 과자는 하나도 못 뜯어 먹었다.

한숨을 내쉬려니 카트 길을 따라 걸어오는 선화 조장의 모습이 보였다. 잠시 나무에 기대어 섰던 아롱은 군기가 바짝 든 이등병처럼 후다닥 몸을 바로 세웠다.

“할 만해?”

"다리 아파요."

선화 조장의 말에 아롱이 배시시 웃으며 대꾸했다. 그런 아롱이 밉지 않았는지 선화 조장이 나무 아래 기대어 앉으며 아롱을 부른다.

"앉아."

"곧 티샷하는데요."

"괜찮아. 새내기 아니면 다 지들이 알아서 해."

선화의 말에 아롱이 그녀의 곁에 앉아 과자봉지를 내밀었다. 이곳 한여울에서는 먹을 것을 내미는 것이 애정 표현이다.

"뭐가 이리 많아?"

"오빠가 주고 갔어요."

"종원이가 안 하던 짓하네."

아롱의 대답에 선화가 웃음을 터뜨린다. 이내 주머니에서 캔 커피 두 개를 꺼내 든 선화가 하나를 아롱에게 내밀었다.

"힘들지?"

"우헤헤헤. 조장님, 무슨 박쿠스 선전 같아요."

"그러게 그 선전은 매일 달리는 우리 캐디들이 해야 하는 건데."

"그런데 센터는 어쩌고 왔어요?"

"응, 과장님한테 맡기고 왔어."

선화의 말에 아롱이 과자를 입에 물고 고개를 끄덕인다. 그 뒤로도 선배들이 족족 세컨에 도착했지만, 선화의 기수가 워낙에 높은지라 인사만 하고 그냥 알아서들 지나간다.

"어제 의정이랑 통화했다. 너, 의정이 친구라며?"

"아……. 예."

"왜 말 안 했어. 말했으면 조금 더 신경 써줬을 텐데."

"조장님 신경 쓰실까 봐 말 안 했어요."

"후후후. 아롱아, 선배들이 이유없이 괴롭힌다고 생각해?"

말을 듣고 보니 어제의 이야기를 하는 듯하여 아롱이 고개를 저었다. 다른 사람들은 매번 미지를 놓치니 약이 올라서 미지의 머리를 뜯은 줄 알겠지만, 아니었다. 그녀만 가지고 뭐라 했으면 좋았을걸. 괜스레 종원까지 멍청하다 말하는 바람에 저도 모르게 불길이 솟은 것이었다. 평상시에 조용한 아롱이지만 그래도 부산 아가씨인지라 울컥하며 쏟아지는 다혈질은 가끔 돌이킬 수 없는 사고를 만들어냈다.

"소문 들어서 알지 모르겠는데, 미지가 종원이 많이 좋아했거든."

"아."

이미 개구라에게 들어 알고는 있었지만 그래도 당황스럽기는 매한가지. 뭐야, 남자 하나 두고 여자 둘이서 머리 뜯은 거였어? 생각보다 꼴이 우습지만, 아롱은 자신 때문에 종원이 벌당 서는 것이 아니라 그 때문에 자신이 벌당을 서는 것이라 생각하니 마음이 한결 가볍다.

"얼마나 약이 오르겠어. 그렇게 쫓아다니던 남자를 새내기한테 뺏겼는데. 그러니까 네가 그냥 이해해.”

“괜찮아요.”

“그래도 네가 잘못한 거야. 나이가 어려도 선배는 선배니까. 아마 다른 여자 선배들도 너 좋게 안 볼 거야. 앞으로 힘들어지 겠는데?”

안 그래도 싸움이 있은 뒤로 싸늘해진 여자 선배들 때문에 나 름 고민스러웠던 아롱이었다. 맘 상할까 싶어 이렇게 귀띔하러 와준 선화에게 고마운 마음이 들었다.

“어쩌겠냐, 하극상은 하극상인데. 벌당 서면서 자숙하도록 하 여라.”

여왕처럼 위엄 서린 목소리에 아롱이 방끗 웃으며 고개를 끄 덕였다.

“어쩌겠어. 종원이가 그마나 한여울 늑대들 중에 젤로 실한 걸. 후후후. 늑대가 아니라 호랑인가 보다. 저기 오네.”

선화의 시선을 따라가니 빨간색 마샬 깃발을 날리며 달려오 는 2인승 카트가 보인다. 이내 카트에서 내려선 종원이 선화를 보며 인사를 했다.

“그럼 난 가봐야겠다. 종원아, 카트는 늙은 내가 타고 가마. 센터 앞에 세워둘게.”

종원이 고개를 끄덕이자 신화가 카트를 몰고 가버렸다.

“오빠, 왜 왔어?”

아롱의 물음에 종원이 플라스틱 음료수로 그녀의 머리를 툭

치며 인상을 쓴다.

"이제 아주 대놓고 반말이네."

"그랬어요?"

종원이 가져온 음료수를 받아 든 아롱이 배시시 웃는다.

"반말해서 싫어요?"

"싫기는. 나도 하는데, 너도 해야 공평하지."

"그죠? 나도 그렇게 생각해. 그래서 앞으로 쭈욱 반말할라고."

"그러시던가."

종원이 피식 웃었다. 미지와의 이야기가 끝나자마자 경기 과장에게 불려가 한 소리 들었다. 서 과장은 거친 손님들과 그 손님들보다 한술 더 뜨는 80여 남자 캐디들을 통솔하는 한여울의 여장부다.

'조용히 사귀어. 알콩달콩 조용하게. 죽네 사네 하지 말고.'

성격처럼 짧고 굵은 서 과장의 잔소리에 종원은 그저 고개를 숙였다. 종원이 일명 머리채 사건의 수습을 하는 동안 사건의 주인공께서는 볕 잘 드는 언덕에 앉아 선화 조장과 소풍 나온 것마냥 과자 까먹으며 수다 삼매경이다.

"점심 먹으러 가자."

언덕을 내려오며 아롱이 손에 든 무전기를 눌렀다.

[벨리 세컨 철수.]

무전기에서 센터로 돌아간 선화의 목소리가 들린다.

[센터. 벨리 세컨 철수 확인.]

센터를 향해 걸어오면서 아롱은 한숨을 내쉬었다.

"나는 언제나 진행 보나."

"미지만큼 뒤 팀 골탕 먹이면서 나를 정도 되면."

종원의 말에 아롱의 입술이 뾰족하게 튀어나왔다.

마지막 팀이 카트고로 들어오는 것을 확인하고서야 아롱과 종원은 퇴근을 할 수 있었다. 아롱은 볼일이 있다는 종원의 말에 사거리에서 내려 장을 보았다.

회사에서 먹을 컵라면을 잔뜩 집어 드는데 누군가 그녀의 등을 두드린다. 돌아서니 과자봉지를 잔뜩 든 은주가 서 있다.

"어머! 선배님!"

아롱이 와락 그녀를 끌어안았다.

"잘 지냈어?"

"네. 선배님, 아직 배는 하나도 안 나왔네요. 그런데 웬 과자를 이렇게 많이 샀어요?"

"일 그만두면 과자 좀 그만 먹으려나 했는데, 습관이 돼서 자꾸 당기네. 잘 지냈어?"

"잘 지냈다니까요."

은주가 둘레둘레 아롱을 살핀다.

"멀쩡하네."

"뭐가요?"

“아니, 미지랑 대판 붙었다고 해서. 미지 코피 터졌다는데 아롱이는 멀쩡하네. 왕년에 껌 좀 씹었나 봐.”

은주의 말에 아롱이 뜨악한 표정을 지으며 물었다.

“주임님이 그래요?”

“아니, 오빠는 그런 이야기 잘 안 해.”

“소식 진짜 빠르다. 도대체 누구.”

“한여울에 오래된 속담이 있는데.”

아롱의 말을 잘라먹은 은주의 말에 아롱이 다시 그녀의 말을 자르며 웃었다.

“너만 모르고 다 안다?”

“호호호호. 이제 한여울 사람 다 됐네.”

“개구라 선배가 말했죠.”

“누가 말하든 뭐가 중요해. 비밀 없는 세상에 사는 우리들이 불행한 거지.”

정답이다. 하지만 억울하기는 마찬가지. 아롱도 얼핏 지나가는 미지의 콧등에 붙은 반창고를 봤다. 그저 긁힌 것뿐이지만 코피로 발전했다니, 조만간 아롱이 미지의 코를 부러뜨렸다 소문이 나지는 않을까 걱정이다. 아롱은 잘 지내라는 인사를 하고는 슈퍼를 나섰다.

짐이 많으니 종원의 생각이 났다. 같이 왔으면 듬직한 팔로 가볍게 들어주었을 텐데. 전화나 해볼까 핸드폰을 들었지만 무얼 하는지 전화를 받지 않았다.

"뭐 하고 있을까."

그의 오피스텔 앞을 지나다 보니 자연스레 눈이 주차장으로 향한다. 아직도 손님들의 차종을 구분하지 못하는 아롱이었으나 종원의 차는 한 번에 알아본다. 늘 주차되어 있는 자리는 텅 비어 있다.

"어디 간 걸까."

하루 종일 붙어 있지만, 퇴근을 하고 식사를 마치면 종원은 늘 볼일이 있다며 사라진다. 혹시 밤에 아르바이트라도 하나 생각해 보지만, 캐디 일이라는 것이 다른 아르바이트를 할 여유가 없다. 시간도 돈도 미래도 모든 것이 불투명한 것이 캐디였다.

한편 아롱과 헤어진 종원은 늘 그렇듯 회사 근처에 있는 실외 골프연습장을 찾았다. 그가 오면 옆에 붙어 말을 시키는 사장은 다행히도 보이지 않는다. 새로 온 듯한 아르바이트 여자에게 인사를 하고는 연습장으로 나오니 생각지도 못하게 개구라의 모습이 보였다. 뒤에도 눈이 달렸는지 개구라가 슬그머니 돌아서 나오는 종원을 부른다.

"어? 형!"

종원은 낭패한 기분을 숨기며 돌아섰다.

"연습하러 왔어?"

"응. 너는?"

종원이 골프백을 세워 열며 묻자 개구라 환하게 웃으며 그를 올려다본다.

"나도 이제 좀 열심히 해보려고."

캐디들 대부분이 골프채를 휘두를 줄 안다. 나름 의욕을 가지고 꾸준히 하는 캐디들도 있지만, 워낙에 성실성을 요구하는 스포츠인지라 대부분 올 양파를 피하는 수준에서 멈춘다.

"제기랄!"

냅다 드라이버를 후려갈긴 개구라의 볼이 슬라이스를 내며 오른쪽으로 확 휘어버렸다. 종원은 몸을 풀기 위해 가볍게 빈 스윙을 하면서도 자꾸만 개구라에게 시선이 갔다. 연습장에서 종원을 만났다고 떠벌리고 다니는 것은 아닌지 모르겠다.

"형, 나 갈게."

한참을 야구하듯 클럽을 휘두르던 개구라가 골프백을 챙겨 들고 종원의 앞에 섰다.

"그래."

"형."

"응?"

"나 연습장 다니는 거 비밀이다."

한여울 스피커 입에서 비밀 소리가 나오다니. 종원이 어색하게 고개를 끄덕이자 개구라가 더욱 가까이 다가서며 속삭였다.

"나, 세미 시험 볼 거야."

세미프로 테스트가 뭔지나 알고 하는 소린지. 종원이 물끄러미 개구라를 쳐다보자 그가 머리를 긁으며 웃는다.

"키는 작아도 근성도 있고, 비거리도 좋은 편이니까 해볼 만할 것 같아. 아무한테도 말하면 안 돼. 알았지?"

아무리 봐도 외계인 같은 녀석. 혼자 북 치고 장구 치고 아무리 봐도 세미 테스트에 응시하려면 기초부터 다시 배워야 할 것 같다. 종원은 터져 나오는 웃음을 참으며 고개를 끄덕였다.

"말 안 할게."

"고마워."

개구라가 연습장을 나서자 종원은 참았던 웃음을 터뜨렸다. 종원의 경우 골프를 시작한 지 1년이 채 안 되어 싱글 플레이어가 됐다. 타고난 재주보다는 손에 물집이 잡힐 때까지 남들의 열 배가 넘는 시간을 투자했기 때문이다. 직장이 연습장이었고 형, 동생 하는 티칭프로인 선호와 늘 붙어 지냈기에 가능했다.

탕!

곧장 날아간 볼이 새까맣게 멀어지며 150미터가 넘는 그물이 찢어질 듯 흔들렸다. 세미프로가 될 거라며 비밀로 해달라는 개구리의 말을 들으니 종원이 연습상을 늘락인다는 소문이 날 것 같지는 않다. 종원은 좀 더 집중하여 스윙을 했다.

탕!

　종원의 평균 타수가 언더에서 4오버파 사이, 세미프로 예선전 통과 평균 성적이 이틀의 경기를 합계하여 2오버 내지 4오버 정도인 것을 감안하면 무난히 통과할 것이다. 그래도 안심할 수는 없었다. 열심히 준비하여 올 여름에는 반드시 세미프로가 되어야 했다. 세미프로가 되면 더 이상 캐디 일은 하지 않을 것이다. 돈이 없어 주저앉아야 했던 꿈이기에 그동안 일을 하며 악착같이 모아두었던 돈으로 프로골퍼가 되기 위한 첫걸음을 내딛을 예정이다.

　6년 동안 모아둔 1억 6천. 얼마나 버틸지 모르겠지만, 종원은 1부 정규투어보다 규모가 작은 2부 투어를 통해 미국프로골프(PGA)투어에 진입해 '마스터스'까지 제패한 미국의 잭 존슨처럼 되고 싶었다. 지영은 그러한 종원의 꿈을 고급 손님들을 접대하며 겉멋이 들어버린 캐디일 뿐이라 일축했지만 종원은 포기하지 않을 것이다.

　탕!

　또다시 곧게 날아간 볼이 그물을 넘어 새까만 하늘로 별이 되어 사라졌다. 세 시간이 넘게 꼬박 볼을 친 종원은 땀으로 젖은 얼굴을 수건으로 닦으며 손때 묻은 클럽들을 정리했다. 백을 들고 연습장을 나서며 핸드폰을 드니 아롱에게서 부재중 전화가 두 통 와 있다. 아롱을 생각하니 가슴이 묵직하다.

　지영을 떠나보내고 무던히도 아파했지만 그렇다고 하여 세상 여자들이 다 그럴 것이라는 편협한 관념에 사로잡히지는 않았

다. 현실에 치우친 지영과 꿈에 치우친 종원의 사이에 꿈과 현
실을 이어줄 무게중심이 없었을 뿐이다. 항상 품에 안고 자던
여자를 놓아주는 것은 쉽지 않았지만 종원은 오래 끌지 않았다.
일과 골프에만 전념을 했다.

회사와 연습장, 한 치의 틈도 없이 움직이는 그의 동선에
바위를 가르는 물방울처럼 스며든 아롱이 종원의 가슴에 설레
임으로 자리 잡아버렸다. 그도 모르는 사이에 언 가슴을 녹이
며 봄날이 찾아온 것이다. 애써 외면하는 것도 쉽지 않았고,
그녀에 대한 감정을 인정하고 나니 또 다른 괴로움이 찾아든
다.

"어떻게 해야 할까."

여름이 되면 종원은 일을 그만두어야 한다. 마치 군대에 가며
여자친구가 기다려 주기를 바라는 심정이 되어버렸다. 어쩌면
아롱은 그의 꿈에 박수를 쳐줄지 모른다. 하지만 고시생과 다를
바 없는 프로 지망생이 그녀를 위해 무엇을 해줄 수 있을까. 한
숨이 나왔다.

차에 오른 종원이 핸드폰을 손에 들자 때마침 진동이 울린다.

"여보세요?"

아롱이겠거니 확인도 않고 반갑게 전화를 받으니 그녀가 아
닌 남자 목소리가 들려왔다.

[너, 연애하냐?]

"아……. 선호 형."

요즘 부쩍 전화가 잦은 선호의 목소리에 종원이 피식 웃으며 안부를 물었다.

[잘 지낸다. 그런데 전화 목소리가 왜 그리 상냥해? 너답지 않게. 너 연애하지?]

"연애는 무슨, 볼 것 없는 남자 캐디 누가 좋아해 준다고."

[아님 됐고. 종원아.]

선호답지 않게 뜸을 들이는 것이 우스워 종원이 장난스레 대꾸했다.

"왜, 형! 나 철원이라 서울까지 술 마시러 못 가."

[술도 안 마시는 녀석이 어쭙잖은 농담은. 저기, 종원아! 나 미국 간다.]

큰 꿈을 꾸는 선호이니 언젠간 미국에 가겠구나 생각은 했었다. 하지만 프로가 된 뒤로 성적이 부진하여 나름 걱정하고 있었는데, 다시 일어설 준비를 하고 있다니 반갑다.

"그래, 가서 열심히 해봐. 잘나가는 골퍼 되면 이 동생도 좀 챙겨주고."

[그래서 말인데, 같이 안 갈래?]

조심스러운 선호의 목소리에 종원은 말이 막혀 버렸다. 미국. 꿈의 페어웨이를 가진 골프의 나라. 하지만 이제 걸음마를 떼는 종원에게는 이 좁은 한국도 버겁다.

[투어캐디도 필요하고, 네가 같이 간다면 형이 너 골프할 수 있도록 도와줄게.]

투어캐디라. 종원은 처음 만남부터 지금까지 선호가 그를 친 동생만큼이나 아끼고 있다는 것을 알고 있었다. 말이 캐디지, 함께 간다면 그는 분명 종원의 손에 클럽을 쥐어줄 것이다.

[넌 골프로 타고난 놈이니까 잘할 수 있을 거야.]

아니나 다를까, 선호가 그의 뒤를 따라 달리지 않는 동생을 나무란다. 급박한 경쟁 사회 속에서 다른 이들은 서로를 밟고 올라서기 바쁜데, 선호는 돈이 없어 주저앉은 종원의 재능을 안 타까워하고 있었다.

"형."

[같이 가자. 응? 티켓이랑 숙소랑 생활비는 전부 내가 알아 서 할게. 넌 몸만 가면 돼. 풍족하지는 않지만 아직 우린 젊잖 아.]

종원의 부름에 선호는 이미 그의 대답을 알고 있는 듯 미련을 버리지 못하고 설득에 나섰다.

"형, 나 여름에 세미테스트 다시 볼 거야. 바다로 가려면 강 을 먼저 거쳐야지. 나 그냥 한국에서 처음부터 다시 시작할 거 야."

[종원아.]

"형 미국 가서 자리 잘 잡고 있어. 내 손으로, 내 힘으로 열심 히 뛰어서 금방 쫓아갈게. 응?"

[어휴, 꼴통 새끼. 됐다. 끊어라.]

"형, 나 공항에는 안 간다."

함께 가지 않겠다는 말이 그리도 섭섭했는지 선호는 인사도 없이 전화를 끊어버렸다.

탕!

멀리 날아가는 볼을 바라보며 종원은 과거의 상념 속으로 빠져들었다.

자신만만했던 열아홉. 굳이 대학에 갈 필요성을 느끼지 못했던 종원은 대학 대신 군대를 갔다. 제대 후에 우연히 일하게 된 골프연습장에서 티칭프로로 있던 선호를 만났다. 일하고 남는 시간에는 세 살 많았던 선호에게 골프를 배우기 시작했다.

"이 자식 이거, 기럭지가 착해서 그런가 완전 장타네."

여자 손님들 레슨할 정도까지 되자 선호는 정식으로 골프를 해보라 격려했지만, 쉽게 결정할 수 없었다.

"종원아, 부자들이 하는 운동인데, 우리 형편에는 좀 힘들지 않겠냐."

인쇄 일을 하는 종원의 아버지는 지금 연세에도 아직도 일을 하고 계셨지만 대학원생 큰형과 고등학생인 동생 뒷바라지하기엔 넉넉하지 않았다.

넉넉하지 않은 가정 형편에도 종원은 포기할 수 없었다. 닥치는 대로 아르바이트를 하며 선호와 간간이 라운딩을 했다. 1회 30만 원이 넘게 드는 라운딩과 비싼 골프용품들, 차곡차곡 쌓이는 금전적인 압박에 그만두어야 하나 생각이 들 무렵에 선호가 세미프로 테스트를 권유했다.

세미프로가 되면 레슨이 가능하고 무료 라운딩도 가능하다. 그렇게 종원은 3월 청주에서 치러지는 세미테스트 예선에 참가했다. 36홀 스트로크 플레이다. 스트로크 플레이란, 정규 라운드에서 각 홀을 플레이해서 그 총타수를 계산해 가장 적은 타수를 기록한 사람이 승자가 되는 경기 방법이다. 지부별 참가 인원 비례 총 176명을 선발하는 예선에서 종원은 18홀 기준 72타의 이븐파를 기록하며 공동 3위로 본선에 진출했다.

예선 성적이 워낙에 우수했기에 본선쯤은 당연히 통과하리라 생각하였다. 한 방에 인생 역전이라는 것이 이런 것을 두고 하는 말이었으리라. 한 달 뒤에 있을 본선을 준비하며 하루 종일 클럽을 손에서 놓지 않았다.

"쉬엄쉬엄해라. 그러다 병난다."

선호의 한마디는 그대로 들어맞았다. 대회 사흘 전 어깨에 심각하게 통증이 일었다. 병원에 가보니 오른쪽 인대가 늘어났다는 의사의 말이 사형선고처럼 들려왔다. 고집을 부렸지만, 대회의 결과는 너무나 처참했다. 단번에 꼭대기까지 올랐기에 떨어지는 나락조차 너무나 깊고 어두웠다.

"어쩔 수 없지. 실력 도망가는 것 아니니까, 몸 관리 잘해서 하반기를 노려보자. 응?"

친형보다 더 좋아하는 선호의 말도 위로가 되지 않았다. 엎친 데 덮친 격으로 그간 클럽이며 옷 등을 사들이며 돌려 막기를 하던 카드가 터져 버렸다. 절망의 사슬에 옭매인 종원은 그대로 추락해 버렸다. 그 깊은 늪에서 벗어나고자 홀로 떠났던 여행. 그 길의 끝이 신철원이었다.

탕!

새로운 출발을 알리는 신호탄처럼 쏜살같이 날아간 볼이 어두운 하늘을 가른다. 종원은 태어나 처음으로 숨을 들이쉬는 아이처럼 가슴을 부풀렸다.

"하아. 그래, 이제부터 시작이야."

이런 이야기를 아롱과 함께 할 수 있다면 얼마나 좋을까, 종원은 고개를 들었다. 하늘의 별이 참 예쁘다. 아직까지 골프는 부자들의 놀이일 뿐인 한국에서 종원은 골프 황제를 꿈꾼다.

이른 새벽, 신혼부부처럼 함께하는 출근길이 좋아 아롱은 괜스레 웃음이 나왔다. 다른 선배들과 달리 종원은 늘 깨끗하게 면도한 모습으로 상쾌한 머스크 향을 가득 품고 나타난다. 미리 편의점에 들러 아롱이 좋아하는 사과주스를 차에 가져다 놓는 것도 잊지 않는다.

"매일 저녁마다 어딜 그렇게 가? 전화도 안 받고."

아이처럼 사과주스를 입에 물고 아롱이 옹알거리자 종원이 따끔거리는 가슴을 쓸어내리며 평상시보다 더 퉁명스럽게 대꾸했다.

"운동."

"아……."

종원은 고개를 까닥이는 아롱을 흘낏 훔쳐봤다. 당장은 아니지만 조만간 회사를 그만둘 생각을 하니 꿈을 향해 한 발자국 더 다가섰다는 생각보다는 이제야 가까이 마주 보게 된 아롱에게서 너덧 걸음 멀어지는 것 같았다. 시한부를 사는 사람처럼 하루하루 입안이 말라간다. 이제는 말을 해야 하지 않을까.

"너도 같이 갈래?"

종원은 애써 아무렇지도 않은 듯 조용히 물었다. 만약 아롱이 그러자 하면, 연습장에 데려가려 한다. 그리곤 조심스레 그의 꿈에 대한 이야기를 나누어야겠지.

"아니, 회사에서 들고 뛰는 것도 힘들어."

똑 부러지는 아롱의 대답에 종원은 피식 웃었다. 마음의 준비가 되지 않아 안도의 숨을 몰아쉬는 종원이었다.

회사에 도착하자 종원은 새벽 첫 팀을 위해 라이트를 키러 가고 아롱 또한 당번과 함께 현관에 서서 줄줄이 들어서는 백을 받아 내렸다. 그 뒤로 아롱은 다시 밸리 1번 홀 언덕에 서서 종원이 가득 안겨준 과자를 먹으며 하루 종일 볼 날아가는 것만 보았너니 눈을 삼아노 하얀 볼늘이 마구 날아다닌다. 86팀이나 되는 손님들이 코스를 가득 메웠다. 종원은 부지런히 코스를 돌아다니며 헤매고 있는 새내기들을 구해주고, 아롱은 날아오는

볼들을 바라보며 하루 종일 세컨에서 그린까지의 거리를 불렀
다.

"하루 종일 정신이 하나도 없었어. 왜 이렇게 바쁜 거야, 도대
체."

"여름 되면 숨쉴 틈도 없을 거야."

퇴근길, 아픈 다리를 두드리던 아롱은 종원의 말에 기함을 토
했다.

"지금은 아침에만 라이트를 켜지만 여름 되면 저녁에도 라이
트를 켤 거야. 티업시간은 새벽 5시 대로 빨라지고 홀 아웃 시간
은 밤 9시 대로 늦어지고."

아마도 그때가 되면 종원은 이곳에 없을 것이다. 다시 한숨이
새어 나온다.

"그럼 잠은 언제 자요?"

"매일같이 투 라운딩을 하니까 거의 4시 출근에 9시 퇴근. 남
는 시간 자는 거지."

"심하다. 팀이 그렇게 많아요?"

"응. 여름에는 3부제로 100팀 조금 넘게 받아. 보통 27홀 골
프장이 120팀 정도 받으니까 18홀인 우리는 엄청 많이 받는 거
야."

개나리도 피지 않았는데, 아롱은 벌써부터 여름이 걱정이다.

"왜 그렇게 많이 받아요. 조금 덜 받으면 되잖아."

"회사도 돈 벌어야지."

아롱은 7분에 한 팀씩 집어넣고 캐디에게 진행 빨리 못한다고 패널티 매기는 한국 골프장의 현실이 슬플 뿐이었다.

종원은 아롱과 함께 그의 오피스텔로 들어섰다. 자장면이 먹고 싶다는 아롱의 말에 자장면에 탕수육까지 주문을 하고 기다리고 있으려니 금세 음식이 배달되었다. 맛있게 자장면을 먹는 아롱의 모습을 보니 마음이 흐뭇하다.

"잘 먹네."

"응."

자장면을 먹고 나니 슬슬 졸음이 오는 아롱이었다. 두툼한 카펫이 깔린 바닥에 종원과 나란히 앉아 소파에 등을 기대고 TV를 봤다. 재미없는 골프 채널을 유심히 보는 종원의 모습을 흘끔거리다 보니 다리가 아프다.

"아이고, 다리야."

다리를 쪽 뻗어 주먹으로 두드리는데, TV를 보던 종원의 손이 아롱의 다리를 덥석 잡았다.

"어멋!"

"그냥 있어."

아롱의 종아리를 감싼 종원의 커다란 손이 단단하게 알이 배겨 버린 종아리를 부드럽게 주무르기 시작했다. 처음에는 시원히기만 했는데, 한 십어 분쯤 지나니 쌘스레 더워지는 아롱이었다. 골프 프로가 끝나고 광고가 시작되니 종원이 채널을 돌렸다. 유선방송이라 그대로 두면 다시 골프 이야기가 나올 텐데,

종원이 늘 그렇듯 동물 방송을 튼다.

"오빠, 동물 되게 좋아한다."

"응."

"왜?"

"거짓말 안 하니까."

종원은 아롱의 앞으로 자리를 옮겨 앉으며 아롱을 쭉 잡아당겼다. 열심히 그녀의 다리를 주무르는 종원을 보자니 괜스레 부끄럽다. 하루 종일 골프화를 신고 서 있어서 발 냄새가 나지 않을까 걱정된다.

"오빠, 그만해."

"응."

대답은 했지만 종원은 여전히 그녀의 다리에서 손을 뗄 수가 없었다. 벨리 언덕에서 얼마나 힘을 주고 서 있었는지 종아리가 딱딱하게 굳어 있다. 종원은 손에 힘을 줄 때마다 신음을 삼키는 아롱을 물끄러미 바라보았다.

"힘들었지."

"아니."

항상 밝게 웃는 아롱을 보면, 해바라기처럼 종원은 그녀에게서 눈을 뗄 수가 없다. 종원은 주무르는 김에 무릎도 꾹꾹 눌러주었다. 문득 고개를 드니 아롱의 얼굴에 온통 진달래가 피었다. 발간 얼굴로 눈을 커다랗게 뜨고 종원을 바라보는 모습이 예뻐 종원은 저도 모르게 숨을 들이켰다. 귀밑 머리카락 하나가

입술에 붙어 있다. 머리카락을 떼어주려 손을 뻗으니 아롱의 화
륵 얼굴을 붉혔다.

"자장면 다 먹고 모자라서 머리카락도 먹게?"

종원의 기다란 손가락이 아롱의 볼에 닿자 간질이던 머리카
락이 귀 뒤로 부드럽게 넘어간다. 아롱은 귀 끝으로 종원의 손
가락이 닿자 저도 모르게 어깨를 움츠렸다. 가만히, 가만히 나
비처럼 아롱의 눈썹이 파르르 떨린다. 가슴이 콩닥거려 살며시
눈을 감았다.

"오빠."

종원의 숨결이 그녀의 입술로 밀려들어 온다.

"흐음."

부드러운 종원의 혀가 아롱의 입술을 살며시 훑는가 싶더니
이내 종원이 그녀의 윗입술을 천천히 빨아 당긴다. 자욱하게 가
라앉은 물안개처럼 종원의 목소리가 들려온다.

"아롱아."

왼손은 소파를 오른손은 바닥을 짚고 있는 아롱의 손을 덮어
종원은 완전하게 그의 안에 아롱을 가두어 버렸다. 촉촉하게 아
롱의 입술을 적시며 시작된 키스는 이내 불길처럼 종원의 심장
을 당기며 이성을 마비시켰다.

"하음. 아. 하아."

옅게 흩어지는 아롱의 신음 소리에 종원은 그녀의 안으로 더
욱 깊숙하게 파고들었다. 말캉한 그녀의 혀가 수줍게 종원의 혀

를 감아올리는 것이 느껴지자 종원은 소파를 지탱했던 손으로 아롱의 뒷목을 감아 더욱 가까이 잡아당겼다. 깊게, 더욱 깊게 그녀를 핥고 내뱉는 숨결조차 삼키며 강하게 입술을 빨아 당겼다. 그녀의 모든 것을 삼켜 버리고 싶었다. 아롱의 상의를 헤치며 파고든 종원의 손이 매끄러운 허리에 닿는가 싶더니 등을 감싸 잡아당겼다.

“하악!”

아롱이 뜨거운 숨을 토해낸다. 커다랗게 뜬 아롱의 눈동자를 마주하는 순간 종원은 그녀에게서 천천히 입술을 뗐다. 소파에 기대어 앉은 아롱과 닿을 듯 말 듯 입술을 마주한 종원은 살포시 미소 지었다.

“오빠.”

상체를 일으키려 하니 아롱이 그의 옷깃을 잡는다. 아롱이 괜찮다고 말하고 있다. 그녀를 안고 싶다. 온몸이 저릿할 정도로 아롱을 원한다. 하지만 후회하고 싶지 않았다. 몸을 섞는다는 것이 어떠한 의미인지 알기에 참고 싶었다.

“오빠.”

망설이는 종원의 눈동자에서 아롱이 읽어낸 것은 깊은 갈증이었다. 만난 지 얼마 되지 않았지만, 사귄 지 얼마 되지 않았지만 괜찮을 거라고 스스로에게 말했다. 오늘 밤, 아롱은 그와 함께이고 싶었다.

“오늘 참 예쁘다.”

종원은 아롱을 잡아당겨 품에 안았다. 아이처럼 아롱을 그의 무릎 위에 앉히고 꼭 끌어안았다. 이렇게 예쁘고 고운 사람 아껴주고 싶다. 그를 위해 반짝이는 저 눈동자를 지켜주고 싶다. 단 한 순간이라도 제 욕심이 아닌, 손짓 하나 숨결 하나에 그의 사랑을 느낄 수 있도록 해주고 싶다.

"오빠."

아롱이 그의 목에 팔을 두르며 고개를 숙인다. 깃털처럼 간질이는 숨결이 종원의 목덜미를 훑어 내렸다.

"나…… 괜찮은데."

"나중에. 나 아니면 안 된다고 말할 수 있을 때. 그때, 후회없이."

종원이 아롱을 안은 채로 자리에서 일어섰다. 잠바를 들어 아이에게 옷 입히듯이 팔을 끼워 입히고는 지퍼를 올렸다. 따뜻한 남쪽에서 와 유난히 추위를 타는 그녀에게 목도리까지 둘레둘레 꼭꼭 싸주고는 아롱의 입술에 쪽 소리 나게 입맞춤했다.

"데려다 줄게."

"응."

종원의 손을 붙잡고 그의 집을 나오는 아롱의 가슴은 이상하게도 더욱 설레었다. 남자와 여자가 만나서 서로를 좋아하게 되면 도파민이라는 호르몬이 분비된다고 한다. 이 사랑의 호르몬인 도파민 작용이 계속되면 페닐에틸아민이라는 호르몬이 분비

되는데, 그렇게 되면 서로가 보지 않고는 못 견딜 만큼 절실해
진다고 한다.

"들어가."

기숙사 앞에 도착했지만 잡은 손을 놓고 싶지 않다. 아롱은
알고 싶었다. 종원도 그러한지. 작은 새처럼 팔딱이는 그녀의
심장처럼 종원도 아롱을 보면 그렇게 설레고 가슴 뛰는지 알고
싶었다.

"오빠, 나는 오빠 보면 가슴이 콩닥거리는데, 오빠도 그래?"

아롱의 말에 종원이 물끄러미 그녀를 내려다보았다. 너무너
무 궁금한 표정으로 눈을 커다랗게 뜨고 물어보는 아롱의 모습
에 종원이 양손으로 그녀의 볼을 쭉 눌렀다. 병아리 부리처럼
쫑긋하게 올라선 그녀의 입술을 다시 한 번 세차게 빨아 당겼
다.

"겨우 콩닥? 난 이렇게 터질 것 같은데."

숨도 못 쉴 만큼 거세게 끌어안았던 그녀를 놓아주고 종원은
먼저 돌아섰다. 한참을 걷다가 돌아서니 아롱이 기다렸다는 듯
손을 흔든다.

"후후후. 아무튼 예쁘다니까."

종원은 펄쩍펄쩍 뛰며 아롱이 잘 볼 수 있게 손을 크게 휘휘
저었다. 좋아라 까르륵거리는 소리가 여기까지 들리는 것 같아
하는 김에 양손을 모아 하트도 하나 만들어줬다. 콩콩콩콩. 아
이처럼 발을 구르는 그녀의 모습이 보인다. 뿌리박힌 나무처럼

한참이나 그렇게 서 있던 종원이 천천히 돌아섰다.

"나이 서른에, 드디어 미쳤구나."

종원은 머리를 긁으며 오피스텔로 돌아왔다. 침대에 털썩 누우니 발을 구르던 그녀의 모습이 생각나 피식피식 웃음이 새어 나온다.

'왜 아롱 씨여야 하는데.'

문득 이해할 수 없다는 듯 종원을 바라보던 미지의 말이 떠올랐다. 아침에는 미처 대답해 주지 못했지만, 이제는 확실하게 대답해 줄 수 있을 것 같다.

"날 웃게 하니까."

조만간 아롱에게 자신의 비밀을 털어놓아야겠다. 그 뒤에 그녀가 어떤 결정을 내리든 종원은 절대 후회하지 않을 것이다. 그녀와의 인연이 아주 짧은 봄날 같을지라도 그의 전신을 따사로이 적시는 이 봄볕을 조금이라도 더 느끼고 싶을 뿐이다.

그녀와 함께 있으면 모든 피곤함이 사라진다. 지치고 힘겨운 세상에 마음 편히 웃을 수 있다는 것이 얼마나 귀한 것인지 종원은 아롱을 만나며 깨달았다. 왜 내일이 기다려지는지도.

"내가 가야 할 먼 길에 박쿠스 같은 네가 동행해 주면 훨씬 덜 힘들 텐데……."

함께일 때는 몰랐는데, 아롱을 보내고 나니 피곤이 와르르 몰려온다. 하루 종일 마샬을 본 탓에 평상시보다 두 배는 피곤

한 것 같다. 종원은 늘어지는 몸을 추스르며 자리에서 일어났
다.

"연습하러 가야지!"

9장 준비된 이별

4월을 맞아 코스는 뒤늦은 봄을 알리는 개나리로 천지가 다 노랗다. 캐디들도 칙칙한 동복 대신 하얀색 목티에 연한 녹색 조끼로 갈아입고 머리에는 등산모자 같은 챙 모자를 썼다.

"선배님~"

아롱이 그녀의 뒤를 바짝 붙어 홀 아웃한 종원을 향해 달려갔다. 벨리코스와 마운틴코스가 만나는 중간 지점인 그늘집에는 양쪽 다 두 팀씩 대기 중이다.

"선배님, 내 클럽 가지고 있죠."

아롱이 종원의 앞에 서자 그가 짐짓 모른 척 딴청을 부린다. 그 모습에 아롱은 종원의 뒤로 그의 카트 쪽을 바라보며 말했다.

"빨리 줘요. 가지고 있잖아요."

"뭘."

"56도 샌드."

아롱의 뒤 팀인 종원은 덜렁대며 클럽을 떨구고 다니는 그녀 때문에 걱정이 태산이었다. 일이 손에 익었는지 앞 팀을 곧잘 따라가는 아롱이었지만, 워낙에 앞만 보고 달리는 새내기다 보니 손님들이 놓고 가는 클럽까지 챙길 여력이 없는 것이다.

"어디서 잃어버렸는데?"

"어? 진짜 없어요?"

여전히 믿지 못하겠다는 아롱의 표정에 종원이 더욱 심각한 표정을 지으며 물었다.

"어디서 잃어버렸는지도 몰라?"

"음. 4번 홀에서 없었으니까, 3번인가?"

"2번 파 쓰리에서는 안 썼냐?"

생각해 보니 2번 홀에서는 어프러치를 안 했다. 1번 홀에서 잃어버렸나? 기억이 가물가물하니 아롱은 정말 클럽을 잃어버린 것인가 싶어 가슴이 철렁 내려앉았다.

"정말 없어요?"

"잘 생각해 봐. 언제 마지막으로 썼는데?"

손님이 잃어버렸다 해도 클럽을 챙기는 것은 캐디의 일이다.

클럽 분실은 캐디가 자비로 물어주어야 한다. 게다가 벌당도 3일이나 서야 하니 클럽이 종원에 손에 없다는 생각에 아롱의 얼굴이 사색이 되었다.

"어디다 두고 왔지?"

그런 아롱의 얼굴을 바라보며 종원은 한숨을 늘어지게 내쉬었다. 아롱의 손님 것이 분명한 56도 샌드클럽은 종원의 손에 있다. 1번 홀 그린 옆에서 발견했다. 종종 있었던 일이라 그저 그러려니 했는데, 2번 홀 티박스에서 아롱의 이름이 써진 배토가방까지 주워 들고 나니 종원의 손님이 한마디 한다.

"아니, 앞 팀 캐디 언니는 신데렐라도 아니고 뭘 이렇게 흘리고 다녀."

덤벙거리는 아롱의 성향을 아는지라 그녀의 뒤를 따라가며 늘 코스 전체를 꼼꼼히 훑어야 했던 종원이다. 가는 곳마다 아롱의 흔적이 사방에 뿌려져 있다. 그린 위에도 볼 마크가 잔뜩이다. 잔소리 한 번 안 하고 웃으며 건네주었던 것이 잘못이었을까. 칠칠맞지 못한 성격은 달라질 기미를 보이지 않는다. 종원은 그늘집까지 오며 내내 생각에 젖었다.

"잘 생각해 봐, 어디서 마지막으로 썼는지."

"아이, 모르겠어요. 1번 홀 어프러치에다 놓고 왔나?"

어디에 두고 온지조차 몰라 고개를 저으며 발을 구르는 아롱을 보니 종원은 화가 치밀었다.

“도대체 정신을 어디에 팔고 다니는 거야! 어디에 두고 온지도 모르면 어떻게 찾을 건데.”

화를 잘 내지 않는 종원이 벼락 치듯 소리를 지르자 아롱이 어깨를 움츠린다.

“그럼 오빠네 뒤 팀 선배가 줍지 않았을까?”

“너만 뛰어다녀? 왜 매번 뭘 그렇게 흘리고 다녀!”

아롱이 섭섭함이 찍 하고 배어나올 듯한 큰 눈으로 종원을 올려다보았다. 틀린 말이 아니었다. 처음 클럽을 잃어버렸을 때는 눈물이 날 만큼 걱정하고 발을 굴렀는데, 늘 종원이 챙겨다 주니 이제는 걱정도 하지 않던 아롱이었다. 그녀를 향해 버럭 화를 내는 종원을 보니 이번에는 그도 보지 못했나 보다. 어쩌지? 아롱은 애를 태우며 발을 굴렀다. 마음이 급해 종원의 뒤 팀이 퍼팅을 하고 있는 그린을 향해 달려갔다.

종원은 카트에서 56도 클럽과 그녀의 배토가방을 손에 들었다. 클럽은 클럽이고 배토가방 없어진 건 아예 알지도 못한다. 카트에 걸어놔도 잘 떨어지니까 묵직하게 흙 좀 채워 다니라니까 매번 잊어버린다. 아롱의 카트를 향해 걷던 종원은 걸음을 멈춰 섰다.

“젠장!”

잠시 멈춰 선 종원은 배토가방을 다시 그의 카트에 걸었다. 56도 샌드클럽을 들고 아롱의 카트에 실린 클럽들을 훑어보던 종원은 샌드클럽이 비어 있는 골프백 안에 그가 주워온 클럽을 살며시 밀어 넣었다. 그러고 돌아서자니 막 홀 아웃을 한 종원의 뒤 팀 동료를 붙들고 이야기하는 아롱의 모습이 보인다.

"선배님, 혹시 56도 클럽 봤어요?"

"아뇨. 못 봤는데요? 종원 선배한테 물어보죠."

종원은 아롱을 지나쳐 그의 카트로 돌아갔다. 아마 다음 홀 세컨쯤에서 발견할 것이다. 이내 아롱은 다시 티샷을 시작했고, 종원은 그녀의 뒤를 바짝 따라붙었다. 아롱이 아직 7번 세컨을 벗어나지 못해 뒤에서 대기하던 종원이 마샬 카트를 타고 지나가는 후배 석찬을 불러 세웠다.

"석찬아, 이거 센터 갖다 놔."

종원이 아롱의 배토가방을 내밀자 받아 든 석찬이 웃으며 말했다.

"아롱 씨 거네. 형 앞 팀이죠? 가는 길에 전해줄게요."

"아니, 아롱이 주지 말고 센터에 갖다 놔."

"형, 그럼 아롱 씨 벌당 잡힐 건데."

덩치가 산만 한 석찬이 이해가 안 된다는 듯 종원을 바라본다. 하긴 그럴 만도 하다. 벌당 3일인 클럽 분실에 비해 배토가방은 조금 가볍지만 그래도 정신 상태가 헤이하다는 '근무 태도 불량'에 속하는 벌당 하루 감이다.

"오늘 센터 선화 누나지?"

종원의 물음에 석찬이 고개를 끄덕인다.

“그냥 갖다 놔.”

“네.”

덩치만큼이나 묵직한 석찬이 대답을 하고는 이내 센터를 향해 달려갔다. 속 깊은 선화라면 말하지 않아도 종원의 의도를 알아차릴 것이다. 종원은 무거운 마음으로 라운딩을 마쳤다.

손님들을 배웅하고 센터로 돌아오니 선화가 종원을 부른다. 한 평 남짓한 센터 안, 책상 한구석에 놓인 아롱의 배토가방을 볼펜으로 가리키며 웃는다.

“어쩌시게?”

종원이 대답이 없자 선화가 아롱의 배토가방을 가리키던 볼펜을 입에 문다.

“칠칠맞지 못한 강아지 하루 가지고 되겠어?”

“좋으실 대로.”

도전적인 종원의 대답에 한숨이 나오는 선화였다. 돌아서는 그의 뒷모습에 고뇌가 뚝뚝 흐른다. 조용히 바라보고 있자니 종원이 다시 센터로 걸어온다. 눈치 백 단 선화가 똑딱이고 있던 볼펜 끝으로 배토가방 끈을 끼워 올린다.

“도로 줄까?”

볼펜 끝에 매달린 배토가방을 흔들며 웃자 종원이 선화의 시선을 피해 고개를 돌리며 퉁명스레 내뱉는다.

“하루면 될 것 같아요.”

애꿎은 돌멩이를 차며 걸어가는 그의 뒷모습을 보며 선화가
참았던 웃음을 터뜨렸다.

"사랑이 좋기는 좋구나. 피 한 방울 안 날 것 같은 놈이 성질
을 다 내고."

버릇은 고쳐야겠고, 제 강아지 고생하는 꼴은 못 보겠고. 참,
고민되겠다. 후후후.

"강아지가 섭섭해하면 어쩌나?"

한여울에는 별명이 없는 캐디가 없다. 이름 때문인지 강아지
라 불리고 있는 아롱의 얼굴을 떠올리며 선화가 볼펜으로 머리
를 긁었다.

"아유, 칠칠이. 그러게 잘 좀 챙겨 다니지."

선화는 종원이 센터로, 다른 조장도 아닌 선화에게 아롱의
배토가방을 넘긴 이유를 알고 있었다. 어미 새처럼 아롱의 뒤치
다꺼리를 하고 있는 종원이 오늘은 극약처분을 하고 싶었나 보
다.

아롱은 여지없이 벌당 통고를 받았다. 퇴근하면서도 내내
마음에 걸렸던 종원이었으나 아롱은 생각지도 않게 웃고 있었
다.

"내가 한 번은 걸릴 줄 알았어. 그동안은 오빠가 커버해 줘서
잘 넘어갔지만, 결국 걸렸네. 벌당."

"언제?"

미안한 마음이 들어 물어보니 아롱이 방끗 웃는다.

"내일은 투 대기해야 하니까 안 되고……. 모레 하래. 하지 뭐. 난 반성 좀 해야 해. 다시는 뭐 안 흘리고 다닌다."

결의를 다지는 아롱을 보니 종원은 마음이 놓인다.

'그래. 네가 그렇게 단단해져야 내가 맘 놓고 떠나지.'

종원은 터져 나오는 한숨을 누를 수가 없었다. 세미 테스트가 7월에 있다. 그전에 다른 골프장을 돌며 그간 돈 때문에 미루어 왔던 실전 라운딩을 해야 한다. 물론 이곳에 집을 두고 움직일까 생각도 해보았지만, 이미 갈 길을 정했으니 흔들림없이 앞만 보고 걷기로 결정했다. 조만간에 오피스텔을 정리하고 서울 본가로 들어갈 생각이다.

그전에 물가에 내놓은 아이 같기만 한 아롱을 더욱 단단하게 단련시켜야 한다. 그가 없이도 이 말 많고 탈 많은 한여울에서 차돌처럼 버틸 수 있도록.

"오빠, 오늘 8조하고 2조하고 볼링 시합한대. 갈 거지?"

종원의 마음을 아는지 모르는지 아롱은 오늘 있을 조별 볼링 시합에 가자고 조르기에 여념이 없다. 특별한 놀잇거리가 없는 이곳에서 캐디들은 신철원에서 15분 거리에 있는 운천볼링장을 방문하곤 한다. 조별로 모여 10만 원 내지 20만 원 가까이 내기 볼링을 치고 이긴 팀은 그 돈으로 회식을 하는 것이다. 평상시의 종원이라면 두말없이 골프연습장으로 향했겠지만, 이제 아롱과 함께할 시간이 많지 않았기에 그녀의 청을 거절하기 어려 있다.

"그래."

"와~ 신난다. 선배들이 오빠는 안 올 거라고 했는데. 후후후."

역시나 선배들이 아롱을 선동했나 보다. 종원은 입이 찢어지게 좋아라 하는 작은 연인을 보며 저도 모르게 웃어버렸다.

준비를 하고 기숙사를 나서니 아롱의 왕자님이 늠름하게 서 있다. 차에 기대어 선 종원 역시 샤워를 했는지 젖은 머리카락을 털며 담배를 피우고 있다.

큰길을 달려 운천에 딱 하나밖에 없다는 볼링장에 도착했다. 이미 연습 게임이 한창이다. 시간을 잘 지키는 캐디들인지라 금세 인원이 모여들었다. 아롱의 생각대로 미지의 모습은 보이지 않는다. 그 일이 있은 후로 미지는 아롱을 싹 무시하며 인사조차 받지 않았지만 아롱은 그래도 열심히 인사를 하고 다니며 화해의 날을 기다리고 있었다.

시간이 되어 각각 아홉 명씩 편을 가르고 정식으로 게임이 시작되었다.

"2조! 2조! 파이팅!"

주인의 손을 떠나간 볼들이 묵직하게 활주로를 달리는 비행기 같은 소리를 내며 레인을 따라 빠른 속도로 질주했다. 이내 공이 퍽! 소리를 내며 폭탄 맞은 듯 핀들이 와르르 쓰러져 버렸다. 핀들이 부딪치는 소리가 경쾌하다. 일을 하며 쌓인 스트레스가 한 번에 폭발하는 느낌이다.

"스트라익!"

환호성과 함께 연이어 볼들이 19미터 가까이 되는 레인을 달리기 시작하다. 독수리자세부터 시작해서 코브라처럼 몸을 트는 선배까지, 그 폼이 너무나 우스워 아롱의 입에서 연신 웃음이 터져 나왔다.

"아롱 씨는 얼마나 쳐요?"

"저요? 엄청 못 쳐요. 대학 다닐 때 과 동기들과 술김에 쳐본 것이 단데요, 뭐."

"그래도 한 80은 칠 것 아니야."

개구라가 친근하게 아롱의 어깨를 두들겼다.

"너나 잘해, 새끼야."

넉살꾼 2조장 철수가 8조 틈에 끼어든 개구라에게 핀잔을 준다.

"아롱 씨, 파이팅!"

개구라는 꿋꿋하게 아롱을 향해 파이팅을 외쳤다. 나름 발을 모았다가 안정된 자세로 8파운드 볼을 던졌지만 데굴데굴 뱀처럼 레인을 기어간 볼은 그 끝에 다다르지 못하고 옆으로 빠져버렸다.

"아롱 씨! 잘 하고 있어!"

상대편인 2조장 철수가 안 그래도 점수가 나지 않아 발을 구르는 그녀에게 8조 속의 2조라며 파이팅을 외쳐 댔다. 그렇게 아롱은 첫 번째 게임이 끝나기도 전에 스스로가 폭탄임을 시인해야 했지만, 종원은 연속 세 번의 스트라이크를 기록하며 첫 판부터 192점을 기록했다.

"우와아!"

공을 레인 위로 스치듯 밀어내며 여유있게 손끝을 들어 올리는 피니쉬 자세도 독수리가 날개를 편 듯 어찌나 멋있는지 아롱은 저도 모르게 탄성을 내뱉었다.

"오빠, 볼 안 무거워요?"

아롱의 물음에 종원이 손목을 돌리며 피식 웃었다. 원래 15파운드를 사용하지만, 골프를 치면서 손목에 무리가 갈까 싶어 13파운드를 선택했다. 볼은 어지간히도 못 치면서 사람들과 어울리는 것이 즐거운 듯 아롱은 경쟁 상대인 2조에서 스트라익이 터져 나와도 마냥 좋아한다.

"또랑 걸의 활약에도 불구하고 종원이가 커버를 잘해서 우리가 이기겠다."

"역시 종원 선배는 아롱 씨의 영원한 보디가드군."

신이 난 8조장 석현의 말에 새로이 '또랑 걸'이라는 별명을 얻은 이롱이 모니터를 올려다봤다. 몇몇 사람을 제외하고는 대부분이 120에서 150의 애버리지를 기록했다. 종원의 점수는 X가 언이어 붙어 더블과 그 뒤로 스페어 처리를 한 뒤 터키가 기록되어 있다. 단연 1등이다.

세 게임이 순식간에 끝이 났다. 아롱이 내리 80 미만의 애버리지를 기록했지만, 200을 넘나드는 종원의 애버리지 덕에 8조의 우승이 확정되었다.

"내일 투 뛰어야 하니까 회식은 쌈박되면 하자."

오전 중에 라운딩을 마치는 것을 쌈박이라 한다. 8조원 모두가 흥에 겨워 이번 주 내에 쌈박이 돌아오기를 기대하며 각자의 차에 올라탔다.

"재미있었어?"

"응. 근데, 오빠는 볼을 어쩜 그렇게 잘 쳐?"

여전히 신이 나 보조석에 앉아 손뼉까지 쳐대는 아롱을 보니 종원도 아이처럼 웃음이 나왔다.

"볼링선수 해도 되겠어."

"골프는 더 잘 쳐."

"정말?"

두 눈을 반짝이며 묻는 아롱을 힐끗 바라본 종원이 한숨을 내쉬었다.

"응. 골프선수 하려고."

"정말이야? 진짜?"

승리의 여운이 가라앉지 않은 건지, 아니면 골프선수가 되겠다는 종원의 꿈에 흥분을 하는 건지 아롱의 얼굴이 더욱더 붉게 달아올랐다.

"멋있다."

아롱은 종원이 프로골퍼가 될 거라는 말에 가슴이 부풀어 올랐다. 캐디가 되기 전에는 골프 자체를 이해하지 못했던 아롱이었다. 여름에는 땡볕 아래, 겨울에는 찬바람 맞아가며 금값보다 비싼 작대기 들고 산으로 들로 하다못해 모래구덩이 속까지 들어가 허우적거리며 닭 한 마리 값하는 공을 치는 이유를 지금에서야 아주 조금 이해하는 아롱이었다.

"몇 년 쳤는데?"

"7년."

"정말? 우아! 멋있다."

아직 골프선수의 길이 어떠한지 모르는 아롱은 연이어 멋있다를 외친다. 그런 그녀를 보며 종원은 둘 사이에 비밀이 줄어든 것 같아 마음이 조금 가벼워졌다.

"지금도 계속하고 있는 거야? 연습도 하고?"

"응, 저녁마다."

"그랬구나."

그녀와의 앞날이 어찌 될지 알 수는 없지만, 골프 속에서 그가 배웠던 인생의 철학처럼 차분하게 인내와 끈기를 가지고 사랑을 키워 나가리라 다짐했다.

이롱의 집 앞에 도착한 종원은 그녀의 입술에 가볍게 입맞춤했다.

"들어가."

"응, 오빠도 잘 가."

"참, 아롱아!"

종원의 부름에 차에서 내려선 아롱이 창문에 매달린다.

"왜?"

"배토가방. 오늘 내가 센터에 갖다준 거야."

"알아."

아롱은 놀란 듯 바라보는 종원을 향해 약지와 중지를 펴 V 자를 만들며 웃었다.

"잘했어."

미지와 싸웠을 때 종원이 그랬던 것처럼 가볍게 말했다.

"잘했어. 오죽했으면 그랬을까."

"안 섭섭해?"

"잘했어. 나 벌당 설 때 과자 많이 사줘야 해. 응?"

귀엽게 웃음 짓던 아롱이 손을 흔들며 기숙사로 들어가 버렸다. 종원은 뒤통수를 맞은 듯 멍하니 그녀의 뒷모습을 바라보았다. 그에게 늘 깨끗한 웃음을 선사하는 연인이었기에 비밀을 갖고 싶지 않아 말한 것인데, 섭섭해할 줄 알았던 아롱이 환하게 웃어주었다.

"다르구나."

정말 다르다. 세상 어떤 여자가 이렇게 그의 마음을 이해해 줄 수 있을까. 그것은 이해가 아닌 조건없는 믿음이었다. 어떠한 일이 있어도 종원이 자신에게 상처 주지 않을 것이라는 절대적인 믿음.

"후후후."

아롱이 종원에게 그러하였듯이, 어느새 그 또한 작은 연인에게 마음을 그대로 드러내고 있었다. 늘 신중함이 지나쳐 깊은 생각의 늪에 빠진 듯 답답하게 숨통이 조여왔는데 솔직하고 씩씩한 그녀를 만나면서 세상의 모든 일들이 시원시원, 단순하고 명쾌해졌다. 깨끗한 시냇물에 발을 담그고 걷는 것 같다. 온갖 거짓말과 속임수가 난무하는 세상 속에서 생각하는 모든 것을 고스란히 드러내는 여자. 유리하다 하여 교만하지 않고 불리하다 하여 비굴해하지 않는, 생각으로 멈추지 않고 늘 행동하는 아롱은 진흙 속에서 피어나는 연꽃처럼 아름다운 그의 연인이었다.

늘 출근 시간보다 이른 시간에 집을 나서는 종원이었지만 오늘은 더더욱 서둘러야 한다. 아롱이 벌당 서는 날이라 새벽에 데려다 주어야 했기 때문이다. 겸사겸사 개구라에게 주겠다 약속했던 클럽을 챙겨 들고 엘리베이터에 올랐다. 같은 건물에 살고 있지만 시간대가 달라 회사에서나 집에서나 자주 보지 못하기 때문이다. 다행히 오늘은 개구라가 있는 2조가 첫 대기이니 이마 지금쯤이며 일어나 있을 것이다.

땡!

6층에서 개구라가 사는 5층에 도착한 엘리베이터 문이 열리자 내려서려던 종원은 걸음을 멈춰 섰다. 자다 일어난 것처럼 부스스한 얼굴의 미지가 엘리베이터 앞에 서 있었다.

"어?"

종원이 벌어진 입을 다물기도 전에 미지가 후다닥 몸을 돌려 비상구로 뛰어간다. 엘리베이터에서 내려선 종원이 다시 층수를 확인했다. 5층에는 전에 넉살꾼 2조장 철수와 그의 여자친구인 명희가 함께 살고 있었는데, 이미 이사 간 지 오래고 지금 살고 있는 사람은 개구라 하나뿐이다.

'개구라?'

종원은 고개를 저으며 복도를 걸었다. 복도 중앙에 있는 개구라의 현관문을 조용히 두드리니 대뜸 문이 열리며 웃통을 벗은 개구라가 후다닥 뛰어나왔다. 이내 종원의 모습에 개구라가 놀란 듯 복도를 살핀다. 어라. 이 자식, 왜 이래?

"어⋯⋯. 형 왔어?"

이상하게 말꼬리를 늘이는 개구라의 눈동자가 불안한 듯 흔들리고 있었다. 종원이 손에 든 클럽을 내밀었다.

"아, 고마워."

"고맙기는 뭐."

"들어와서 커피 한잔하고 갈래?"

"아니, 아롱이 데려다 줘야 해."

"형네 오늘 출근 11시 아냐?"

"강아지 데려다 주려고."

종원은 가볍게 손을 들어주고는 돌아섰다. 왠지 한여울의 속담이 떠올랐다.

'너만 모르고 다 알아.'

왠지 그만 알고 다 모르는 사실을 알게 된 것 같다. 그것도 별로 알고 싶지 않은 비밀을.

벌당을 마친 아롱은 동철에게 납치가 되다시피 하여 종원의 차가 아닌 동기 재영의 차를 타고 퇴근을 했다. 말이 퇴근이지 집에도 못 들르고 군인들과 캐디들로 북적이는 삼겹살 전문점으로 향했다. 그녀와 같이 교육을 받은 동기들의 첫 모임이었다.

"누나! 여기 앉아."

들어가자마자 자리를 잡은 동철이 아롱을 잡아당긴다. 맛도 맛이지만, 저렴한 가격과 친절이 넘치는 사장님 내외로 인해 회식이 아니라도 이곳에 오면 늘 선배나 동료들을 만난다. 함께 교육을 시작한 동기들은 서른넷이었으나 지금 옷을 받고 일을 하는 이들은 겨우 열두 명이 전부다.

"자! 한여울 25기를 위하여!"

제일 나이가 많은 스물아홉 충규가 잔을 높이 들자 모두가 환성을 질렀다. 비스듬히 세워진 철판에 돼지 아랫배를 그대로 오려낸 듯한 먹음직스러운 삼겹살과 자르지 않은 길쭉한 김치가 그대로 올려져 있다. 돈마을의 별미인 계란탕에 숟가락을 넣던 아롱이 옆에 앉은 동철에게 물었다.

“동철아, 프로골퍼에 대해 어떻게 생각해?”

아롱의 물음에 동철이 놀란 듯 지나치게 큰 목소리로 묻는다.

“종원 선배 프로골퍼 된대?”

“어? 정말요? 우아! 멋있다.”

주위에 앉은 몇몇의 시선이 따갑게 아롱에게로 쏟아졌다. 순간 당황한 아롱이 손을 저으며 말했다.

“아니, 종원 선배가 한다는 게 아니고.”

“그럼, 누나가 하려고?”

이번에는 더 많은 눈길이 아롱에게로 쏟아진다. 낭패감을 감출 수 없는 아롱이었다. 처음 교육받을 때는 하나같이 사이좋게 어리버리하더니만, 캐디 생활 두 달에 모두 척! 하면 착! 소리가 날 만큼 눈치가 백 단이 되어버렸다. 괜스레 쓸데없는 소문을 만들어 버린 것 아닌가 심각한 생각에 빠져 있는데, 동철이 그녀의 앞 접시에 고기를 집어주며 말했다.

“누나, 나도 골프 좀 배워볼까 하고 여기저기 알아봤는데, 그거 고시공부보다 더 힘들겠더라. 재능은 그렇다 쳐도, 노력해서 되는 게 아니거든. 재능과 노력보다 더 중요한 것이 뒷받침.”

“뒷받침?”

“돈 엄청 들어. 레슨도 받아야 하고 누나도 알다시피 옷이며 클럽이며 라운딩비까지. 캐디 하다가 골퍼 된 사람도 있지만,

글쎄. 난 차라리 하늘의 별을 따겠다."

동철의 말에 아롱이 고개를 끄덕였다. 이상하게 마음이 답답하다. 종원은 골퍼가 되겠다 하고 아롱은 그의 꿈에 환호하고 있지만, 이래저래 알아보니 정말 종원이 선택한 길은 가시밭길 그 자체였다. 게다가 중도에 포기하는 이들이 어마어마하다는 소리도 들었다. 물론, 종원이 집으로 생활비를 보내는 건 아닌 듯 보였지만 그렇다고 부잣집 아들도 아니라는데.

"누나! 무슨 생각을 그렇게 해?"

"응? 아냐."

고개를 저으며 고기를 입에 물었다. 고기 종류를 별로 좋아하지 않는 아롱인지라 대충 씹어 삼키고는 계란탕에 손을 뻗었다.

"왜, 16기 훈이 선배네 부부 있잖아. 그 형도 싱글 치는데, 프로골퍼 된다고 돈만 날리고는 지금 다시 캐디 하잖아. 둘이 벌어서 빚 갚는다는데."

훈은 시원시원한 외모에 건장한 청년이었고 그 아내인 은정 또한 싹싹하고 활기찬 여자였다. 일도 잘하고 금슬도 좋고, 결혼한 지 5년이 넘었는데 왜 아기가 없냐는 아롱의 물음에 아직 준비가 되지 않았다며 웃던 은정이 떠오른다. 늘 행복하게 웃고 있는 두 사람을 보며 종원과 아롱도 저리되었으면 바라던 이상적인 커플이었는데. 역시나 이 또한 아롱만 모르고 다 아는 사실이었나 보다.

"뭐, 훈이 선배야 자기 꿈에 도전한 것이니 미련도 후회도 없겠지만, 신랑 꿈에 같이 목숨 걸었던 은정 선배만 불쌍하지. 그냥 캐디 하고 살았으면 가게라도 차리고 벌써 애가 둘이겠다."

동철의 이야기를 듣다 보니 남의 일 같지 않아 한숨이 나오는 아롱이었다.

"맞아요. 아는 누나도 경기도에서 캐디 하는데, 골프장 내의 연습장에서 레슨하는 프로 지망생들하고 눈 맞아서 사귀는 캐디들이 은근 많은가 봐요. 완전 고시생 뒷바라지 저리 가란데. 왜, 고시생들 검사 되면 뒷바라지하던 여자 걷어차잖아. 별로 다를 거 없다는데요? 일부러 캐디들만 골라서 사귀는 애들도 있대. 뭐, 비슷한 계열이니까 이해도 잘해주고, 또 캐디들이 친절하고 싹싹하잖아요. 또 눈치는 좀 빨라? 돈 잘 벌겠다, 대단히 잘난 집안 잘나가는 놈이라 여자 도움 전혀 필요없는 놈 아닌 다음에는 요즘 같은 세상에 마누라감으로 딱이지."

들으면 들을수록 우울한 이야기뿐이다. 아롱은 좋아하지도 않는 고기집에서 듣고 싶지 않은 이야기만 듣고 있으려니까 속이 더부룩하다. 종원이 보고 싶어졌다.

"하아. 난 그만 일어나야겠다."

"어! 누나, 어디 가! 우리 노래방 갈 건데."

아롱이 자리에서 일어서자 너도나도 그녀를 붙잡아 말린다.

아롱은 다시 주저앉아야 했다. 그렇게 주저앉아 점점 더 목소리가 커지는 술자리가 끝날 때까지 버티고 앉아 있던 아롱은 다들 취해 노래방으로 몰려가는 길에 슬쩍 빠져나왔다.

"9시인데, 연습장 갔을라나?"

종원에게 전화를 하니 반가운 그의 목소리가 들려온다.

"회식 잘했어?"

"응. 집에 가는 길에 잠깐 들를까 하는데. 오빠, 뭐 해?"

"연습장에서 지금 와서 씻으려고 옷 벗었어."

아롱은 종원이 샤워를 하려 한다는 말에 그냥 집에 가라는 소린가 싶어 말을 더듬었다.

"아, 그래? 그럼 그냥."

"그래, 그냥 와!"

"아니."

"씻으러 들어가서 문 못 열어준다고. 열어놓을 테니까 문 열고 들어오시라고. 응? 오지 말라는 소리가 아니고."

눈치 빠른 종원이 여섯 살짜리에게 말하듯 또박또박 설명을 하자 아롱이 웃으며 전화를 끊었다.

3분 28초 만에 종원의 오피스텔에 도착하니 현관문이 열려 있다. 방으로 들어서니 그의 은근한 무스크 향이 아롱을 반긴다.

[사장님~ 나이스 샤앗!]

침대 옆에 놓인 종원의 핸드폰이 듣기에도 간지러운 교성을 뱉어낸다. 커다란 덩치에 무뚝뚝한 성격답지 않게 웬 나이스 샷? 핸드폰 벨소리를 바꾸었나 보다.

아롱은 저도 모르게 핸드폰을 손에 들었다.

[이지영.]

지영? 어디서 많이 듣던 이름인데.

"이지영? 아!"

전에 종원과 사귀었다던 선배. 아롱은 목이 터져라 나이스 샷을 외쳐 대는 핸드폰을 다시 침대 맡에 내려놓았다. 종원은 아롱과 통화한 후 금방 들어갔는지 욕실에서는 여전히 물소리가 들려왔다. 전화벨 소리가 끊기는가 싶더니 욕실 문이 열렸다.

"왔어?"

트레이닝 바지만 입은 종원이 모습을 드러냈다. 짧지만 강렬했을 지난여름을 기억하는 듯 그의 피부는 구릿빛이다. 운동으로 단련된 가슴 근육과 모델 부럽지 않은 복근이 탄탄한 하체로 이어져 있다. 짧게 자른 머리카락에서 물방울을 털어내며 그녀를 향해 환하게 웃는다.

"금방 왔네."

"응, 돈마을 근처였어."

웃는 얼굴보다는 연한 초콜릿색을 띠는 그의 피부와 단단하게 갈라져 있는 그의 복근으로 쏠리는 시선을 애써 끌어 올리며 아롱이 마주 웃었다.

“오빠, 전화 왔었는데.”

아롱의 말에 종원이 핸드폰을 손에 들었다. 이지영. 마지막으로 통화를 한 것이 재작년이었으니 거의 2년 만에 걸려온 지영의 전화였다. 종원은 핸드폰을 침대에 던졌다.

“전화 안 해?”

아롱의 말에 종원이 피식 웃으며 냉장고 문을 열었다.

“필요하면 다시 하겠지.”

소파에 앉아 있는 아롱에게 사과주스를 던져 주고 담배를 피우러 배란다로 나갔다. 담배에 불을 붙이려는데 그의 핸드폰이 나이스 샷을 외쳐 댄다. 아무래도 지영인 것 같다는 생각이 들어 돌아서니 어느새 아롱이 핸드폰을 손에 들고 서 있다.

“지영 선배.”

마치 지영이 옆에 서 있기라도 한 양 속삭이듯 입을 오므리며 핸드폰을 건네는 아롱의 모습에 웃음이 나왔다. 선배는 무슨, 언제 봤다고.

[오빠?]

오랜만에 듣는 지영의 목소리는 여전히 상냥하다. 마치 고객님, 사랑합니다를 외치며 여자에게서 한 번도 사랑한다는 소리를 들어본 적 없는 일부 비루한 늑대들을 희롱하는 텔레콤 여직원 같다.

“응, 나야.”

종원이 대답을 하니 베란다 문가에 서 있던 아롱이 방으로 들어가기 위해 돌아선다. 종원이 아롱의 손을 잡았다. 아롱이 핸드폰을 가리키고 다시 저를 가리키더니 방 안을 가리킨다. 편하게 통화하라고 방에 들어가 기다리겠다는 듯한데, 종원은 그럴 생각이 없었다. 통화도 하고 담배도 피우고 아롱의 손도 잡고 있을 것이다.

"응. 잘 지냈어?"

[나야 뭐, 그렇지. 오빠 잘 지내지?]

"한여울이야 늘 변함없지."

신철원 사거리를 내려다보며 길게 담배 연기를 뿜어내니 아롱이 자꾸 손을 빼려 한다. 종원이 아롱을 내려다보며 눈에 힘을 꽉 주었다.

'가만있으라니까.'

아롱은 미치고 팔짝 뛸 노릇이었다. X 여자친구와 통화하는데 그녀가 있어야 할 이유를 알 수가 없었다. 손을 놓으라 아무리 눈짓을 해도 종원은 가만있으라 쏘아볼 뿐이다. 이내 종원이 담뱃불을 끄며 돌아섰다.

"무슨 일이야?"

[아니……. 그냥 잘 지내나 해서.]

"뜬금없기는. 잘 먹고 잘살아. 예쁜 강아지도 하나 키우고."

강아지라는 소리에 아롱이 금세 입을 복어처럼 부풀린다.

[강아지? 오빠, 개 길러?]

“징그럽게. 개는 아니고 강아지. 원래 하얀데 지금은 볕에 타서 누렁이 됐어. 말은 더럽게 안 듣는데, 밥도 잘 먹고, 잘 뛰어다니고, 재롱도 잘 부려. 엄청 예뻐.”

종원의 말에 무언가 눈치를 챈 듯 핸드폰을 통해 어색한 웃음소리가 들려왔다.

[아, 미지가 말하던 그 여자구나? 오빠 요즘 사귄다는. 방울이라 그랬나?]

“아니, 아롱이. 그런데 정말 무슨 일이야.”

그녀의 이름이 나오자 베란다 창문에 매달려 있던 아롱이 고개를 발딱 든다. 미간을 찌푸리는 아롱의 머리에 턱 하니 손을 얹은 종원이 엄지손가락으로 찌푸린 그녀의 미간을 주욱주욱 밀어서 편다.

“오랜만에 전화 오는 사람, 결혼식 아니면 돈 빌려달라는 전화라는데.”

[후후후. 틀렸네요. 결혼은 남자가 있어야 하지. 그리고 돈 빌리는 것이 아니라 갚으려고 전화했어.]

“무슨 돈?”

[왜, 나 예전에…… 엄마 병원비 모자라서 오빠한테 200만 원 빌려갔잖아.]

“아. 어머니 이제 괜찮으셔?”

[응. 그 돈 보내주려고 하는데, 계좌번호 좀 불러줄래?]

지영의 말에 종원이 아롱의 머리를 쓰다듬으며 말했다.

“됐다. 받으려고 준 것 아니었어. 잊어버려.”

종원의 말에 지영은 아무런 말이 없다. 종원은 뜬금없이 전화를 한 지영이 무슨 생각을 하는지 알 수 없었으나 길게 통화를 해야 할 이유 또한 찾지 못했다.

“지영아, 행복하게 잘살아. 나도 지금 행복하니까.”

전화를 끊으려 하는데 침묵하던 지영이 다급하게 종원을 부른다.

“왜?”

[오빠…… 아직도 골프 쳐?]

“응. 7월에 세미 테스트 있어.”

[그렇구나. 포기했을 줄 알았는데.]

“포기 안 해.”

[그래. 오빠는 다른 사람하고 다르니까.]

씁쓸한 그녀의 목소리에서 아쉬움이 묻어나는 것 같다. 하지만 종원은 묻지 않았다. 그녀에게는 그녀가 선택한 길이 있을 테니, 더 이상 하나가 아닌 두 사람이 서로에게 관심을 가질 이유가 없다.

[오빠가 잘되었으면 좋겠다.]

“그래, 땀은 거짓말 안 하니까.”

[그래. 후후후. 가끔 전화해도 될까?]

조금 밝아진 지영의 목소리에 종원이 곁에 선 아롱을 내려다봤다. 그리곤 그녀의 머리를 쓰윽 쓰다듬으며 말했다.

“아니, 전화하지 마. 혹시라도 아롱이가 오해할지도 모르니까.”

다시 한 번 팩 하니 올려다보는 아롱의 볼을 꼬집으며 종원이 웃었다.

“건강해라.”

지영의 한숨 소리를 들으며 종원이 전화를 끊었다. 기다렸다는 듯 아롱이 볼멘소리로 투덜거린다.

“변태도 아니고, 전에 사귀던 여자랑 통화하는 걸 왜 들으래?”

“혹시라도 오해를 하거나 질투를 할까 봐.”

“흥! 드라마를 너무 보셨네요.”

“나 드라마 안 보는데.”

방 안으로 들어서는 종원의 뒤를 따라 들어온 아롱이 슈퍼맨처럼 허리에 손을 얹으며 물었다.

“그럼 그런 과대망상은 어디서 나오는 거야?”

“그냥, 비밀을 만들고 싶지 않을 뿐이야.”

맘에 드는 대답. 아롱은 침대에 앉는 그의 곁에 따라 앉았다.

“근데, 얼굴도 안 본 지영 선배가 날 어떻게 알아?”

“그러게, 얼굴도 안 봤는데 지영이가 왜 니 선배냐?”

“어…….”

말문이 막힌 듯 대답을 못하는 아롱의 모습에 종원이 웃음을 터뜨리며 뒤로 벌러덩 누워버렸다.

“지영 씨가 어떻게 아냐고.”

“음……..”

“너만 모르고 다 알아라고 말하면 가만 안 두겠어!”

그답지 않게 말꼬리를 늘이는 종원을 내려다보며 아롱이 엄포를 놓자 종원이 그녀의 손을 잡아 확 끌어당긴다.

“어엇!”

침대에 누워 있던 종원의 품 안에 안겨 버린 아롱은 그의 맨살에 닿은 손이 불에 덴 듯 화끈거렸다. 종원의 손이 아롱의 머리를 쓰다듬는다.

“세상 사람들이 다 알아버렸으면 좋겠다.”

“뭘?”

“아롱이가 종원이 여자라고. 그래서 아무 데도 시집 못 가게.”

“안 어울리게 왜 닭털을 날리고 그래.”

기어들어 가는 목소리로 아롱이 우물거리자 종원이 긴 한숨을 내쉬었다. 요즘 들어 부쩍 한숨이 잦아진 종원이었다. 늘 솔직한 종원이었으나 혹시라도 그녀에게 말 못하는 고민이 있는 것은 아닌지 걱정스러운 아롱이었다.

“무슨 고민 있어?”

“아롱아.”

“응.”

“나 5월 말에 회사 그만둘 거야.”

아롱이 벌떡 몸을 일으켰다. 뭐? 회사를 그만둬? 어디 다른 데로 옮기려 하는 걸까? 수많은 질문이 아롱의 머릿속에서 엉켜 들어 말이 나오지 않는다. 이별 통보라도 받은 양 덜컥거리는 가슴에 손을 올린 아롱을 올려다보는 종원의 눈동자는 평온하기만 하다. 그의 손끝이 아롱의 뺨에 부드럽게 닿는다.

"7월에 세미프로 테스트가 있어. 연습도 더 많이 해야 하고 라운딩도 해야 해. 일하면서 하기는 불가능해."

무슨 말을 해야 할지. 아롱은 바보같이 눈물이 날 것 같아 숨을 들이켰다.

"얼마나 걸리는데?"

"시험 보고 세미 붙어도 이곳으로 돌아오지는 않을 거야. 서울에서 레슨하면서 2부 리그에 출전해서 아마도 여기저기 시합하며 다니겠지."

결국 눈물이 떨어져 버렸다. 아롱이 눈물을 훔치며 종원에게 말했다.

"그럼, 우리는?"

'나는?' 이 아니라 우리라고 묻는다. 종원은 묵직하게 내려앉는 심장을 어찌 달래야 할지 알 수가 없었다. 기다려 달라 말하기에는 너무나 미안하고, 그렇다고 헤어지자고 말하기는 죽기보다 싫다. 결국 아무런 대답도 하지 못했다.

"그냥, 기다리면 되는 거야?"

종종 커플이 함께 골프장을 옮기는 경우가 있다. 하지만 종원이 다른 골프장으로 캐디 일을 하러 가는 것이 아니기에 따라갈 수도 없고, 아롱은 애처롭게 물었다.

"응? 그냥 기다리고 있으면 되는 거냐고."

헤어진다는 생각은 들지 않는다. 종원의 행동 하나하나, 말 한마디 한마디가 자신을 많이 좋아한다는 것을 절절하게 느낄 수 있었기에 아롱은 그가 이별 통보를 하는 것은 아니라 확신했다.

"기다려…… 줄 거야?"

막상 기다려 주겠느냐 묻는 종원의 말에 이번에는 아롱이 말문이 막혀 버렸다. 몸을 일으킨 종원이 조심스레 아롱의 손을 잡았다.

"만약 7월에 떨어지면, 다음 해 봄에 다시 지원할 거야. 이곳으로 돌아오지 않고 다시 열심히 연습해서 꼭 테스트 합격할 거야."

"그래서. 춘향이처럼 그냥 기다리면 되냐고 물어보잖아."

"그래 줄래? 정말 그렇게 해줄래?"

서로 같은 말을 하고 있지만, 둘 다 대답을 하지 않은 채 같은 질문만 반복하고 있었다.

"얼마나 기다려야 하는 건데? 그거 하늘의 별 따기라는데, 정말……."

아롱은 다시 한 번 왈칵 솟구치는 눈물을 떨구지 않으려고 두 눈을 더욱 크게 떴다.

“가는 거야?”

“시간 내서 꼭 보러 올게. 전화도 자주 못하겠지만, 난…… 아롱아.”

애써 그녀에게 해줄 말들을 많이 준비했지만 이별은 아무리 많이 준비해도 아프기만 하다.

“오빠, 나 사랑해?”

“그럼.”

기대했던 물음은 아니었지만, 종원은 아롱의 말이 떨어지기가 무섭게 대답했다. 준비된 대답이 아닌 본능이었기에 당연스레 그의 입에서 맑은 소리가 흘러나온다. 아롱의 손을 잡아 그의 가슴에 얹으며 다시 한 번 말했다.

“사랑해.”

“알았어.”

아롱이 짧게 숨을 들이켜는가 싶더니 결심을 내뱉는다.

“기다린다.”

단호하기가 명쾌하기까지 하다. 두 눈은 벌겋게 달아 있는데, 꽉 다물었던 입술을 열고 야무지게 말한다.

“전화 많이 안 해도, 자주 보러 오지 않아도, 기다릴게.”

“아롱아.”

“근네! 반악에. 오빠가 마음 변하면 꼭 말해줘야 해.”

종원은 아롱이 하는 말이 이해가 되지 않아 물끄러미 그녀를 바라보았다. 아롱이 그의 손을 잡아당겨 그녀의 가슴에 얹었다.

봉긋하게 솟아오른 가슴 위로 작은 새처럼 파닥이는 그녀의 심장이 느껴진다. 그를 향해 사랑한다고 외치고 있는 그녀의 심장이 절절하게 종원의 손을 두드리고 있었다.

"꼭 말해줘야 해. 다른 여자가 좋아지면, 나한테 꼭 말해줘. 바보같이 마냥 오빠만 기다리고 있을 테니까. 나한테 꼭 말해줘야 해. 응?"

아롱은 너무나 절실한데 종원은 피식 웃어버렸다.

"그런 약속은 못하겠다, 그런 말 할 일은 없을 테니까."

"사람 일은 모르는 거야. 오빠, 지영 선배 좋아했다가 헤어지고. 그리고…… 그리고 나 만났잖아."

아롱의 말에 종원이 그녀의 이마로 손가락을 튕겼다.

"날 떠난 건 지영이었지 내가 아니야. 말은 바로 해야지. 일도 사랑도 모두 성실한 사람만이 결실을 얻을 수 있는 거야. 난 두 개 다 가질 거야, 꼭."

"알았어, 알았다고. 잘난 척 그만하고 꼭 장원급제해서 돌아와야 해."

"장원급제가 아니고 세미프로 테스트라고. 그리고 그다음엔 프로골퍼 테스트도 봐야 해."

"아무튼 간에. 대통령 선거 나가는 건 아니잖아. 어쨌든 무슨 시험이든 간에 꼭 붙어서 돌아와야 해."

"세미 테스트 붙어도 이곳으로 돌아오지는 않아."

종원의 말에 아롱이 버럭 화를 냈다.

"무슨 말이야. 나 데리러 와야지!"

종원이 화를 내는 아롱을 덥석 끌어안았다. 어느새 과거시험 보러 가는 이 도령 기다리는 춘향이 심정이 되었는지 그의 품에 안긴 아롱이 목을 놓아 운다. 아주 통곡을 한다.

"엉엉엉. 만난 지 얼마 되지도 않았는데. 엉엉."

그녀를 안고 달래주려니 걱정이 태산이다. 춘향이에게는 껄떡거리는 건 변 사또가 하나밖에 없었으나 이곳 한여울에는 80여 명이 넘는 사또들이 있지 않은가. 이런 늑대 굴에 한입거리밖에 안 되는 그의 예쁜 강아지를 놓고 가려니 정말 한숨밖에 나오지 않았다.

"집에 갈래."

30분을 넘게 전쟁 난 것같이 울더니만 아롱이 벌떡 일어선다. 종원이 옷을 챙겨 입고 아롱의 뒤를 따라 오피스텔을 나섰다. 화가 난 건지, 섭섭한 건지 혼자서 앞서 걷는 아롱의 뒤를 따라 기숙사 앞에 도착하니 그녀가 휙 돌아선다.

"다음 쌈박할 때, 레프팅 타러 가자."

뜬금없이 웬 래프팅? 종원이 알 수 없다는 듯 쳐다보니 아롱이 주먹을 불끈 쥔다.

"꼭 타보고 싶었어, 래프팅. 남자친구랑."

"알았이."

"가기 전에 꼭 타야 해."

"알았다고."

종원이 약속을 하니 아롱이 갑자기 고개를 푹 숙인다. 그녀의 코끝으로 물방울이 맺혀 떨어진다. 이내 아롱이 고개 숙인 채로 종원에게 달려들었다. 얼마나 힘을 주고 안는지 허리가 뻐근했지만, 종원은 말없이 그녀를 안아주었다.

"엉엉엉! 보고 싶어서 어떻게 해! 엉엉!"

"아롱아, 나 내일도 회사 출근해. 아직 시간 있잖아."

"엉엉! 시간은 자꾸 흐르는데. 아까워서 어떡해!"

자꾸만 시간이 간다 발을 구르며 우는 아롱을 품에 안고 종원은 한참을 말없이 서 있었다. 죽으러 가는 것도 아닌데, 세미프로 테스트에 합격을 하면 최대한 시간을 내어 그녀를 보러 올 거라 다짐하는데도. 종원은 자꾸 우는 아롱을 보니 덩달아 코끝이 매어온다.

"한눈팔지 말고 기다려야 한다. 응?"

"알았다."

감정이 격해지니 은근슬쩍 사투리가 삐져나온다. 그런 그녀의 앞에 무릎을 꿇은 종원이 아롱을 올려다보며 웃었다.

"돌아오면 선물 줄게."

"뭔데? 반지?"

반지가 갖고 싶었나? 하지만 그가 아롱에게 보여줄 것은 돈으로는 절대 살 수 없는 것이다.

"반지 같은 건 내일이라도 당장 사줄 수 있고."

"그럼 뭔데."

“돈 주고도 사지 못하는 것.”

돈 주고 못하는 것이라니 물건은 아닌 듯한데. 설마 별 따다 준다는 소리는 아니겠지. 아무리 생각해도 아롱은 알 수가 없었다. 미리 주고 가면 안 되나?

“뭔데? 응?”

아롱이 그의 팔에 매달려 고집스럽게 물었지만, 종원은 끝끝내 아무런 말도 없이 짧은 입맞춤만 남기고 가버렸다.

10장 기나긴 터널

"굿 샷!"

한 방에 홈런을 날리는 손님을 향해 아롱이 목청을 높인다. 청설모처럼 페어웨이를 뛰어다니는 아롱을 향해 손님이 손을 흔든다.

부드러운 봄날의 미풍이 부는가 싶더니 어느새 잔디를 태양이 한껏 달구었다. 하늘은 파란색 물감을 뿌려놓은 듯 새파랗다. 온통 초록색 바탕의 코스 내에는 뒷방 종년 언년이가 어설프게 수놓은 듯한 영산홍과 철쭉이 기생 치맛자락만큼이나 가슴을 설레게 한다.

"우아! 사장님, 이글 하겠어요!"

아롱은 그린 엣지 가까이에 볼을 떨어뜨린 남자 손님과 하이 파이브를 했다. 오늘도 어김없이 아롱은 신나게 코스를 달렸다. 손님들은 베스트 스코어를 기록했다며 2만 원이나 더 얹어주곤 클럽하우스로 들어가 버렸다.

배토를 가려고 조원들과 나오니 하얀색 모자에 흰 티와 흰색 면바지를 입은 교육생 30여 명이 줄지어 지나가며 인사를 한다.

"안녕하십니까, 선배님!"

다들 별 내색 없이 지나가건만 이제 막 후배가 생긴 아롱만이 물색없이 손을 흔들어댄다. 여름을 대비하여 새로 뽑은 26기생들로, 아롱의 다음 기수다. 아쉽게도 여자 교육생은 하나도 없지만, 그래도 마냥 예쁘기만 한 아롱이었다.

"후배 생겨서 좋으냐."

묏자리만큼이나 깊게 패인 잔디에 모래를 뿌리며 아롱이 웃었다.

"응."

"알지."

한참이나 고참인 종원이 그녀를 이해한다는 말에 아롱이 진짜냐 물으니 종원이 웃는다. 바람 빠지는 소리를 내며 웃는 모습이 익숙해질 만도 하건만 볼 때마다 매력이 듬뿍 묻어난다.

"나 군대 있을 때 1년이 넘도록 후임병이 안 오는 거야. 그래서 제대할 때까지 쫄다구 노릇 해야 하나 하는 차에 이등병 하나가 왔는데, 너무 좋아서 옆에 끼고 자고 싶더라."

종원의 표현이 너무나 재미있어 아롱이 까르륵 웃음을 터뜨린다. 종원이 퇴사를 할 것이다 말하고 사나흘은 우울함이 극에 달했지만, 우울함은 박아롱에게 어울리지 않는다. 대학 졸업 후에 기나긴 터널 같은 암흑기가 있었지만 지금의 아롱은 그녀의 일과 사랑을 위해 매일같이 힘차게 뛰는 근성있는 경상도 가시나다.

곧 떠나게 될 종원이 하루빨리 그녀의 곁으로 돌아오고 싶을 만큼 좋은 기억을 많이 만들어주고 싶다. 더불어 그에게 짐이 되지 않으리라는 결심은 그녀로 하여금 일에 더욱더 몰두하는 계기가 되었다.

"래프팅하기 정말 좋은 날씨다."

종원의 말에 아롱이 더더욱 입을 크게 찢으며 함지박만 한 미소를 지었다. 한탄강을 끼고 도는 벨리코스를 타다 보면 철원평야와 벨리코스를 가르는 계곡에서 래프팅을 하는 구호 소리가 한창이다. 오늘은 사흘 만에 처음으로 쌈박이다.

꽃들이 피어 한참 손님이 가득이라 매일같이 새벽 출근에 투 라운딩을 해야 했는데, 어제 오늘 우레같이 쏟아진 비로 예약이 많이 취소되었다. 기상청의 말로는 오늘 오후까지 비가 온다 했었는데 하늘은 거짓말처럼 파랗다. 그래서 사람들은 새파란 거짓말이라는 소리를 하나 보다.

"구라청에 속는 건 캐디들만 아닌가 봐."

"여자애가 구라청이 뭐야."

종원은 남자들 틈바구니에서 점점 더 정체성을 잃어가는 아롱을 보며 고개를 절레절레 흔들었다.

"구라청이 잘 맞히면 기상청이라 부르지."

라운딩을 취소해 준 손님들이 너무나 고마운 아롱이었다. 덕분에 오늘은 조원들과 래프팅을 하러 갈 것이다. 회사에서 나와 시내 반대쪽으로 5분 정도 내려가면 래프팅 장소가 있다.

래프팅 갈 생각에 들뜬 것은 아롱뿐이 아닌가 보다. 평상시보다 30분이나 일찍 모래 통이 비어버렸다. 종원과 함께 집에 들러 준비를 마치고 래프팅 장소인 순담계곡에 도착하자 벌써 4시가 넘어가고 있었다. 계곡은 래프팅을 하러 온 손님들로 가득했다. 돈을 계산하고 래프팅 회사에서 나누어주는 안전장비를 착용한 한여울 CC 8조원들의 상기된 얼굴에서 들뜬 마음이 고스란히 묻어난다. 훤칠하게 잘생긴 래프팅 강사가 옹기종기 모여든 조원들을 향해 주먹을 불끈 쥐었다.

"갑자기 쏟아졌던 비로 강의 수위가 높아져 어제까지 래프팅 금지령이 내렸었습니다. 여러분들은 상당히 운 좋으세요. 금지령 풀리자마자 제대로 된 래프팅을 즐기실 수 있게 됐으니."

"나이스! 이야호!"

여기서기 환호성이 터진나.

"오늘 래프팅은 순담 바로 위에 있는 승일교에서 출발, 고석정 순담계곡을 거쳐 해골바위 2.6키로 거리입니다. 보통은 두 시간 정도 걸리지만, 오늘은 물살이 좋은 관계로 한 시간 반 정도가 소요될 예정입니다."

커다란 종원의 옆으로 매미처럼 붙어 선 아롱도 주먹을 높이 쳐들며 강사의 구호에 맞춰 환호성을 질렀다. 보트에 오르니 강사가 발밑에 있는 고리를 설명한다.

"래프팅 도중에는 발아래 보이는 발고리에서 발을 빼서는 안 됩니다. 절대 일어서시면 안 되구요. 일어서서 잘못 물에 빠지면 돌에 머리를 부딪칠 수 있으니 안전모의 끈은 조금 불편하시더라도 느슨하지 않게 조여주시기 바랍니다."

설명을 듣던 종원이 돌아서더니 아롱의 노란색 헬멧에 손을 턱 하니 얹어 좌우로 흔든다.

"괜찮아. 꽉 조였어."

아롱의 말에도 종원은 그녀의 목에 달린 줄을 잡아당겨 꼼꼼히 확인한다.

"물에 안 빠지게 조심해. 알았지?"

"괜찮아. 헤엄 잘 쳐. 부산 가시나 아이가."

특공대 요원이나 된 양 구명조끼를 두드리는 아롱의 모습에 종원은 괜스레 불안해졌다. 수영을 잘하긴 할 것 같은데, 정작 수영을 못하는 종원에게 래프팅이 즐거울 리 없다. 손님들을 가득 실은 다섯 대의 보트 사이로 8조원의 보트도 안전하게 자리를 잡았다.

"출발!"

“아싸! 한여울!”

미리 정해두었던 구호를 외치며 여덟 명이 한마음이 되어 노를 저었다.

“하나! 둘! 하나! 둘!”

아롱은 노 젓는 것도 잊은 채 그간 내려만 봐왔던 계곡을 바라보며 연신 탄성을 내질렀다. 순담은 한탄강 물줄기 중 가장 아름다운 계곡으로 알려져 있다. 크고 작은 바위들과 기암절벽이 마치 외국에 온 듯 아롱의 눈동자로 화려하게 박혀들었다.

“정지!”

“아싸! 8조!”

잠시 멈춰서 노를 전부 위로 치켜들고 다시 한여울을 외치며 노를 젓는다. 금세 물살이 빨라지는가 싶더니 앞서 가는 다른 보트에서 환호성이 터져 나왔다. 그 뒤를 따르던 한여울 CC 8조원들의 보트도 급류에 휘말려 달리기 시작했다.

“와아아아아아!”

환호성에 묻혀 내달리던 보트가 이내 퍽! 소리가 나며 커다란 돌에 걸려 멈춰 서자 숙련된 강사가 보트를 잡고 발로 돌을 밀어냈다. 돌에서 빠져나온 보트가 다시 급류를 타기 시작한다. 급류를 빗어나니 다시 부드러워진 물살을 느끼며 보트가 멈춰 섰다.

“자! 여기서 5분 쉬어 가겠습니다.”

“아싸! 8조!”

“수영하실 분들은 수영하셔도 됩니다.”

강사의 말이 떨어지기가 무섭게 바다 아가씨 아롱이 1순위로 뛰어들었다. 못살아.

“아롱아!”

종원이 기겁하며 그녀를 불렀지만 아롱의 모습은 보이지 않는다. 걱정으로 그의 심장이 썩어들어 가는 것이 느껴질 쯤 보트에서 한참이나 떨어진 물속에서 아롱이 얼굴을 내밀며 손을 흔들었다.

“오빠도 얼른 들어와.”

호수에 떠 있는 것처럼 멈춰 선 보트에서 종원을 제외한 8조 원들이 너도나도 물로 뛰어들었다. 강사와 둘이 보트에 마주 앉은 종원이 한숨을 내쉬었다. 불안해서 아롱에게서 눈을 뗄 수가 없다.

“수영 안 하세요?”

“물을 별로 안 좋아합니다.”

종원의 대답에 강사가 웃음을 터뜨렸다.

“그런데 어떻게 래프팅을…….”

“강아지가 물을 좋아해서요.”

종원의 대답에 강사의 눈이 대번 아롱에게로 박혀들었다. 뒤집어졌다 엎어졌다 손으로 방향을 바꿔가며 헤엄치는 아롱을 보니 물 만난 고기가 따로 없다. 강아지가 아니라 물개였다. 꽁

치라도 한 마리 던져 주고 싶다.

"수영 잘하는데요?"

연신 웃음을 터뜨리며 물살에 쓸려 내려가기 정신없는 8조원들의 뒤를 따라 강사가 노를 젓기 시작했다. 모두 똑같은 구명조끼와 노란 헬멧만 가득한데도 종원은 단박에 아롱을 찾아냈다. 아롱에게서 눈을 떼지 못하는 종원의 모습에 강사가 웃음을 터뜨렸다. 기차 화통 같은 강사의 웃음소리를 들었는지 보트 쪽으로 고개를 돌린 아롱이 보트를 향해 물살을 거스르며 헤엄쳐 오고 있다.

"물살도 좋고, 구명조끼 입어서 안 가라앉아요. 수영 못해도 괜찮아요."

강사의 말에 종원이 이제 막 할딱거리며 그가 앉아 있는 보트에 달라붙은 아롱을 내려다보았다.

"오빠, 안 들어와?"

아롱의 물음에 종원이 삐뚤어진 그녀의 헬멧을 바로잡아 주며 웃었다. 당장에라도 끄집어 올리고 싶지만, 종원은 근질거리는 손을 꼭 움켜쥐며 어색하게 웃었다.

"오빠, 들어와."

아롱은 종원이 수영을 못할 것이라고는 전혀 생각지 않는지 종원에게 젖은 손을 쭉 뻗어 올린다.

"헤헤헤. 오빠!"

억수 같은 비가 쏟아져도 아롱은 웃는다. 비를 철철 맞으며 페어웨이를 달려도 그녀의 땀방울을 씻어 내리는 빗물이 짜다고 하늘에서 바다가 쏟아진다는 말도 안 되는 소리를 하며 웃는다. 비 오는 날의 라운딩은 캐디라면 열에 열 명 다 싫어하는데, 그마저도 아롱은 물이 찬 신발을 찰팍거리며 웃는다. 그런 그녀를 어떻게 사랑하지 않을 수 있을까.

"같이 수영하고 싶단 말이야."

그녀가 내미는 손을 어떻게 거절할 수 있을까. 나무에서 사과를 따는 아이처럼 손가락을 쫘악쫘악 벌린다. 종원은 아롱의 손을 잡았다. 그리고 입수!

얌전하게 들어간다고 조심했는데도 얼굴에 부딪친 물이 코로 들어찼다.

"깔깔깔깔. 오빠, 수영 못하는구나."

정신없이 두리번거리는 종원을 붙잡은 아롱이 그의 옆에서 종원의 몸을 받쳐 주었다. 편안함이 느껴지며 아롱의 얼굴이 바로 코앞에 보인다.

"괜찮아?"

"응."

"얼굴이 파래. 싫으면 그냥 올라가."

아롱은 수영도 못하는 종원이 그녀가 손을 내밀었다는 이유만으로 주저없이 물속으로 뛰어들었다는 사실이 마냥 기뻤다.

"괜찮아."

"정말?"

"그럭저럭 있을 만하네."

물에 대한 두려움으로 행동이 불편한 종원과 달리 지느러미라도 달린 듯 편안하게 헤엄치는 아롱의 모습에 그의 입가에는 잠시 사라졌던 미소가 피어올랐다. 그런 종원을 바라보던 아롱이 촉촉하게 젖은 입술로 쪽 소리가 나게 뽀뽀를 한다.

"오빠랑 이러고 있으니까 정말 좋다."

둘이 손을 잡고 하늘을 향해 천천히 누웠다. 깃털처럼 부드러운 물살에 몸을 맡기고 함께 흐르려니 세상 시름이 모두 사라진다. 이렇게 그녀의 손을 잡고 순탄하게 물처럼 흐르며 살 수 있다면 얼마나 좋을까. 종원은 새파란 하늘을 바라보며 눈을 감았다.

래프팅 다음날, 짧기만 했던 즐거움은 사라지고 8조원들은 노를 젓느라 고생했던 근육들의 항거에 여지없이 비명을 터뜨렸다. 아롱도 다를 바 없이 옆구리가 아파 죽을 지경인데 너무나 멀쩡해 보이는 종원이 이해가 되지 않았다.

"오빠는 안 아파?"

"글쎄."

골프도 전신운동이다. 허리를 주축으로 온몸을 스프링처럼 꼬았다가 순간적으로 풀어내며 볼을 내려쳐야 한다. 매일같이 몇백 개의 볼을 쳐대는 종원이 그 정도 노를 저었다고 아플 리 없다. 시큰둥하게 대답을 하고 나니 아롱이 섭섭해하는 듯해서 다시 입을 열었다.

"옆구리가 조금 결려."

"그지? 노 젓는 게 보통 일이 아니었어."

나름 그녀를 이해해 준다고 생각했는지 아롱이 환하게 웃는다. 덩달아 웃음이 나는 종원이었다.

하루하루가 일 분 일 초처럼 너무나 짧아 아쉽다. 그럼에도 아롱은 늘 종원을 향해 웃는다. 기숙사로 데려다 줄 때면 돌아서는 그녀의 표정이 너무나 어두워 자꾸만 마음이 아파온다. 얼마나 떨어져 있어야 할지 알 수 없지만, 5월의 햇살처럼 환하게 웃던 아롱이 전과는 달리 의식적으로 애써 웃음 짓는 모습이 애처롭고 가엽다.

"오빠, 사직서 언제 낼 거야?"

"음……. 한 일주일은 더 있을 거야. 5월 말까지."

이미 인터넷 동호회를 통해 6월 한 달 동안 하루도 빠짐없이 세미프로 테스트가 열릴 만한 곳들은 전부 라운딩을 예약해 놓은 상태였다.

"나도 오빠한테 줄 선물 있다."

이별의 선물을 준비했다는 아롱의 말에 종원은 놀란 마음을 감출 수 없었다. 언제 선물까지 준비했을까.

"뭔데?"

"비밀. 오빠도 돌아오면 뭐 줄 건지 말 안 했잖아."

할 말이 없어진 종원이 입을 다물자 아롱이 돌 지난 아이처럼 방끗 웃는다.

“기대해. 너무 감동하지는 말고.”

“뭔데?”

“돈 주고도 살 수 없는 거.”

종원이 했던 말을 고대로 읊어대는 아롱을 모습에 그는 코웃음 쳤다.

‘네가 그런다고 내가 말해줄 줄 알고?’

종원이 말을 안 하니 아롱도 덩달아 비밀을 외쳐 댄다.

‘끝까지 말 안 하겠다 이거지?’

아롱은 그녀의 낚싯밥을 물지 않는 종원을 보며 뾰로통 입을 다물었다. 차에서 내려선 아롱은 늘 그렇듯이 종원의 입에 쪽 소리가 나게 뽀뽀를 하고는 기숙사로 뛰어들었다.

서둘러 샤워를 하고 오늘 새로 모아온 로스트 볼을 우르르 방 안에 쏟아냈다. 오늘은 성과가 좋아서 아홉 개나 주웠다. 아롱은 하나하나 정성 들여 훑어보며 조금이라도 흠집이 생긴 볼을 다시 한 번 골라냈다. 골라낸 볼을 들고 화장실에 들어가 깨끗이 물로 닦아냈다. 다시 방으로 들어와 옷장 안에 넣어두었던 바구니를 꺼내 들었다. 바구니 안에는 그간 아롱이 모아두었던 140여 개의 볼들이 가득하다.

얼굴에 팩을 붙이고 열두 가지 색 네임펜을 꺼내 들었다. 물론 쓰는 색이라고는 다섯 개밖에 안 된다. 볼을 들고 예쁘게 거북이를 그렸다.

“느림의 미학.”

정성 들여 글씨도 쓰고 마지막에는 아롱이라는 이름도 예쁘게 써 넣었다. 선배들에게 부탁하여 모아온 30개의 볼마다 하나하나 거북이를 그리고 자신의 이름을 적어 넣었다. 완성된 볼을 높이 들고 이리저리 훑어보며 아롱이 중얼거린다.

"오빠, 너무 빨리 달리다 보면 넘어질 수도 있고, 어디로 가는지, 어디로 돌아와야 할지 잊어버릴 수도 있거든……."

얼마나 떨어져 있을지 알 수 없기에 종원이 행여나 그녀를 잊지 말기를 바라며, 곁에 서 있을 수는 없지만 그에게 파이팅을 외치기 위해 아롱은 오늘도 잠을 줄여가며 종원만을 위한 골프공을 만들고 있었다.

종원과 시간을 내어 맛있는 것도 먹으러 다니고 잠자기 전까지 붙어 있어도 늘 아쉽기만 하다. 하루하루가 왜 이리도 짧은지 이별의 시간은 점점 다가오고, 아롱은 점점 더 웃음을 잃어갔다. 툭 건드리기만 해도 뚝 하고 눈물이 날 것 같았다.

"힘들면 웃지 않아도 돼."

어느 날 종원이 아롱의 얼굴을 두 손으로 감싸고 부드럽게 속삭인다.

"힘들지 않아. 잠깐인데 뭐."

애써 웃음 짓는 아롱을 보는 것이 힘들다. 조금 더 일찍 떠나면 하루나 이틀이라도 더 일찍 돌아올 수 있지 않을까. 종원은 빠른 퇴사를 결심했다.

5월의 셋째 주, 종원은 조용히 사직서를 준비했다. 소파 앞에 앉아 사직서를 쓰는데 아롱은 아무 말 없이 침대에 앉아 까딱까딱 발을 흔든다.

"그럼, 내일은 일 안 하는 거야?"

"아니, 내일까지 하고 그만두면 유니폼도 반납해야 하고, 이삼 일은 더 있어야 할 것 같은데?"

종원의 말에 아롱이 방긋 웃는다. 그 웃음이 왜 이리 가슴 아린지 모르겠다.

"유니폼 세탁소에 맡기면 내가 찾아다가 반납할게. 굳이 더 머무를 필요 없잖아."

하루라도 빨리 가야 빨리 돌아올 것 같아서 한 말이지만 종원이 고개를 젓는다.

"마무리는 하고 가야지."

떠나면 정말 독하게 앞만 보고 달려야 하기 때문에 아쉬운 미련이 그의 발목을 붙잡는다.

"내 일이니까 깨끗하게 정리하고 가야지."

마치 자신을 정리하고 가겠다는 듯 들려와 아롱의 마음이 미어진다.

"나 갈게. 사직서 멋들어지게 쓰셔."

데려다 주겠다는 종원의 말에도 굳이 혼자 가겠다 고집을 부리고 그의 집을 나섰다.

집에 도착한 아롱은 다시 옷장 속에서 바구니를 꺼내 들었다. 볼을 잘 친다 하니 많이 잃어버리지는 않겠지만, 천 마리의 학을 접듯이 공이 하나라도 더 많으면 그에 대한 아롱의 마음이 더 많이 전달될 것 같다.

지금까지 열심히 달려왔던 것처럼 종원이 꾸준히 꿈을 향해 걸어가기를 바라는 마음에서 느림보 거북이를 그리고 그녀를 잊지 않기를 바라는 마음에서 아롱이라는 이름을 써 넣었다. 그렇게 아롱은 밤새도록 골프공에 그림을 그리고 이름을 써 넣었다.

다음날 아침, 종원은 경기과 사무실을 찾았다. 동분서주하느라 서로 마주하기 어려운 김 주임과 서 과장이 사이좋게 모닝커피를 마시고 있었다. 김 주임이 종원을 반기며 커피를 내민다.

"웬일이냐? 이 시간에."

"원래 일찍 오잖아. 젊은 놈이 잠이 없어."

서 과장의 말에 종원이 커피를 받아 소파에 앉았다.

"드릴 말씀이 있어서요."

"야! 안 좋은 얘기면 일 끝나고 해."

화통한 서 과장의 농담에 종원이 피식 웃었다. 캐디라는 것이 매일 새로운 손님을 맞기 때문에 아침에는 말 한마디, 행동 하나 조심조심이다. 변기에 앉아 있다 담뱃재 떨어지면 재수없는 날이라는 개구라처럼 아침에 거슬리는 일이 생기면 진상 손님을 예고하는 캐디들만의 징크스다.

"뭔데? 그만둔다는 얘기 아니면 그냥 해."

김 주임이 입사 이후 한 번도 문제를 일으키지 않았던 종원이었기에 웃으며 묻는다. 종원이 말없이 하얀 봉투를 내밀었다. 이내 얼굴을 찌푸리며 봉투를 받아 든 김 주임이 사직서를 꺼내어 읽는다.

"개인 사정으로 퇴사를 희망합니다? 왜? 군대는 이미 다녀왔고, 밖은 아직도 불경긴데. 나가서 뭐 하려고?"

김 주임이 사직서를 서 과장에게 넘겼다. 읽어보지도 않고 사직서를 서랍에 넣은 서 과장이 김 주임에게 손짓했다.

"나가서 센터 상황 좀 보고 와."

김 주임이 자리를 뜨자 서 과장이 물끄러미 종원을 바라본다. 6년 전 홀연히 나타난 한 청년을 떠올렸다. 지친 삶의 무게만큼이나 커다란 가방을 둘러멘 청년의 덥수룩한 수염은 그가 얼마나 떠돌아 다녔는지 짐작할 수 있었다. 기본적인 이력서 한 장 써오지 않았던 청년은 돈을 벌어야 한다며 캐디가 되고 싶다 말했다. 그의 호기는 높이 평가할 만했지만 아무런 절차 없이 입사시킬 수는 없었다. 확고한 거절에도 지금의 저 소파에 앉아 한참이나 망설이던 종원이 주머니에서 꾸깃꾸깃 무언가를 꺼내어 내밀었다. 세미프로 테스트 예선에서 공동 3위를 하였으니 본선을 준비하라는 내용이 적힌 작은 종잇조각이었다.

‘열심히 하겠습니다.’

많이 지쳐 보였지만 반짝이는 그의 눈동자에서 서 과장은 그녀가 잊고 지냈던 열정을 보았다. 젊은 청년의 손을 잡아주고 싶었다. 그래서 교육 기간이 아님에도 종원의 입사가 이루어졌다. 뜬금없는 입사에 낙하산이라는 별명이 붙었지만 종원은 반년 만에 주홍글씨조차 떼어버릴 만큼 모든 면에서 탁월했다. 그렇게 지금까지 종원은 서 과장과의 약속을 지키며 컴플레인은 물론 단 한 번의 지각, 결근, 조퇴도 없었다.

“볼 치러 가냐?”

“예.”

서 과장의 물음에 종원은 망설임없이 대답했다. 지난 6년간 프로골퍼를 꿈꾸는 종원의 미래를 조용히 지켜봐 준 서 과장이었다.

“아롱이는 어쩌려고. 데려가니?”

“나중에 데리러 올게요. 부탁드려요.”

“그래. 안 데리러 오면 택배로 부쳐 버린다.”

서 과장의 농담에 종원이 웃음을 터뜨렸다. 어느 날 문을 열면 우체국 박스 안에 든 아롱을 보게 될지도. 기왕이면 머리에 커다란 붉은색 리본도 매어 있으면 좋겠다.

“가봐.”

“건강하세요.”

“건강은 무슨, 아주 안 볼 사람처럼. 아롱이 데리러 올 때 사무실 안 들렀다 갈 거냐."

그녀답지 않게 섭섭한 기색을 비추자 종원이 웃으며 말했다.

"그래도 꼭 건강하세요."

"시끄러. 나가."

종원은 인사를 하고 밖으로 나왔다. 종원 때문에 덩달아 일찍 출근한 아롱이 주위의 눈치를 살피며 그의 품으로 달려든다.

"얘기했어?"

"응."

"뭐라셔?"

"시끄럽다고, 나가라 하시던데."

종원의 말에 아롱의 얼굴이 금세 샐쭉해졌다. 가는 사람 안 잡고 오는 사람 안 막는 곳이 이곳 한여울 CC다. 뜨는 해도 섭섭하고, 꽃잎 떨어지는 것도 섭섭하고, 점점 살이 빠지는 달님조차 섭섭하다. 아롱은 이래저래 소록소록 섭섭함이 쌓이는 가슴만 두드릴 뿐이었다.

사직서를 내고 삼 일째, 종원은 집안 대청소를 했다. 아롱이 퇴근 후에 함께 짐정리를 하자 했지만, 종원은 그녀를 회사에 내려주고 돌아와 바로 짐을 싸기 시작했다. 아롱의 마음은 이해하지만, 짐 싸는 모습은 보여주고 싶지 않았다. 청소를 끝내고 세탁소에서 가져온 유니폼을 정리하고 반납 물품 내역서를 적었다.

“짐도 다 쌌고, 집도 해결했고.”

6년을 이곳에서 살았는데, 정작 짐이라고는 커다란 여행용 가방 하나와 골프백이 전부다. 마음 같아서는 가방 하나 더 사서 아롱이도 넣어 가고 싶다.

어제 그녀와 첫 키스를 한 커피숍에서 집주인을 만났다. 계약이 반년 남았지만, 그동안 여자친구가 와서 살 거라 이야기하며 반년 치 월세를 건네니 집주인은 흔쾌히 승낙하며 자리에서 일어섰다.

종원의 가구와 세탁기, 냉장고 등의 가전제품과 컴퓨터까지 전부 놓고 가니 아롱이 그와 함께 있는 것처럼 외롭지 않게 생활할 수 있기를 바랄 뿐이다. 집세까지 미리 낸 것은 조금 지나친가 생각했지만, 무엇을 주어도 아깝지 않은 그의 연인은 종원을 이해할 것이다.

해야 할 일이 아직 더 남았다. 종원은 먼 길 떠나기 전 차를 점검하기 위해 정비소로 향했다.

“세차도 부탁합니다.”

세차장도 겸하는 곳이었기에 세차까지 부탁하고 집으로 돌아온 종원은 침대에 누웠다. 서너 시간 잠시 잠이 들었나 종원은 핸드폰 울리는 소리에 눈을 떴다. 창밖을 내다보니 이미 날이 어두워져 있었다. 핸드폰을 보니 정비소에서 전화를 했다. 그러고 보니 차를 찾으러 간다고 약속했던 시간이 30분이나 지나 있었다. 서둘러 택시를 타고 정비소로 향하니 깨끗해진 종원의 차가 문 앞에 바로 서 있었다.

"차 깨끗하게 잘 타셨던데요. 별문제는 없고요, 워셔액만 갈아 넣었어요. 세차도 내부까지 깨끗하게 했구요. 참."

정비소 직원이 주머니에서 무언가를 꺼내 든다.

"이거 앞좌석 의자 밑에 끼워져 있던데. 골프장 다니세요?"

직원이 내민 것은 골프공이었다. 다른 캐디들이야 차 안에 쓰레기들과 함께 굴러다니는 것이 골프공이었지만, 정리정돈이 몸에 배인 종원의 차 안에서 골프공이 나올 이유가 없다.

"감사합니다."

직원에게 인사를 하고 받아 든 골프공을 보던 종원이 웃음을 터뜨렸다. 골프공에는 초록색에 다갈색 등껍질을 가진 작고 앙증맞은 거북이가 그려져 있었다.

—느림의 미학.

글자도 쓰여 있고, 돌려보니 아롱이의 이름도 쓰여 있다. 출근길 아롱을 데려다 준 뒤로 하루 종일 웃을 일이 없었는데, 뒤늦게 터진 웃음이 멈추지 않는다. 집으로 돌아오는 길에도 마냥 웃기만 하던 종원이 사거리 신호 대기에 멈춰 서며 운전대를 내려쳤다.

'니도 오빠한테 줄 선물 있다.'

종원이 내내 손에 쥐고 있던 볼을 다시 쳐다보았다.

"한동안 안 흘리고 다닌다 했더니만."

절대 비밀이라더니만 이렇게 들킨 걸 알면 얼마나 속상해할까. 아마도 서너 개는 더 그렸을 것이다. 하나하나 펜으로 그리고 색칠하고. 아이처럼 앉아 종원을 생각하며 그림을 그렸을 아롱의 마음이 물씬 묻어난다. 집으로 돌아오는 길에 종원은 팬시점에 들러 가게에서 제일 큰 곰인형을 샀다. 그의 빈자리를 채우기에는 한없이 부족하겠지만, 조금이나마 소원하는 마음으로 계산을 했다. 오피스텔에 도착해 인형을 들고 엘리베이터 앞에 서니 메시지 도착음이 울린다.

[오빠, 데리러 안 와도 돼. 나 선화 조장님 차 타고 퇴근해. 이따가 전화할게.]

집으로 들어선 종원은 서둘러 샤워를 했다. 아롱과 근사하게 저녁이라도 먹을 참이다.

시간이 흐르고 저녁 7시가 다 되어도 아롱에게서는 연락이 없다. 기다리다 못해 종원이 핸드폰을 들었다.

[여보세요?]

자다 깬 듯한 아롱의 목소리에 종원이 가슴을 쓸어내렸다. 아침이 되면 떠나야 한다. 물론 마지막으로 아롱을 회사로 태워다 주겠지만, 함께하는 밤은 오늘이 마지막인데. 밤새 붙어 있어도 아쉽기만 한 이 시간에 그녀가 기다리는 종원을 두고 잠이 들었다는 사실이 믿어지지 않았다.

"잔 거야?"

[응. 요즘 매일 4시 출근에 저녁 다 되어 퇴근하니까 피곤했나 봐. 깜박 졸았어.]

“저녁은?”

[퇴근하고 선화 조장님이랑 생선구이 먹고 왔어.]

저녁까지 먹었다고 하니 종원은 할 말을 잃어버렸다. 혹시 내일 종원이 떠나는 것을 깜박 잊은 것은 아닌지 의심스럽다.

“아……. 내일은 몇 시 출근인데?”

[10시. 오빠, 내가 조금 있다가 전화할게.]

아롱은 얼른 전화를 끊고 화장대 앞에 앉았다. 벌써 한 시간이 넘도록 화장만 하고 있었다. 퇴근하자마자 목욕탕에 들러 때 밀고 집으로 돌아와 예쁜 원피스를 입었다. 시간은 부족하고 할 일은 많고, 바쁘기만 한 아롱이었다. 화장대에 앉았지만 자꾸 마음에 안 들어 다시 세수하고 새로 화장을 했다.

화장대 옆에는 예쁜 리본이 묶인 박스와 종이백이 놓여 있다. 종이백에는 샴페인이 들어 있고 박스에는 아롱이 준비한 123개의 볼이 들어 있다. 목표는 300개였는데, 매일 밤새 그림을 그려도 재주가 없는지 속도가 늘지 않아 결국 오늘까지 한 것이 123개다. 원래 124개였는데, 하나는 어디 갔는지 보이지 않는다.

시계를 보니 8시. 아롱은 서둘러 기숙사를 나왔다. 큰길을 건너 시내와 반대편으로 내려가면 신철원에서 가장 현대적으로 지어진 모텔이 있다. 낑낑거리며 박스를 들고 모텔 문을 열고 들어갔다.

“제일 크고 좋은 방 주세요.”

열쇠를 받아 꼭대기 층으로 가니 특실이라 쓰인 붉은색 문이
보였다. 문을 열고 들어서니 고급스러운 칸막이 옆으로 커다란
침대가 보인다. 침대 맞은편에 벽을 다 차지하는 TV, 벽 옆으로
길쭉한 유리 탁자와 안락해 보이는 소파. 그리고…….

"우아……. 특실이 다르긴 다르네."

유리 칸막이도 없이 그냥 방 안에 커다란 욕조가 떡하니 놓여
있다. 구멍이 숭숭 뚫린 것을 보니 거품이 나는 욕조인가 보다.
욕조를 보니 괜스레 얼굴이 달아오르는 아롱이었다. 야동에 나
올 것 같은 커다란 욕조를 제외하고는 전반적으로 아늑한 분위
기라 마음에 들었다. 아롱은 서둘러 샴페인을 꺼내어 식탁에 놓
고 그 옆에 준비한 선물을 내려놓았다. 그리고는 종원에게 문자
를 보냈다.

[박스 오로라. 특실. 601호.]

아니나 다를까, 문자를 보내기가 무섭게 핸드폰이 울렸다. 아
롱은 받지 않았다. 그렇게 몇 번을 울려대는 핸드폰을 바라보고
있으려니 종원에게서 문자가 왔다.

[거기서 뭐 하는데.]

종원의 대답에 아롱은 헤벌쭉 웃으며 답장을 보냈다.

[기다리고 있을게.]

아롱은 침대에 앉아 두근거리는 가슴에 손을 얹었다. 첫 키스
를 기준으로 사귀기 시작한지 98일이 되었는데도 고지식한 종
원 때문에 두 사람은 사춘기 소년, 소녀들처럼 키스가 전부였

다. 물론 키스만으로도 가슴 터질 것 같은 두 사람이었지만, 아롱은 100일이 되기 전에 떠나는 종원에게 무언가 잊지 못할 추억을 만들어주고 싶었다.

'나중에. 나 아니면 안 된다고 말할 수 있을 때. 그때, 후회없이.'

"오빠, 이제는 오빠 없으면 안 된다고 말해줄 수 있으니까. 오늘! 후회없이."

결사를 다지는 장수처럼 두 손을 불끈 쥐는데, 핸드폰에 메시지가 도착했다.

[박스 오로라 앞이다. 당장 내려와!!!]

"어?"

문자에 느낌표가 세 개나 찍혔다. 거하게 차려진 밥상에 입 크게 벌리고 한술 떠먹었는데 빽! 하고 돌을 씹은 것 같은 느낌. 아롱은 다시 답신을 보냈다.

[그냥 올라와.]

문자를 확인한 종원이 높다란 건물을 올려다봤다. 시간이 갈수록 그녀에게서 묻어나는 초조함을 알고 있었던 종원이다. 단순한 그녀가 저 안에서 무엇을 계획하고 있는지 알 수 있었다. 이별 전에 무언가 확인을 하고 싶었을지도 모른다. 하지만.

"망할 드라마가 사람 다 망쳐 놓는다니까."

아롱에게서 영화나 드라마에 나오듯 호텔 방 번호를 문자로 받으리라고는 생각조차 하지 못한 종원이었다. 떠나갈 날이 다가오면서 아롱은 기숙사로 돌아가는 대신 종원의 집에 머물기를 바랐고 그런 그녀를 종원은 힘들게 집에 데려다 줘야 했다. 잠자리라는 것이 여자보다는 남자에게 더욱 강렬한 욕구다. 하지만 오늘은 아니다.

이렇게 떠나기 전날이 아니라 다시 만난 그때에 조금 더 멋진 남자로 그녀를 품에 안고 싶었다. 동이 터오는 것을 슬퍼하며 사랑을 나누고 싶지 않다. 결국에는 울게 될 것이다. 절대, 오늘은 아니다.

[당장 안 내려오면, 그냥 간다.]

문자를 받아 든 아롱은 종원이 이해되지 않아 화가 났다. 왜 그가 이렇게 예민하게 받아들이는지 알 수가 없었다. 성인 남녀가 만나 사랑하게 되면 자연스레 깊은 관계를 맺게 되는 것인데, 종원은 지나칠 정도로 보수적이었다. 얼마나 가슴 설레며 준비한 밤인데 종원이 응해주지를 않으니 섭섭한 마음을 주체할 수가 없었다.

종원과 함께 마시려던 샴페인을 손에 들고 낑낑거리며 병을 땄다.

펑!

경쾌한 소리와 반대로 아롱의 기분은 점점 더 우울해져 갔다. 컵에 샴페인을 따라 목젖이 따가울 만큼 들이붓고 나니 기분이 좀 가라앉는 듯하다.

[그냥 올라오면 안 돼?]

문자를 보내고 바로 답신이 왔다.

[간다.]

아무것도 느껴지지 않는 무채색 단어. 분명 이곳으로 온다는 소리는 아니다. 아롱은 종원을 잡기 위해 문으로 달려갔다. 문을 열고 신발을 신으려던 아롱은 그 자리에 멈춰 섰다. 한참을 문 앞에 서 있었다. 이제는 섭섭함이 넘쳐 자존심이 상해 버렸다.

"너무하는 거 아이가."

다시 돌아선 아롱은 문을 닫고 소파에 앉았다. 다시 샴페인을 따라 단숨에 꿀꺽 삼켰다. 달달하던 샴페인이 연기처럼 그녀의 몸으로 피어오르는 것 같다. 아롱은 다시 핸드폰을 손에 들었다.

[올 때까지 기다릴 거야.]

종원은 핸드폰을 움켜쥐고 돌아섰다. 집으로 돌아왔지만 심란한 마음을 추스르지 못하고 방 안을 서성인다. 이해 못하는 것은 아니었지만, 함께 밤을 보내고 나면 아롱은 더욱 힘들어질 것이다. 손님들과 바쁘게 페어웨이를 달릴 낮에는 괜찮더라도 밤이 되면 그와 함께 보낸 오늘 때문에 더 많이 외로워할지 모른다.

아롱은 화가 났는지 연락이 없다. 시간은 자꾸 흐르고 결국 종원은 12시를 가리키는 시계를 보며 아롱이만 한 곰인형을 들고 모텔로 향했다. 모텔로 들어서니 카운터에서 남자 하나가 고개를 내민다.

"몇 호실 가세요?"

"601호요. 남자친굽니다."

묻지도 않은 말에 대답을 하니 얼굴이 붉어진다.

"아, 오늘 무슨 날이신가 봐요. 아가씨도 커다란 선물 들고 들어가던데."

젊은 연인들이 부러웠던지 남자가 웃는다. 종원은 그냥 고개를 끄덕이고는 엘리베이터로 향했다. 문이 잠겨 있으면 어쩌나 걱정했는데, 스르륵 문이 열린다.

"계집애가 겁도 없이."

문도 안 잠그고 모텔에서 혼자 있다니, 물가에 내어놓은 아이를 보는 엄마의 심정이 이러할까. 정말 한숨밖에 나오지 않는다. 신발을 벗고 들어서니 침대 끝으로 대롱거리는 그녀의 다리가 보인다. 화장도 지우지 않고 곯아떨어진 그녀의 모습에 어이없게도 웃음이 나왔다. 소파에 인형을 앉혀놓고 유리 탁자 위에 놓인 샴페인 병을 손에 들었다.

"얼마 마시지도 않았구만."

한 두어 잔쯤 마셨는지 반 이상 남은 샴페인이 그의 손안에서 찰랑인다. 옆에 놓인 박스를 보니 선물 들고 올라가더라는 카운터 남자의 말이 떠올랐다. 이미 거북이 그림의 볼을 본지라 큰 기대 없이 리본을 풀어 열어본 종원은 숨을 들이켰다. 오늘 차 안에서 발견한 것과 똑같은 거북이가 그려진 볼. 서너 개쯤 그려서 주려나 했는데, 커다란 박스 가득이다. 언제 이렇게 볼을 모았는지. 그와 하루 종일 붙어 있다 기숙사로 돌아가는 그녀인데, 언제 이렇게 많이 그렸는지 종원은 뜨거워지는 눈을 깜박였다. 그의 두 눈을 가득이 채우는 볼들을 내려다보던 종원이 조용히 상자를 닫고 일어섰다.

"아침에 일어나시면 얼마나 후회를 하시려고."

잠든 아롱을 내려다보던 종원은 한숨을 내쉬며 침대에 누웠다. 조심스레 아롱의 머리를 들어 팔베개를 하고 살며시 끌어안았다.

"흐응. 오빠……."

잠꼬대를 하며 품 안으로 파고드는 아롱을 보니 그냥 아까 들어올걸 하는 후회가 밀려온다. 가슴이 먹먹했다. 그렇게 잠든 그녀를 바라보며 꼬박 아침 해를 맞았다. 종원은 조심스레 침대에서 일어섰다. 함께 맞이하는 아침도 좋겠지만, 결국 울음을 터뜨릴 것이 분명한 그녀에게 뒷모습을 보이고 싶지 않았다. 아니, 한 움큼 눈물을 담고 그를 향해 애써 웃어줄 그녀를 볼 자신이 없었다.

소파에 앉아 있는 곰인형의 목에 감겨 있던 리본에 오피스텔 열쇠를 달아 묶었다. 여전히 깨어날 줄 모르는 아롱의 팔을 들어 인형을 안겨주었다. 잠든 아롱의 모습을 바라보자니 시간 가는 줄 모르겠다. 아쉬웠던 지난밤처럼 그녀를 품에 안 듯 종원은 볼이 담긴 박스를 안고 모텔을 빠져나왔다.

오피스텔에 도착해 짐을 차에 실은 종원은 골프백에서 드라이버만 빼서 침대에 내려놓았다. 처음 골프를 시작할 때 선호가 선물로 주었던 클럽이다. 그 뒤로 클럽을 바꾸었지만, 초심을 잃지 않겠다는 다짐으로 늘 백 안에 넣고 다니던 것이다. 오래되어 낡고, 하도 많이 휘둘러서 그립도 너덜너덜 닳았지만 그의 마음을 놓고 간다는 의미를 아롱이 알 수 있으리라 생각한다.

아롱을 회사에 데려다 주고 떠날 계획이었지만, 아름다운 이별을 준비했던 그녀만큼 종원은 준비가 되어 있지 않았나 보다. 행여나 그의 작은 연인이 우는 모습을 보게 될까 두려워 종원은 말없이 차에 올랐다. 신철원을 벗어나며 아롱에게 전화를 걸었다. 잠에 취했는지 두 번이나 음성사서함으로 넘어간다. 다시 전화를 하니 잠이 깬 아롱이 전화를 받는다.

[흐으음. 오빠아.]

"잘 잤어?"

후다닥 아롱이 일어나는 소리가 들린다.

[어? 어! 오빠! 나 금방 갈게.]

"벌써 출발했어."

[오빠! 오빠! 나 오빠한테 줄 것 있단 말이야.]

"잘 받았어. 고마워."

종원의 말에 아롱은 여전히 정신을 차리지 못했는지 다급하게 물었다.

[아니야. 아니야. 여기 내가.]

"오피스텔에 소중한 것 두고 왔으니까 좀 챙겨줘."

종원은 잘 지내란 말도 않고 전화를 끊었다. 그리곤 당황했을 그녀를 위해 문자를 찍었다.

[나 올 때까지 잘 가지고 있어야 해. 사랑한다.]

종원에게서 온 문자를 내려다보던 아롱은 울상을 지으며 주위를 두리번거렸다.

"망했다."

그녀의 손에 무언가 털 뭉치가 잡혀 돌아보니 낯선 곰인형이 보인다. 넌 누구냐앗!

"히이잉. 오빠."

괜스레 고집부리다가 종원의 뒷모습조차 보지 못한 것이 속상해 인형을 붙잡고 마구 때리는데, 곰인형 목에 걸린 열쇠가 손에 닿았다. 똑같은 열쇠가 두 개다.

"뭐지?"

순간 아롱은 그제야 종원이 어제 이곳에 다녀갔다는 것을 알 수 있었다. 선물을 놓아두었던 탁자 옆에 박스가 없어졌다.

"가져갔구나."

자는 사이 종원이 왔다 갔나 보다. 선물을 가져갔으니 그나마 위로가 되었다. 서둘러 인형을 챙겨 들고 모텔을 나섰다. 심장이 터지도록 뛰어 오피스텔에 도착한 아롱은 열려진 문을 열고 방으로 뛰어들었다.

"오빠!"

이미 떠났다는 것을 알면서도 종원을 부르던 아롱이 주위를 두리번거렸다. 마치 화장실 문을 열고 종원이 나올 것처럼 모든 것이 그대로였다. 이해할 수 없다는 듯 종원에게 전화를 걸었지만 받지 않는다. 그의 향기가 물씬 묻어나는 침대에 털썩 주저앉은 아롱은 침대에 놓여 있던 클럽을 손에 쥐었다.

"너냐? 오빠의 소중한 것이?"

아롱은 종원의 클럽을 들고 멋진 골퍼처럼 자세를 잡았다. 그리곤 교육 시간에 배운 대로 천천히 들어 올려 있는 힘껏 내려쳤다. 멋지게 피니쉬를 하는 순간,

퍽!

무언가 터지는 소리가 들리는가 싶더니 후다닥 물러선 아롱의 앞으로 형광등이 뚝 떨어져 내렸다. 위를 올려다보던 아롱은 울상을 지었다.

"어떡해. 오빠……."

그렇게 종원은 남들 다 하는 송별회도 없이 조용히 떠나갔고, 아롱은 오늘도 푸른 페어웨이를 정신없이 달리고 있었다. 아롱은 종원의 집으로 이사를 했다. 깨진 형광등은 동철이 와서 바꾸어주고 집들이도 했다.

퇴근길, 아롱은 데려다 주는 이가 없으니 동철과 함께 기숙사로 가는 동기들 차를 얻어 탔다.

"근데, 종원이 형은 언제 다시 와?"

종원이 떠난 지 일주일도 안 됐는데, 사람들은 종원이 마치 여행이라도 떠난 것처럼 언제 돌아오느냐 아롱에게 묻곤 한다.

"몰라. 기다리면 오겠지."

"어휴, 춘향이 났다."

동철의 말에 아롱이 심통이 나서 그의 등짝을 냅다 후려쳤다.

"그래. 앞으로 한여울 춘향이라고 불러라."

환하게 웃으며 돌아섰지만, 흐르는 눈물을 막을 수가 없었다. 그가 떠나간 날로부터 시간이 멈춰 버렸다. 하루하루가 천 년같이 길다. 라운딩을 하면서도 아롱은 한탄강을 내려다보는 시간이 많아졌다.

[잘 지내고 있지?]

"응. 오빠는? 라운딩 잘하고 있어?"

사나흘에 한 번씩 걸려오는 전화였지만, 아롱은 단비를 만난 듯 반갑게 전화를 받았다. 열심히 일하고 있노라고, 매일같이 동료들과 어울려 웃고 있다고 말은 하지만 아롱은 종원의 한숨 소리를 들을 수 있었다.

"보고 싶어."

아롱의 말에 종원은 아무런 대답도 할 수가 없었다. 보고 싶

다. 눈물이 날 것 같아 결국 종원은 아무런 말도 못하고 전화를
끊었다. 고된 일과가 끝나고 나면 아롱에게 전화를 하고 싶었지
만, 그마저도 쉽지 않았다.

서로 바쁜 두 사람인지라 통화를 하다가도 아롱이 잠들거나
종원이 잠들어 버린다. 아롱은 매일 투 라운딩이었고, 종원도
라운딩과 연습에 지쳐 있었다.

아직 테스트가 열릴 골프장이 발표되지 않아 종원은 매일같
이 남쪽에 있는 골프장들을 순회하며 라운딩을 하고 있었다. 함
께 테스트를 준비하는 사람들을 만나게 되어 라운딩이 조금은
수월했지만 그간 라운딩을 못해서 그런지 스코어 기복이 심했
다. 종원은 시간이 갈수록 조바심이 들었다.

성큼 다가선 여름의 페어웨이는 뜨거운 지열로 인해 후끈 달
아올랐다. 거북이처럼 기어가던 시간도 꾸준히 흘러 벌써 6월
말이다. 아롱은 오늘 처음으로 라운딩을 나와 머리를 올리는 손
님 때문에 땀으로 몸이 흠뻑 젖어들었다.

"아유. 언니, 고생했어."

매 홀마다 양파를 해대던 여자 손님이 아롱에게 10만 원을 건
넸다. 교육생들이 옷을 받아 아롱의 등급도 새내기에서 친절로
올라갔지만 그래도 2만 원이나 더 받기가 미안하여 거절했다.
이미 다른 손님이 왕 초보 좀 잘 봐달라고 3만 원이나 찔러준 상
태에서 캐디피까지 더 주니 부담스러운 아롱이었다.

"받아. 언니 오늘 코스 말아먹어서 혼날 것 같은데, 그냥 넣어 둬요. 응?"

여자의 말에 아롱이 웃으며 돈을 받아 들었다. 근 삼 주 만에 코스를 말아먹은 아롱이었다. 아마도 벌당이 잡히겠지만 아롱은 웃었다. 돈이 아니라 미안해하는 손님의 마음을 알기 때문이었다. 누구나 처음은 있으니까.

"안녕히 가세요."

"그래, 언니. 다음에는 연습 좀 더 해서 올게. 미안."

인사를 하고 돌아서니 센터에서 사마귀 3조장 학수가 아롱을 불러 세운다. 아롱은 터져 나오는 한숨을 내리누르며 센터로 달려갔다.

"아롱 씨, 도대체 친절 단 지 얼마나 됐다고 또 말아먹어요, 먹기를! 자, 봐!"

학기가 부킹지의 홀 아웃 시간을 볼펜으로 두들기며 소리쳤다.

"아롱 씨 앞 팀하고 18분, 그 뒤로는 전부 8분 홀 아웃이잖아. 도대체 머리는 무슨 장식인가?"

캐디 생활 5년에 가진 것이라고는 차 한 대와 클럽. 비싼 골프웨어가 전부인 학수는 오늘도 여전히 신입 캐디들 앞에서 으스대는 낙으로 늘 벌당을 잡아대고 있었다. 사마귀같이 생긴 삼각형 얼굴에 무테안경을 걸치고 요리조리 캐디들을 훑어보는 그 눈에 오늘은 아롱이 걸려들었다.

“아롱 씨, 낼 벌당. 제발, 생각 좀 하고 삽시다.”

아무리 생각해도 아롱은 가슴이 울컥거린다. 8~90타 치는 손님들과 전홀 올 양파를 넘어 160타를 넘게 치는 손님과 어떻게 같을 수가 있나. 하지만 아롱이 환하게 웃으며 고개를 숙였다.

“죄송합니다. 앞으로 주의하겠습니다.”

웃는 얼굴에도 침 뱉을 것같이 생긴 학수가 귀찮은 듯 가라고 손짓한다.

화가 터져 나오는데 꾹꾹 참으려니 웃는 얼굴이 자꾸 일그러진다. 동료들과 함께 배토를 나오니 세컨 서브를 마친 동철이 그녀를 향해 손을 흔들었다.

“얼굴이 왜 그래?”

“뭐가.”

“이상하잖아. 눈은 울고 입은 웃고 전반적으로 찌그러졌어.”

눈치 빠른 놈. 아롱이 웃기를 그만두고 울상을 지었다.

“벌당 먹었어.”

“먹었으면 그냥 속상해하면 되지 뭘 억지로 웃고 그래, 보는 사람 부담스럽게.”

뭐라고 대꾸할 새도 없이 동철은 그를 부르는 손님들에게로 뛰어가 버렸다. 종원이 떠난 뒤로 그나마 동철에게 이런저런 이야기를 하는데, 시간차가 많이 나서 영 얼굴 보기 힘들다.

“힘들다.”

정말 하루하루가 힘든 아롱이었다. 다른 것보다 점점 더 뜸해지는 종원의 전화와 시간이 흐르면서 안쓰러운 듯이 바라보는 동료 선후배들 때문에 더더욱 기운이 빠지는 아롱이었다.

종원이 떠나간 지 한 달밖에 안 되었는데, 이제는 종원의 안부를 묻는 사람도 없다. 바쁘게 돌아가는 한여울에서 사람들은 종원의 퇴사 이후 바로 터진 미지와 개구라의 스캔들에 열을 올리며 아롱의 연인을 잊어버렸다. 그렇게 아롱이는 춘향이 억지웃음을 지으며 오늘도 하루를 마감했다.

"누나!"

배토를 끝내고 돌아오던 아롱은 센터 앞에서 그녀를 부르는 동철의 목소리에 손을 흔들어주었다. 오늘 일찍 끝났을 텐데 그녀를 기다린 것을 보니 연습장에 같이 가려나 보다.

아롱은 퇴근 준비를 마치고 동철이 새로 장만한 하얀색 소형 승용차에 올라탔다. 땀을 얼마나 흘렸는지 얇은 반팔티가 들러붙어 떨어질 생각을 않는다. 어느새 7월 중순이 넘어서고 있는 땡볕 아래 오늘 캐디 하나가 더위를 먹어 교체를 하는 상황까지 벌어졌다.

"어우! 덥다! 오늘 어땠어?"

"뭐, 매일 똑같지. 기냥~ 달리는 거야."

후읍. 웃음 짓자 동철이 아롱의 머리를 쓰다듬었다. 순간 아롱은 저도 모르게 동철의 손을 사납게 뿌리쳤다.

“뭐 하는 거야!”

“어우, 깜짝이야. 뭘 성질을 내고 그래. 그냥 귀여워서 그런 건데.”

단순한 장난이었을 텐데, 아롱은 화가 나버렸다. 늘 그녀의 머리를 쓰다듬던 종원이 생각났기 때문이다. 서방님한테만 보여야 하는 옷고름이라도 푼 것처럼 씨근덕거리는 그녀의 모습에 동철이 한숨을 내쉬었다.

“왜 오버하고 그래.”

“오버 같은 소리 하고 있네. 내가 너보다 몇 살이나 누난데, 어디서 머리를 쓰다듬어.”

“알았어. 누나, 미안해.”

금세 꼬리를 내리며 미안하다 양양거리는 동철의 모습에 아롱이 벌겋게 달아오른 볼을 두드렸다. 민망하다. 그렇게 성질부릴 필요도 없었는데.

“누나, 오늘도 연습장 가?”

“왜? 너 안 가?”

아롱은 대뜸 걱정이 되었다. 연습장은 회사 가까이 있었고, 동철을 꼬여서 함께 다니고 있는데, 요즘 그늘집에서 일하는 아가씨와 열애 중인 동철은 영 재미가 없는지 아무래도 그만둘 눈치다.

“왜, 안 가?”

“아냐. 누나, 골프 왜 배워? 재미도 없는데.”

종원이 주고 간 클럽 하나 달랑 들고 연습장에 다닌 지 이제 보름이 되었다. 레슨프로가 7번 아이언을 쥐어줬지만, 아롱은 죽어라 종원의 드라이브를 놓지 않았다.

“그냥 이거부터 배울래요.”

“아롱 씨, 내가 드라이버 먼저 배우겠다고 하니까 그냥 그러자 했는데, 그거 남자 채예요.”

골프 클럽에도 여러 종류가 있다는 것을 아롱도 모르는 바가 아니다. 특히나 그 기둥인 샤프트 강도(FLEX)는 본인의 신장과 파워에 맞춰 남, 여의 차이가 확실하다.

“아롱 씨는 손목 힘도 약하고, 그 채는 남자들 중에서도 힘 좋은 사람들 쓰라고 나온 샤프트라고요. 봐. 여기 FLEX—S라고 쓰여 있잖아. 게다가 U.S.A. 미제는 일제랑 달라서 한국 남자들 쓰기도 좀 강해. 이거 프로용이라니까.”

“알아요, 프로님! 저 몰라요? 저 아롱이에요. 한여울 친절캐디 박아롱.”

끝까지 우겨서 결국 종원의 드라이브로 레슨을 받는다. 아직은 공도 잘 못 맞히지만 언젠가는 종원과 함께 라운딩을 할 생각에 아롱은 아주 늦게 퇴근하는 날을 제외하고 일주일에 두세 번씩 열심히 연습장을 다녔다.

종원이 그랬던 것처럼 낮에는 열심히 일하고 밤에는 열심히 볼을 쳤다. 하루 이틀도 아니고 종원은 이렇게 어떻게 살았을까. 일하는 것만으로도 너무나 피곤하고 지친다. 클럽을 휘두르자니 온몸에 돌들이 박혀든 것처럼 저릿하다. 제대로 맞은 것 같은데 볼은 앞이 아닌 옆으로만 날아가 아롱의 속을 태웠다.

연습을 마친 아롱은 집으로 돌아와 샤워를 하고 침대에 앉았다. 종원에게 전화를 했지만 받지 않는다. 한숨을 늘어지게 쉬고 있으려니 곰인형이 아롱을 보며 묻는다.

'너 오늘도 볼 옆으로 쳤지?'

"아냐. 한 박스 쳤는데, 두 개는 똑바로 갔어."

'잘했네.'

곰인형이 잘했다 하니 기분이 좋아지는 아롱이었다.

다음날 출근을 한 아롱은 센터에 앉아 있는 선화의 모습에 반갑게 인사를 했다. 개도 안 걸린다는 여름 감기에 걸려 삼 일이나 누워 있어야 했던 선화는 얼굴이 핼쑥해져 있었다.

"언니, 이제 좀 괜찮아요?"

"그러게. 좀 살 것 같네. 근데 아롱아."

이제 언니라고 부를 만큼 친근해진 선화가 카트로 돌아가려는 아롱을 불러 세운다.

"왜요?"

"종원이한테 연락 없니?"

얼마나 바쁜지 벌써 일주일 넘게 전화 한 통 없는 종원이었기에 아롱은 무어라 대답해야 할지 알 수가 없었다.

"얼마 전에 전화 통화했는데요."

"한번 안 온대?"

"아……. 많이 바쁜가 봐요. 이것저것 할 것도 많고."

거짓말을 하고 보니 이것저것 할 것이 무엇인지도 몰라 아롱은 말꼬리를 늘이며 돌아섰다.

"떨어졌나? 예선은 끝났을 텐데."

선화의 걱정 담긴 한마디에 아롱은 덜컥 심장이 내려앉았다.

"예선 끝났어요? 예선 끝난 것 어떻게 알아요?"

"그거 인터넷 들어가면 다 나오는데."

"합격자 발표도 나요?"

"예선 합격자 발표는 잘 모르겠네. 본선 발표만 나지 않을까?"

카트로 돌아온 아롱은 벨리 1번 티박스로 향하는 손님들을 따라 카트를 운전했다. 라운딩이 시작되었다.

"굿 샷!"

"야! 산으로 들어가 버렸는데 뭐가 굿 샷이야."

"죄송합니다."

손님은 이내 기분을 풀고 라운딩에 임했지만, 아롱은 라운딩을 하는 네 시간이 넘는 시간동안 아무런 생각도 할 수가 없었다. 손님들 백을 차에 싣기가 무섭게 배치표를 받아 두 번째 라운딩을 준비했다.

"안녕하십니까. 오늘 라운딩을 도와드릴 친절 도우미 박아롱입니다."

기계적인 인사를 마치고 다시 티샷이 시작되었다. 세컨에 가보니 볼이 하나 보이지 않았다. 볼을 찾느라 시간이 지체되었고 첫 홀부터 달리기 시작했지만, 전반이 끝날 때까지 아롱은 앞 팀 미지를 잡지 못했다. 다시 후반이 시작되고 이번에는 홀이 밀리기 시작했는지 그늘집에 도착하니 카트가 두 대나 서 있었다. 캐디대기실에 들어가니 다른 여자 선배와 이야기를 나누고 있는 미지의 모습이 보였다.

"안녕하세요, 선배님."

"어. 아롱 씨 왔어요?"

언젠가부터 인사를 받기 시작한 미지가 아롱에게 의자를 내밀었다. 아직까지 언니 소리는 하지 않지만 그래도 굳이 싫은 내색 안 하니 아롱은 고마울 뿐이었다.

"덥죠."

"예."

"코스 완전 꽉 막혔어요."

미지의 옆에 앉아 있던 은정의 말에 아롱이 고개를 끄덕였다. 멍하니 앉아 있는 아롱을 지켜보던 미지가 은정이 자리를 뜨자 기다렸다는 듯 물었다.

"오빠한테 연락 자주 와요?"

아롱이 대꾸를 못한 채 미지를 바라봤다. 또 거짓말을 해야 할까. 하지만 아롱은 고개를 저었다.

"바쁜가 봐요."

고소해할 줄 알았던 미지가 피식 웃는다.

"프로골퍼 되는 것 쉬운 일 아니지만, 종원 오빠는 꼭 될 거야."

"예."

"그러니까 언니도 전화 안 한다고 투정 부리지 말고 잘 참고 기다려요. 종원 오빠 분명 1등자리 로또니까 손에 꽉 쥐고."

생각지도 못한 언니 호칭에 고개를 든 아롱은 그녀가 한 말을 믿을 수 없다는 듯 미지를 바라보았다.

"왜요, 아닌 것 같아? 로또 맞다니까. 누구는 좋겠다, 남자친구 잘 둬서."

생각지도 못한 미지의 위로에 가뭄에 갈라진 논바닥 같던 아롱의 가슴에 단비처럼 젖어들었다.

"마셔요. 나 가야 해. 그리고 딱 오 분만 있다가 내려와요. 사인받아야 하니까."

미지가 자기가 마시던 미숫가루를 아롱의 손에 쥐어주고는 터덕터덕 걸어나가 버렸다. 아롱은 미지가 건넨 미숫가루를 바라보다 한 모금 마셨다. 달다. 그리고 시원했다. 미숫가루 한 잔 얻어먹고 나니 새삼 미지가 달리 보인다. 밥 한술에 정이 생긴다더니, 새록새록 고마운 마음이 드는 아롱이었다. 한여울에서 사람 취급 못 받는 개구라와 열애설에 휘말렸던 미지는 아무렇지도 않은 듯 행동했고, 이내 스캔들도 조용히 묻혀 버렸다.

타 죽을 것 같은 땡볕 아래 시원스레 빗줄기가 쏟아지나 싶더니 고마운 마음도 잠시, 장마가 시작되었다. 그냥 휴장을 하면 좋으련만 손님들은 비를 맞아가며 볼을 친다. 물론 대부분이 라운딩을 포기하고 돌아가지만 어디를 가나 근성을 보이는 사람들이 있다.

오늘도 70여 팀이 라운딩 취소. 코스로 들어선 10팀 중에 마지막 팀을 맡은 아롱은 폭포처럼 쏟아지는 비를 맞으며 페어웨이를 달렸다. 철퍽철퍽, 볼을 칠 때마다 물보라가 일어날 정도다. 손님들은 라운딩이 아닌 철인삼종경기라도 하는 것처럼 이를 악물고 완주를 다짐했다. 라운딩이 끝나고 나니 거센 빗줄기에 두들겨 맞은 온몸이 아프다. 몸도 머리도 한없이 내려앉는다. 한걸음 한걸음 떼는 것이 왜 이리도 힘든지.

"그냥 타. 젖어도 돼."

퇴근길, 시트가 젖을까 조심스러워하는 아롱에게 동철이 손사래를 친다. 집에 도착하자마자 아롱은 젖은 빨래들을 벗어 세탁기에 넣고는 수건으로 젖은 머리를 말렸다. 시계를 보니 벌써 20분이 지나 있었다. 서둘러 옷을 챙겨 입은 아롱은 침대 맡에 세워둔 종원의 드라이버를 집어 들었다.

"연습장 다녀올게."

침대에 누워 있는 곰에게 인사를 하고 집을 나서니 아니나 다를까, 동철의 하얀색 소형차가 그녀의 오피스텔 앞에 서 있다. 문을 여니 동철이 누군가에게 버럭 소리를 지른다.

"왔으면! 얼굴이라도 보고 가야지!"

아롱이 올라타자 동철이 당황한 듯 전화를 끊는다.

"어! 내가 나중에 다시 전화할게."

"왜, 그냥 하지. 누구야?"

"어. 누구냐면…… 한수 선배. 술 마시자고. 매일 술이야."

"뭐야. 아닌 것 같은데? 누구야. 민영이?"

아롱이 동철의 여자친구 이름을 들썩이자 동철이 그답지 않게 당황스러워한다. 그 모습에 아롱이 동철의 뒤통수를 후려치며 말했다.

"있을 때 잘해! 나중에 울지 말고."

"사돈 남 말 하네. 본인이나 잘하셔."

그저 받아친 농담이었지만 아롱은 금세 시무룩해졌다.

"옆에 있어야 잘하지."

"됐어요, 누님. 내가 말을 말아야지."

동철이 가슴을 내려쳤다.

종원은 앞서 가는 동철의 차를 따라 달리며 웃음 지었다. 서울 근교에서 새벽 라운딩을 마치고 오후 2시에 도착해서 지금까지 꼬박 다섯 시간을 기다렸다. 동철을 통해 오후 7시나 되어야 끝날 것 같다는 말을 들었지만 기다리는 시간이 지루하지 않았다. 그녀를 기다리며 핸드폰이 달 정도로 만지작거렸지만 전화하지 않았다. 그렇게 연락을 않은 것이 벌써 보름.

애써 활달하게 웃으며 전화를 받는 그녀였지만 이내 보고 싶다고 말하는 아롱의 목소리에 취해 늘 밤이 새도록 그녀와 통화를 한다. 결국 아롱이 잠이 들고서야 전화기를 놓을 수 있었던 종원이다. 다음날 연습 라운딩에서 더블을 다섯 개나 했다. 최악의 스코어였다.

어느새 아롱은 종원의 심장에 뿌리를 박은 거대한 나무가 되어버렸다. 아롱에 대한 생각 때문에 자꾸만 집중력이 떨어지자 종원은 정말 참기 힘들 정도로 그녀가 보고 싶으면 전화를 하는 대신 이렇게 신철원을 향해 달렸다.

지난달에 용인 한국 CC에서 있었던 세미프로 테스트에서 종원은 버디 세 개에 보기 한 개로 2언더파 70타를 쳐 최종 36홀 합계 5언더파 139타, 2등으로 예선을 통과했다. 물론 아롱이 준 볼로 36홀 전부를 돌았다. 예선을 통과하자마자 아롱에게로 달려왔지만 그날도 오늘처럼 그저 멀리서 보기만 하고 다시 서울로 올라가야 했다.

"잘하고 있네."

신철원을 떠나기 이틀 전에 동철을 만나 부탁을 했었는데, 동철은 고맙게도 약속을 잘 지켜주고 있었다. 평상시에도 친하게 지내는 것을 알고 있으니 아롱보다는 동철과 통화를 하는 시간이 길어졌다. 홀을 말아먹었다는 이야기와 벌당 이야기, 미지와

화해를 했다는 이야기까지, 아롱의 일거수일투족이 동철을 통해 종원에게 전달되었다.

'아! 그냥 전화 한번 해줘요! 보고 싶어 죽을라 하는데!'

이제는 하늘 같은 선배에게 제법 큰소리까지 치는 동철의 모습에 종원은 늘 부탁의 말을 전할 뿐이었다. 종원이 다니던 회사 근처 골프연습장으로 들어서는 차를 지켜보던 그는 다시 시계를 봤다. 내일도 새벽 라운딩이 있지만, 조금이라도 더 그녀를 보고 싶은 마음에 종원은 쉽게 떠날 수가 없었다.

"잠 좀 덜 자면 되지."

한 시간쯤 기다리고 있으려니 아롱과 동철이 모습을 드러냈다. 워낙에 차에 관심이 없는 아롱은 날름 동철의 차에 올라탔고 동철만이 그의 차를 향해 손을 흔든다. 당장에라도 그녀를 만나고 싶었지만, 종원은 차에서 내려설 수가 없었다. 아롱을 만나게 되면 아마도 오늘 밤 이곳에서 머물게 되리라.

"그래, 본선 붙으면 그때 올게. 조금만 기다려."

종원은 주차장을 빠져나가는 하얀색 소형차를 바라보며 운전대를 붙잡았다. 내일은 경기도에서 연습 라운딩이 있다. 새벽 5시 티업이니 아마도 집에 가면 몇 시간 자지 못할 것이다.

[오빠, 사랑해.]

종원은 어제 아롱이 보낸 문자를 들여다보며 차에 시동을 걸었다. 전화를 자주 못하니 바쁜가 보다 생각했는지 아롱은 언젠가부터 전화 대신에 힘내라는 문자들을 보내기 시작했다.

"사랑한다."

아롱이나 되는 양 핸드폰에 입맞춤한 종원이 어두운 밤길을 달리기 시작했다.

정말 징그럽기 짝이 없게 보름 내내 쏟아지던 장마가 끝나고 거짓말처럼 하늘이 파래졌다. 한여울의 캐디들은 새삼 하늘에게 고마워하며 더욱 싱그러워진 페어웨이를 질주한다.

"굿 샷!"

짜랑짜랑하게 아롱의 목소리가 산천을 뒤흔들었다. 한탄강의 계곡을 끼고 도는 벨리코스에서는 연일 굿 샷과 계곡 아래 래프팅 팀들의 으싸 소리가 경쟁이라도 하듯 번갈아가며 울려 퍼졌다.

"나이스 샷!"

오늘도 변함없이 투 라운딩의 끝으로 배토까지 마치고 파김치가 되어 주차장으로 내려가니 핸드폰을 들고 카트고로 들어가는 동철의 모습이 보였다. 당번인 동철이 농땡이를 치나 보다.

"저거, 저거, 청소는 안 하고."

갑작스레 불끈 힘이 솟아오른다. 아롱이 살금살금 그를 따라 카트고를 지나 반대편 문으로 고개를 내밀었다.

"아우! 형! 예, 아뇨. 요즘에는 벌당 안 걸려요. 네. 잘 안 흘리고 다닌다니까. 네. 네. 누나 요즘 진행 좋아요. 조만간에 춘향이에서 청설모로 별명 바뀔 것 같아요.”

아롱은 문득 걸음을 멈춰 섰다. 여자친구와 통화 중이려니 했는데, 춘향이라니. 한여울에 춘향이가 아롱이 말고 누가 있단 말인가. 그녀가 고개를 내민 것도 모른 채 동철이 담배를 꺼내 물며 버럭거린다.

“아우! 형! 형하고 너무 오래 통화하니까 민영이가 바람난 거 아니냐고 하잖아요. 아, 진짜! 뭐 하는 짓이래. 내가 방자도 아니고. 본선이 언젠데요. 5일 뒤에? 알았어요. 본선 끝나면 나한테 전화하지 말아요.”

전화를 끊으며 돌아선 동철의 입에서 담배가 떨어져 내렸다.

“어……. 누나.”

“동철아.”

동철도 아롱도 아무 말도 못하고 서로를 멍하니 바라보았다.

“누…… 구, 종…….”

종원의 이름이 나오기도 전에 아롱의 눈에서 눈물이 뚝 떨어졌다. 순간 낭패감을 감추지 못하던 동철이 달려와 아롱을 품에 안았다.

“누나! 정말 미안해! 내가, 내가 말하려고 했는데.”

“나…… 그렇게 힘들어하는 거 보면서…… 흑흑흑. 너 어떻게…….”

아롱은 동철을 밀어내며 대성통곡을 했다. 통곡만으로 부족하여 주먹으로 동철의 가슴을 옴팡지게 내려치며 소리를 질렀다.

"니가! 누나한테 어떻게! 엉엉엉! 이럴 수가 엉엉. 있어! 이 문디 자슥아!"

동철은 어쩔 줄 몰라 하며 아롱이 휘두르는 주먹을 죄다 맞고 서 있었다. 종원이 오면 병원비라도 청구해야 할 판이다. 내둥 좋은 것은 죄다 몽룡 도련님 몫이고 남은 매질은 방자가 맞아야 하니 몸이 아프고 마음이 아파 슬슬 화가 나기 시작했다.

"누나! 나도 피해자야! 내가 얼마나! 엉! 들킬까 봐 마음 졸이고, 누나 알면 섭섭해할까 마음 졸이고! 내 가슴이 숯덩이닷!"

소리를 버럭 지르고 나니 딸꾹! 눈물을 멈춘 아롱이 커다란 눈을 데굴데굴 굴린다.

"이 문디 자슥, 어따 대고! 내가 니 친구가!"

아롱이 펄쩍 점프를 하는가 싶더니 냅다 동철의 머리를 후려 갈겼다. 안 되겠다 싶었는지 동철이 당번용 2인승 카트를 타고 도망가 버렸다. 아롱은 멀어지는 동철을 쫓아 달리다 놓치고는 고래고래 소리를 질렀다.

"잡히믄 뒤진다!"

한참을 분이 안 풀려 발을 구르고 있으려니 동료와 선배들이 하나둘씩 카트고로 내려왔다.

"아롱 씨, 안 가요?"

"안 가요!"

얌전하게 대답했는데, 소리가 너무 컸는지 선배와 동료들이 움찔거리며 카트고로 들어가 버렸다. 당장 핸드폰을 손에 들었다. 신호는 가는데 받지를 않는다. 서러움이 파도처럼 밀려왔다.

[고객님이 전화를 받을 수 없어 음성사서함으로 연결합니다.]

"받을 수가 업써어? 안 받는 거 아이고!"

아롱은 씩씩거리며 넓지 않은 카트고를 다람쥐 쳇바퀴 돌듯 뱅뱅 돌았다. 하지만 종원에게 전화를 하지는 않았다. 분명 안 받을 것이 뻔한데, 부재중 전화에 아롱의 이름을 줄줄이 찍어내고 싶지는 않았다.

같은 자리를 맴돌며 걷고 또 걸었다. 삼십 분을 넘게 그러고 있자니 차츰 화가 가라앉았다. 왜 그녀의 전화를 받지 않는지, 왜 전화해 주지 않는지 자꾸만 마음이 아파와 가슴을 움켜쥐고 주저앉았다. 그렇게 한참을 앉아 있으려니 뒤에서 동철의 목소리가 들려왔다.

"누나……."

아롱은 아무런 말도 없이 동철을 향해 손짓했지만, 여우 같은 자식은 맞을까 봐 가까이 오지 않는다.

"와라! 사내새끼가 겁은……."

"누나, 울지 마."

"치아라. 다했다."

다 울었다는 말에 동철이 슬금슬금 다가와 앉는다.

"미안타. 니를 들고 잡을 게 아니었다."

"내 말이!"

"그래, 미안타."

그가 무슨 죄가 있을까 싶어 두 남자가 작당을 했다는 생각을 꼭꼭 씹어 삼키고는 그녀의 앞에 쪼그리고 앉은 동철을 달랬다.

"그래, 말해바라. 언제부터고?"

"뭐가?"

"니 언제부터 오빠야랑 전화질했나 말이다."

"음……. 한 한달 정도 된 것 같은데."

생각해 보니 종원의 전화가 뚝 끊긴 때부터인 듯하다.

"그래, 무슨 말 했는데."

"그냥, 형도 누나 많이 보고 싶어 하는 눈친데, 목소리 들으면 자꾸 흔들린다고. 그래서 누나 잘 지내고 있다고. 벌당 선 이야 기랑, 코스에서 넘어진 얘기랑, 미지 선배랑 화해한 이야기랑."

"마이도 했네. 그래 보고 싶어가 한 번도 안 왔다 카드나."

아롱의 물음에 내내 눈을 마주치고 있던 동철이 갑자기 고개 를 획 돌린다.

"와! 와 대꾸가 없는데! 와 한 번도 안 왔다 카드나."

"그게……."

주섬주섬 주머니를 뒤지던 동철이 담배를 꺼내 물었다. 유심 히 지켜보던 아롱이 숨을 들이켰다.

"먼데? 니 뭐 또 숨기는 거 있나!"

"아니……."

"해라! 나중에 들켰다가는 니 내 손에 죽는다!"

우물쭈물 담배를 피우던 동철이 켁켁거리며 하얀 기침을 내뱉었다.

"왔, 다, 갔, 나?"

고개를 끄덕이는 동철의 모습에 아롱이 바닥에 주저앉아 버렸다.

"언, 제."

"며칠 전에도, 그전에 예선 통과했을 때도 왔다더라고."

"와서. 나는 안 보고 니만 보고 갔나."

"아니……. 그게."

동철이 진땀을 빼며 설명했지만, 아롱은 영 못 알아듣는 눈치다. 요즘 세상에 멀리서 얼굴만 보고 갔다는 말도 안 되는 소리가 차마 입 밖으로 나오지 않는 동철이었다. 도대체 무슨 연애들을 이렇게 어렵게 하는지, 영화 찍는 것도 아니고 그냥 서로 전화해 가며 열심히 살면 될 텐데, 독한 건지 멍청한 건지 동철은 답답하기만 했다.

"하아. 하, 하. 진짜 웃긴다 아이가. 와 너를 보고 가는데. 니 오빠랑 사귀나."

어이가 없어서 웃음밖에 안 나오는 아롱이었다. 자리에서 일어서서 바지를 털었다.

"어디 가?"

"됐다. 가서 청소나 해라."

"형한테 뭐라고 해."

"머라카나!"

아롱은 마지막으로 온 힘을 다해 소리를 버럭 질러주고는 카트고 내에 있는 여자대기실로 들어와 버렸다. 옷을 갈아입는데 다시 눈물이 났다. 여기까지 와서 그녀는 안 보고 갔다는 사실에 배신감이 밀물처럼 밀려든다. 어떻게 무슨 생각을 해야 하는지 아롱은 멍하니 선 채로 눈물만 뚝뚝 흘렸다.

"너무한 거 아이가."

밤을 새워 생각을 하고 또 생각을 하고, 아롱은 결정을 했다. 종원이 마음 변했을 리 없고. 쉴 틈도 없이 36홀을 돌고 배토를 하면서도 아롱은 쉬지 않고 생각했다. 기다려 달라 했으니 뭔가 이유가 있으리라.

"그냥 일단은 기다려 볼 수 있을 때까지 버텨보고 나중에 한 방에 갚아주겠어!"

일을 마친 아롱은 동철이 끝날 때까지 퇴근도 안 하고 카트실에서 기다렸다. 당번인 동철은 날이 어두워져서야 카트실로 돌아왔다. 어둠 속에 서 있는 아롱의 모습에 동철이 기겁을 하며 물러섰다.

"누나, 안 가고 뭐 했어."

"니 차 얻어 타고 갈려고."

"뭐야. 말이 된다고 생각해? 내 차 얻어 타고 가려고 네 시간 넘게 기다렸단 말이야?"

"아니."

생각해 보니 너무 말이 안 되는 것 같아 아롱이 솔직하게 고개를 저었다.

"너랑 할 얘기 있어서."

"그럼 전화하면 되지. 아니면 밤에 잠깐 보던가."

"기다리다가 까먹을까 봐."

"뭘!"

"할 얘기."

야무지게 대답하는 아롱의 말에 동철이 가슴을 쓸어내렸다. 아롱에게 잠시 기다리라고 말하고는 여자대기실로 들어와 옷을 갈아입었다. 9시가 되어가는 시간인데도 아직도 후끈후끈 덥기만 하다. 옷을 갈아입기는 다 입었는데, 밖으로 나가기가 두렵다.

불같은 성질인데, 이번에는 무슨 소리를 할까 걱정되는 동철이었다. 설마 미지 선배처럼 머리를 뜯진 않겠지. 하지만 분명 종원에 대한 이야기일 텐데, 동철은 아직 종원과 통화를 하지 않았다. 아롱이 눈치챘다는 말을 해줘야 할 것 같기도 하고 마음 같아서는 그냥 발을 빼버리고 싶다.

"아이씨, 어쩌지?"

삼녀일남 중에 막내로 태어나 누나들 틈바구니에서 자라난 동철이었다. 여자들에게 미움을 산다는 것이 얼마나 끔찍한 일들을 예고하는 것인지 익히 알고 있어 소름이 돋는다. 게다가 아롱은 불닭이라 불리던 작은누나를 꼭 빼어 닮았다.

"옷 만들어서 입나!"

밖에서 소리치는 아롱의 목소리에 동철이 후다닥 밖으로 튀어나왔다.

"가자."

얼마나 화가 풀렸나 시험 삼아 그녀의 어깨에 팔을 두르니 아롱이 아무 말 없이 그의 차에 올랐다. 에라, 모르겠다. 우선 지르고 보자 싶어 동철이 말문을 열었다.

"형 사흘 뒤에 본선이래."

"오빠한테 전화했어?"

"아니, 시합에 영향 갈까 봐 아무 말 안 했어."

힐끗 아롱을 훔쳐보니 안도하는 표정이다. 그렇구나. 역시 부부 싸움은 물 베기다. 누구의 편을 들 필요가 없어지니 마음이 편안해지는 동철이었다. 그런데,

"앞으로 오빠한테 전화하지 마. 넌 나랑 먼저 알았고 내가 예뻐하는 동생이니까, 무조건 내 편 들어야 해."

"어? 아……. 어."

상황이 이상하게 돌아가는 것 같아 동철이 길게 심호흡을 했다. 무슨 폭탄 같은 소리를 하려고 저러나 싶어 가슴이 다 두근거린다. 심장병 걸릴 것 같아.

“어떻게 지냈대?”

“매일 바빴나 봐. 매일같이 라운딩하고 시합 비디오 보면서 코스 분석하고. 연습장 가서 볼 치고. 잠도 제대로 못 자고 돌아다니나 봐.”

동철의 말에 아롱이 늘어지게 한숨을 내쉬었다.

“전화 오면 받고, 그냥 딱 한 마디만 해. 자알 있다고. 그냥 딱 그 한마디만 해. 그리고 그날 뭐 했는지 물어보고 나한테 꼬박꼬박 이야기해 줘야 해. 알았지?”

“모르겠는데.”

동철이 그녀를 바라보자 아롱이 다시 차분한 목소리로 말했다.

“여태껏 네가 오빠한테 한 것처럼, 나한테 오빠 이야기 해달라고. 어떻게 지내는지, 컨디션은 좋은지. 내 이야기는 잘 있다고 딱 한 마디만 하고. 몰라? 다시 말해줘?”

“알았어, 알아들었다고.”

어디 가나 조선 팔도에 동철이 누나 같은 여자들이 왜 이리 득실거리는 건지. 방자 노릇도 부족해 성질 불같은 부산 춘향이한테 걸려 결국 이중 스파이가 되어버렸구나.

“오빠, 잘하고 있는 거지?”

“응. 예선도 2등으로 붙었대. 내가 보기엔 본선도 무리 없을 것 같아, 누나가 얌전히 있으면.”

“내가 뭐 어쨌다고. 나름 열심히 살고 있는데.”

"알았다고. 왜 갈수록 신경질쟁이가 돼서는."

아롱이 바로 수긍을 하며 고개를 끄덕였다.

"누나가 나중에 회 사줄게."

"진짜?"

"응. 비싼 거로 사줄게."

아롱의 말에 동철이 환하게 웃는다. 종원이 골프 칠 때 입는 바람막이 사준다고 했으니까 바람막이 입고 아롱이 사주는 회 얻어먹으면 되겠다. 두 남녀 사이에 끼어서 나름 피는 보겠지만, 수입이 짭짤한 동철이었다.

동철로부터 전해 듣는 따끈따끈한 종원의 소식에 아롱은 다시 활기를 되찾았다. 굿 샷을 외치는 목소리는 더욱 커졌고, 페어웨이를 달리는 그녀의 다리는 지칠 줄 몰랐다. 그렇게 하루가 지나고 이틀째 되는 날 새벽에 출근한 아롱은 동철로부터 종원이 오늘 춘천에서 본선을 치른다는 소식을 전해 들었다.

만난 지 100일에서 이틀 빠지는 날 그녀를 떠났고, 5월 26일에 퇴사했으니 8월 26일이 되면 딱 3개월이다. 지금의 기다림과 이렇게 그녀의 애를 태운 종원에 대한 복수는 절대 잊지 않고 먼 훗날에 3개월 무이자 할부로 갚아줄 예정이다. 계산도 다 해두었고 어떻게 갚아줄 것인지 계획도 다 짜놓았으니 이제 돌아올 날만 기다리면 된다.

종원은 시험 보고 세미 붙어도 이곳으로 돌아오지는 않고 서울에서 레슨하며 2부 리그를 준비할 거라 했지만, 세미프로에 합격하면 그녀를 만나러 오리라 믿고 있었다. 오늘 본선을 치른다 하니 돌아올 날이 멀지 않았다. 그때까지 아롱은 환하게 웃으며 달려야 한다. 그리고 돌아오면 주겠다는 선물도 받아야 하니 우선은 무작정 앞만 보고 달리기로 결심한 아롱이었다.

아롱은 배치표를 받아 라운딩을 준비하며 핸드폰을 꺼내어 문자를 찍었다. 늘 보내는 문자지만 오늘은 시험을 본다 하니 하트랑 느낌표 하나를 더 추가했다.

[오빠, 사랑해♥ 파이팅!]

아롱의 메시지를 확인한 종원은 핸드폰을 손에 쥔 채로 본선이 열릴 춘천 CC 정문을 지나 주차장으로 들어서며 속삭였다.

"고맙다."

춘천 CC는 한국여자프로골프협회(KLPGA)투어 매치플레이 챔피언십이 열리는 곳이라 종원도 서너 번 왔었다. 그린 관리를 상당히 잘해놓았던 기억이 났다. 코스 난이도를 보자면 평탄한 구릉 위에 부챗살 모양으로 코스가 펼쳐져 있어 얼핏 보면 평이해 보이기도 하지만, 곳곳에 난이도 높은 벙커와 해저드, 그리고 평평해 보이는 그린 역시 착시현상이 많아 만만하게 봤다가는 큰코다치는 코스다.

아직 이른 시간인지 본선 참가자들의 모습은 보이지 않고 세미프로 테스트를 진행하는 Q—School 진행요원들의 모습이 보였다. 미리 알아두었던 골프장 내의 연습장에서 종원이 가볍게 몸 풀기를 하는 동안에 응시자로 보이는 골퍼들이 하나둘씩 연습장에 모습을 드러냈다. 이내 시간이 되어 연습장을 나선 종원은 클럽하우스 앞으로 걸음을 옮겼다. 클럽하우스 앞에는 3천여 명의 지역 예선을 뚫고 올라온 240여 명 가운데 또다시 A조로 나뉜 참가자 120여 명이 자리해 있었다. 종원이 오전 팀이니 오후에는 B조 본선이 있을 것이다.

이런저런 이야기를 나누던 예선 통과자들이 각자의 조를 찾아 흩어졌다. 하얀색 카트에 모인 네 명의 플레이어는 각자 전달받은 손바닥 크기의 코스 맵을 들여다보느라 정신이 없다. 먼저 동반자들과 인사를 나누었다. 한 명은 종원의 또래고 다른 한 명은 좀 어려 보이는 남자였다. 동반자들과 통성명을 마친 종원은 카트 옆에서 대기 중이던 캐디에게 인사를 했다.

"안녕하세요, 이종원입니다. 잘 부탁드리겠습니다."

"안녕하세요, 서동희입니다. 좋은 결과 얻으시길 바랍니다."

환하게 웃으며 깍듯하게 인사하는 캐디의 모습에서 종원은 친절한 골프장의 이미지를 볼 수 있었다. 종원의 팀은 플레이어 하나가 결석하면서 세 명이 한 조로 구성되어 대기선에 멈춰 섰다.

"잘됐네. 경쟁자 하나 줄었으니."

"경쟁자가 열이든 백이든 그동안 연습했던 대로만 하면 되는 거죠."

나이 어린 성현의 말에 종원의 또래인 규식이 묵직하게 대답했다. 순식간에 분위기가 가라앉아 버렸다. 종원은 그저 아무 말 없이 가든 1번 홀로 내려갔다.

조금은 긴장된 분위기를 조성하고 있는 종원의 조와는 달리 앞 조에서는 일반 라운딩과 다를 바 없이 흥겨운 굿 샷 소리가 터져 나왔다. 이내 종원도 티샷에 들어갔고, 첫 티샷이 시원스레 하늘을 날아 200미터 지점에 있는 벙커 왼쪽으로 안전하게 페어웨이에 떨어져 내렸다.

"굿 샷!"

신경전으로 예민한 분위기를 깨는 듯 캐디가 눈치 보지 않고 굿 샷을 외치자 종원이 감사의 눈길을 보냈다. 캐디의 굿 샷 한 마디에 티샷 전의 대화로 조금은 껄끄러웠던 성현과 규식도 조금은 풀어진 듯 보인다.

종원의 팀 모두가 페어웨이 정중앙에 볼을 떨어뜨리며 좋은 시작을 알렸다. 세컨에서 두 번에 그린에 볼을 올린 종원은 퍼터 두 번으로 첫 홀 파를 기록했다. 규식은 첫 홀부터 버디를 잡았고, 유난히 예민해 보였던 성현은 보기를 기록했다.

"가든 2번 홀은 파4. 총거리는 373미터, 핸디캡 1번 홀입니다. 왼쪽에 오비와 오른쪽은 해저드가 있으니 주의하셔서 안전하게 티샷하시기 바랍니다."

상냥한 캐디의 설명에 저마다 세컨 지점의 거리를 가늠하며 코스 맵을 넘겼다.

"누나, 저기 보이는 독립수 옆까지 몇 미터나 될까요?"

"아가씨. 그럼, 드라이버 짧게 치고 오르막 세컨 길게 치는 것이 안전하겠네요."

저마다 이런저런 질문을 하고 캐디는 친절하게 대답하고 있었다. 모두가 오른쪽 오비를 피해가는 질문을 하고 있다. 조용히 서 있던 종원이 입을 열었다.

"왼쪽으로 질러가면 거리가 얼마나 단축되죠?"

긴 코스는 아니지만 세컨부터 오르막이 심해 실거리 부담이 만만치 않다는 결론을 얻은 종원이었다. 티샷 공략에 한 치의 실수라도 있으면 타수를 까먹기 십상이다.

"오비가 위험하지만 곧장 넘기시면 50미터 가까이 단축되실 거예요. 그리고 좌 그린 쪽이 오르막도 조금 평탄하구요."

같은 코스를 달리고 있고 가장 좋은 공략 지점이 정해져 있지만, 어차피 골프는 혼자만의 싸움이다. 스스로 생각하고 본인의 구질에 맞는 가장 안전하면서도 가까운 거리를 택하는 것이 좋다.

동반자 모두가 오비를 피해 오른쪽 해저드를 향해 우드 티샷을 하고 종원만 혼자 그린을 향해 질러가는 왼쪽으로 드라이버 티샷을 했다.

　결과적으로 종원은 100미터 안 선으로 진입, 안전하게 두 번 만에 그린에 볼을 올리는 투 온을 했고 다른 두 사람은 오르막을 지나치게 신경 쓴 탓에 하나는 조금 짧게 쳐서, 다른 하나는 너무 길게 쳐서 그린 뒤로 볼을 넘겨 세 번에 그린에 올라왔다.

　그렇게 한 홀 한 홀 종원은 정확하게 코스를 읽고 전략적이면서도 도전적인 샷을 했다. 그린이라는 것이 매일 일을 하는 캐디가 아닌 다음에는 완벽하게 경사도를 읽어내기가 쉽지 않아 종원은 꼭 드라이버 티샷이 아닌 그가 가장 좋아하는 세컨 거리 150미터를 만들어 파3을 제외한 대부분의 홀에서 투 온을 했다.

　18홀을 다 돌고 스코어를 계산하니 버디 네 개에 보기 하나로 종원은 총 69타를 기록했다. 3언더를 쳤으니 그리 나쁘지 않은 성적이었다. 경기과에 스코어를 제출하고 돌아서니 규식이 종원을 부르며 달려온다.

　"축하해요. 첫날치고 성적이 좋으시네요."

　"감사합니다."

　종원은 그의 또래인 규식과 악수를 했다.

　"상당히 오래 준비하셨나 봐요. 샷이 아주 정교해요. 덕분에 많이 배웠습니다."

　"규식 씨, 어프러치 보면서 저도 많이 배웠습니다. 감사합니다."

　성현은 어프러치 실수로 더블을 많이 하여 기분이 많이 상했는지 인사도 없이 가버렸다. 아쉬운 인사를 하고 종원은 다시 연습장으로 향했다. 오늘 어프러치 실수는 세 번이나 했다. 파를 잡는 데는 무리가 없었지만, 생각지도 못한 실수인지라 내일은 절대 반복하지 말아야 한다는 생각뿐이었다.

다음날, 종원은 새로이 편성된 조를 찾아 어제와 같이 통성명을 했다. 모두가 어제의 스코어 이야기를 하며 어제의 실수를 씹고 씹고 또 씹으며 소마냥 되새김질하고 있었다.

"어제 얼마나 쳤어요?"

"3언더 쳤습니다."

종원의 말에 다른 동반자들이 탄성을 지른다. 모두가 한 개나 두 개 정도 오버해서 쳤다며 벌써부터 축하한다는 소리를 건넸다.

"아직 끝난 것도 아닌데요."

"그래도 전날 그렇게 벌어놨으니 오늘은 좀 편할 것 아닙니까."

"그래요. 잘 좀 부탁합시다."

종원은 동반자의 말에 고개를 끄덕였다. 골프라는 것이 마지막 홀 깃대를 홀컵에 꽂기 전에는 아무도 모르는 것이다. 종원은 바짝 조였던 고삐를 다시 한 번 더 조이며 결심을 다졌다.

"어? 안녕하세요?"

새로 배정받은 캐디가 어제의 그 동희 씨였다. 여전히 반갑게 인사 건네며 파이팅을 외쳤다. 아무리 대회라 하지만 같은 베테

랑 캐디를 다시 만났다는 것만으로도 종원은 좋은 출발의 징조
로 받아들였다.

게임이 다시 시작되었다. 종원이 티샷을 하니 다른 동반자들
이 굿 샷을 외친다. 오늘은 어제 돌았던 가든, 네이처가 아니라
네이처부터 시작을 했다.

"왜 굿 샷 소리 안 해요?"

종원이 입을 꼭 다물고 있는 캐디에게 묻자 캐디가 배시시 웃
는다.

"어제 유성현 님 있잖아요, 더블 네 개 한 손님."

"아, 예."

"제 굿 샷 소리가 시험에 방해되신다고 해서요."

"그랬어요?"

"라운딩을 돕자고 있는 캐디인데 방해가 되면 안 되잖아요.
그래도 이종원님 굿 샷."

속삭이는 캐디의 말에 종원이 피식 웃었다. 볼이 안 맞는다고
캐디 탓을 하는 골퍼들을 많이 보아왔던 종원이다. 어제의 성현
또한 실력은 좋았으나 아직 감정 조절을 못하는 것이 그의 가장
큰 핸디캡이었던 것이다.

그늘집에 도착한 종원이 캐디에게 음료수를 내밀자 캐디가
고개 숙여 인사를 하며 음료수를 받아 들었다.

"볼이 많이 상했는데, 안 바꾸세요?"

"바꿀 수가 없어요. 세상에 하나밖에 없는 볼이거든요."

한번 보여달라며 손을 내미는 캐디에게 아롱의 이름이 새겨
진 볼을 건넸다.

"느림의 미학? 캐디들 보면 속 뒤집어지겠는데요?"

"캐디가 그려준 거예요."

"그럴 리가요. 매번 진행에 쫓겨서 들고 뛰어야 하는 캐디인
데, 손님한테 천천히 가라고 거북이 그려줬겠어요?"

다시 볼을 건네며 믿을 수 없다는 듯 고개 젓는 캐디에게서
볼을 받아 든 종원이 피식 웃었다.

"동희 씨도 볼 쳐요?"

"네. 회사에서 적극 지원해 줘서 언니들끼리 볼도 치고 캐디
대회도 있고 그래요."

"그럼 나중에 철원 한여울 CC에 한번 가봐요."

"남자 캐디들 많은 데요?"

"네. 거기에 손님들한테 빨리 가자는 말도 못해서 매번 벌당
서는 캐디 하나 있어요."

"훗! 그 거북이 그려준 캐디죠? 아주 친하신가 봐요."

역시나 캐디는 캐디다. 눈치채고 묻는 캐디를 보며 종원은 아
롱이 준 볼을 꽉 움켜쥐었다.

"제 여자친구예요. 그리고 저도 캐디구요."

"오. 정말이에요? 캐디였어요?"

"후후후. 캐디였던 게 아니라 지금도 캐디예요. 앞으로는 캐
디 출신 골퍼가 될 거구요."

종원은 감탄의 눈으로 바라보는 캐디에게 주먹을 불끈 쥐어 파이팅을 외치고는 티샷에 들어갔다.

네이처 5번 홀은 총거리가 309미터였다. 그런데 세컨 지점부터 내리막인데다가 그린 앞쪽으로 해저드가 있어 까딱 길게 티샷을 했다가는 굴러서 물에 빠지기 십상이었다.

"티샷해서 해저드 바로 전까지가 250미터입니다."

캐디의 설명에 종원은 자신의 클럽을 바라보았다. 드라이버로 치기에는 너무 길고, 거리를 조절한다 해도 흔들림이 많을 것이다. 어느새 곁으로 다가선 캐디가 그의 백에서 7번 8번 아이언을 살짝 들어 올리고는 가버렸다. 7번 아이언이 150에서 160미터 정도 나가니 그리 나쁘지 않을 것 같기는 한데, 너무 짧으면 또 세컨 샷에 부담이 된다. 결국 종원은 8번 아이언으로 티샷을 했다. 착! 하고 손에 느껴지는 전율에 종원은 보이 않아도 볼이 잘 맞았다는 것을 알 수 있었다. 볼은 정확하게 150미터 거리 말뚝 가까운 곳에 떨어져 내렸다. 남은 거리는 그가 제일 좋아하는 150미터.

종원은 버디를 잡았다. 전반 5번째 홀에서 처음 잡는 버디인지라 종원은 캐디를 향해 손가락 두 개를 펴며 V 자를 보였다. 캐디가 그를 향해 엄지손가락을 치켜든다.

후반 7번 홀, 파3에서 갑작스레 불어온 바람 때문에 볼이 예상보다 훨씬 더 뒤로 날아가 버렸다. 그린 뒤로 미끄러져 오비가 난 것이다. 종원은 다시 티샷을 해야 했고 2타 벌점을 먹고 다시 티샷을 했다. 그린에 바로 올려도 이미 3타가 되는 것이다. 파3에는 세 번에 홀컵에 넣어야 하는데 결국 종원은 첫 더블을 기록했다. 실망하지 않았다. 아롱이 그려준 거북이를 보며 더욱 차분하게 티샷을 했고, 그다음 홀에서는 버디를 잡았다. 그렇게 후반 8번 홀과 마지막 9번 홀에서 버디를 잡아 파3에서의 더블을 만회할 수 있었다.

마지막 홀에서 버디를 잡은 종원은 상처투성이가 된 아롱의 볼을 꺼내어 움켜쥐었다.

'해냈구나.'

골프라는 것이 스스로의 성적을 바로 알 수 있기 때문에 이미 본선의 합격을 예견할 수 있는 종원이었다. 캐디와 동반자들이 먼저 그의 승리를 축하해 줬다.

"축하드려요."

종원은 본선 이튿날인 오늘 버디 다섯 개에 더블 하나로 3언더 총 69타를 기록했다. 어제와 오늘을 합하여 종원은 36홀 총 6언더, 138타라는 거짓없는 땀의 결실을 얻었다.

당장 달려온 것이 아니라도 그냥 참아 넘기려고 했었다. 합격 당일에 종원에게서 전화가 와서 1등으로 붙었다는 이야기를 전해 들었기 때문에, 제일 먼저 그녀에게 전화를 했다는 사실 때문에 비명을 지르며 좋아서 날뛰었던 아롱이다. 환호를 지르며 발을 구른 것이 아니라 온 세상이 떠나가라 비명을 지르며 미친 소처럼 날뛰었다는 표현이 분명하다. 그런데,

"왜 안 와. 언제 와."

합격 소식이 있고 하루가 지나고 이틀이 지나도 감감무소식이다. 참다 참다 전화를 하니 날름 받아 하는 말이 조금만 기다리란다.

"기다리긴 뭘 기다려! 나 춘향이 안 해!"

화가 나서 전화를 끊고 분을 삭이는 데 하루를 전부 보냈다. 일을 마치고 와서도 내리 화를 죽이고 있는데, 김 주임에게서 전화가 왔다.

[아롱 씨, 내일 10시까지 출근해요.]

"저희 조 내일, 첫 팀인데요."

[아는데, 아롱 씨는 내일 VIP를 모시고 나가야 하니 10시까지 와요.]

웬 VIP? 아니, 일 잘하는 으뜸 캐디들 다 뭐 하고 이제 갓 친절을 단 제가 VIP를 모셔요? 라고 하려 했으나,

"네, 알겠습니다."

참하게 대답하고는 전화를 끊었다. 8조원들은 전부 새벽 출근인데, 혼자 10시에 출근해서 3조나 4조 사이에 끼어 일을 해야 한다 생각하니 무럭무럭 화기가 솟아오른다.

"뭐야. 요즘 되는 일이 없네."

10시 티업이면 해가 한창 페어웨이를 들볶을 시간이다. 그뿐인가. 손님들은 분명 점심을 먹고 후반 경기를 하겠다 밥을 시켜달라 할 것이다. 결국 제일 뜨거운 시간에 4시간 반이면 될 코스를 밥까지 먹고 달리면 5시간은 족히 걸릴 것이다. 완전한 빌어먹을, 이다.

끓어오르는 화기로 온밤을 하얗게 새운 아롱은 다크서클을 발밑에 걸고 출근을 했다. 배치표를 받으려고 줄을 서니 서 과

장이 아롱을 보며 웃는다.

"우리 아롱이 좋겠네. 종원이 세미프로로 붙었다며."

'네, 너무 좋아서 보러도 안 오네요. 조만간에 서울로 쳐들어가서 반쯤 죽여놓으려고요.'

새롱새롱 웃으며 눈에 힘을 주었지만, 서 과장이 알아들었을지는 의문이다. 중요하지 않다. 배치표를 받아 카트로 걸어갔다. VIP 이름이 적힌 배치표를 유심히 노려보니 '이종원'이라고 떡하니 쓰여 있다. 백을 실으려 보니 백도 종원의 것과 똑같이 생겼다.

"웃겨! 가지가지로 염장질이네."

백을 싣고 마운틴 대기선에 카트를 주차했다. 그런데 참 이상하다. 마치 무궁화 꽃이 피었습니다, 하는 것처럼 수군대던 사람들이 그녀와 눈을 마주치면 아무 일 없다는 듯 웃는다. 아롱은 은연중에 눈치챌 수 있었다.

'나만 모르고 남들 다 아는 무언가가 벌어지고 있다.'

사실은 곧이어 밝혀졌다. 손님을 기다리고 있는 아롱의 눈에 그녀를 향해 걸어오는 종원이 보였다.

"어. 형, 축하해요."

"고맙다."

검정색 골프웨어를 입은 종원의 모습이 골프잡지에서 튀어나온 듯 멋있기만 하다. 모델처럼 그녀를 향해 걸어오면서도 종원은 오가는 동료들과 인사를 잊지 않는다.

"종원아, 축하해. 성적 좋았다면서."

"아, 예. 감사합니다, 주임님."

"과장님 이야기 들으니까 가기 전에 라운딩 예약하고 갔다며. 자신있었나 보네."

김 주임의 말에 종원이 머리를 긁으며 웃었다. 그때는 본선 날짜를 몰라 넉넉하게 예약을 했지만, 평생 기억에 남을 만한 재회를 위해 정작 종원은 삼 일씩이나 기다려야 했다. 김 주임의 등 뒤로 아롱이 보인다. 얼른 달려올 생각도 못하고 커다란 눈만 데굴데굴 굴리고 있다.

"망할!"

종원과 눈이 마주친 아롱은 후딱 돌아서 버렸다. 얼굴이 화끈거린다. 양 볼에 손을 얹고는 심호흡을 했다. 기쁜 건지 화가 난건지 분간이 안 가는 감정으로 화르륵화르륵 자꾸 열만 난다. 날도 더워 죽겠는데 열이 나니 벌써부터 목티가 젖어들었다.

"아롱아."

등 뒤에서 종원의 목소리를 듣는 순간, 아롱은 자신이 더운 이유가 화가 났기 때문이라는 결론을 내렸다. 그의 품에 달려드는 재회를 늘 꿈꿔왔건만, 기다림이 너무나 잔인했기에 아롱은 입술을 깨물었다. 남은 것은 복수.

"안녕하세요. 오랜만이네요."

쌀쌀맞은 아롱의 목소리에 종원은 피식 웃어버렸다. 종원과 동철의 협력 관계를 들켜 버린 것과 아롱이 화가 많이 났다는 것을 동철에게 이미 들어 알고 있었다.

"세미프로 붙었다면서요. 축하해요."

팽 하니 돌아서는 그녀를 잡으려는데 오늘 함께 라운딩을 하기로 했던 선배들이 종원을 불렀다.

"이야. 여기 처음 와보는데, 생각보다 경치 좋다."

"그러게. 선호도 같이 왔으면 좋았을 텐데."

미국으로 떠난 선호와 달리 선수 생활을 포기한 재식은 골프숍을 운영하고 명준은 스크린골프장 사장이 된 선호의 친구들이다.

"형님들, 오랜만이에요."

"그래. 이번에 세미프로 테스트 붙었다며? 선호한테는 이야기했어?"

선호처럼 자주는 아니어도 예전에 몰려다니며 라운딩을 했던 재식과 명준인지라 캐디를 하면서도 선호를 만날 때면 늘 함께했던 이들이다. 오늘은 라운딩하자는 종원의 전화 한 통에 두말 않고 광주에서 대구에서 백 하나 차에 싣고 나타났다. 프로로서의 길은 포기했지만, 있는 집 아들들인지라 언제 어디라도 볼을 칠 일이 생기면 늘 달려오는 골프광들이다.

"웃겨!"

달래줄 생각도 않고 동반자들과 대화를 나누는 종원이 미워서 견딜 수가 없었다. 종원에게 그 누구보다 소중한 존재인 아롱이라 생각했는데, 오늘은 마치 왕자님 시중을 드는 하녀같이 느껴져서 속이 이만저만 상하는 것이 아니다. 아롱은 카트에 종원과 재식, 명준을 태우고 마운틴으로 향했다.

"안녕하십니까. 오늘 라운딩을 도와드릴 친절 도우미 박아롱입니다. 즐거운 플레이 되십시오."

한마디 한마디 하는데 눈물이 날 것 같아 입술을 깨물었다.

"형, 제 여자친구예요."

뜬금없는 종원의 말에 아롱이 고개를 획 들자, 명준과 재식이 웃음을 터뜨렸다.

"이야, 너. 대박이다. 아니, 여자친구 보여주겠다고 광주 사는 날 철원까지 불러들이냐."

"야, 나도 대전에서 왔어. 그냥 남쪽에서 치자니까 굳이 철원에서 치자더니 이유가 있었네. 반가워요. 전 오재식이에요."

여자친구라고 소개한 것은 좋았으나 하얀색 목티에 하얀 찔레꽃 장갑을 손에 낀 아롱은 쑥색 유니폼에 챙 모자까지 쓰고 있다. 정말 안 예쁘다. 아롱은 창피해서 견딜 수가 없었다.

"반갑습니다. 즐거운 플레이 되십시오."

굳어버린 채로 아롱은 즐거운 플레이 되라는 말만 기계적으로 뱉어냈다. 종원은 그녀를 보며 웃고 있었지만 아롱은 점점 씁쓸해졌다.

"굿 샷!"

첫 티샷이 시작되자 아롱은 분노의 굿 샷을 외쳤다. 그래, 그냥 손님이려니 생각하자. 다짐하며 클럽을 받아 백에 넣고 다시 깍듯하게 인사했다. 티샷을 마친 명준과 재식은 오랜만에 만났는지 서로 이야기를 하며 페어웨이로 걸어갔고 종원만 운전을 하는 아롱의 곁에 앉아 있었다.

"보고 싶었어."

"그랬어요?"

화가 잔뜩 난 아롱의 목소리는 살기까지 피어오른다. 오늘을 위해 준비한 것이 많은데, 정작 아롱은 생각보다 많이 화가 난 듯하여 당황스러운 종원이었다. 과연 그가 준비한 선물로 그녀의 마음이 풀릴지 슬슬 걱정이 밀려온다.

"종원아, 타당 만 원이다. 알지?"

"예."

재식에게 대답을 한 종원이 카트에서 내려섰다. 후다닥 페어웨이로 뛰어든 아롱이 그보다 먼저 도착하여 보란 듯이 그의 볼을 지그시 밟는다. 페어웨이로 들어오니 종원의 하얀 볼이 잔디에 푹 박혀 아롱의 신발 자국까지 선명하게 나 있다. 아롱을 쳐다보니 적당한 타이밍을 기다린 듯 팽 하며 고개 돌려 가버렸다.

규칙상 볼을 만질 수 없기에 종원은 평상시보다 두 배의 힘을 기울여 찍어내듯 볼을 빼내야 했다. 결국 한 타를 손해 보고 세 번에 올려 첫 홀은 파를 잡았다.

"이 자식, 세미프로로 붙었다더니, 잘하네."

"캐디 하면서도 꾸준하게 연습했다잖냐. 맨날 내기 골프나 치는 우리하고 같겠냐?”

아롱은 종원보다 한 타씩 뒤처진 재식과 명준에게서 만 원씩 받아 드는 종원의 모습에 발을 굴렀다.

“더 콱 밟았어야 했는데.”

캐디가 손님의 볼을 밟는다는 것은 있을 수 없는 일이다. 골 프장에서는 살인사건 감이다. 하지만 지금 아롱에게는 무서울 것이 없었다. 만약 그녀가 그림을 그려준 볼이었다면 차마 밟지 못했을 테지만, 종원은 아무 표시도 없는 하얀색 볼을 사용하고 있었다.

“흥. 내가 준 건 어쩌고? 얼마나 정성 들여 만든 건데.”

마운틴 2번 홀, 아롱은 티샷이 끝나자마자 종원을 떨어뜨려 놓고 냅다 달려 세컨에 내려섰다. 후다닥 뛰어 들어가 종원의 볼을 집어 냅다 산속으로 던졌다. 그런데 망할 볼이 나무에 맞 아 페어웨이로 튕겨 들어온다. 에라. 급한 마음에 다시 뛰어가 볼을 밟았다. 이번에는 땅이 부드러웠는지 쏙 하고 잘도 박혀 들어간다.

결국 종원은 두 번째 홀에서 3타나 오버하여 트리플을 했다.

“헤헤헤.”

종원은 재식과 명준에게 3만 원씩 나누어주며 아롱을 바라보 았다. 처음으로 웃음을 보이던 아롱이 눈이 마주치자 샐쭉하니 돌아선다. 그 모습에 종원은 피식 새어 나오는 웃음을 참지 못 했다.

"후후후."

볼을 밟는다는 것은 정규대회 퇴장감이다. 기다리게 한 것이 미안하고 외롭게 한 것이 한없이 미안하여 아무런 말도 할 수 없었다.

3번 홀에서는 250미터를 넘게 날아간 종원의 볼을 집어 뒤에 있는 벙커를 향해 거꾸로 집어 던졌다. 그녀의 만행을 아는지 모르는지 뒤늦게 재식과 걸어온 종원은 군말없이 벙커 샷으로 무사 탈출했다. 이번 홀에서는 파를 했다. 아롱은 종원을 위기에 빠뜨리기 위해서 더더욱 열심히 뛰었다. 명준과 재식이 눈치 채지 못하게 종원을 괴롭히려니 아롱의 몸이 더 괴롭다.

그렇게 아홉 홀을 돌며 종원의 볼을 밟거나 집어 던지고 해저드에 빠뜨리고 그린 위에서는 홀컵 앞에 선 그의 볼을 발로 차서 멀찌감치 밀어냈다. 급기야 7번 홀에서는 종원이 자주 쓰는 56도 클럽을 그린 옆에 버리고 왔는데, 마샬을 보고 있던 개구라가 금세 주워와 아롱을 민망하게 했다. 그럼에도 굴하지 않고 아롱은 남들 10년 동안 나누어서 하게 될 진상 캐디의 모든 표본을 실천하며 열심히 달렸다.

아롱의 방해 작전에도 불구하고 종원은 전반 9홀에서 겨우 7타를 오버하여 43타를 기록했다. 재식과 명준이 각각 34타 36타를 기록했으니 종원도 꽤나 잃었다.

후반 벨리코스에는 대기 팀이 두 팀이나 되었다. 종원은 잠시 아롱과 이야기라도 할까 했는데, 그녀는 말도 없이 화장실로 들어가 버렸다. 결국 스타트하우스로 들어와 맥주를 마시고 있는 재식와 명준 옆에 앉았다.

"종원아, 정말 여자친구 맞냐?"

"그러게. 너 혼자 여자친구라고 생각하는 것 아냐?"

재식의 말에 종원이 웃었다. 아롱이 그의 볼을 집어 해저드에 던져 버리는 것을 보았나 보다.

"한참 못 봐서 심통 나서 그래요."

"거 아가씨 성깔 대단하네. 아주 보란 듯이 집어 던지던데?"

재식의 말에 명준이 웃었다.

"그러게. 얼마나 못 봤는데?"

"석 달 만에 처음 보는 거예요."

재식이 마시던 맥주를 내려놓으며 묻는다.

"전화는?"

"거의 안 했어요."

"테스트 보느라 그랬구나. 독한 놈!"

욕을 하는 두 선배들을 보며 종원도 멋쩍어 애꿎은 머리만 긁 는다.

"그러게요."

"아냐. 볼 치는데, 정신 딴 데 팔면 바로 오비야."

재식의 말에 명준이 고개를 젓는다.

"그래도 그렇지, 사랑하는 사람이면 꽃길을 가든 돌길을 가든 옆에 데리고 있어야지. 그게 사랑 아니냐."

“그래서 이제는 손잡고 같이 가려고요.”

“자식, 엄청 좋아하나 보네. 조만간 축의금 나가게 생겼다. 아휴~ 이 불경기에. 나도 아직 장가 못 갔는데. 그렇게 좋으냐?”

괄괄한 재식의 말에 종원이 피식 웃었다.

“좋으냐고요. 흠……. 형!”

“왜!”

“아롱이는 제 인생의 첫 홀인원이에요.”

종원의 대답에 재식과 명준이 입을 다물어 버렸다. 골퍼에게 있어 로또보다 더 큰 기쁨이 한 번의 샷으로 승부하는 홀인원이 아니던가.

후반전 아롱의 복수는 더더욱 열기를 띤다.

“고객님! 클럽에 볼 닿았어요. 일벌타!”

첫 홀이 끝나기도 전에 아롱은 종원의 타수를 늘리느라 정신이 없다. 종원은 망연스레 인정을 하고는 1타 추가하여 첫 홀을 보기로 아웃 했다. 그다음 홀은 사인이 들어가는 파3 홀이다.

“벨리 2번 홀은 파3 홀로서 핸디캡 1번 홀이며 총거리 200미터입니다.”

2번 홀은 티박스에서 그린이 섬처럼 뚝 떨어진 아일랜드 홀이다. 계곡을 넘겨야 하는 부담과 그린 좌우측 해저드가 있어 정교한 샷을 요구하는 내리막 홀. 티박스에서 내려다보면 까마득히 아래쪽으로 그린이 있다. 오른쪽으로 한탄강 계곡을 끼고 돌아치는 바람 때문에 한 번에 그린에 올리는 것도 어려워 매

여름마다 그린에 올라간 손님들에게 팡파르를 울리고 공짜로 맥주를 주는 이벤트 홀이었다.

가는 날이 장날이라고 오늘 핀의 위치가 오른쪽 계곡으로 바짝 치우쳐 꽂혀 있다. 펄럭이는 깃발을 보니 한탄강에서 그린 쪽으로 서풍이 강하게 불고 있었다.

평소 싱글을 자랑하는 재식이 먼저 티샷을 했다. 높게 날아오른 볼이 서풍에 밀려 깃대에서 상당히 먼 그린 왼쪽으로 떨어져 내렸다. 그린 뒤에 사인을 주던 캐디가 손을 번쩍 들어 올리며 이내 팡파르가 울려 퍼졌다. 그 뒤로 명준은 조금 욕심을 부려 깃대에서 한 클럽 정도 오른쪽을 겨냥해 티샷을 했다. 이번에는 거리가 조금 짧았는지 그린을 감싼 카트 길에 맞아 오른쪽 계곡으로 빠져 버렸다. 다음은 종원의 차례였다.

종원은 심사숙고 끝에 4번 아이언을 잡았다. 그리곤 내내 주머니 속에 만지작거리던 거북이가 그려진 볼을 손에 쥐었다. 그리곤 손에 밴 땀을 바지에 문질러 닦고는 왼손에 장갑을 꼈다. 아롱을 바라보니 그녀는 빨리 치라 눈짓을 하며 입을 삐죽거린다.

"아롱아."

대답없는 그녀의 이름을 종원은 다시 불렀다.

"아롱아."

"예."

마지못해 아롱이 대답을 하자 종원이 손짓했다.

“왜요.”

아롱은 종원의 곁으로 한 걸음 더 다가섰다. 캐디를 했으니 얼른얼른 쳐야 할 것을 알면서도 뜸을 들이는 종원이 이해가 되지 않아 인상을 쓰니 그가 웃는다.

“잘 봐둬. 너한테 주는 선물이야.”

무슨 말인지 알아들을 수 없어 아롱이 고개를 갸웃거렸다. 장갑을 끼지 않은 오른손이 종원의 입술에 닿는가 싶더니 이내 독수리처럼 팔을 뻗는다. 손끝으로 바람을 읽는다.

빈 스윙도 없이 그의 아이언이 바람을 가른다.

탕!

단발의 총성이 울린다. 쏜살같이 티박스를 떠난 볼이 그린이 아닌 한탄강을 향해 날아간다. 아무리 봐도 계곡 아래로 떨어져 내릴 것 같다. 그런데,

“어!”

“돈다. 야. 그린 올라가겠는데?”

“어. 어어. 붙을 것 같아!”

영락없이 한탄강 계곡에 빠지겠다 했던 볼이 바람을 타고 부드럽게 좌회하며 깃털처럼 가볍게 그린으로 내려앉는가 싶더니 사라져 버렸다.

“어?”

분명히 그린 위로 떨어졌는데 보이지 않는다. 바람조차 잠들어 버린 듯 짧은 침묵이 찾아들었다.

“우아아아아아!”

계곡 넘어 티샷을 지켜보던 앞 팀 사람들의 환호성이 침묵을 깨고 계곡으로 울려 퍼진다.

“뭐야, 들어간 건가?”

“그런가? 야! 빨리 가보자!”

아롱은 멍하니 계곡 아래를 내려다봤다. 종원의 볼이 아래로 떨어졌다 한들 깊은 계곡 아래가 보일 리 없건만, 아롱은 눈을 뗄 수가 없었다. 바람이 심한 핸디캡 1번 홀. 종원이 웃으며 아롱의 손을 잡아당겼다.

“가자!”

아롱이 종원의 손을 뿌리치고 카트로 뛰어갔다.

‘정말 들어간 건가? 그럴 리 없는데.’

정신없이 달려 그린에 도착하니 앞 팀은 게임도 안 하고 우르르 그린 위에 올라와 아롱의 팀을 기다리고 있었다.

“아롱 씨! 홀인원! 홀인원!”

앞 팀 캐디가 흥분하여 아롱의 손을 잡아당긴다.

“누가 한 거예요?”

“축하합니다.”

“축하합니다. 좋은 구경 했습니다.”

여기저기서 축하의 말이 쏟아져 나왔지만 아롱은 믿겨지지 않는다는 듯 펄럭이는 깃대를 향해 걸어갔다.

“우아! 종원아, 정확하게 들어갔다.”

아롱의 눈에도 깃대 사이에 끼어 있는 볼이 보였다. 그녀가 그려준 볼의 거북이가 깃대와 홀컵 벽면으로 등을 대고 있다. 깃대를 뽑아 드니 그제야,

땡그랑!

경쾌하게 볼이 홀컵 안으로 굴러 떨어졌다.

"와아아아아아!"

사람들의 환호 속에 걸어 들어선 종원이 볼을 꺼내어 아롱의 손에 쥐어줬다.

"Just for you."

속삭임에 이어 종원이 그녀의 이마에 입맞춤했다. 홀인원에 키스신에 사람들이 미친 듯이 소리를 질러대기 시작했다. 여기저기서 박수 소리가 터져 나왔다.

"감사합니다."

아롱의 손을 잡은 종원은 앞 팀 사람들에게 인사를 하고는 선배들과 카트로 돌아왔다. 재식과 명준은 이미 라운딩을 종료하기로 마음을 먹었는지 클럽을 챙긴다.

"선물…… 마음에 들어?"

아롱은 무슨 말을 어찌해야 할지 그저 공을 잡은 손을 꼭 움켜쥘 뿐이었다. 라운딩을 접고 샛길로 8번 홀과 9번 홀을 거쳐 센터로 돌아왔다. 아직 종원의 홀인원 사실이 전해지지 않았는지 센터 앞은 조용했다. 하긴 보고해야 할 아롱이 정신을 놓아버렸으니 센터에서는 알 도리가 없다. 종원은 아롱을 대신하여

센터를 보고 있던 불멸의 6조장 승일에게 라운딩 종료를 알렸다.

"이야. 홀인원 술 얻어먹어야 하는데, 다음에 하자. 석 달 만에 만난 애인한테 홀인원 선물하는데 우리가 낄 순 없지."

"그래, 그래. 오늘은 물러나지만, 나중에 꼭 연락해라! 알았지?"

눈치 빠른 재식과 명준은 아롱의 손을 잡고 선 종원에게 인사를 하고는 각자의 차에 백을 실었다.

"우린 알아서 갈 테니까. 연락해!"

"고마워요, 형."

백을 싣고 클럽하우스를 향해 올라가는 재식과 명준에게 인사를 한 종원이 여전히 멍하니 서 있는 아롱을 카트에 태우고 3단 주차장으로 내려갔다.

"선물 마음에 들어?"

"어?"

종원의 질문에도 아롱은 멍하니 그를 올려다본다.

"마음에 안 들어?"

"그게 어떻게…… 들어갔지?"

아롱은 이해할 수가 없었다. 홀인원이란 주로 파3에서 티샷 한 볼이 단 한 번에 홀컵에 들어가는 것을 말한다. 정확하게 거리를 재고 바람과 그린의 경사도까지 완벽하게 읽어도 확신할 수 없다. 홀인원은 절대 계산할 수 없는 것이다.

“열심히 한 거지.”

“그게, 열심히 한다고 되는 거야?”

“진짜 많이 연습했어. 기왕이면 아롱이가 가장 좋아하는 벨리 2번 홀에서 선물하려고.”

정말 연습만으로 가능할까? 실력이 1%라면 99%의 운을 필요로 하는 것이 홀인원이다.

“그게 오빠…… 연습하면 되는 거야?”

“후후후.”

아무리 생각해도 도저히 이해 불가능이다. 아롱이 고개를 세차게 저었다.

“믿을 수가 없다.”

“그래, 연습만으로 행운을 손에 쥘 수는 없겠지.”

“어떻게 한 거야? 그것도 오늘. 정말 그게 선물인 거야? 미리 계산한 거야?”

쏟아지는 아롱의 질문에 종원이 미소 지으며 그녀의 머리를 쓰다듬었다.

“함께할 수 있을 거라 믿었어.”

“……”

“너를 위해서.”

종원의 목소리가 그녀의 몸 안으로 스며든다.

“너 하나만을 위한 홀인원.”

눈물이 터져 버렸다. 갑자기 막 서럽고, 마음이 아파서 눈물을 참을 수가 없었다. 결국 아롱은 통곡을 하고 말았다.

"흑. 내가 얼마나 엉엉엉. 보고 싶었는데. 엉엉."

"미안해."

"너무해. 어떻게…… 엉엉."

"사랑해."

미안하다. 사랑한다, 속삭이는 종원의 품에서 아롱은 쉬지 않고 울었다. 한참을 울고, 숨 한 번 돌리고 다시 울고. 그렇게 울기만 하는 아롱을 품에 안고 종원은 입술을 깨물었다.

'다시는 놓지 않아.'

앞으로 갈 길이 아무리 험하다 해도, 그녀에게 힘든 길이 될지라도 아롱이라면 함께해 주리란 확신이 들었다. 종원은 훌쩍거리는 아롱을 바라보며 주머니에서 다시 볼을 하나 꺼내 그녀의 손에 쥐어주었다.

"뭐야?"

얼마나 두들겨 맞았는지 볼에 그려진 거북이가 상처투성이다. 아롱이 종원을 올려다보았다.

"예선에서 2등한 볼. 그리고……."

종원이 다시 볼 하나를 짠 하며 꺼내어 내민다.

"이건 본선에서 1등한 볼."

"오빠……."

아롱은 볼 세 개를 손에 들고 울먹였다. 오늘 라운딩을 하며 그녀의 볼을 사용하지 않아 섭섭해했었는데, 종원에게 선물한 볼들이 이렇게 귀하게 사용되었으리라고는 상상도 못했던 아롱이었다.

"아롱이 마음이니까. 함부로 쓰면 안 되고 시합할 때마다 하나씩 쓰려고 이제 121개 남았어."

"오빠……."

"이번에는 하나 가지고 36홀 다 돌았지만, 2부 리그에서는 마지막 홀에서만 사용할 거야. 우승할 때마다 하나씩 다시 돌려줄게."

종원의 말에 훌쩍이던 아롱이 고개를 저으며 웃었다.

"바보. 내가 123개 줬으니까 세 개 빼면 120개지."

"후후후. 바보, 121개 맞아."

"어?"

아롱이 고개를 갸웃거리자 종원이 아롱의 손에 쥔 볼을 하나하나 세기 시작했다. 먼저 그가 예선 2등한 볼을 가리킨다.

"여기 하나. 그리고 본선 1등한 볼 하나. 그리고 오늘 홀인원한 볼은 상자 속에 들어 있던 게 아니라 아롱이가 내 차에 흘리고 간 볼이니까 전부 124개. 지금까지 세 개 썼으니까 빼기 3 하면, 121개."

"아. 그 볼 찾았어?"

고개를 끄덕이며 웃는 그의 모습에 아롱이 마주 웃으며 말했다.

"아무리 찾아도 없더니만 차에서 흘렸구나. 헤헤헤."

이러나저러나 결국 주인을 찾아갔으니 모든 것이 만족스럽다.

"나 배토 다녀와야 하는데."

퇴근 준비를 하라는 그의 말에 아롱이 주춤거리자 종원이 조용히 웃으며 말했다.

"기다릴게. 천천히 다녀와."

아롱은 다시 카트를 몰고 센터로 올라갔다. 배토가방을 들고 막 출발하려는 4조 조원들이 탄 카트로 뛰어가는데 센터를 보고 있던 불멸의 6조장 승일이 아롱을 부른다.

"아롱 씨! 어디 가요!"

"배토 가는데요."

아롱의 대답에 승일이 웃으며 손짓한다.

"그냥 가요. 종원이 왔다면서요. 배토 안 해도 되니까 그냥 가요."

"하지만……."

아롱이 미안한 듯 그녀를 기다리는 4조원들을 보니 그들은 이미 알고 있다는 듯 손을 흔들며 훌쩍 가버렸다.

"아무도 욕 안 해. 그냥 퇴근하세요."

"감사합니다."

아롱은 나는 듯 종원이 기다리고 있을 3단 주차장으로 내려갔다. 카트실 문 앞에 서 있는 종원에게 손을 마구마구 흔들어주고는 여자대기실로 들어가 옷을 갈아입었다.

"후훗. 어쩐지 새 옷 입고 싶더라."

아롱은 인터넷 주문으로 어제 도착한 하얀색 원피스를 입고
서둘러 뛰어나왔다.

"하아. 하아. 많이 기다렸지."

숨이 턱까지 차오른 아롱을 바라보던 종원이 그녀의 손을 잡
고 2단 주차장으로 향했다.

"잘 지냈어?"

"동철한테 들어서 알고 있잖아."

종원이 웃는다. 아롱은 영국 신사처럼 보조석 문을 열어주는
그에게 방끗 웃으며 종원의 차에 올라탔다. 얼마 만에 타보는
종원의 차인지 그의 향기가 물씬 풍기는 것 같아 숨을 크게 들
이켰다.

"좋다."

커다란 꽃이 달린 샌들을 타닥거리며 아롱이 둘레둘레 차 안
을 훑어본다. 그런데 뒷좌석에 골프백 하나가 실려 있다. 종원
의 것은 분명 트렁크에 실었고 뒷좌석에 있는 것은 하얀색에 핑
크색 선이 들어간 것이 영락없이 여자 백이다.

"오빠! 저건 뭐야?"

"어? 아……."

종원은 아무런 대꾸도 없이 차를 출발시켰다. 아롱은 뒤에 실
린 골프백에서 눈을 뗄 수가 없었다. 궁금했다.

"뭐냐니까."

“그게.”

“뭔데?”

막 한여울 CC의 정문을 벗어나던 종원이 탁 소리가 나게 숨을 내쉬며 웃었다.

“아롱이 선물.”

“내 거?”

아롱은 운전 중인 종원의 목을 감싸 안았다.

“오빠! 우아! 안에 클럽도 들어 있어?”

“그럼, 설마 선물이라고 껍데기만 사 왔겠냐.”

“어머! 어머어머!”

좋아라 손뼉을 치는 아롱을 보니 종원은 왠지 섭섭했다. 돈 주고도 살 수 없는 홀인원을 했을 때는 멍한 표정밖에 안 보여 주더니 돈 들여 산 골프백을 보고는 박수까지 친다.

아롱은 이제 뒷좌석에 몸을 걸치고 손을 바동거리며 백의 지퍼를 열고 있다. 한참을 낑낑거리더니 아직 포장도 뜯지 않은 클럽의 헤드를 움켜잡았다.

“안 빠진다.”

“이따가 내려서 봐.”

“근데, 클럽은 갑자기 왜 샀어?”

“동철이가 너 연습장에서 내 클럽 친다고 해서.”

“그거 치라고 주고 간 것 아니었어?”

뒷좌석에서 클럽을 빼내기 포기한 아롱이 그녀 특유의 멍한 표정을 짓자 종원이 웃음을 터뜨렸다.

"남자 채 중에서도 샤프트 제일 강한 건데, 설마 너 치라고 주고 갔겠냐."

"그럼 왜 놓고 갔어?"

"내가 처음 골프 배울 때 쓰던 거야. 초심 잃지 말자고 7년 넘게 가지고 있던 거라 내 마음이려니 하고 놓고 갔지."

"오빠……."

종원의 말에 아롱이 다이아몬드라도 삼킨 듯이 감동의 눈빛을 쏘아 보낸다.

"고마워."

"됐다."

방긋방긋 웃으며 아롱이 자꾸만 뒷좌석에 놓인 백을 힐끔거린다.

"그렇게 좋아?"

"응. 헤헤헤."

"홀인원보다 더?"

순간 아롱이 입을 다물어 버렸다. 뭐라고 대답해야 할지 고민하는 눈치다. 종원은 웃음이 나왔다. 그녀를 다시 만난 몇 시간 동안 웃음이 끊이지를 않는다. 그간 테스트 때문에 받았던 스트레스가 모두 날아가 버렸다.

"넌 퍼스트보다 세컨 좋아하는구나."

"응?"

"클럽 말이야. 만약에 홀인원 못하면 주려고 대타로 사 온 거거든."

아롱이 까르륵 웃음을 터뜨렸다.

"그래서 홀인원하면 안 주려고 했어?"

"그거야 뭐……."

"홀인원도 좋고 클럽도 좋고, 오빠가 주는 건 다 좋아."

10점 만점에 100점! 종원이 앙증맞은 대답에 손을 뻗어 그녀의 머리를 쓰다듬었다. 얇고 가느다란 머리카락이 그의 손가락 사이로 감겨든다.

"그래, 이 맛이야."

"뭐야! 개도 아니고."

아롱이 헤헤거리며 그의 손을 밀어내자 종원이 다시 턱 하니 그녀의 머리에 손을 얹었다.

"너, 그러면 선물 안 준다."

"선물? 또 있어?"

"흠흠."

"뭔데!"

아롱의 다그침에 종원은 한껏 시간을 끌며 누적누적 보조석 앞에 있는 수납징으로 손을 뻗었다. 그리곤 그 안에 있던 벨벳으로 싸인 작은 상자를 내밀었다.

"오빠!"

아롱은 그가 청혼을 하는 것이라 생각했다. 상자를 받아 열어

보니 작은 금반지가 들어 있다. 그런데 하나가 아니라 두 개다. 쌍가락지? 청혼하는데 웬 쌍가락지?

"하나는 백 일 반지. 하나는 이백 일 반지."

"아……."

청혼은 아니라도 기쁘기는 매한가지다. 반짝이는 금반지의 가운데는 조그마한 보석도 박혀 있다. 보석이 아닌 돌이 박혀 있다 한들 마다하리요.

"넘흐 예쁘다."

얼른 왼손 약지에 반지 하나를 끼워 넣고 오른손 약지에도 똑같이 하나 끼워 넣었다. 손에 딱 맞아떨어지는 것이 마냥 신기하기해서 양손을 쫘악쫘악 폈다.

"그거 한쪽에 같이 끼는 거 아냐?"

"어디다 끼든 무슨 상관? 그보다 손가락 사이즈는 어떻게 알았대?"

"잡아보니까 내 새끼손가락 중간쯤 하던데."

"후훗."

이제는 아롱의 집이 된 오피스텔 앞에 차가 멈춰 섰다. 종원이 뒷좌석에서 아롱의 백을 꺼내자 그녀가 날름 백을 받아 든다.

"무거워. 내가 들게."

"왜 이래! 나도 캐디야."

뼈다귀 입에 문 강아지처럼 굳이 고집을 부리니 종원은 결국 아롱에게 백을 넘겨주었다. 엘리베이터를 타고 오르는데도 그녀의 얼굴은 마냥 즐겁기만 하다. 화가 다 풀렸나 보다 싶어 살며시 그녀를 품에 안았다.

"안 무거워?"

"무겁긴. 이제 익숙해져야지."

뭐가 익숙해지나 싶어 물으니 마침 엘리베이터가 6층에 멈춰섰다.

"나 투어캐디 될 거야."

"뭐?"

종원은 열린 문으로 아롱이 내려서는 것을 바라보며 멍하니 서 있었다. 투어캐디라니! 엘리베이터 문이 다시 닫히는 것도 모른 채 종원은 정신 나간 사람처럼 서 있었다.

"오빠!"

엘리베이터 문 닫히는 소리에 돌아본 아롱은 엘리베이터를 향해 달려갔다. 문이 닫히기가 무섭게 열림버튼을 눌렀지만 엘리베이터 위에 달린 전자 숫자가 하나둘씩 내려가고 있다.

"오빠! 에잇. 바보같이 안 내리고 뭐 했던 거야."

4, 3, 2.

한두 층 아래서 길이오러나 계단을 봤지만, 정신을 어디에 팔고 있는지 종원은 1층으로 내려가고 있었다. 아롱은 엘리베이터 앞에 선 채로 기다렸다. 이내 엘리베이터가 올라오는가 싶더니 문이 열리며 종원의 모습이 보였다.

“안 내려?”

“내, 려, 야지.”

어정쩡하게 엘리베이터에서 내려선 종원이 앞서 걷는 아롱의 팔을 붙잡는다.

“투어캐디, 내가 잘못 들은 거지?”

“아니.”

“아롱아!”

아롱을 부르는 그의 목소리에도 그녀는 종원의 팔을 뿌리치고 씩씩하게 걷기 시작했다. 종원은 헐레벌떡 그녀의 뒤를 따라 집으로 들어섰다.

“뜬금없이 투어캐디라니.”

“왜?”

골프백을 내려놓은 아롱이 백을 열어 포장도 뜯지 않은 드라이버를 꺼내 들었다.

“이야, 좋아 보인다.”

“아롱아.”

“오빠, 고마워.”

딴소리를 해대며 클럽의 포장을 뜯는 아롱의 손을 낚아채 침대에 앉혔다. 그리고 그녀를 향해 허리를 숙인 종원이 손으로 그녀의 양 볼을 감쌌다.

“박아롱! 집중.”

아롱은 심각하게 그녀를 내려다보는 종원을 보며 병아리 부리처럼 그의 손에 눌린 입술을 달싹였다.

"오빠, 왜 그래."

"너, 투어캐디가 뭔 줄 알아?"

"그럼. 시합할 때 프로 옆에서 백 메고 다니는 언니들."

"어디서 봤어."

"TV 골프 채널에서. 왜?"

종원이 한숨을 늘어지게 내쉬며 말했다.

"아롱아아아. TV에서는 잠깐씩밖에 안 보이지만, 실제로 보면 하루 종일 백 메고 페어웨이를 걸어다녀야 해. 얼마나 힘든 일인 줄 알아?"

아롱은 그제야 종원이 그녀가 투어캐디를 한다는 것에 반대하고 있다는 것을 알 수 있었다. 힘들게 골퍼의 길로 들어서는 종원이 반대할 것이라고는 생각지도 못한 아롱이었다.

"투어캐디 돼도 절대 너 안 데리고 다닐 거야."

종원은 그녀가 자신 때문에 그런 결정을 내린 것이라 생각하고 단호하게 이야기했는데 아롱의 대답이 뒤통수를 친다.

"누가 오빠 쫓아다닌대? 웃겨."

"아롱아."

"오빠, 나는 오빠기 프로골퍼 된다고 했을 때 열심히 하라고 말해줬는데 오빠는 뭐야."

종원은 할 말이 없었다. 아무리 7년을 준비한 자신과 이제 캐디 생활한 지 반년 된 아롱이 투어캐디를 꿈꾸는 것은 너무나 다르다는 생각뿐이다. 종원은 더 이상 냉정한 생각을 할 수가 없었다. 덥석 아롱을 품에 안고 소리쳤다.

"결혼하자!"

"응."

"결혼해서 난 열심히 볼 치고, 넌 열심히 우리 아기들 기르고."

"그래!"

종원의 말에 아롱도 신이 난 듯 대답한다. 종원은 안심이 된 듯 그녀를 감싸 안았던 팔을 풀어냈다.

"그럼 투어캐디 안 할 거지?"

"아니!"

장난해! 소리를 버럭 질러주고 싶지만, 그러기에는 아롱의 눈동자가 너무나 반짝인다. 마치 하늘의 별을 본 것처럼 반짝이며 그를 향해 미소 짓는 아롱에게 소리를 지를 수가 없어 종원이 그녀의 곁에 털썩 주저앉았다. 도대체 어쩌다가 아롱이 투어캐디에 꽂혔는지 알 수가 없다. 정말 자신 때문이 아니라면 도대체 왜!

"걱정하지 마, 오빠. 나 일도 하고 결혼도 하고 애도 낳을 거야."

"아롱아〜"

"나 캐디 하면서 성격도 많이 변하고, 또 매번 다른 사람들 만나서 이런저런 얘기 하는 것도 좋고. 후훗, 골프도 재미있고. 꼭 해보고 싶어."

조분조분 이야기하는 아롱을 보니 종원은 숨이 턱턱 막힌다. 당장은 아니라도 조만간 캐디 일을 그만두게 하려 했는데, 그녀는 이제 일에 한창 재미를 붙였나 보다. 어쩌나. 종원은 그녀를 혼자 둔 것이 너무나 후회되었다.

"아롱아~"

"울 오빠는 열심히 거북이처럼 걸어서 멋진 프로골퍼 될 거니까 나도 열심히 해서 투어캐디 될래."

"아롱아. 오빠, 볼 잘 쳐. 앞으로 2부 투어에서 분명 우승도 할 거고. 상금도 탈 거고. 너 캐디 안 해도 돼."

"그건 오빠가 하는 거고, 오빠가 버는 돈이잖아."

"결혼하면 전부 너 줄게. 그럼 되잖아."

"아이씨! 진짜 오빠답지 않게 왜 그래. 나도 내 손으로 돈 벌 수 있어."

아무리 꼬셔도 넘어올 것 같지 않다. 그가 떠나기 전까지만 해도 이러지 않았는데, 후회가 쓰나미처럼 종원의 가슴을 초토화시키고 있었다.

"오빠, 걱정하지 마. 난 다 잘할 수 있어. 혜성과 같이 나타난 골프계의 샛별. 이종원 마누라거든."

아롱이 종원의 어깨를 두드리며 주먹을 불끈 쥐었다. 슬쩍 종원을 바라보니 너무나 절망적인 표정이다.

"우리들의 꿈을 위해!"

아롱은 웃음을 꾹 참고 파이팅을 외쳤다.

"오빠, 뭐 해. 주먹 쥐어야지."

아롱의 성화에 종원이 힘없이 주먹을 들어 올렸다. 그 모습이 어찌나 웃긴지 아롱이 배에 힘을 주고는 숨을 들이켰다. 투어캐디? 그저 한번 해본 말인데, 종원이 죽을 것 같은 표정으로 말리니 점점 재미있어진다. 뭐, 솔직히 투어캐디를 생각 안 해본 건 아니었지만, 아무래도 그 무거운 백을 메고 내리 걸어다니기에는 무리가 있었다.

한숨을 들이쉬었다 내쉬었다 결국 베란다로 담배를 피우러 나간 종원의 모습을 보니 한 일 년은 더 우려먹을 수 있겠다. 홀인원의 감동도 있고, 반지 두 개에 골프클럽까지 선물 받았으니 그냥 넘어가 주려 했다. 그런데 장난 삼아 한 말에 종원의 숨이 깔딱 넘어가니 순간에 혹해서 포기하려 했던 3개월 무이자 복수를 진행해도 좋을 듯싶다.

"요거, 요거요거, 재미있는데?"

여자의 복수는 시베리아의 북풍보다 매섭다고 누가 그랬던가. 담배를 다 피웠는지 종원이 방으로 들어서더니 한숨을 늘어지게 내쉰다.

"피곤하다."

종원은 소파 위에 던져 놓은 가방에서 옷을 챙겨 욕실로 들어가 버렸다. 그가 화장실로 들어간 사이 아롱이 종원의 가방을 들여다보니 그가 쓰는 스킨과 로션, 그리고 속옷까지 들어 있다.

“호옹~ 한 며칠 묵어가시려나 보지, 우리 서방님?”

아롱은 콧노래를 흥얼거리며 종원이 샤워를 마치고 나오기를 기다렸다. 양손에 끼워진 반지가 어찌나 반짝거리는지 그녀의 심장도 덩달아 반짝거리는 것 같다.

“아롱아, 넌 안 씻어?”

뭘 하려고 씻으래? 하긴, 날이 덥기는 덥다. 아롱도 오늘 입었던 원피스와 함께 주문한 파란색 원피스를 챙겨 들고 욕실로 들어갔다. 흥얼흥얼 콧노래를 부르며 샤워를 하고 나오니 시원하게 면 반바지로 갈아입은 종원이 말똥말똥 두 눈을 반짝이며 그녀를 바라본다. 왠지 날을 잡은 사냥꾼 같은 표정이다. 아롱이 모른 척 로션을 바르고 종원을 돌아봤다.

“오빠, 배 안 고파?”

“응. 강아지, 배고파? 뭐 시켜줄까?”

나갈 의향이 없다는 듯 침대에 살짝 기대어 눕는 종원의 모습에 아롱이 환하게 미소 지으며 속삭이듯 말했다.

“아니, 나도 배 안 고파.”

“그래, 그럼 피곤한데 좀 누워.”

종원은 아롱을 향해 은근한 눈빛을 쏘아대며 침대 맡에 놓인 곰인형을 끌어안았다. 제 몫을 잘하고 있었는지 곰에서 아롱이 향기가 진하게 묻어난다. 종원은 벌떡이는 심장을 위해 길게 심호흡을 했다.

“아롱아, 이리 와.”

남자 냄새 팍팍 풍기는 종원의 은근한 목소리에 아롱이 슬쩍 고개를 돌리며 콧방귀를 빡 뀌어줬다. 어림없지. 그러게 줄 때 받지 그랬어.

“오빠, 왜?”

아롱은 젖은 머리카락을 살며시 귀 뒤로 넘기고는 종원이 누워 있는 침대로 다가앉았다. 말없이 그녀의 손을 잡아당긴 종원이 그녀의 입술에 입맞춤했다.

“보고 싶었어.”

“나도.”

아롱도 속삭이며 그의 입술을 부드럽게 빨아들였다. 서로의 숨결을 블랙홀처럼 빨아들이며 종원의 손이 그녀의 치마 속으로 숨어들었다.

“하아. 오빠.”

“응, 아롱아.”

“하아, 피곤하다며. 집에 안 가?”

“으으음. 하아. 집이 여긴데, 흐음. 어딜 가.”

종원의 혀가 그녀의 입술을 훑으며 깊숙하게 파고들었다. 아롱이 그의 혀를 감아올리며 꽃잎처럼 살포시 한숨을 내쉬었다.

“아니지. 여긴 내 집이지.”

순간 종원이 번뜩 눈을 뜬다.

“뭐?”

“뭐야. 오빠, 자고 가려고 했어?”

“당연하지!”

당연하긴 개뿔. 아롱이 피식 웃으며 침대에서 일어나 소파에 있는 종원의 가방을 집어 들었다.

“어머, 오빠. 결혼도 안 했는데, 어떻게 여기서 자고 가.”

“아롱아······.”

종원은 마치 150킬로로 달리다 전봇대에 부딪친 것 같은 충격을 온몸으로 느꼈다. 도대체 무슨 일이지? 아무리 머리를 굴려도 아롱을 이해할 수가 없었다. 어느새 종원은 아롱의 손에 이끌려 현관 앞에 서 있다.

“오빠, 자!”

아롱이 그의 가슴에 종원이 들고 온 가방을 안겨줬다.

“피곤해 보이는데 가서 얼른 자.”

아롱이 다시 후다닥 돌아서는가 싶더니 침대에서 곰인형을 들고 뛰어온다.

“밤에 외로울지 모르니까 오늘은 내 곰 빌려줄게. 내 생각 하면서 안고 자야 해.”

커다란 곰인형을 품에 안은 종원은 어느새 문밖까지 밀려났다.

“오빠, 그럼 내일 봐.”

“아롱아!”

멍하니 서 있던 종원은 닫히려 하는 현관문을 잡으며 소리쳤다.

"어디 가서 자라고!"

"음……. 개인적으로 박스 오로라 특실 601호를 추천해."

멍한 표정으로 아롱을 바라보는 사이 문이 닫혀 버렸다. 검정색 민소매 티에 하얀색 면바지를 입고 슬리퍼를 신은 종원은 여행용 가방과 초등학교 계집아이 가출용으로 보이는 커다란 인형을 든 채로 한참을 문 앞에 서 있었다.

종원은 옆집 사람이 알까 민망하여 조용히 문을 두드려 보았지만 아롱은 아무런 기척이 없다. 십여 분을 넘게 서 있던 종원은 옆집 문이 열리는 소리에 후다닥 계단을 뛰어내려 왔다. 결국 차를 타고 신철원 입구에 있는 모텔 '박스 오로라' 주차장에 들어선 종원은 모텔로 들어가 카운터 문을 두드렸다.

"어? 오랜만에 오셨네요."

카운터 남자는 반갑지 않게 기억력도 좋다.

"기억력 좋으시네요."

"후후후. 그렇게 커다란 인형 들고 오는 남자가 흔치 않아서요. 곰 좋아하시나 봐요."

종원이 얼굴을 붉히며 인형을 등 뒤로 감췄다. 창피하다.

"특실 드리면 되죠?"

종원은 말없이 열쇠를 받아 들고 돈을 계산했다. 엘리베이터를 타고 6층에 내려선 종원은 인형과 가방을 내려놓고 소파에 앉았다.

"빌어먹을!"

소파에 앉아 담배를 피우려니 담배도 없다. 아마도 아롱의 집 베란다에 놓고 왔나 보다. 하긴, 쫓겨날 거라고 상상이나 했나.

종원이 담배를 사러 가기 위해 방을 나섰다. 엘리베이터를 타고 내려오며 종원은 핸드폰을 손에 들었다.

[박스 오로라. 특실. 601호.]

모텔의 문을 열고 나오며 문자를 전송했다. 그리고도 부족한 듯싶어 다시 문자를 찍었다.

[기다리고 있을게.]

"설마 얼마 만에 보는 건데……."

전송 버튼을 누른 순간, 종원은 핸드폰을 움켜쥐었다. 석 달 전 종원은 같은 자리에 서 있었다. 그리고 그가 받았던 문자를 토씨 하나 안 틀리게 다시 전송하고 있었다.

"망할! 박, 아, 롱!"

종원은 신철원 사거리가 떠나가라 소리를 질렀다. 우직한 곰 종원과 부산 강아지 아롱의 전쟁은 그렇게 시작되었다.

실업자 300만 시대를 살아가는 지금, 주위를 둘러보면 삶에 지쳐 주저앉은 사람들 혹은 바쁘게 뛰어가는 사람들뿐입니다. 대한민국의 청년들을 보면 사랑할 시간이 없어 보입니다. 시간이 아니라 마음의 여유가 없다고 말을 해야겠습니다.

흔히 요즘 말로 백수라고 하죠? 백수는 백수대로 불안한 미래에서 벗어나기 위해 몸부림쳐야 하고, 직장인은 직장인대로 과도한 업무에 치여 사랑은커녕 잠잘 시간도 없어 핸드폰을 쥐고 잠이 들어버리는 연인을 봅니다. 결국 사랑도 기본적인 의, 식, 주가 해결되어야 가능한 것 아닌가 하는 로맨스 작가답지 않은 생각을 합니다.

하루가의 소개로 만난 젊은 두 남녀가 결혼식을 하고 아이가 돌이 되었습니다. 이미 눈치채셨을지 모르겠지만, 바로 아롱과 종원입니다. 너무나 열심히 살아가는 두 사람이 만나면 일만큼 열심히 예쁜 사랑을 하지 않을까 하여 소개를 시켜주었는데, 정말 열심히 사랑하더라고요.

길지 않고 짧지 않은 지금까지의 삶을 쉬지 않고 달려온 하루가는 타협과 물러섬없이 늘 정면 돌파만을 고집하며 거침없이 살아왔습니다. 그런 하루가가 어여쁜 아우에게서 발견한 것은 불타는 사랑도, 철없는 환상도 아닌 믿음과 용기였습니다. 사랑 하나 믿고 낯선 땅에 가겠다는 아우에게 '너 참 용감하다'. 그리 말했습니다. 누군가를 사랑한다는 것이 위에서 아래로 흐르는 물처럼 너무나 당연한 것이기에 아우를 잡지 않았습니다. 그 사람 곁이 아니라면 더 이상 행복할 수 없음을 알기에. ●

그래서 걱정을 하기보다는 그들의 앞날을 축복하기 위한 글을 쓰기 시작했습니다. 배부르고 등 따신 재벌들과 잘나가는 직업을 가진 꿈같은 남주보다 너무나 처절하게 현실을 달리는 남자를 주인공으로 세운다는 것이 로맨스라는 장르에서 위험한 시도임을 알지만, 항상 새롭게! 새롭게! 를 외치는 하루가인지라 이번 글은 상당히 무리수가 많았습니다. 세상의 모든 장애물이 모두 담겨 있는 골프라는 낯선 스포츠를 매개채로 하여 하루가가 사랑하는 두 사람이 인생의 역경을 잘 헤쳐 나가기를 소망하는 마음으로 한 땀 한 땀 수놓듯 노트북에 매달려 밤을 새웠습니다.

척박한 현실을 처절하게 살아가는 평범한 남자 주인공, 그의 곁에서 짐이 아닌 날개가 되기 위해 맞잡은 손을 더욱 꽉 잡고 함께 달리는 평범한 여자 주인공. 게다가 한국에서는 아직 좋은 인식으로 자리 잡지 못한 캐디라는 낯선 직업. 그리고 배경 또한 낯설기 짝이 없는 골프장이 전부입니다.

하지만 개똥밭에 구르는 사랑도 로맨스지, 생각하며 글을 썼습니다. 책을 덮으며 아련한 여운이 남는 로맨스도 좋지만, 읽고 나서 각자의 꿈을 향해 열심히 달릴 수 있게 주먹을 불끈 쥘 수 있는 그런 이야기가 쓰고 싶었습니다. 그래서 로맨스 앞에 성장이라는 글자를 조심스레 붙여봅니다.

이야기 속에 조금 더 욕심을 내어본 것은 서로에 대한 애정을 바탕으로 하는 동료애였습니다. 전쟁같이 치열한 경쟁 사회에 살다 보니 동료라기보다는 라이벌이라는 말이 더욱 익숙해져 버린 우리들입니다. 그런 삭막한 삶 속에서 밟고 올라가거나 밟혀서 주저앉아야 하는 그런 대립 관계가 아닌 전장의 전우들처럼 서로가 믿고 의지하는 동료애를 그려보고 싶었는데, 성공했는지는 모르겠습니다. 마지막으로 글을 닫으려 보니 아쉬운 마음만 가득한 하루가입니다.

마지막으로 푸른 페어웨이를 힘차게 달리고 있을 아름다운 사람들에게 감사의 인사를 전합니다.

2012년 봄, 호반의 도시 춘천에서 하루가